炎の塔

五十嵐貴久

JN211118

祥伝社文庫

炎の塔

The Tower of Flame

Contents

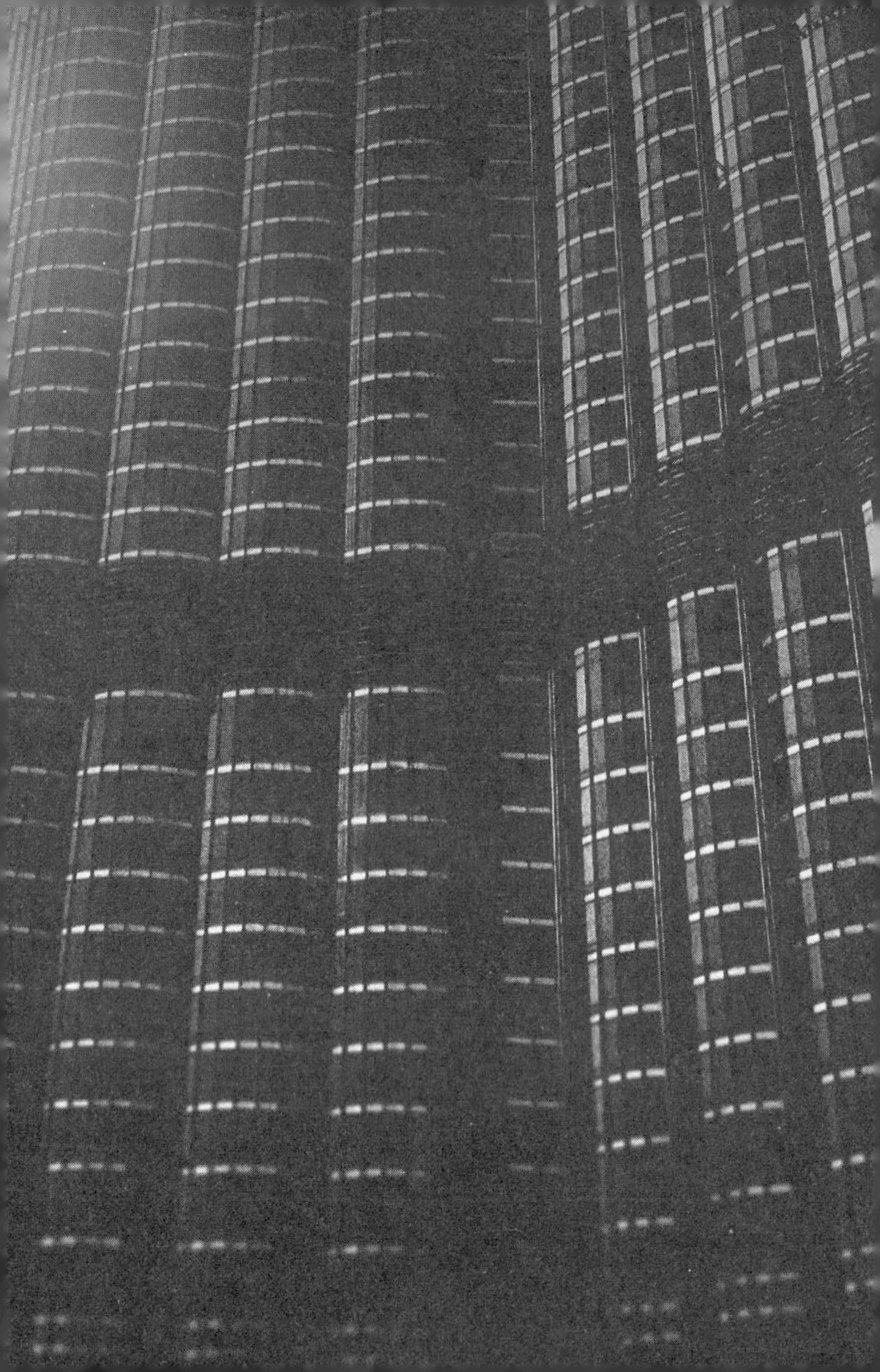

「人命を救うために自分たちの命を犠牲にする全世界の消防士にこの物語を捧げる」

——映画『タワーリング・インフェルノ』

プロローグ

6月30日　AM10：30

通路を一匹の鼠《ねずみ》がゆっくりと歩いていた。

点々と落ちているゴミの間を縫《ぬ》うように進み、時々立ち止まっては匂《にお》いを嗅《か》いでいる。用心深く辺りを窺《うかが》っているのは、習性なのだろう。

足が止まった。前方を表情のない目で見つめる。狭《せま》い通路がどこまでもまっすぐ続いていた。音はしない。そろそろと足を動かした。

頭を巡《めぐ》らせて右に向けると、壁から細い線が突き出していた。鼻先を寄せた瞬間、青白い火花が飛んだ。怯《おび》えたように後退する。

火花が飛んだのは一度きりだった。顔を左右に振りながら前脚を伸ばした鼠が、不意に体の向きを反転させ、猛然と駆《か》け出す。背中の毛が逆立っていた。

恐慌状態に陥《おちい》った鼠が両の前脚、後脚を激しく回転させて、壁の隙間《すきま》に潜《もぐ》り込んでいった。通路は静かだった。

6月30日　AM11：35

会議室の前に立ち、大きく息を吸い込んだ。

制服のポケットの上から封筒の感触を確かめ、ノックしようとした時、ドアが開いて大柄な男が出てきた。同じ警防二課の消防士長、宇頭航平《うとうこうへい》だった。

「おれから言っておいた」上半身を折り曲げるようにして、宇頭が囁《ささや》いた。「気にすんな、神谷《かみや》。誰だってミスはある」

肩を二度叩《たた》いて歩き去っていく。六期上の係長で、二課のムードメーカーだ。心配してくれているのはわかっていた。ありがとうございますとつぶやいて、そのまま会議室に入った。

「神谷副士長の処分は寛大にお願いします、か」長机に座っていた課長の柳雅代《やなぎまさよ》が、眼《め》鏡《がね》を外してこめかみを押さえた。「宇頭だけじゃない。他の課員からも申し入れがあった」

「すいません」

夏美《なつみ》は頭を下げた。眼鏡をかけ直した雅代が、プレスの利いた制服の襟元《えりもと》に触れた。

「吉長《よしなが》次長からも、厳重注意に止《とど》めておくように言われた。署長注意にしたくないと言ってるが、個人的には戒告処分が妥当だと考えてる。三回目だ。今まで無事だったからといって、次もそうなるとは限らない」

「わかっています」

五日前、出動していた火災現場で夏美は事故を起こしていた。現場のマンションで人命検索をしていた際、バックアップを待たずに室内に入り、落下してきた照明器具で頭部を強打するという、消防副士長としては初歩的なミスによるものだった。すぐ病院に搬送され、半日の入院で済んでいたが、場合によっては大きな怪我《けが》に繋《つな》がっていたかもしれない。

「犬の鳴き声が聞こえた、と報告書に記載がある」雅代が手元のファイルに目をやった。

「確かに犬はいた。だが、いるいないにかかわらず、一人で行くべきではなかった」

「様子を見るだけのつもりでした」

正確に言えば、バックアップを待たなかったのではない。一緒に人命検索に当たっていたバディの木元《きもと》が指揮官と連絡を取っていたため、先に室内に踏み込んだのだ。

声をかけたつもりだったが、現場の喧噪《けんそう》の中、木元には届いていなかったと後で聞いた。ケージの中で震えていた犬を見つけて駆け寄った時、照明器具が頭部を直撃し、気がついた時には病院のベッドに横たわっていた。

「神谷、前にも言ったはずだ。あの時も犬だった。ペットも要救だというのはその通りだが、自分の安全を確保してからでなければ動いてはならないと――」

　雅代が口を閉じた。表情を見て察したようだ。夏美はポケットから封筒を取り出し、長机に置いた。

「……辞めると？」

「課長のおっしゃる通り、三度目です。自信がなくなりました」

「六年目か。二十八？　決めつけるのは早くないか？」

「しばらく前から考えていたことです。今回の事故だけではなく、体力面の不安もあります。訓練についていけないことも――」

　わかってる、と雅代がうなずいた。

「やむを得ないところもあるだろう。女性消防士は男性と比べて、運動能力に劣《おと》るところがあるのは否《いな》めない」

「そうとは限らないのでは？　課長は違いますよね」

　柳雅代は体育大学を卒業後、東京消防庁に入庁していた。一七五センチの長身と恵まれた体軀《たいく》は男性消防士に引けを取らない。一六一センチ、四九キロの夏美とは体格が違い過ぎた。

　雅代は女性消防士の草分け的存在でもあり、将来を嘱望《しょくぼう》される幹部候補生だ。銀座《ぎんざ》第一消防署唯一の女性課長でもある。自分とは差があり過ぎる、と夏美は常に感じていた。

「体の造りというか、筋力とかもそうです。努力はしているつもりですが」

「それもわかってる。周りも認めてる」

「でも、もう限界だと思うんです」

「……辞めてほしくはない。うちの会社で現場に出る女性消防士は、私たち二人だけだ」

　会社というのは銀座第一消防署、通称ギンイチのことだ。消防士は多くの場合、自分が勤務する署を会社と呼ぶ。

「だけど、引き留めることはできない。自分の人生だ」

　はい、と夏美はうなずいた。雅代が思っていることはわかっているつもりだ。

　完全な男社会である消防という組織の中で、女性署員たちは年齢、階級に関係なく強い絆《きずな》を持つ。筒先を握って消火作業に当たる消防士ならなおさらだ。大袈裟《おおげさ》ではなく、命を預《あず》け合っている。

　この二年で、六人いた女性消防士の四人が退職し、残ったのは自分たち二人だけだった。辞めてほしくないというのは、本心だとわかっている。

　だが、今まで雅代が同僚や後輩の女性消防士の退職を止めたことがないのも知っていた。常に自分にも他人にも厳しいが、本人の意志を尊重する姿勢は一貫している。

　同じ女性として、尊敬の念を持っているが、同時に自分には無理だろうという思いが強くなっていた。

「とにかく、預かっておく。もう一度考えてみてほしい。いいね」

わかりました、と返事をした。どちらにしても、今日退職願を提出して、そのまま受理されるわけではない。

失礼しますと言って会議室を出た。ショートにしている髪の毛を強く掻《か》きながら、通路の壁に寄りかかると、ため息が漏《も》れた。

6月30日 PM01：15

銀座聖フローレス総合病院最上階、特別治療室のベッドに男が横たわっていた。体中にチューブが繋がっている。

鷹岡光二《たかおかこうじ》はビニールのカーテン越しにその姿をしばらく見つめていたが、もういいとつぶやいた。中年の山倉《やまくら》という医師の案内で、廊下を挟んだ向かいの応接室に入る。

ソファに腰を降ろしながら、あとどれぐらいなんだ、と光二は低い声で聞いた。

「鷹岡重蔵《じゅうぞう》様はもう八十四歳ですが、心臓は頑健《がんけん》です」山倉が不安そうな眼差しを向けた。「ひと月、もしかすると三カ月ほどは……」

もう十分だろう、と光二は苦笑を浮かべた。

「末期の膵臓《すいぞう》ガンなんだ。治りゃしない。生命維持装置だか何だか知らないが、外したらどうだ？　おれも先生も助かる。意識がなくなって半年だ。本人にとっても意味ないだろう」

「そういうわけには……」

冗談だよ、と山倉の肩を軽く叩いて、光二は広い窓から外を見た。天を突き刺さんばかりの勢いでそびえ立つ巨大なタワーが正面に迫《せま》っている。ファルコンタワー、通称クリサリス。

蝶の蛹《さなぎ》のような形の特徴的な外観が、太陽の光を反射して眩《まぶ》しく光っていた。十年前、父親である鷹岡重蔵が計画し、着工した百階建ての超高層タワーだ。

「いよいよ、明日オープンですね」

機嫌を取るように山倉が言った。女性職員が運んできたコーヒーに口をつけてから、光二は静かにうなずいた。

とうとう、この日を迎えた。禁煙だとわかっていたが、煙草《たばこ》をくわえて火をつけても、山倉は咎《とが》めなかった。それだけの金を払っているのだから当然だろう。深々と煙《けむり》を吐《は》いた。

父、鷹岡重蔵の前半生を光二はよく知らない。昭和六年福岡県小倉《こくら》で生まれ、中学卒業後地元の不動産会社で働いていたこと、その会社が暴力団系列だったことは何となくわかっていたが、どういう経緯でその会社に入り、どんな仕事をしていたかは聞いたことがなかった。

四十代のはじめに独立し、博多《はかた》で貸しビル業を始めたというが、その資金はどうやって作ったのか。口には出せないことをしていたのだろう。

その頃、最初の結婚をしている。息子も生まれた。妻は産褥《さんじょく》で死亡している。

二年後再婚し、生まれたのが光二だ。つまり光二には腹違いの兄がいることになる。

四十六歳の時、大阪と東京に同時に進出した重蔵は、博多、大阪、東京を頻繁《ひんぱん》に行き交って暮らすようになり、妻子の住む家にほとんど帰らなくなった。

父親の記憶はほとんどない。親子らしい時間を過ごしたこともなかった。重蔵は異常なまでに事業の拡大欲が突出した男で、家庭を顧《かえり》みるような人間ではなかった。

五歳の時、実母が病死し、母方の親戚に育てられた。重蔵が潤沢《じゅんたく》な養育費を渡していたため、不自由な思いをしたことはなかったが、親戚の誰一人として重蔵をよく言う者はいなかった。冷酷、金の亡者、傲岸《ごうがん》、変人。彼らはそう噂《うわさ》した。

親戚たちの自分を見る目でわかったが、光二は父親によく似ているようだった。幼い頃から金銭的に不自由したことがなかったため、何でも金で片付けようとするところがあるのは、自覚している。血筋ということなのかもしれない。

兄がいると知ったのは高校生の頃だ。自分とは違い、重蔵は兄を手元に置き、後継者として育てているという。

重蔵が不動産業界で確固たる地盤を築き、独立系の貸しビル業者として、その世界でキングと呼ばれる存在になっていることは親戚から聞いた。虚無感があった。

なぜ、自分は父親と一緒に暮らせないのか。劣等感を埋《う》めるため、父親が持っていない学歴を身につけようと受験勉強に真剣に取り組み始めたのはこの頃だ。

二年後、兄が交通事故で死んだと聞かされたが、葬式に呼ばれることさえなく、行こうとも思わなかった。兄と話したこともなかったが、心のどこかで憎んでいたのかもしれない。

その後現役で国立大学に合格し、卒業後一部上場の製薬会社に入社した。不動産業に興味を持たないようにしていたし、父親に近づこうとも思わなかった。実質的な意味の親子関係はなかった。

九〇年代の終わり、銀座十丁目の一等地にある旧防衛庁庁舎と職員用官舎の老朽化《ろうきゅう》が進み、建て直す計画があるとテレビや新聞のニュースで知った。自分には関係のない話だと思い、気に留めることもなかったが、いくつかの記事に鷹岡重蔵の名前が載っていた。敷地面積十万坪という都内、それも銀座の一等地ではあり得ない広さの土地に、食指を動かしているということだった。

だが、その土地は東京都が所有するもので、跡地には旧防衛庁が新庁舎を建設する予定だという。民間の不動産業者が手を出せる案件ではないと思っていたが、新しい職員用住居の家賃が３ＬＤＫで五万円という事実が内部告発され、国会などで大問題になった。そもそも銀座のど真ん中に庁舎が必要なのかという議論にまで発展し、世論の反発を恐れた政府は白紙撤回を決定した。

その経緯に重蔵が関与していたとは思っていない。不動産業者として政界、財界に大きな影響力を持っていたのはわかっているが、そこまでの力はないだろう。

だが、それを奇貨《きか》と捉《とら》え、旧防衛庁跡地の買収のために動き出したのは事実だった。六十七歳になっていた重蔵は、数十年にわたって構想を温めていた巨大商業施設の建設を決意し、自分の会社丸鷹《まるたか》ビルディングのすべてを注ぎ込むと宣言したことも、どこからか耳に入ってきていた。

無理な話だ、と光二は冷ややかな目で見ていた。確かに独立系では最大の不動産会社だが、民間業者にできることではない。

東京都、もしくは国が関わるべき事業だろう。客観的に考えて、あり得ない規模の話なのだ。

この頃、丸鷹ビルディングの一部役員が光二に接触を求めてきたため、何度か会って詳しい話を聞くことができた。重蔵は政治家たちに大金をばら撒《ま》くことから政治工作を始め、そのために福岡と大阪に所有していた全物件を売却し、一兆円近い資金を作っていた。

光二は母親が持っていた株を譲《ゆず》り受けており、順番として三番目の大株主だった。役員たちが連絡を取ってきたのはそのためで、社長の暴走を止めてほしいと彼らは口々に言った。この戦いに敗れれば、会社は倒産するという。

調べてみると、役員たちの言う通り、重蔵は猛烈な勢いで誘致プロジェクトに邁進《まいしん》していた。妄執《もうしゅう》だったのだ、と振り返って光二は思う。時代錯誤の老人が最後の死に場所を探し求めた揚げ句、たどりついた戦場ということではなかったか。

丸鷹ビルディングがどうなろうと関係ないと思っていたが、重蔵の動向は知りたかった。勝つことで人生を築きあげてきた重蔵が、負けるところを見たかったのかもしれない。

重蔵はあらゆる手段、あらゆるコネクションを使って旧防衛庁跡地買収のために動いていた。反対する役員、社員は左遷《させん》し、馘首《かくしゅ》した。重蔵はワンマンな経営者であり、独裁者であり、絶対神的存在だった。止めることができる者はいなかった。

事実、丸鷹ビルディングを最大手の不動産会社にしたのは、すべて重蔵の手腕だ。光二と会っていた役員たちも、ろくな人間はいなかった。重蔵が部下を育てられないのは、誰も信じたことがないというその性格に因《よ》るものだろう。

ただ、旧防衛庁跡地買収に関して、慎重策を取るべきだという役員たちの判断は正しかった。無理に無理を重ねて資金調達を続けなければならなくなり、ついに重蔵は東京の持ちビルを切り売りするところまで追い詰められていた。

誰もが重蔵の破滅を予想し、沈没寸前の丸鷹ビルディングから逃げ出し始めていたが、その危機を救ったのは現東京都知事、金沢博司《かなざわひろし》だった。もともと民間会社の再建を専門とする経営コンサルタントだった金沢は、その能力を前都知事に評価され、この時期副知事を務めていた。

重蔵は作家だった前都知事の要請を受けて、副知事就任以来約五年間で三千万円の金を金沢に渡していた。完全な裏金で、表には出ない金だ。その事実が漏れれば大問題になったはずだが、重蔵にとって三千万は端金《はしたがね》であり、ポケットマネーで捻出《ねんしゅつ》できる金額だった。

金沢は政治的な意味で素人《しろうと》に近く、確固たる政治基盤を持っていなかった。今に至るまでそうだが、資金力不足は副知事時代からのネックだった。

重蔵は破産の危機を目の前にして、金沢に窮状《きゅうじょう》を訴え、自分のために動くよう強く迫った。金沢としても長年の恩があり、従うしかなかった。その後すぐに金沢が旧防衛庁跡地再開発委員会の長になったのは、重蔵の悪運の強さの表れだろう。

旧防衛庁跡地の活用について、国と二分する形で強い影響力を有していたのは東京都だった。委員長に副知事の金沢が就いたことで、事態は一変した。金沢自身が各方面に根回しをし、手を打った。

九割方、財閥系のコングロマリットがその権利を手中に収めるはずだった旧防衛庁跡地を丸鷹ビルディングが手に入れたのは、ちょうど十年前のことだ。

その後、三つの都銀から資金融資を取り付けることに成功し、四年の準備期間を経て、重蔵の悲願だった銀座イーグルシティの建設が着工された。テナントの誘致に始まり、イーグルシティに入る会社、店、テナントの決定などを含め、数年にわたりさまざまな調整が続いた。

旧防衛庁跡地買収以前から計画されていたイーグルシティの象徴、ファルコンタワーの建設が正式にアナウンスされたのは五年前だ。ファルコンタワーを銀座最大の、そして最後のランドマークにすることが重蔵にとってすべてとなっていた。七十歳を超えた重蔵の中で、それはさながら戦争と同様のものだっただろう。

そのためにあらゆる無理を通した。例えばファルコンタワー建設に際し、重蔵は百階建てのタワーにすると最初から宣言していた。

この頃既に大阪あべのハルカスの建設が決定しており、地上三百メートル、六十階建てという計画も発表されていたが、今後数十年、他の高層ビルに抜かれない高さということが念頭にあったのだろう。

当然、タワーの全長は四百メートルを超えることになる。だが、銀座には建築物の高さを制限する条例があり、景観との絡《から》みで五十六メートル以上の高さのビルを建設することは禁止されていた。

これを覆《くつがえ》すため、重蔵は都知事に就任した直後の金沢に特例措置を取らせた。中央《ちゅうおう》区の条例を変更させるべく、当時の区長を説得させたのだ。

区長としても立場があり、その他多くの関係者に対しても了解を取る必要があった。そのために重蔵がばら撒いた金が総額いくらだったのかは、光二もわかっていない。

一年後、金沢の粘《ねば》り強い説得が実り、特例としてファルコンタワーの建設に許可が下りた。それが三年半前だ。

その他の障害もすべてクリアしてきた重蔵だったが、ここで予想していなかった事態が起きた。膵臓にガンが見つかったのだ。八十一歳だった。

余命二年の告知を受けた重蔵が真っ先にしたのは、光二を呼ぶことだった。聖フローレス総合病院の特別応接室で光二と面会した重蔵は、製薬会社を退社し、丸鷹ビルディングに入社するよう命じた。

二十年ぶりの親子の再会だったが、まったく感傷《かんしょう》的になることもなく、重蔵はその理由を告げた。

自分が死ねばイーグルシティとファルコンタワーの建設は中止になる公算が大きい。資金を融資している銀行が手を引くだろう。会社に対しての融資だが、それは重蔵と金沢がいるからで、どちらか一人でも欠ければ、彼らは融資金を回収するために動くとわかっている。

銀行が残ったとしても、会社の役員たちが撤退を決めるだろう。奴らは無能で臆病《おくびょう》な連中ばかりだ。最初から信じていない。

自分に対する忠誠心などない。高額な給料を支払っているからついてきているだけで、自分が死ねば保身しか考えない。

だからお前なのだ、と重蔵が異様に光る目で凝視《ぎょうし》していたのを、光二は昨日のように覚えている。余命二年だというが、そうはいかない。イーグルシティとファルコンタワーが完成するまで死ぬつもりはない。だが、この先に遺《のこ》された時間が少ないのは事実だ、と重蔵は強い口臭を吐きながら言った。

自分が死ねば、丸鷹ビルディングの社長の座を譲る。借入金は莫大な額だが、所有している土地と建物を処分すれば、百億円前後の金は残るだろう。イーグルシティとファルコンタワーの建設に協力すれば、財産はすべてお前にくれてやると吐き捨て、どうすると即答を迫った。

断ることはできなかった。目の前の老人は二年後に死ぬ。黙って従えば、百億円の大金が手に入るのだ。

重蔵のことを父として考えたことはない。死を目前にしている老人という認識しかなかった。

異常な執念のために精神を病《や》んでいるのも明らかだったが、一生サラリーマンを続けていても手に入れられない大金が入ってくるというのなら、望み通りにしてやろうと思った。

入社一年後の株主総会で、重蔵が会長に、光二は社長に就任することになった。重蔵の容体の悪化もあり、名実共にイーグルシティとファルコンタワーの盟主となった。半年前、検査をしていた際に重蔵は意識を失い、その後は特別治療室で何十本ものチューブに繋がれ、生かされているだけだが、辛《かろ》うじて命は保っている。

今年の一月、イーグルシティとファルコンタワーの完成時期が決定した。イーグルシティは十月だが、明日七月一日、先行する形でファルコンタワーがオープンを迎える。

光二は視線を壁に向けた。その向こう、特別室のベッドに重蔵が横たわっている。早く死ねばいい、とつぶやいた。自分こそがファルコンタワーの、そして銀座最大のランドマーク、イーグルシティを統《す》べる王になる。もう重蔵は夾雑物《きょうざつ》でしかないのだ。

ノックの音がして、小柄な男が鼠のような顔を覗《のぞ》かせた。光二の秘書、増岡《ますおか》だった。

「鷹岡社長、そろそろタワーにお戻りいただきたいのですが。完成披露セレモニーについて、確認があると現場から要請が……」

何度も頭を下げる増岡に目をやってから、立ち上がった。社長就任後、父である重蔵のやり方を踏襲《とうしゅう》している。丸鷹ビルディングの社員は無能な者しかいないと重蔵は言っていたが、それは本当だった。誰も信じられない。どんな細かいことでも自分に報告し、相談するように常々命じている。

誰もが光二に従っていた。明日のオープンを控《ひか》えて、タワーの総責任者である自分がいなければならないのはわかっていた。

ゼニアのセットアップスーツを確かめた。一分の隙もない。一八〇センチの長身によく似合っている。ジョン・ロブの靴、フランク・ミュラーの腕時計。

後を頼む、と声をかけ、無言で頭を下げた山倉の前を通って廊下に出た。先回りした増岡がエレベーターのボタンを押して待っている。光二はゆっくりした足取りで歩を進めた。

Flame1 Dawn of the fire

7月1日 AM06：30

アラーム。

夏美は呻《うめ》き声を上げながら、枕の下に手を突っ込んでスマートフォンを探った。鳴り止まない。それどころか、音はだんだんと大きくなっている。

タオルケットをはいで、ベッドにあぐらをかいた。先週機種変更したばかりで、操作の仕方がよくわかっていない。違うところに触れてしまったようだ。当てずっぽうにタッチを繰り返していると、不意に音が止まった。

ショートカットの頭を搔《か》きながら画面を覗《のぞ》き込む。7月1日AM6時30分。

目覚ましとしては使える、とつぶやいて、もう一度頭を強くこすった。朝には弱いが、そうも言っていられない。今日も出《で》なのだ。

消防士の勤務体系は三部制が基本だ。日勤と夜勤や泊まりのシフトが交互に入り、日によって出勤時間も違う。今日は夜勤の予定だったが、同じ警防二課の消防士が新婚旅行に行っているため、臨時に朝から出勤することになっていた。

Tシャツを脱いで窓の外を見た。濃い雲が西の空に見える。昨晩の天気予報では、勢力の大きな熱帯低気圧が近づいているということだった。

どうせならさっさと降ればいいのに、とつぶやいた。統計上、雨の日の火災発生件数は三割以上低い。消防士は雨が降ってほしいと願う職業の第一位かもしれない、と思いながらベッドを降りた。

AM07:01

ファルコンタワー地下二階、集中管理センター。

センター長の長友博也《ながともひろや》は、早朝七時から目の前に並ぶ二百台のモニターを見つめていた。三十年以上民間のビル管理会社でセキュリティシステム開発を専門に担当していたが、二年前にファルコンタワーの安全管理部門の責任者として、丸鷹ビルディング現社長の鷹岡光二にヘッドハンティングされた。経験は長く、危機管理については民間でもトップクラスの能力があると自他共に認める第一人者だ。

集中管理センターはタワー全体の安全管理を司《つかさど》る重要な施設だ。社長室直属で、鷹岡社長を除《のぞ》けば長友がそのトップだった。

最新の設備、最少限の人数で百階建てのタワー全フロアを監視することが可能になっている。業界で最も評価の高いAWA社製のコンピューターとそのシステムが導入されており、その能力は世界中で実証されていた。

モニター監視班は十名、それぞれ熟練した技術を持つベテラン揃《ぞろ》いだ。コンピューターはAWA社から派遣されたSEが操作しており、彼らに任せておけばいい。自分の役割は統率にある、というのが長友の考えだった。

ひと月前から、システムのチェックが行われていた。事故や災害などの感知、各フロア内で起こる万引きなどの犯罪、あるいはトイレでの痴漢行為などについてもモニターで監視することが可能だったが、カメラの作動状況については継続的な確認が必要だった。

機材類に故障は発生していなかったが、数日前から想定外の事態が何度か起きていた。いくつかのフロアで火災報知機が誤作動して、そのたびにアラームが鳴るのだ。

最初の段階では警備員などを派遣し、アラームの鳴ったフロアを調べさせていたが、いずれも単なるシステムエラーだった。過去に長友が担当していたビルでも同様の事態は何度もあった。設置されたばかりのコンピューターに不具合が生じているだけなのだ。

使っているうちに、システムは正常な状態に落ち着く。どのビルでもそうだった。

システムの誤作動について、長友は集中管理センターを監督する丸鷹ビルディング社長室に報告し、再点検するべきかどうか指示を仰《あお》いだ。ファルコンタワーの運営に関して、あらゆる事態についてすべて社長室の判断と許可が必要になるという命令が出ている。

社長の鷹岡光二は、再点検の必要はないと長友の意見を却下した。全システムをチェックするためには、タワーの全機能を停止しなければならないが、その時間はないというのが理由だ。

タワーのオープンを控《ひか》え、時間がないというのはその通りだった。長友自身、急を要することではないと判断している。最先端技術を結集して作り上げられたシステムに、故障など考えられない。

現場の担当者たちからは疑問視する声も上がったが、押し切った。オープン日が迫《せま》っている。システムのチェックより先にやるべきことは山積みだった。

実際にタワーの全機能が停止すれば、更に不具合が発生するリスクもある。二度手間になるのを避けたいという意識があった。

この数日、現場担当者たちが最終確認作業を続けている。むしろ怖いのはケアレスミスによるヒューマンエラーだ。早朝七時から、責任者の長友自身が集中管理センターに入っているのはそのためだった。

今のところ問題ありません、と主任の音無《おとなし》が報告した。当然だ、とうなずいて長友はメインモニターに目を向けた。

AM08：00

長い通路を歩きながら、光二は腕のフランク・ミュラーに目をやった。八時ジャスト。眉間《みけん》に深い皺《しわ》が刻まれている。

「何をしてる」

振り返ると、秘書の増岡が通路に積み上げられている段ボール箱につまずき、中に入っていた下着類をそこら中にばらまいていた。目を上げると、ヴィクトリア・バレーというピンク色の看板があった。

「放っとけ。行くぞ」

増岡が首をすくめながら後を追ってくる。どうなってるんだ、と光二は吐き捨てた。

「どこの店もまだ商品を並べ終えてない。間に合うのか」

おそらく、と増岡が大きな前歯を剥《む》き出しにして愛想笑いを浮かべた。一八〇センチの光二に対し、一六〇センチ足らずの体が更に小さく見える。

おそらくじゃないだろう、とその肩を突いた。増岡がおもねるような笑みを浮かべた。

今日、昼の十二時にファルコンタワーはオープンする。半年前の時点で、タイムスケジュールは確定していた。

タワーは地上百階、地下五階、地上高四百五十メートル、建築面積は三万平方メートルを超え、延床面積は四十五万平方メートルという日本最大の大きさを誇る複合施設だ。

一階から三十階までのショッピングフロア、三十一階から七十階までのオフィスフロア、七十一階から百階まではイベントフロアを含むホテルフロアと、大きく三つに分かれている。中層階オフィスフロアと高層階ホテルフロアの準備は昨日までの間に完了していたが、低層階ショッピングフロアの進捗状況は予定より遅れていた。

「いったいどうしてこんなに遅れてるんだ」

苛立《いらだ》ちを隠せないまま、光二は怒鳴《どな》った。数カ月前から、契約したテナントが順次店舗の設営を始めている。

担当部署からは十分間に合うはずだと報告を受けていたが、午前八時の今になっても、通路を含めフロア全体に段ボールの箱や商品見本、店舗のディスプレイなどが雑然と放置されていた。混乱は予想していたが、これほどとは思っていなかった。

「やむを得ないことかと……」増岡がまばたきを繰り返した。「百六十あるテナントのうち、三十店ほどが店舗開設直前に変更を余儀なくされ、急遽《きゅうきょ》契約した新しいテナントの準備が間に合わなくなり――」

「俺の責任だと言いたいのか?」

増岡を睨《にら》みつけた。鷹岡重蔵が二年以上前に決定していたテナントとの契約を見直し、名前だけのブランドを排し、流行最先端の店と新たに契約すると決めたのは光二自身だった。

ファルコンタワーのショッピングフロアは、若者をターゲットにしている。八十歳の老人の感覚はあまりにも古かった。その判断は間違っていないと確信していた。

銀座最大のランドマークであるファルコンタワーに出店したいと考える会社は多く、契約そのものは順調だった。だが、準備不足は否《いな》めず、そのため多くのテナントが設営工事に支障を来していた。

「それでも間に合うっていうのが現場判断だったんだろ？　だから許可した。それなのに、どうしてこんなことになってるんだ？」

「何しろこれだけの規模ですから……」増岡のまばたきの回数が増えた。「しかも二十四時間フル営業というのは国内でもレアなケースですし、多少の混乱はやむを得ないかと——」

「冗談じゃないぞ」頭、大丈夫かとこめかみをつついた。「何をぐずぐずしている。あと四時間しかない。このままじゃ間に合わなくなる。どうにかしろよ」

もちろんです、と増岡が両手をこすり合わせた。馬鹿ばっかりだ、と光二はつぶやいた。

十二時にタワーをオープンさせるのは決定事項だ。情報番組の生中継も入ることになっている。

二カ月前からテレビでコマーシャルを流し、数多くの番組とタイアップして七月一日の十二時にオープンすると告知していた。情報誌やインターネットなどもだ。時間は絶対だった。

既《すで》に客が集まり始めていると報告を受けている。オープン四時間前の今、その数は一万人近いという。

十二時になれば五万人、あるいはそれ以上の客がタワーに押し寄せてくるだろう。テナントが開いていなければ、入場した客たちがどんな不満を持つかわからない。

初日である今日、日本中の視線がファルコンタワーに注《そそ》がれているといっても過言ではない。初日に悪評が立つようでは、今後の展開にどんな悪影響があるかわからなかった。

「テレビカメラがこんな混乱したフロアを映し出したらどうなる?」光二は足元の箱を蹴《け》った。「タワーが視聴者の笑いものになる。行ってみようと思ってた奴らも足を運ばなくなるだろう。嗤《わら》われるのは俺なんだ。いいか、テレビ局の連中は十時に来る。間に合いませんでした、じゃ済まないんだよ。何があったって、完璧な状態にしなきゃならない。少しは働いてくれ」

すぐに、と増岡がスマホを取り出した。まったく、と光二は辺りを見回した。大勢の人間がフロアを駆《か》け回っていた。

AM08:30

「諸君、おはよう」

銀座第一消防署警防部次長の吉長が微笑みながら言った。起立していた一課、二課の全消防士が小さく頭を下げると、朝の訓示が始まった。

「昨晩、管内で火災は発生していない。救急は数件出動しているが、それほど大事ではなかった」何もないのが一番だ、と吉長がややたるんだ頰《ほお》を撫《な》でた。「とはいえ、緊張感は必要だ。昨日深夜、新宿《しんじゅく》区で病院火災が起きている。入院患者三名が焼死、出場した消防士一名が落ちてきた天井の下敷きになり、意識不明の重体だ。今から、安全管理について確認しておきたい」

夏美は腕時計に目をやった。今日は何分話すつもりなのか。吉長が着任してから一年が経つが、署員の安全について毎日のように繰り返している。

次長職として、その指摘は間違っていないが、事故を起こしてもらっては困るというニュアンスが強いのも事実だった。吉長は総務省消防庁からの出向組で、もともと主に人事を担当していた。消防現場への出場経験はそれほど多くない。課長クラスの現場指揮官と温度差がある、というのが多くの消防士に共通する認識だった。

銀座第一消防署、略称ギンイチは高い確率で予測されている首都圏大震災に備え、国と東京都が合同で設立した巨大消防署だ。

消防組織は基本的に地方自治体が管理しているが、ギンイチは特例として総務省消防庁及び東京消防庁が共同で統括運営している。平時は通常の消防署と同様に防災、消火活動を任務とするが、地震その他大災害が発生した場合には、組織の総力を挙げて人命救助、避難誘導、消火などに従事する。

そのため、通常の消防署とは組織の編成が多少違っていた。いわゆる消火のためのポンプ隊を中心とした警防部があるが、それ以外に防災研究所、消防学校、訓練所なども併設されている。

勤務しているのは五百人の消防士以下、総務、救急、防災、予防隊などを含め千人と都内では最も大人数であり、非常時には近隣五つの区を指揮することになっていた。

消防士は都内各消防署から選抜された精鋭揃いであり、二つあるハイパーレスキュー隊は最高レベルだ。都内に限らず、国内の全消防士がギンイチのハイパーレスキュー〝G1〟のユニフォームに憧《あこが》れていると言っていいだろう。

また、ポンプ車はもちろんだが、資材輸送車、屈折放水塔車、排煙高発泡車、重機搬送車など、加えて特殊災害対策車、遠距離大量送水装備車、ウォーターカッター車など特殊車両も数多く保有し、その他消防士の機材、装備に関しても日本一充実している。取り扱いに注意が必要な精密機器、爆薬などは、他の消防署の要請を受けてギンイチが保管しているほどだ。

署内の防災委員会には総務省からの出向組も多く、東京都からも多数の職員が参加している。次長、部長クラスにも吉長のような出向者が多いのは、大災害発生時にギンイチが主力となって消火、避難、救命活動その他を指揮するためで、東京都あるいは国との連携が重要になることから、そのような措置がなされていた。

「今日はもうひとつ、装備部糸田《いとだ》部長から諸君に話がある」訓示を終えた吉長が色白の太った男を呼び込んだ。「部長、例の件についてお願いします」

制服に収まりきらなくなっている腹の肉を引っ込めながら、糸田が前に出た。

「ちょっと話しておきたいことがある」消防士たちを順番に見つめた。「誰という話じゃないが、先日新しいホースの購入を申請された。ホースは消耗品だ。古くなれば取り替えるのは当然だと思っているだろう。その通りだが、使用可能な物まで買い替えてほしいというのはどうか。私が調べたところ、まだ使えるホースが何本もあった。君たちは補修という言葉を知らんのか？　私たちの時代には自分たちでホースを直したものだ。消火活動中にも丁寧に扱った。君たちのように、路上でもどこでも引きずって走ったりはしなかった」

そんなことはないだろう、と夏美は心の中で思った。二十年前でもそんなお上品な現場はなかったはずだ。左右を見回すと誰もがそう思っているのがわかったが、構わず糸田が話を続けた。

「ホースだけのことを言ってるんじゃない。防火服、靴なども損傷が激しい。もっと気を遣うべきじゃないか？　私たちが持っている装備は、すべて税金で購入されている。血税なんだ。一円たりとも無駄にしてはならない」

建前としてはその通りだが、火災現場で悠長に忍び足で歩くわけにもいかないだろう。装備の損傷よりも消火活動が優先されるのが、消防という仕事だ。わかってる、と糸田が声を高くした。

「私だって現場で働いてたんだ。君たちの言いたいことは百も承知だ。だが、限度ってものがあるだろう。うちの署には千を超える機材、装備品がある。消火装備については言うまでもない。日本でもトップクラスの消防署だ。災害時の救出用装備だってある。ハンマー、ピッケル、シャベルから、爆発物など取り扱いが危険な物まで、全部税金で購入したものだ。すべてにおいてそうだが、扱いが疎《おろそ》かになっていないか？　雑になっていないか？　その辺をもう一度考えてみてほしい」

他の消防士たちが苦笑を浮かべている。節約主婦かよ、と隣で宇頭が囁《ささや》いた。

止めてください、と笑いを堪《こら》えながら肘《ひじ》で脇腹を突く。話を聞け、と糸田が半分白髪になった頭に手をやった。

「そもそも装備を大事に扱うのは、消防士の基本だろう。ロープ一本で救われる命があるってことを習わなかったか？　どうなんだ？　だいたい君たちは……」

いつの間にか説教めいた口調になっている。八時半、朝はまだ始まったばかりだった。

AM09：00

ファルコンタワー二十階総合電気室で、室長の曲山久史《まがりやまひさし》は配電盤に表示されているデジタルの数字を見つめながら首を捻《ひね》っていた。

タワー内の電力は二通りの方法で供給される。ひとつは通常通り東京電力からの配電で、もうひとつはタワー地下五階にある巨大発電機によるものだ。

照明、空調、通信、コンピューター、その他すべてを動かすのは電気だ。タワーの生命線は電気であり、ある意味で総合電気室からタワーの設計は始まっていた。電気関係の設計プランには百人前後の専門家が関わっている。問題はないはずだ。

だが、曲山の感覚では何かが違っていた。どう考えてもタワー全体の電力量が過剰だ。

原因はわかっている。オープン初日だからだ。

昨日まで、百五あるフロアのすべてで、テナント、施設、オフィス、ホテルその他がオープンのための準備をしてきた。だが、全フロアが百パーセント稼働《かどう》したことはなかった。

昨夜から、各フロアで突貫作業が始まっているという話は聞いていた。照明も必要だっただろう。エアコンもフルに動かした。

コンピューターや通信関係の電気機器類も関係者全員が使用している。結果として、想定よりその総量が大きくなっていた。

準備段階でそこまでのことはなかった、と曲山はコントロールパネルを指で叩《たた》いた。全館の電気を連続して稼働させる必要はなかったから、電気量は十分に余裕があった。

だが、オープンまで数時間となった今、全フロアが最終段階に入っている。準備のための人間の数も限界以上に膨《ふく》れ上がっているだろう。

初日だけだ、と自分に言い聞かせるようにつぶやいた。初日に関しては準備のための電気、そしてオープン直後に使用される電気の消費量が莫大なものになることが予想されている。

すべての施設が最大限の電気を使う。エコも節電もない。オープンというのはそういうものだろう。

例えばだが、ホテルが完全に満室になるのはおそらく初日だけだ。クリスマスなど特別なシーズンを除けば、百パーセント満室になることはまずない。

タワーに入っているオフィスもそうだ。全社員が一堂に会することもそうそうないだろう。オープン日だから全員が顔を揃えて出社する。ひとつひとつのテナント、オフィス、ホテルの部屋などの電気使用量は想定内だが、関わっているすべての人間が集まり、フルに電気を使うのは今日だけなのだ。

今日一日のために、タワー全体の電気出力量を変更することはできない。経営者なら誰でもそう考えるだろう。その判断は間違っていない。

時計を見た。九時ジャスト。タワーオープンは十二時。オープニングセレモニーは午後二時からだ。そこで使用される電気の消費量は圧倒的に巨大なものになると予測された。十二時になれば、タワー外壁に設置されているライトアップのための照明も点灯させなければならない。明日以降は夜間だけになる予定だったが、オープン日の今日は昼間からつけるように命じられていた。初日なのだ。それもやむを得ないだろう。

外壁の照明を含めた全電力量がどれだけのものになるかは、余裕を持って算出している。百パーセントを超えても問題はないはずだが、その計算は正しかったのか。既に配電盤はタワー全体の総電力使用量を百パーセントと示している。今後、キャパシティを超える量になるのではないか。

首を振って不安を打ち消した。総合電気室の能力を限界まで使い、タワー全体に電気を供給しなければならない。停電などの事態が起きれば、ファルコンタワーの評判は地に落ちる。そんなことがあってはならなかった。

機械は最新式だ。故障など考えられない。一日ぐらいどうにかなる、と曲山は細かく動き続けるデジタル数字を目で追った。

AM09：30

四十二、四十三、四十四、と号令が続いている。夏美は小刻みに震える腹筋に力を込めた。

朝九時半、ギンイチ敷地内のグラウンドで訓練が開始されてから三十分が経つ。腕立て、懸垂《けんすい》などの基礎的な筋トレだけで、それだけの時間が費やされた。最後の仕上げが腹筋だ。この後、重装備マラソンが待っている。

四十六、と声を出しながら指導教官に目をやった。消防士たちから畏敬《いけい》の念を込めて魔王と呼ばれている警防部次長待遇の村田大輔《むらただいすけ》司令長が、傲然《ごうぜん》とした態度で周囲を睥睨《へいげい》していた。

村田はギンイチに併設されている消防学校の副校長で、同時にハイパーレスキュー隊の隊長でもある。消防士としての実績は、ギンイチどころか全国でもトップクラスだ。四十五歳という年齢にもかかわらず、二十歳以上若い消防士よりハードなメニューをこなすことのできる強靭《きょうじん》な肉体の持ち主でもあった。

訓練の厳しさは署内でも有名だった。徹底的な能力主義者で、基準に達しなければどれだけ実績のあるベテラン消防士でも切り捨てるその姿勢は、誰からも恐れられている。感情を表に出すことは一切なく、人間味のなさは機械を思わせるものがあった。

四十八、と村田がカウントした時、腹筋がいきなり痙攣《けいれん》した。悲鳴を上げて大の字になる。三十分以上連続している訓練に体がギブアップしたのだ。

どうした、と村田が数歩近づいてきた。

「止めていいと誰が言った」

「すいません、ちょっと……」

腹部を押さえながら、夏美は立ち上がった。収縮する腹筋から、全身に鋭い痛みが広がっていく。

「ついてこられないならグラウンドから出ろ。邪魔だ」首だけを曲げた村田が、全員起立と命じた。「直ちにグラウンド五周。連帯責任だ。その後、重装備マラソンに移行」

座ってろ、と指一本で夏美の肩を押さえる。抗《こう》しきれず、その場に腰を降ろした。

「何度も言ってるが、いつでも辞めていい。命が懸《か》かっている仕事だ。中途半端な奴が一番迷惑する」

小さくうなずいた。過去、何十回も言われている。夏美は唇を噛《か》んだ。

旧弊《きゅうへい》な消防士のように、女性には務まらない仕事だと言っているわけではないとわかっていた。例えば雅代がそうであるように、実力のある者は正当に評価するが、要求するレベルに達しない者は、男女の区別なく排除するのが村田という男だった。

村田にとって、消火と人命救助が絶対の法であり、正義だった。その邪魔をする者は、たとえ署長の大沢《おおさわ》でも面罵《めんば》して下がらせるだろう。

村田は消防庁長官表彰、総務大臣表彰を何度も受けているが、その倍以上訓告処分を受けてもいる。すべて、火災現場で上官に抗命したことが理由だった。

消火と人命救助のためなら階級さえ関係ないとする村田は、その優秀な能力を評価されていたが、組織上の上司たちからは例外なく敬遠されていた。次長待遇の司令長だが、警防課での席はない。

過去の功績を考慮すれば、本来なら部長になっていてもおかしくなかった消防士だ。部下たちからは絶大な信頼を寄せられているが、それも上の人間にとっては不愉快なようだった。

二年前ギンイチが開設されて以来、夏美に対して厳しい態度で接していた。雅代や宇頭など、周囲がかばってくれていることもあり、強制的に訓練から外されるようなことはなかったが、暗に辞めるべきだと繰り返し言われてきた。

嫌みでもなく、夏美を嫌っているのでもない。ただ適性がないと判断している。それがわかっているだけに辛かった。

「どうする。お前が辞めても何も問題はない。柳には俺の方から言ってもいい。この前の事故の件は聞いた。誰かを殺す前に辞めるべきじゃないか。父親もそれを望んでいると思うが」

父は関係ありません、と足を踏ん張って立ち上がった。

「先日の事故については、あたしの責任です。柳課長にも退職願を提出しました。村田司令長から言っていただかなくても結構です」

「辞めるというのはいい判断だ。柳にもそう伝えておく」

村田が背を向けて去っていった。グラウンドを男たちが走っている。小雨に風が混じり始めていた。

夏美はその場に立ったまま、顔を手の甲で強く拭《ぬぐ》った。

AM10：26

丸鷹ビルディング・ファルコンタワー統轄部主任、西川祐子《にしかわゆうこ》は七十二階フロアの約三分の一を占める巨大プールを見つめていた。すぐ横でプールエリア総責任者の今津勝《いまづまさる》が唾《つば》を吐《は》いている。今日も二日酔いなのだろう。いつにも増して不機嫌な様子だった。

「どうなってんだよ」

低い声で今津が唸《うな》る。すいません、と頭を下げた。

「十時を過ぎてるぞ？　水が張られてないって、どういうことなんだ？」

申し訳ありません、と更に深く頭を下げた。これ以上怒らせてはならない、と経験的にわかっている。

今年六十歳になる今津は、プール管理に関する世界的権威者だ。ロンドン・オリンピックの際には、技術顧問として正式に招聘《しょうへい》されている。日本だけで言えばトップスリーに入るプロフェッショナルだろう。

日本最大手のレジャー施設、ジャパンランドで七年間プールのメンテナンスを担当してきた祐子は、その業績をよく知っていた。神業的なテクニックについても尊敬の念を持っている。かつて水泳のオリンピック候補選手だった今津以上に、プールと水に関する繊細な感覚を持つ者はいない。

二年前、祐子は丸鷹ビルディングと提携を決めたジャパンランドから出向している。現在は統轄部に所属し、主に七十二階スポーツエリアを担当していた。

日本一の高層タワーに巨大プールを設営し、運営するという仕事には夢があった。しかもメンテナンスを管理するのは伝説の男、今津勝だという。期待に胸を躍《おど》らせて仕事に加わったが、憧れがあった分だけ今津の人間性に失望していた。

確かに能力は比類がない。プール管理者として、ベテラン中のベテランだ。

だが、その考え方は旧弊であり、あらゆることを自分の支配下に置こうとし、新しい技術の導入も否定する。職人としては最高に優秀かもしれないが、一緒に働くのは苦痛だった。

「どうなってんだよ」

酒臭い息を吐きかけられて、祐子は顔を背《そむ》けた。

「屋上ポンプからこちらに水が引かれる予定でしたが、今朝になって三基あるポンプの一基が故障していると連絡がありました。修理を急がせていますが、生活用水が優先される、と担当者は言っています。おそらく、プールは最後になるだろうということでした」

生活用水とは、単純に言えばタワー内のトイレなどで使用される水だ。他にもホテルフロアの客室で使われるバスルームの水や、レストラン関係の用水も含まれる。優先順位として、そちらの方が高いと総責任者の鷹岡社長が決定したと聞いていた。

「ポンプはいつ直るんだ?」

「はっきりしたことは言えませんが、夜までには……」

「じゃあ、今日はクローズだな」あっさりと今津が言った。「全周八百メートルの流れるプールだぞ?　水を張るだけで何時間かかると思ってんだ?　何もわかっちゃいねえな」

「すいません」

「サブプールも全部合わせれば、二キロ以上だ。オープン初日に間に合わせろとうるさく言ってきやがったくせに、水がないんじゃ話にならん。いいさ、俺の責任じゃねえ。素人《しろうと》はこれだから困るよ……それはいいが、あれは何だ？」

首を向けた方向に目をやる。一時間ほど前から、メインプールの周辺に大きなポリケースが搬入されていた。運び込んでいるのはプールメンテナンスの専門業者、イシグロウォーターサービスの社員たちだ。

一メートル四方の透明なポリケースを、重機を使って積み上げている。液体が入っているのは見ればわかった。

石黒《いしぐろ》社長に事情を聞きました、と祐子は作業を指揮している男を指さした。

「よくわからないんですが、塩酸がどうとかおっしゃっていました。取り扱いには厳重な注意が必要だとも……危険ではありませんかと言ったのですが、今津さんの発注だからと」

「そんなもの、俺は頼んでねえよ。おい、石黒！　こっちへ来い！」

怒鳴り声を上げた今津に気づいた石黒が、作業を部下に任せて近づいてくる。何してんだ、と今津が獰猛《どうもう》な表情で吐き捨てた。

「そのポリケースは何だ？　塩酸が入ってるってのは本当か？」

「今津さんのご注文ですから」ジャンパーにジーンズというラフなスタイルの石黒が答えた。「参りますよ、いきなり塩酸五十トンと言われても。三日前に発注されても、うちの専門じゃありませんし……何とか間に合わせましたがね」

「何の話だ。塩酸五十トン？　馬鹿じゃねえのか？　プールだぞ、あんなぺらぺらのビニール、破れたらどうすんだ？」

今津が右の拳で肩を突いた。止めてくださいよ、と石黒が手で払いのける。

「ここにあなたからのファックスがあります。注文書です」ポケットから出したA４サイズの紙を開いた。「前から申し上げてますけど、今時ファックスで送ってくるなんて考えられませんよ。あなただけなんです、こんなやり方は」

今津が鼻をひくつかせながら笑った。その肩越しに祐子はファックス用紙を覗き込んだ。

汚い字が乱暴に記されているだけで、ほとんど読めない。辛《かろ》うじて塩という漢字と５という数字があるのがわかる程度だ。俺が書いた、と今津が認めた。

「発注は俺の仕事だからな」

「ですから、ご注文の品をお届けしたわけです」

塩酸なんか頼んでねえよ、と今津が罵《ののし》った。

「書いてあんだろ？　塩素だよ、消毒用の塩素だ。字も読めねえのか？」

しばらく黙っていた石黒が、読めますかと紙を渡した。祐子は目を伏せた。

「今までもそうでしたけど、今回はひど過ぎますよ。塩はいいとしても、その次は何です？」私には塩酸としか読めませんでしたね、と石黒が紙を突き付けた。「発注の量だって5なのか50なのか。それも言ったはずです。いつか間違いが起こりますよと」

「起きなかったじゃねえか」

今津を見つめていた石黒がゆっくりと首を振った。表情に暗い笑みが浮かんでいるような気がして、祐子は不安になった。

「この業界に関わる者として、あなたを信頼しています。何か私にはわからない理由があって、五十トンの塩酸を注文したのだと判断し、手配しました。何か問題がありましたか」

「常識で考えろよ。プールに塩酸がいるわけねえだろ？」

「そうおっしゃられても、私は指示通りにしただけです。クレームがあるなら正式に文書でどうぞ。ただし、このファックスがある以上、私のミスにはならないと思いますが」

一歩も引こうとしない石黒の態度に、祐子は驚いていた。独裁的にプールを支配していた今津に対し、今まで石黒が逆らったことはなかった。

そもそも、石黒の会社をこのプールに出入りさせているのも今津の権限だ。二人の関係は発注者と請《う》け負い業者で、常に今津が優位だったはずだ。

石黒の指摘通り、今津の発注書は他の業者からも評判が悪い。悪筆で読めない、と問い合わせを何度も受けたことがある。

とはいえ、プールに五十トンの塩酸を運び入れろという注文は、常識的に考えておかしい。石黒もわかっていたはずだ。塩酸としか読めなかったとしても、確認の連絡はするべきだろう。

だが、祐子は電話を受けていなかった。つまり、石黒は意図的に塩酸をプールに運んできたのだ。故意にやっている。明らかな悪意を感じた。

噂《うわさ》は本当らしいな、と今津が口元を歪《ゆが》めた。

「ザップス・フィットネスクラブとの契約が決まったんだな？　だからこんなことをしたのか。子供かよ、意趣返しか？　今までの恩を忘れたのか。お前が独立する時、仕事を世話してやったのは誰だ？」

「あなたです」

「そうだろ？　俺が引き立ててやった。そうじゃなけりゃ、イシグロウォーターサービスは排水溝専門の零細業者だったんだぞ」

「その通りです。だから十年間、あなたの無茶な注文に応じてきた」表情を消した石黒の唇が震えていた。「無理を重ねてきました。一度や二度じゃない。大きな損失を出したこともある。それでもいいと思っていました。恩義だけじゃない。あなたを尊敬していたからです」

「尊敬？」

「プールメンテナンスの第一人者として、あなたを尊敬し、従ってきました。だがこの十年間、あなたは私を人間扱いしなかった。命令すれば従う奴隷《どれい》同然に考えていた」

「それがお前の仕事じゃねえか」

仕事というのは、人間同士の信頼感があって初めて成立するものですよ、と石黒が横を向いた。

「あなたはひど過ぎた。何でも許されるってわけじゃない。私にだってプライドはあります」

結構なこった、と今津が唾を床に飛ばした。

「石黒、ひとつだけ言っておく。メンテ業者はいくらだってある。俺と仕事をしたい業者も山ほどいる。お前は下らないプライドにしがみついてりゃいい。今日で全部終わりだ。二度と俺のプールに近づくんじゃねえぞ」

わかりました、と石黒がうなずいた。話は済んだな、と今津がポリケースの山を指さす。

「さっさとあれを持って帰れ。邪魔だ」

もうあなたの命令に従う必要はないんです、と石黒が唇の端を曲げて笑った。

「私はあなたの発注書に従って商品を届けた。その後のことは別の業者にやらせればいい。私の責任ではありません」

「何だと？　いらない物を持ってきて、金は払えっていうのか？　そんな馬鹿な話は通らねえぞ」

「二度と俺のプールに近づくなと言ったじゃないですか。退散しますよ。言われなくたってそうするつもりでした」

　引き揚げを命じた石黒に従って、部下たちが撤収の準備を始める。馬鹿が、と怒鳴った今津から離れて、祐子は石黒の背中を追いかけた。

「石黒さん、お気持ちはわかります。ですが、塩酸をプールサイドに放置しておくのは危険ではないでしょうか。今津さんに非があるのはわかっていますけど、今回は引き取っていただけませんか」

「西川さん、あの人についていても、何もメリットはありませんよ」振り向いた石黒が小声で言った。「あなただってわかってるはずだ。尻拭《しりぬぐ》いをする必要はないでしょう。一度ぐらい自分で責任を取ればいいんだ。そうは思いませんか？」

「でも、やはり危険ですし……」

「大丈夫ですよ。ポンプ故障の件はぼくも聞いています。プールがオープンできるのは、早くても明日の午後でしょう。それまでには今津さんが別の業者を見つけて片付けさせますよ」水のないプールに近づく客はいませんよ、と石黒が微笑んだ。「どうしても心配なら、立入禁止のロープを張っておけばいいし、あのポリケースは硬化加工していますから、よっぽど乱暴に扱わなければ破損しません」

「ですが……」

失礼します、と頭を下げた石黒がエレベーターホールに向かった。西川、という怒鳴り声が聞こえる。少し躊躇《ちゅうちょ》してから、祐子はプールへ戻っていった。

AM10：45

午前十時四十五分、テレビジャパンの情報ワイド番組〝モーニングTOKYO〟のアナウンサー、門田菜穂子《かどたなおこ》はファルコンタワー三十五階にあるスタジオFTXの控室にいた。民放テレビ局が共同で出資、運営している多目的スタジオで、小さいが生中継も可能だ。

目の前のテーブルに載せられているファルコンタワーのミニチュア模型を指しながら、広報担当の三国《みくに》という女性が早口で説明を始めている。ディレクターの小金沢《こがねざわ》や他のスタッフと並んで、話に耳を傾けた。

「ファルコンタワーの蝶の蛹《さなぎ》のような形状の独創的なデザインは、世界的に評価の高い安《あん》西道茂《ざいみちしげ》氏のアイデアによるものです」

確かに蛹だ、とその形を見ながら菜穂子はうなずいた。南北の壁面が細長い楕円《だえん》形になっている。

シェル・スタイルと呼ばれる最新工法で、一見アンバランスだが、実際《じっさい》にはシンメトリーに設計されている。何十万枚もの特殊ステンドグラスがタワー全体を覆《おお》っているというレクチャーは事前に受けていた。

「総工費は三千億円です。地下フロアは駐車場、集中管理センター、発電室などがあります。地上は百階建て、高さ四百五十メートル、建築面積は三二、七三八平方メートル、延床面積は四五二、九七五平方メートルという日本で最も巨大な超高層ビルです。ちなみにひとつのフロアの平均面積は東京ドームの約三分の二の大きさです」

三国の説明が流暢《りゅうちょう》なのは、単純に慣れているからだろう。民放テレビ全局をはじめ、新聞、ラジオ、雑誌、BS、CS、インターネット関連のサイトなども合わせれば取材は千件以上に及んだという。それだけ繰り返していれば、細かい数字も自然に覚えてしまうのは当然だ。

「一階から三十階までのショッピングフロアには、メインとなっている阪東《ばんどう》百貨店をはじめ、あらゆるブランドのショップ、テナントが計百六十、更に虎《とら》の川《かわ》総合病院と提携したメディカルフロア、会議室、銀行四行の支店、保育園、幼稚園、交番なども併設されています。テナントについてはファッション、化粧品、靴、スポーツ関連商品、リビング、ギフト、ブライダル、書籍、サウンドビジュアル、玩具、ベビー、子供用品、マタニティ、美術品、宝飾品、時計、雑貨……」

詳しいショップ名まで説明は及んだ。有名ブランドから若者層に人気の古着屋までが幅広くタワー内に出店していることがわかったが、菜穂子はメモを取らなかった。

事前に配布された資料にも書いてあったたし、今日の生中継で紹介する店舗は決まっている。首を巡《めぐ》らせて、背後の窓から外を見下ろした。

三十五階は約百五十メートルの高さにある。イーグルシティの全景が視界に入った。その向こうには銀座の街並みが見える。

ファルコンタワーそのものの敷地は人造川で囲まれていた。ベニスの街を模しているということで、ゴンドラが行き交っている。

日本とは思えない光景だ。異世界にいるようだった。空に数機のヘリコプターが飛んでいる。テレビジャパンも含め、全民放局が空撮をしていた。

「三十一階から七十階まではオフィスフロアです」三国の少し甘い声が続いている。「テレビ局の取材ですとあまり関係ないかもしれませんが、約百社入っている会社のほとんどが一部上場企業で、例えばＩＴのラストランド社、ゴールドダスト証券、総合レストラン紅壇《こうだん》社など、本社機能をこちらに移している会社もあり――」

隣に座っていた小金沢が、それは結構ですと手を振った。主婦向けの情報番組には必要ないだろう。

そうですね、と三国がペットボトルの水をひと口飲んで舌を湿《しめ》らせた。

「七十一階から七十三階まではイベント、催事フロア、劇場などです。オープン直後は大恐竜展、IT会社の展示会などが開催されています。そして七十四階から百階までがホテルフロアです。こちらは興味がおありなのではないでしょうか。イギリスの名門、ミラマックスホテルがアジア圏で初めて展開するミラマックス東京です。全室セミスイート以上、客室は百八十と少なめですが、スパ、ビジネスセンター、レストラン、バーなど各種施設の評価はトリプルA、名実共に世界最高峰のホテルと申し上げてもよろしいかと思います。九十九階にはバーをメインにした飲食店、百階フロアは世界の名店を集めたレストランタウンと千人規模の会議を行えるボールルームがあります。屋上には展望台と巨大空中庭園、ヘリポートがあり……」

小金沢が小さく首を振っている。今日、ホテルに関しては紹介だけということになっていた。番組が大きく取り上げようとしているのは、ショッピングフロアだった。

小金沢がいくつか確認をして、その他にもあらゆる施設がタワー内に入っていることがわかった。映画館、小演劇や落語などのためのホール、ＤＶＤやコミックなどの巨大レンタル店、図書館やスポーツ施設もある。

アミューズメントのためにジェットコースターがフロアを走っていることや、結婚式場、広いタワー内を移動するためのレンタサイクルまであると聞いて、さすがに菜穂子も驚いた。それでは町ではないか。

他にも多くの施設があると話が続いた。厳密に言うと低層階、中層階、高層階の区分けは便宜《べんぎ》的なもので、いくつかのフロアは機械室や総合電気室、コンピュータールームなど、タワーをコントロールするために稼働しているという。

三国の説明にもあったが、七十一階で開催されている大恐竜展は、菜穂子もテレビのコマーシャルで何度も目にしていた。また、七十二階のスポーツエリアには周囲二キロにも及ぶ屋内プールなど、多数のスポーツアクティビティが揃っている。

文化、芸術、商業、生活、娯楽、その他考え得るあらゆるエンターテインメントで溢《あふ》れている夢のタワー、と表現しても過言ではないだろう。

小金沢がショッピングフロアの詳細について質問している。菜穂子は窓の外に目を向けた。遥《はる》か下では、群衆がタワーを取り囲んでいた。

オープンまで後一時間、人の波が途切れることなく次から次へと押し寄せている。一万、二万という数ではない。五万人、もっと多いかもしれない。オープンの時間になれば十万人を超えるのではないか。

人々はそれぞれ手に携帯電話やスマホを掲げているようだ。写真を撮って、SNSや動画サイトなどにアップするつもりなのだろう。

「それでは、エレベーターは六十基ということですか?」

質問していた小金沢が指で肩をつついた。話を聞け、ということらしい。顔を三国に向けると、エレベーターについて話し出した。

「エレベーターホールは各フロアに二カ所あります。百階まで直行するエレベーターは、障害者優先の一基が別に用意されていますが、他はそれぞれ地下五階から三十階、三十一階から七十階、七十一階から百階まで、二十基ずつ配置されていますので、計六十基となります。すべてハイグレードのクリスタル仕様で、中から外の風景が望《のぞ》めます。上昇速度は台湾の台北101を抜いて世界一の高速で——」

途中で止まったりしたら大変ですね、と菜穂子は感想を言った。

「百階で動かなくなったりしたら、ホテルのお客さんは歩いて降りるんですか」

そのような事態はあり得ません、と鼻白《はなじろ》んだように三国が言った。

「最新式の設備です。震度四以上の地震や非常災害が発生した場合は自動停止しますが、安全が確認されれば手動、自動どちらでも運行が可能になります。十二時間ごとに保守点検も行われます。安全システムも完備していますので、ご心配には及びません」

「そういうつもりではなくて」冗談です、と菜穂子は笑みを浮かべた。「これだけの素晴らしいタワーですから、あらゆるトラブルに対応できる態勢が整っているのはわかってるつもりです」

「トラブルは起きません。世界一安全な高層タワーです。ご理解いただけましたか?」

そんなこともわからないのか、と言わんばかりの口調だった。すいません、と小さく答えて視線を逸《そ》らした。

窓の向こうで小雨が降り始めている。天気予報では季節外れの熱帯低気圧が昨夜から近づいているということだったが、どうやら本格的に天気が崩れ始めているようだ。

「強くならなければいいのですが」

菜穂子の様子で雨に気づいたのか、三国が眉を顰《ひそ》めた。初日は晴れてほしいですよね、と小金沢がうなずく。地上では傘の花がいくつも開いていた。

AM11:01

止めなさいと叱《しか》ったが、二人の子供がお互いを叩き合いながらはしゃいでいる。ファルコンタワー一階で入場の列に並びながら、小山友江《こやまともえ》は小さくため息をついた。

数人の客が迷惑そうに見ている。すいませんと頭を下げながら、強引に子供たちを引き離した。

友江は宮城県に住む主婦だ。生まれも育ちも宮城で、大学卒業後地元で就職した。会社で四歳上の小山草太《そうた》と出会い、そのまま結婚した。十五年前、二十五になった年のことだ。

二人の男の子を産み、平凡だが幸せな毎日を送っていた。草太は優しいだけが取り柄のような男だったが、友江のことを深く愛していた。友江も同じだ。日々の暮らしに感謝があった。

幸せな生活を送っていた一家を襲ったのは地震だった。3・11、東日本大震災。

地震があった時、友江は自宅にいた。長男の朋幸《ともゆき》も次男の幸輔《こうすけ》も一緒だったのは幸運と言っていいだろう。二人を連れて近くの山に逃げた。

家は津波で流されたが、命は助かった。まあいい、と思った。どうしようもないことだ。家はまた建てればいい。

だが、避難先の公民館で草太が死んだことを知った。草太は会社にいて一度は逃げたが、近所にあった幼稚園の子供たちが逃げ遅れたことを知り、救出に向かったという。

園児たちを助けることはできたが、自分は津波に吞まれて死んだ。子供好きな男だった。

あれから四年経った。実家に戻り、二人の子供を育て、ようやく落ち着きを取り戻したところに役所から連絡があった。

東京にできる新しいホテルが震災被害者を招待したいと申し出ており、幼稚園児を助けようとして亡くなったご主人の話を聞いて、ぜひ小山さんにと言っているという話だった。

迷ったが、役所の担当者から説得された。両親や周囲の人間たちも勧《すす》めた。働いている職場の仲間も快く送り出してくれた。

二人の子供を連れて東京まで出た。東京見物は何回かしたことがあったが、銀座は初めてだ。

通りを埋《う》め尽くす人の数、ファルコンタワーの巨大さに圧倒されたが、子供たちは興奮して喜んでいる。こういうことがあってもいいのだろう。草太のことはしばらく忘れよう。

「あんたたち、頼むから騒がないで。お願いだよ」

怖い顔をしたが、何が気に入ったのか二人がオネガイオネガイと叫び出した。疲れる、とまたため息をついた。

ホテルのチェックインが始まるまで、まだ後一時間ある。子供たちの手を強く握り締めた。

AM11:48

笠原政治《かさはらまさはる》は小さく咳《せ》き込んだ。大丈夫ですか、と妻の明子《あきこ》が心配そうに覗き込む。煎餅《せんべい》が喉に引っ掛かって、と笠原は顔をしかめた。

何度か咳をすると治まった。本当にあなたは、と明子が笑いながら持参していた水筒のお茶をカップに注いだ。

「大丈夫だ。心配しなくていい」

そうですけど、とつぶやいた明子がカップを見つめる。そんな顔をするな、と笠原は明るく笑った。

ミラマックスホテルのチェックインまで後十分です、と大勢の係員が叫んでいる。タワー前に設けられたホテル利用者専用の行列が動き始めた。

笠原は今年七十歳になる。四十年近く働いた区役所を定年退職したのは十年前だ。退職と同時に年金の受給が始まったから、老後の不安はなかった。酒もギャンブルもやらない。子供はいなかったが、二人でのんびりと余生を過ごすつもりだった。

不幸が襲ったのは五年前だ。検診で肺ガンと診断された。六十五歳の秋だった。さまざまな治療を試みたが、結局右肺切除の手術を行った。それでも完治するかどうかは五分五分だというのが主治医の所見だった。

それからの闘病生活は長かった。毎月定期的に病院に通い、何時間もかけて検査を受ける。少しでも異常があれば入院した。

どこへも行けず、食事を楽しむこともできない。摂生に努め、規則正しい生活を自らに課した。辛い日々だったが、明子が支えてくれた。

今年の四月、一週間入院して徹底的な検査を受けた。翌週再び病院へ行き、その結果を知らされた。医師の表情を見て、明子と手を取り合った。

「完治しています」

結論から医師は言った。肺からガン細胞はすべてなくなっている。他への転移もない。よく頑張りましたねと握手を求めてきた。もしかしたら自分より喜んでいるかもしれないと笠原は思った。

ガンの五年生存率については知識があった。五年経過して再発がなければ、完治したと見なされる。健康体ということだ。

もちろん絶対ではないが、今までとは違う。毎月病院に通う必要はない。診察室で明子は号泣した。励ますことに気を取られ、実感が湧《わ》いたのは家に帰ってからだった。治ったのだ。

そうなってみると、やりたいことがたくさんあるのに気づいた。何でもできる。食事、旅行、温泉。楽しみは数知れない。

銀座に新しいホテルができると聞いて、泊まりたくなった。公務員だった笠原は区議会議員にコネがあり、頼んでみると、部屋を取ってくれた。

応募者が殺到して、普通ならとても取れなかっただろうと聞かされた。その議員も笠原の病気のことは知っていた。恩に着せるということではなく、心配してくれていたのだ。お役に立てて良かったですよ、と議員は笠原の肩を強く叩いた。

一時間ほど前から、明子と共にチェックインの順番を待っていた。待つこと自体が喜びだった。

同時に、落ち着かないものを感じていた。慎《つつ》ましい生活を送ってきた笠原にとって、ファルコンタワーはきらびやか過ぎた。ミラマックスホテルの評判も聞いている。世界一豪華な内装を誇《ほこ》っているという。

いいんでしょうか、と明子が言った。思いは同じなのだろう。

「こんな立派なホテル……お金がもったいないですよ」

「いいんだ」

手を伸ばしてカップを摑《つか》んだ。何も問題はない。これが終わりということでもない。蓄《たくわ》えもある。世話をする子供もいない。自分たちのために金を使っても、どこからも文句は出ない。今日が始まりだ、と笠原は言った。

「いろんなところに行こう。二人で楽しく過ごそう」

はい、と明子が微笑む。その手をそっと握った。

PM00：00

ファルコンタワーを取り囲む群衆の間から、自然発生的にカウントダウンが始まっていた。

「十！　九！　八！　七！　六！」

タワーのメインエントランス前の広場に待機していた東京セントラルオーケストラのメンバーが、それぞれ楽器を構える。指揮者の合図は必要なかった。人々の声がタクトだ。

「三！　二！　一！　ゼロ！」

演奏が始まる。同時にタワー周辺でレーザー光線によるショーが開始された。

興奮した人々が叫んでいる。手を振り上げ、ブブゼラやチアホーンを吹き鳴らしている者もいた。誰もがスマホやカメラのシャッターを押している。ムービーを撮影している者も大勢いた。

エントランスはタワー四方に六つあるが、オープン前から入場制限が始まっている。後から後から押し寄せてくる人の波が巨大な生き物のように動き続けたが、すべて想定済みだった。

警察官も動員され、人員整理に協力している。十万人近い人出にもかかわらず、入場の列に並ぶ人の群れは整然としていた。

関係者全員が半ば諦めていたが、タワー内のテナント、ショップ、レストラン、オフィス、ホテル、その他ほとんどの施設が定刻通りにオープンを迎えていた。拡声器を口に当てた数十人の男女が声を嗄《か》らしながら、ゆっくりお進みくださいと叫び続けている。

東京スカイツリーの経済効果は約八百八十億円と計算されていた。巨大複合商業施設であるイーグルシティとファルコンタワーとでは単純に比較できないが、エコノミストたちは最低でも一千億円規模になるだろうと予測している。東京の、あるいは日本を代表する一大ランドマークが誕生した瞬間だった。

PM00：04

十二時ジャスト、七十四階ミラマックスホテルのフロントでチェックインが始まった。ホテルマンが総出で、並んでいたＶＩＰ客たちに対応している。彼らは特別にファルコンタワーのオープン前からフロントに案内されていた。

カウンターは十あったが、そのうち三つは招待客用だ。彼らを優先的にチェックインさせるように指示したのは、支配人の真壁《まかべ》修也《しゅうや》だった。ＶＩＰを一般客と同じ列に並ばせることはできないという判断があった。

最も早くチェックインを済ませたのは、東京都知事金沢博司だった。十二時四分、金沢は記者団を引き連れながら真壁と数人のホテルスタッフに案内され、用意されていた九十九階ロイヤルスイートルームに入った。

「素晴らしい部屋ですね、知事」

新聞記者の一人が思わずため息を漏《も》らした。金沢は真壁から真鍮《しんちゅう》製の鍵を受け取りながら、小さく笑った。ミラマックスホテルではカードキーではなく、重量のある鍵を使う。開業以来続く伝統だった。

部屋はウェイティングルーム、リビング、ダイニング、二つのベッドルーム、二つのバスルームから成っている。二百平方メートルございます、と真壁が小声で言った。周りでフラッシュが勢いよく焚《た》かれた。

「眺《なが》めが素晴らしい」分厚い絨毯《じゅうたん》の上を歩きながら、金沢は記者たちに声をかけた。「東京が一望できる。あいにくの小雨模様だが、逆に良かった。晴れていたら目が潰《つぶ》れたかもしれない」

ウインクする。下手なジョークだったが、記者たちの間から笑いが起こった。

真壁とホテルスタッフが次々にドアを開けていく。家具から、飾られている絵画、花瓶などの装飾品、カーペット、カーテン、テレビやAV機器、ベッド、バスルームのアメニティに至るまで、最高級の品が揃えられていた。

「奥様、素敵ですね」

同行していた金沢の妻、理子《りこ》に秘書の一人が囁きかける。ええ、とうなずいた妻の手を取り、金沢は記者たちの正面に立った。

「仕事柄いろいろなホテルに泊まっております。ご存じの通り、わたしはもともと経営コンサルタントでした。日本中を廻《まわ》り、数々の素晴らしい宿に宿泊していますが、断言しましょう。ここはベストのホテルです」

フラッシュが連続して光り、記者たちが拍手した。秘書たちがホテルから贈られていたシャンパンを開け、グラスを配り始める。微笑を浮かべながら、金沢はその様子を見つめた。

嘘をついたわけではない、と自分に言い聞かせた。ミラマックスはアメリカの経済誌インスタマッチなどでも常に世界一、二位を争うランクづけをされる最高級ホテルだ。

豪華でありながら品格を保つ部屋は、世界中から評価されている。ただ、金沢にはそれ以上に言葉を費《つい》やして褒《ほ》めたたえなければならない理由があった。

イーグルシティ及びファルコンタワーの施工主は丸鷹ビルディング会長の鷹岡重蔵だ。重蔵には巨大な借りがあった。金も権力も与えられた。都知事の座に就いたのも、結局のところ重蔵の力によるものだ。

四年前、前都知事が高齢を理由に辞任を表明した際、都知事選に出馬してほしいと与党である民自党から要請を受けた。既に始まっていたオリンピック誘致運動の責任者になっていた金沢は、可能なら都知事の座に就きたいと考えていたが、資金面の問題もあり、現実的には無理だと判断していた。

その後、民自党に所属することでバックアップ態勢は整ったが、資金の目処《めど》は立たなかった。諦めざるを得ないと考えていた金沢に、資金提供を申し出たのが鷹岡重蔵だった。以前から重蔵に援助を受けていたが、比較にならない金額を出すと言われ、他に当てがないまま従い、二カ月後の選挙では対立候補に圧倒的な差をつけ、新都知事に就任した。

金沢と重蔵の関係は誰にも知られていない。だがそれは無形のプレッシャーとなってのしかかっていた。借りの意識が常にある。

結局のところ重蔵は元ヤクザだ。関係が露《あらわ》になれば都知事の座から降りざるを得なくなるだろう。世間は金沢に集中砲火を浴びせ、公人として活動することは二度とできなくなる。

このまま闇の中を歩き続けるしかない。重蔵が病で倒れた後も、後継者の鷹岡光二と密接な関係を保つことを余儀なくされた。イーグルシティとその象徴であるファルコンタワーを支援するのは絶対の義務だった。

複雑な思いを抱えたまま、金沢は記者たちに向かって笑みを振り撒《ま》いた。

PM00：16

金沢理子は夫から離れて、手近のソファに腰を降ろした。秘書の一人が紅茶をいれて運んでくる。ありがとうございますとうなずいた視線の先に、夫の姿があった。

辺りを見回した。室内はあらゆる意味でデラックスという形容詞がふさわしいが、それでいて華美ではない。絶妙なバランスで品格が保たれている。ある種の芸術品のようだ。

だが、その中心にいる夫はどうだろうか。手の中のティーカップを見つめた。

結婚して三十年になる。夫、金沢博司のことはよくわかっていた。悪い男ではない。むしろいい人間だろう。

気の弱いところはあるが、優しい夫であり、よき父親でもある。とはいえ、都知事が務まる性格ではないのも事実だった。

経営コンサルタントとしての能力は高い。慢性的な赤字を抱えていた東京都の財政アドバイザーとして、前都知事のスタッフに加わったが、その選択は間違っていなかった。都の財政が二〇〇〇年以降好転しているのは、金沢の力によるところも大きい。だが、その後都知事に就任したのは、偶然によるものだとわかっていた。

問題なのは、金沢に政治の世界が向いていないことだった。前知事のような人間的な魅力や、大衆からの人気はない。本当に常識的な普通の男で、周囲を引っ張っていくカリスマ性、あるいは精神的な強さに欠けている。

民間の経営コンサルタントという仕事から、六兆九千五百億円という膨大《ぼうだい》な予算を持つ東京都のトップに就くことで、政治の面白さに目覚めたことは想像に難《かた》くない。気持ちはわかるが、無理なのだ。都知事どころか町内会長の器でさえない。

都知事の座に就いたのが本人の力ではないと、身近にいる理子が一番よくわかってい
た。金沢は決して言わなかったが、おそらく筋の良くない人間と裏で結び付いているのだ
ろう。そういうことでもなければ都知事になれるはずがなかった。他に有力な候補がいな
かったため、四年間都知事の座に居座り続けているが、もう辞めるべきだ。
今なら間に合う。経営コンサルタントに戻ればいい。もちろん生活レベルは下がるだろ
うし、今のように東京都のトップとして権限を持てなくなるのは確かだ。
それでもいい。このまま続けていけば、どういう意味合いにせよ金沢は壊れてしまうだ
ろう。
三十年、夫を愛し続けてきた。本質は優しい人だと、誰よりもよく知っている。放って
おけない。
今夜、二人でこのホテルに泊まる。三人の子供たちは自宅だ。プライベートで宿泊する
という建前があるため、秘書やSP、その他スタッフも夕方まではホテルを出る。
二人きりになるのは久しぶりで、今日しかないという思いがあった。夫を説得しようと
心に決めていた。
「主人にコーヒーを」お酒は飲ませないでください、と秘書に囁いた。「お願いできます
か」
見つめていた秘書が、何かを察したようにうなずいた。話し合いに向けての準備はもう

始まっている。理子はティーカップを持ち上げて、冷めかけた紅茶をひと口飲んだ。

PM00：20

十二時二十分、女優朝川麗子《あさかわれいこ》は不満だった。

ホテルに招待されたところまではいい。東京で最も格式の高いミラマックスのオープンに当たり、自分が招待されるのは当然だ。世の中には格というものがある。最高級のホテルにふさわしいステイタスを持つ者が招かれるのは当たり前だろう。

だが、用意された部屋は九十九階のロイヤルスイートではなく、九十八階のグランドスイートルームだった。こんな扱いは不愉快だ。聞いていた話と違う。

わたしは女優だ、とイタリア製のソファに座りながら麗子は煙草をシガレットケースから取り出した。数え切れないほど多くの映画に主演し、昭和の銀幕スターとして大勢の観客を動員した。

テレビに活躍の場を移してからも、ずっと主役を張り続けた。恋愛、サスペンス、ホームドラマ、当たり役は数知れない。

確かに、この十年ほどは母親役などドラマを支えるポジションに落ち着いているが、七十歳になった今でも、テレビ局のプロデューサーやディレクターたちは麗子を伝説の女優として別格に扱っている。出演作は減ったが、それは自分の考えによるもので、何でも頑張るという年齢ではないだろう。

ぽっと出の新人女優やアイドルではない。来た仕事はすべて請けるというのも格を落とすだけだ。一流の女優にはふさわしい役柄というものがある。価値を下げてまで演じる必要はない。

今日、このホテルに招待された。それも最初は断った。朝川麗子をホテルの広告塔に使いたいということなのだろうが、そんなわけにはいかない。

だが、世界一のステイタスを誇るホテルですからとスタッフに勧められた。仕方がないので来てはみたが、扱いが悪い。侮辱《ぶじょく》されているとしか思えなかった。

「日下《くさか》さん」煙草に火をつけながらマネージャーを呼んだ。「ちょっと来て」

「何でしょうか？」

タートルネックの上からジャケットを着た日下一郎《いちろう》が、ウェイティングルームから顔を覗かせた。細すぎる体がいかにも頼りない。

「どういうこと？　何なの、この部屋？　どうしてわたくしがこんな部屋に？」

強い口調で叱りつけるように言った。返事はない。ただうつむいている。いつものことだった。その態度に無性に腹が立って、麗子は火のついたままの煙草を投げ付けた。

煙草が胸に当たってそのまま落ちた。日下はすぐに拾いあげて、いつも持っている携帯灰皿に押し付けて消した。

「申し訳ありません」

元の位置に戻って頭を深く下げた。麗子の声が更に高くなる。申し訳ありませんと繰り返したが、握りしめた手が震え出すのを抑《おさ》えることができない。開きかけた口を意志の力だけで閉じた。

マネージャーとしてそばについて四十年になる。朝川麗子は、もう昔の麗子ではない。

昔から態度は決して良くなかった。それが魅力だったのは本当で、年配の映画監督などには逆に気に入られたりしたが、七十になってしまえばただの世間知らずだ。

演技は昔から下手だった。美貌《びぼう》とスタイルの良さでごまかしていたが、年齢を重ねてもワンパターンの芝居しかできない。

常に主演クラスの扱いを要求し、ギャラも高かった。映画では通用したかもしれないが、テレビ業界では最も扱いにくい女優と言っていい。

積極的に起用したがるプロデューサーはいない。一般大衆からの支持もない。好感度も低い。コマーシャルの話はもう二十年なかった。

今、辛うじて仕事があるのは日下の努力によるものだ。日下がテレビ局や制作会社に日参し、頭を下げ、ようやく仕事がもらえる。そういうレベルにいた。

それも限界を迎えている。各局のプロデューサーは日下と会うのを避け始めていた。会っても具体的な話は一切出ない。

ギャラが安ければ、扱いを下げてよければ、と言ってくれる者はいたが、それは麗子が納得しないだろう。打つ手はなくなっていた。

もうあなたの時代じゃないんです、と言いたかった。現実に気づくべきです。主人公の母親役だって無理がある。あなたは祖母の年齢なんです。

だが、四十年一緒にいる。今さらそんなことは言えない。激しく叱責《しっせき》する麗子の声を正面から浴びながら、日下は目を固くつぶった。

PM01:00

午後一時ジャスト、鷹岡光二はファルコンタワー最上階百階のボールルームにいた。

一時間後、二時からオープニングセレモニーが始まることになっている。既に招待されたＶＩＰを中心に、ホテルの宿泊客たちが集まり始めていた。

千五百平方メートルの広さを誇るボールルームには、最大千人まで収容可能だ。三方が外に面しており、そこから外界が見降ろせる。

晴れていれば都内はもちろん、近県まで見渡せるはずだったが、今日は雨のため周囲一キロ程度までしか見ることはできなかった。

中に入るためには招待状が必要だが、ボールルームを囲む通路はすべて開放され、一般客も出入りできる。所狭しと並んでいるワゴンで、見物する客に軽食やドリンクを無料で配るよう指示したのは光二だった。オープニングセレモニーなのだから、けちな真似はできない。

ボールルームの中には、民放各局のテレビカメラがずらりと並んでいる。夕方から夜にかけてのニュース番組で、セレモニーの様子が流されることになっていた。

正面入り口でVIPたちとにこやかに笑いながら握手していた光二のそばに近づいてきた秘書の増岡が、耳元で数語囁いた。客と握手をしていた手を離し、誰もいないトイレの横まで移動する。どういうことなんだ、と抑えた声で言った。

「イルミネーションがついていないだと?」

一時間前、タワー北側の壁面に設置されている巨大イルミネーションのライトアップを命じていた。六十階から九十五階までを覆うクリスタルガラスのモニュメントから、四十万個の電飾が光を放つ。昼間でもその輝きは周囲数キロまで届くはずだった。タワー内にいたためわからなかったが、まだ点灯していなかったのか。

「ライトアップに関して多少の問題があると……電気室の責任者から連絡がありました」

　ふざけるな、と光二は壁を平手で強く叩いた。

「故障か？　何億かけてると思ってるんだ？　すぐ直させろよ」

「故障ではないようです。わたしには詳しいことがわからないのですが」

　スマホを差し出した増岡が、電気室の室長です、と言って二歩退く。スマホを強く握った光二の耳に、曲山ですというしわがれた声が聞こえた。

「少々説明が必要かと。実は――」

「そんな必要はない。さっさと点灯しろ」

「いや、それが……」声に怯《おび》えが混じっている。「十二時のオープン以降、電気系統の設定が限界値に近づいています。全館オープンということで、予想以上の電力量が……」

「そんなことどうだっていい。何とかしろ、時間がないんだ」光二は吐き捨てるように言った。「二時になったらオープニングセレモニーが始まる。テレビの生中継もだ。外からの撮影もある。イルミネーションの点灯は、全テレビ局に通達済みだ。ついていなかったらどうなると思う？」

「ライトアップのための電気出力量は莫大なものになります」困惑したように曲山が叫んだ。「イルミネーションを点灯すれば、出力システムの限界を超えるのは確実です」

「そうなったら、どうなる?」

「過電流で盤が落ち、出力機そのものがオーバーロードするかもしれません。一時的にですが、タワー全体が停電状態になる可能性もあります。その場合、電力制御のための二次システムを始動する必要が――」

「何でもいいが、すぐライトアップしろ。今すぐだ! それがお前の仕事だろ。一秒でも停電するようなことがあったら、辞めてもらうからな」

「それは……」

「どうするんだ?」

数秒の沈黙の後、ボールルームの客たちが一斉に歓声を上げ、手を叩く音が聞こえてきた。中央にあるステージ上の巨大スクリーンに空撮映像が映っているが、それを見た客たちがイルミネーションのライトアップに気づいたのだろう。

通路でも大勢の見物人たちが大騒ぎをしていた。タワー敷地内から数万発の花火の打ち上げが始まったのが、窓から見える。

「どうなった?」

光二は電話に向かって鋭い声で聞いた。いえ、という返事があった。

「問題はありません。出力機稼働中です」曲山の震える声がした。「数値も正常値……出力状態はブルーです」

お前みたいな臆病者《おくびようもの》が責任者とはな、と光二は冷たい声で言った。

「何を心配している？　大丈夫だ、何も起きやしない」

「しかし——」

光二は電話を放り投げた。増岡が伸び上がるようにして摑む。戻るぞ、とひと言言って歩きだした。

PM01・30

一般客の一人、中野政人《なかのまさと》は困惑していた。ホテルを利用したことはもちろんある。だがビジネスホテルが定宿で、ごくたまにシティホテルを使うことがあるぐらいだ。こんな凄いホテルは初めてだった。

中野は上野《うえの》にある私立女子高校の教師だ。今年四十一歳になる。教えているのは化学だった。

十年前、結婚した。平凡な暮らしを送っていたが、去年の秋、担任をしているクラスの倉田秋絵《くらたあきえ》という女生徒に恋愛感情を抱いた。十七歳、高校二年生の少女だ。何もないはずだったが、いくつかの偶然によって関係を持った。

それから一年近く秘密の関係が続いていたが、今年の春になってテレビでコマーシャルを見た秋絵が、夏にできる新しいホテルに泊まりたいと言った。中野もミラマックスというそのホテルのことは聞いていた。オープン第一週の宿泊申し込みは抽選で、しかも凄い倍率だという。

無理だろうと笑ったが、秋絵は執拗《しつよう》だった。いつもは素直な子だったが、ホテルについてだけは強くこだわった。

どうせ無理だろうと思いながらインターネットを通じて申し込むと、一カ月後、二百倍という倍率をくぐり抜けて選ばれたという連絡があった。

たまにはいいだろうと思った。学校には法事だと言い、妻には顧問を務める水泳部の合宿だと嘘をついて今日を迎えた。一時半過ぎ、チェックインを済ませて部屋に入った。

秋絵は無言でベネチアンデザインのソファに座っている。何を考えているのか、中野にはよくわからなかった。

PM01:37

地下二階集中管理センターで警告音が鳴った。火災報知機のアラームだ。センター長の長友は時計を見た。一時三十七分。

「どうした?」

モニターの前に座っていた主任の音無が、四十階の室温が上昇していますと言った。

「第一コンピュータールームです」

「わかってる。モニターに異常は?」

音無がいくつかのコントロールパネルに触れた。メインモニターの大画面が八つに分割され、四十階フロアの画像が映し出される。

他のフロアとは違い、数百台のコンピューターがずらりと並んでいるだけの殺風景な空間がそこにあった。数十人のエンジニアが機械類をチェックしている。長友はマルチ画面を凝視していたが、何も起きてないと低い声で言った。

「確かに視認できません」音無が画面を切り替えていく。「ですが、アラームは……火災でしょうか」

火事など起きていない、と長友は首を振った。

「間違いない。カメラに映っていない」

「そうなんですが、アラームが鳴っています。現在、室温は二九・五度。とりあえず四十階に連絡を……こちらからも、誰か上に行かせた方がいいのでは?」

「誰かアラームを切れ」うるさいな、と耳に指を突っ込んだまま命じた長友の声と同時に警告音が止んだ。「連絡しろ。だが、今ここから人を出すわけにはいかん。他のフロアを監視する必要がある。オープンしたばかりで、まだタワーそのものが混乱している。そっちが優先だ」

「ですが……」

「よくあることだ。コンピューターのシステムが正常に作動していないだけの話なんだ」

「それは……」

「今までも何度か誤作動はあっただろう」

その通りです、と音無がうなずいた。準備期間中、何度かアラームが鳴ったが、すべてシステムの不備によるものだったことが集中管理センターの調べで判明していた。

とりあえず、四十階の連中に調べさせよう、と長友は電話の内線ボタンを押した。

「何かあったら我々が……もしもし」

四十階、第一コンピュータールームです、という男の声がした。

「何かありましたか?」

「集中管理センターの長友だが、そちらのフロアで火災が発生している可能性がある。確認してもらいたい」

「火災? 火事?」男が緊張した声で言った。「どこです?」

「今のところ不明だ」おそらくシステムエラーだろう、と長友は送話器を持ち替えた。

「だが、一応確認だけしてほしい。そこのフロアの防災管理者は誰だ?」

「防災管理者? さあ、誰なんですかね。ちょっとぼくには……とりあえず室長に報告して指示を――」

よろしく頼むと言って、長友は電話を切った。大丈夫でしょうか、と音無が不安そうに首を傾けた。

「万一のことがあったら……」

「あり得ない。このタワーの防災設備は完璧だ」安心しろ、と音無の肩を叩いた。「とにかく調べさせよう。何かあればこっちも対応する。今の段階で騒ぎ立ててもどうにもならん」

落ち着いた様子に、音無が安心したようにうなずいた。何も起きるわけがないんだ、と長友は繰り返した。

PM01:40

ファルコンタワーの警備は、そのすべてを新日本海上警備保障が請け負っている。警備責任者の吉岡晋《よしおかしん》太郎《たろう》は非常階段を上がっていた。

息が切れているのは、五十二歳という年齢のためではない。階段の傾斜が急過ぎるのだ。警備の下見をしていた二カ月前から気になっていたが、非常階段の設定に無理がある。

確かに、一般客はほとんど使わないだろう。各フロアにはエスカレーターもある。設計を発注した責任者の意向なのか、デザイナーの判断なのかわからないが、非常階段を重要視していなかったのは間違いない。

それは理解できるが、ここまで角度がきついのはどうなのか。幅も狭い。緊急時、客や従業員が殺到したらどうなるだろうと考えてしまうのは、警備員だからなのか。

非常扉を押し開けるのにも力が必要だった。タワー内の気密性を保つためだと聞いていたが、男ならともかく女性や子供、老人たちには簡単に開けられないだろう。何のための非常階段なのかわからない。

疑問を感じながら、最後の階段を上がった。目の前の壁に40という数字が大書されている。四十階フロアだ。

非常扉を抜けて中に入ると、分厚いガラスの扉があった。ＩＣカードで認証パネルにタッチすると、自動で開いた。

中から作業着姿の男たちが見つめている。警備員だとわかったのか、一人が近寄ってきた。

「何かありましたか？」

新日警吉岡と申します、と指を制帽に当てた。

「うちの警備員が巡回中、このフロアで火災報知機のベルが鳴っているのを聞いたと言っているのですが」

責任者である吉岡が自ら四十階フロアに向かったのは、直感としか言いようがなかった。違和感があったということだろうか。

長年の経験が、吉岡に何かを知らせようとしている。自分の目で確かめなければならないと考え、三十五階の警備員詰所からここまで上がってきていた。

「よくわかりませんが、保安システムのエラーが起きたと集中管理センターから連絡がありました」別の男が進み出て言った。「調べてほしいということで、ぼくが見回りましたけど、別に何も起きていませんでしたよ」

そうですか、と辺りを見回した。変わった様子はない。

男たちの顔に疲れた表情が浮かんでいるのは、彼らが昨日からほとんど徹夜に近い状況で働いているからだとわかっている。吉岡はじんわりと滲《にじ》む額《ひたい》の汗を拭った。

フロアは暑かった。彼らはずっとここにいたからわかっていないようだが、三十五階の警備員詰所と比べて、明らかに室温が高い。一度や二度ではないようだ。

「警備員さん、気をつけてください。普通のコンピューターとは違うんです」

男たちの間から小さな笑いが漏れた。ファルコンタワー四十階と七十階は、タワーの機能すべてを管理している重要な場所だ。フロア全面を、コンピューター機器が埋め尽くしている。

二つのフロアを合わせて約千台導入されたコンピューターの総額は、二十億円以上と聞いていた。素人の自分が歩き回るのを不安に思うのは無理もない。だが、そんなことを言っている場合ではない。

「少し、暑くありませんか」

歩きながら尋ねると、コンピューターじゃないですか、と声がした。五百台のコンピューター全台が稼働しているが、その作動熱だということなのだろう。

そうかもしれないと思ったが、コンピューターに触れても熱は感じられなかった。正確ではないだろうが、皮膚感覚で違うとわかった。微妙な温度の上昇ということではない。もっとはっきりした原因があるはずだ。

だが、何も見つからなかった。最奥部まで進み、辺りを見回したが、不審な音なども聞こえない。

考え過ぎだったか、と戻ろうとした足が止まった。左手で壁に触れる。熱い。

「このフロアの防災管理者はどこです?」

近くにいた数人の男が顔を見合わせた。そんな人いるのか、という囁き声が聞こえた。危機意識はまったく感じられない。

「いないということはないはずですが。法律で決まっていますので」

「そうなんでしょうけど……」

何かをごまかすように男たちが笑う。どうした、と白髪の男が小走りで近寄ってきた。

「警備員さん？　何かありましたか」

「熊留《くまどめ》室長……ですね」首から下げた社員証に目をやりながら、吉岡は言った。「こちらの責任者の方？」

そうですが、と熊留が乾《かわ》ききった白髪を撫でつける。防災管理者はどなたですかと質問すると、誰だったかなと首を傾げた。

「いや、いますよ……相原《あいはら》くんだったかな？　田山《たやま》だったか……どこかに名前を書いたパネルがあるはずです」

教えてください、と吉岡は壁を指さした。

「この裏はどうなってます？　構造は？」

「そんなこと言われても、我々はコンピューターの管理と制御を担当しているだけなんです。タワーの構造とおっしゃられても、普通なんじゃないですか？　わからないですけど、電気とかガスが通ってるんじゃ……」

配管があります、と後藤《ごとう》というネームプレートをつけた男が進み出た。

「工事している時に見ました。照明、通信、コンピューター関係の電線などのラインが中心です。ガスや水道などもあったと思います」

「触ってみてください。熱くありませんか？」

後藤が手のひらを壁に当てた。小さく首を傾げて、こんなものじゃないでしょうかとつぶやく。

集まってきた男たちも次々に手で触れた。熱を感じるという者もいたが、そんなことはないと否定する者もいた。熱があったらどうだというんです、と熊留が首を振った。

「そういうこともあるんじゃないですか？　熱はエネルギーですから、当然……」

「失礼、電話は？」

近くのデスクの電話機を引き寄せ、吉岡は地下二階集中管理センターの番号を探し始めた。これを、と後藤が内線表を渡した。

「こちら新日警の吉岡です」受話器を顎《あご》に挟《はさ》んだまま、取り囲んでいる男たちの顔を順番に見つめた。「長友センター長をお願いします」

長友とは何度も顔を合わせている。タワー警備と管理は完全に一体化されていないが、協力態勢を整えるため、数カ月前からお互いの立場を代表する形で話し合いを持っていた。あまり折り合いはよくないが、そんなことを言っている場合ではない。

「……長友だが」

「新日警吉岡です。今四十階フロアにいるんですが、室温が高いように感じられます」

「室温が？　空調の故障か？」

「そうではありません。壁から熱が発生しているようです。壁には断熱材や防火壁、防火資材が使われているはずですが、触れただけで熱を感じるというのは……ちょっと妙だと思いませんか」

　そんなことはない、と強い口調で長友が答えた。

「別におかしなことじゃない。そっちは知らないだろうが、壁の裏には各種電線、パイプなどが埋め込まれている。温水が通っている管なんかもある。多少温度が上がるのは当然だ」

　吉岡は長友の赤ら顔を思い浮かべた。危機管理のプロだと聞いている。ガードマン風情《ふぜい》に何がわかる、という態度を隠そうともしていなかったことを思い出した。

「私は現場に来ています」吉岡は受話器を強く握った。「あなたは地下二階にいる。そこで何がわかると？　違うと否定するのは結構ですが、まずここへ来て確認するべきではありませんか？」

　こっちにはモニターがある、と苛ついた声がした。

「何度も確認した。四十階フロアに異常はない」

「モニターで壁の温度がわかるんですか？」

「そういうことじゃないだろう。最新鋭のモニターだ。見ていれば――」

「画面越しに何がわかると？」我慢できずに、吉岡は怒鳴った。「集中管理センターのモニターは私も見せてもらいました。高水準の機材を使用していたのは確かです。異変があれば瞬時にわかるでしょう。だが、コンピューターで壁の温度まではわからないはずです」

「そんなことはない」

「あなたは十人でタワー全館を監視できるシステムだと自慢していたが、百以上あるフロアすべてを、この広すぎるぐらい広いフロアの隅々まで、十人でどうチェックしているんです?」

各フロアには四十台のカメラがある、と長友が低い声で言った。

「異常が感知されれば、カメラに連動したコンピューターが知らせてくれる。最新の集中管理システムだ。間違いはない」

「人間よりコンピューターの方が信じられると?」

「完璧なシステムだと説明したはずだ。昔のSF映画のコンピューターとは違う。絶対に異常は見逃さない。小人数でもすべてを把握できる。何でも自分で確かめなければならんというあんたの考え方は古いんだ」

どんなに優れたシステムでも、運営するのは人間でしょう、と吉岡は左右に目をやった。

「異常が発生していると考えられる理由がある。タワーの安全管理はそちらの責任だ。すぐ手を打つべきです。少なくとも原因を調べる義務があると思いますが。火災が発生している可能性もあります」

「……人を出す」長友のくぐもった声が聞こえた。「調べてみよう」

急いだ方がいい、と言って吉岡は受話器を元に戻した。壁に近付いてもう一度触れる。長友と話していたのは数分に過ぎないが、温度が上がっているように感じられた。

「思い込みではありませんか？」脅《おび》えた表情で熊留が言った。「そんな気がするとか、そういうことでは……」

「十中八九そうなんでしょう。私の勘違いならお詫《わ》びします。だが、原因は調べなければなりません。熱が発生している理由がわかれば、対処できます」

作業着の男たちがそれぞれ壁に手を当て始めた。自分の間違いであってくれ、と吉岡はつぶやいた。

PM02：00

午後二時ジャスト、予定通り最上階ボールルームでオープニングセレモニーが始まった。

暗転した場内に荘厳《そうごん》なパイプオルガンの音色が流れ、同時にレーザー光線が縦横無尽《じゅうおうむじん》に辺りを照らし出す。最終的に光がステージの一点に集中し、イリュージョニストが仕掛けた巨大風船が破裂するのと同時に、司会者が飛び出してきた。

「ウエルカム・トゥー・ファルコンタワー！」

招待客を中心に、約千人の見物客が見つめている。ステージ裏に設《もう》けられていたVIPルームのモニターを通じてその様子を眺めていた光二は、舌打ちしてスマホをテーブルに転がした。何か、と控えていた増岡が腰を浮かせた。

「世の中、馬鹿ばっかりだ」足をソファに投げ出したまま光二は言った。「面倒ばかりかけやがって……集中管理センターの長友から電話があった。タワー内で火災が起きているかもしれないと騒いでる奴がいるそうだ。警備員らしい」

「火災？」

「馬鹿らしい、火事なんか起きてたまるか。これだけのタワーだぞ？　安全対策は何重にも構えてる。無能な奴らに限ってすぐ騒ぐ。臆病なんだ」

「おっしゃる通りです」

増岡がうなずいた。いいか、と光二は指を一本立てた。

「警備会社の入れ替えを検討しておけ。どこでもいいから代わりの業者を見つけろ。いいな」

モニターに目を向けた。人気アイドルグループがパフォーマンスを始めていた。

PM02：05

四十階フロアに三人の男が入ってきたのは、二時五分のことだった。集中管理センターの者ですと名乗った男たちに、壁に触れてみてくださいと吉岡は言った。三人が順番に手を当てる。

「確かに、熱いような気もします」音無という一番年かさの男が言った。「場所によって温度が違いますね」

フロアを歩きながら、いくつかの場所で壁に触れていった。ほとんどの場所で異常はなかったが、数カ所で誰が触れても間違いなく熱が発生しているところがあるのがわかった。

「実は、しばらく前に四十階フロアの火災発生アラームが鳴ったんです」音無が目を伏せながら言った。「アラームの熱感知能力は高性能で、二度上昇するだけで鳴ってしまうこともあります。何十回もテストをやってますが、誤作動というか……さっきのもそういうことなんだろうと、センター長は言ってます」

火災が発生しているということではないのかもしれません、と吉岡はうなずいた。

「それならそれでいいが、問題はなぜ温度が上昇したかということです」

それは、と言いかけた音無が口を閉じた。コンピューターは事象を報告してくれるが、原因を判断するところまではできない。モニターをいくら見ていてもわからないことはある。人間が調べるしかないのだ。

消防を呼ぶべきです、と吉岡は指で壁を叩いた。

「壁の裏で何かが起きている。はっきりさせなければならないでしょう」

どうだろう、と音無が二人の同僚に目をやった。その視線に込められた意味を察したのか、二人がうなずき返した。

「念のために、そうした方がいいかもしれないですね」

「熱いのは間違いありません」背の低い男が囁く。「触ればわかります」

音無が自分のスマホにタッチした。スピーカーホンに切り替えたのは、同僚にも話を聞かせる意図があるのだろう。長友だ、という声が流れ出した。

「音無です。警備員の方がおっしゃっているように、壁から熱を感じます」吉岡に視線を向けた。「どうしてなのか、ちょっと見当がつきません。詳しく調べた方がいいんじゃないかと思いますが」

「どうしろと?」

「消防を呼びましょう。消防なら温度測定器や熱源探知機など機材も持っていますし、原因がわかるはずです」

そこまでしなくていいだろう、と長友が意見を退けた。

「問題はない。モニターから異常は発見されていない。火災報知機のアラーム誤作動は何度もあったことだ。システムのエラーなんだ」

そうとは思えません、と背の低い男が口をスマホに寄せた。

「センター長が思っておられるほど、低い温度ではないんです」

「消防を呼んでもいいのでは？」もう一人の小太りの男がややぞんざいに言った。「そのための消防士じゃないですか」

君たちはわかっていないようだが、今ファルコンタワーには数万人の客がいる、と長友の声が響いた。

「五万人以上だ。消防士をタワーに入れて四十階フロアを調べさせたら、何があったのかと思われるぞ。どんな騒ぎになると？　タワー全体、イーグルシティも含めたイメージダウンに直結する。それは好ましくない」

「ですが、万が一のことが起きたら……」

あり得ない、と長友が鋭い声を上げた。

「音無主任、このタワーは世界最高の技術を結集して建設されている。事故も災害も起きない。絶対だ」

「では、何のために集中管理センターが？」吉岡はスマホに向かって声を上げた。「何も起きないなら、あなたの仕事は何なんです？」

タワーの安全管理だよ、と不愉快そうに長友が答えた。

「タワーに関するあらゆるリスク排除のために……」

あなたと話していてもどうにもならない、と吉岡は長友の話を遮《さえぎ》った。

「責任者は誰です？」

「集中管理センターは、社長室直属の部署だ」舌打ちする音がした。「上司を出せと？　センターの安全統括は私に任されている。報告義務があるのは――」

「社長の鷹岡光二氏ですね？」

吉岡はスマホの画面を睨んだ。二カ月前、ファルコンタワーの警備を担当することになった時、挨拶《あいさつ》をしている。言葉こそ交わしていないが、名前は覚えていた。

「そうだ」

「鷹岡社長に、四十階コンピュータールームへ大至急連絡をしてほしいと伝えてもらいたい。今すぐだ。五分だけ待つ。連絡がなければ消防を呼ぶ」

「無茶言うな、脅してるつもりか？　何だその口の利き方は！　ガードマンだろ？　どういうつもりで――」

五分だ、と言って吉岡は通話を切った。音無が困ったような表情を浮かべている。

「あなたの仕事はわかりますが、管轄を越えていませんか？　警備の範囲外ではないかと

「何かが起きている」人命に関わることなのかもしれない、と吉岡は首を振った。「仕事の領分や管轄の問題じゃない。気づいた以上、徹底的に調べます。誰かがやらなければならないことなんです」

室長の熊留が額をこすりながら、社長は連絡してきますかねと言った。

「社長はタワーの全権責任者です。オープン日である今日、こう言ってはなんですが何も起きていない状況でわざわざこんなところまで……」

頭は鋭そうな男だった、と吉岡はつぶやいた。

「損得はわかるでしょう。リスクは避けるべきだと考えているのなら、連絡をしてくるはずです」

四分後、コンピュータールームの電話が鳴った。熊留がスピーカーホンに切り替えると、鷹岡だという低い声がした。身分を名乗ってから、吉岡は説明を始めた。

「長友センター長から連絡があったと思いますが、四十階コンピュータールームの壁が熱を発しています。火災が起きている可能性があります。万一の事態に備えて消防を呼んだ方がいいでしょう。原因を究明するべきです」

「確認だが、火災は起きているのか？」

低いトーンのまま光二が聞く。不明です、と吉岡は答えた。

「ですが、フロアの数カ所で壁が熱を帯びています。普通ではありません。何かが——」

「何もなければ、消防を呼ぶ必要はないだろう」

「もしもの場合に備えてです。タワーには数万人の客がいます。他のフロアでも同様の事態が起きているのかもしれません。火災の予兆だとすれば、一刻も早く避難を——」

そこにあるコンピューターには、二十億円以上かかっている、と光二が落ち着いた口調で言った。

「リスク回避はわかる。消防を呼ぶのもいい。だが彼らが何をするかわからない。壁の裏にはコンピューターの配線もある。損傷があれば、誰が二十億円を弁償してくれる？　消防か？　君か？」

「そういう話ではないでしょう」

「誤って消防が配線を切断してしまったら、コンピューターが停止する。タワーの全機能がストップするぞ。空調も止まる。トイレも流せなくなる。もっと面倒なことになるだろう。その責任は誰が取る？」

「それは——」

「リスクが大き過ぎる。消防が入れば、それだけでタワーの評判は下落する。損害賠償は君の会社に請求するべきか？　それとも君個人？」

「鷹岡さん、そんなことを言ってる場合ではありません」吉岡は電話の正面に回った。

「コンピューターに損傷を与えないよう、慎重に調べればいいでしょう。消防士だって馬鹿じゃない。目立たないように入ってくることぐらいできます。今は調査が先です」

「私の見解は以上だ。後は任せる。好きにすればいい。だが消防を呼んだら、君の会社との契約は打ち切る。警備会社はいくらだってあるんだ」

通話が切れた。どうします、と音無が一歩前に出た。壁の裏に入れますか、と尋ねた吉岡に、通路があります、と熊留がうなずいた。

「エレベーターホール側に非常扉が……壁の裏は二次工事や補修工事用の通路になってます」

消防を呼びましょう、と吉岡は自分の携帯を取り出した。

「コンピューターに損傷が出ないよう調べてほしい、タワー内で目立つ動きはしないでくれと説明すればいい。消防車で乗り付けたりしなければ、客にはわからないでしょう」

ですが吉岡さん、と音無が眉間に皺を寄せた。

「鷹岡社長はあなたの会社との契約を切ると言ってます。ぼくも噂でしか聞いていませんが、タワー運営に関して絶対的な決裁権を持っているそうです。あなただけの問題じゃない。社長の言ってることも間違ってないんです。火事が起きているというのは可能性の話ですし、おそらくそうではないのでしょう。それでも消防を呼びますか？」

「誰が何と言おうと、消防は呼びます」吉岡はスマホを顎に挟んだ。「消防士は壁の裏に入れるんですね？」

安全のため施錠《せじよう》されています、と熊留が答えた。

「電気系統の故障などがあった場合のための通路ですから、我々部外者は入れないことになっていまして――」

「鍵はどこに？」

確認します、と熊留がデスクの電話に飛びついた。急いでください、と吉岡はスマホの画面に触れた。

PM02：20

二時二十分、夏美は警防二課の消防士四名と共に吉長次長の前にいた。隣に雅代が立っている。今連絡があったんだが、と吉長が五人を見回した。

「ファルコンタワーは知ってるな？　今日オープンした例の高層タワーだ」

窓の外で、ファルコンタワーの蛹に似た独特な外観が太陽を反射して光っていた。

「オープニングセレモニーの様子をテレビで見ましたが、ずいぶんバブリーな……」

雅代が苦笑した。課長という立場であり、五人の中では年齢、階級共一番上だ。そうなんだが、と吉長が椅子の背もたれに肘をかけた。

「四十階にコンピュータールームというフロアがあるそうだ。そこの壁から熱が感じられると警備員から通報があった。熱源を調査してほしいと言っている。どうも手で触れると熱いとか、そんなことらしい。正確な温度もわからないんだが、とりあえず行って、調べてみてくれ」

はい、と雅代がうなずいた。夏美は他の三人に目を向けた。やれやれ、と宇頭が肩をすくめている。

「どうせたいしたことじゃない」わかってる、というように吉長が両手を開いた。「壁には電線などが敷設《ふせつ》されているそうだが、一本二本じゃないはずだ。何百何千という電線に通電すれば、多少の放熱はあるさ。警備員が騒ぐのはわかるが、そんなのは設計段階で検討済みなんじゃないか？」

「そうですね」

「問題がないのを確認してくれればいい。場所も近い。ちょっと見てきてくれ」

「子供のお使いですか？」ポンプ車運転手の福沢《ふくざわ》消防士長が笑った。「いや冗談です。行きますよ」

ただ、考慮すべき点がある、と吉長が口元を歪めた。

「騒ぎにしたくない、と強く要請してきている。今日オープンのタワーだからな。そこへ消防車が入っていったら、客や見物人、マスコミも何が起きたのかと思うだろう。タワー内と周囲のやじ馬などを含めたら十万人以上の人出がある。混乱を招きたくないというのは当然だ」

「ではどうしろと？」

「どっちにしたって消火が目的じゃない。調査だ。通常車両を使うように」

「了解しました」ですが機材は、と雅代が質問した。「どうやって持ち込みますか？」

「温度測定器なんかは、素人が見たって何だかわからんだろう。柳くん、君が指揮してくれ」

「了解しました」

もうひとつ言っておくことがある、と吉長が顔をしかめた。

「柳くん、君と神谷で前に出てほしい。あのタワーの話は聞いてるだろう。客層は若者がメインだ。男性消防士を大勢行かせるわけにはいかない。関係者が懸念しているのもそこだ。客に威圧感を与えるのは避けたい。女性の方が適任だ。小人数で行ってもらうのもそのためだ」

「わかりました」うなずいた雅代が、準備をと命じた。「三分後に出ます。福沢士長、車両の手配を」

敬礼した雅代が席へ戻っていく。夏美も慌ててその後を追った。

PM02・30

狭いよ、と後部座席の真ん中に座っていた宇頭が隣を見た。ギンイチで最も体重があると言われている木元が、すいませんと体を縮める。

「五分かからない。我慢して」

振り向いた助手席の雅代が眼鏡を外して福沢の腕を軽く叩くと、ギンイチの正門からライトブルーのワゴン車が走りだした。

「地下に駐車場があるそうです」スマホを耳に当てていた木元が言った。「B3です。そこからエレベーターで三十階まで上がれます。四十階へは、そこで乗り換えることになりますね」

福沢が慎重なハンドルさばきで車を走らせている。一方通行が多く、道が狭い。銀座はどこでもそうだ。

「火災なんて起きてるわけないじゃないですか。あれだけのタワーですよ。防災設備はばっちりですって」

木元が言った。夏美の二期後輩で、副士長の夏美とコンビを組むことも多い。

福沢は七期、宇頭は六期上だ。この中では宇頭と最も親しいが、他の二人とも関係は良い。現場レベルの消防士同士に、男女の垣根《かきね》はなかった。

五人とも表情に余裕がある。ギンイチから直接見えるファルコンタワーは圧倒的な高さ、蛹によく似たその特徴的なデザインもあって、神々《こうごう》しい印象を与えていた。あのタワーで火災など発生するはずがない、というのが全員に共通する思いだった。

「神谷、ファルコンタワーで彼氏が働いてるんじゃなかったか」

宇頭の言葉に、おやおや、と木元がつぶやいた。夏美が交際している折原真吾《おりはらしんご》のことは、警防部の人間全員が知っている。消防士という仕事に就く者の多くが、プライベートについて隠し事をしない。

「彼氏さん、何してるんですか？」

「タワーの七十何階かで恐竜の化石のイベントがあって、その手伝い。大学の教授に頼まれたとか言ってたけど」

「どうした、暗いぞ」福沢がクラクションを鳴らす。「うまくいってないのか？」

「そういうわけじゃないんですけど……」

ため息をついた夏美に、ちょうどいい、と宇頭が言った。

「調査が終わったら彼と会えよ。そのままデートってわけにはいかないだろうけど、ちょっと話すぐらい構いませんよね、柳司令補」

顔を斜めにした雅代がうなずいた。火災現場への出動ではない。時間に余裕があれば、常識の範囲内で挨拶ぐらいは許される。

「そういうの、よくないと思うんです。あたし、仕事の時は仕事ってきっちりしてるタイプだし」

首を振った夏美に、嘘つけ、と宇頭が脇腹を肘でついた。

「電話しろよ。照れんなって。いいんだよ、それぐらい。おれたちはな、仲間の恋を応援したいんだ」

雅代が見つめている。木元もだ。福沢もバックミラー越しに視線を向けていた。四人とも、頬に笑みを浮かべている。夏美はポケットからスマホを取り出して画面に触れた。

「もしもし……わたくしでございます」奇妙な言葉遣いに、全員が笑いを堪えている。

「あのですね……今仕事中なんですけど、ちょっとそっちの方に用事がありまして……そう、ファルコンタワー……ううん、仕事はすぐ終わると思う。それで終わったらちょっと……はい」

いいね、と男たちが親指を立てる。それでは後ほどと言って電話を切ると、時代劇の姫君かよ、と福沢がハンドルを叩いた。

「いつもそんなかしこまった話し方するのか？」

「そういうわけじゃ……久々だったんで、何となく……」

しどろもどろになった夏美の肩を、宇頭が何度も平手で叩く。

「結構結構。女性消防士の恋に幸あれだ。何だったら、会社戻んなくてもいいんじゃないか？　おれは全然ありだと思うな。殺伐《さつばつ》とした世の中だ、デートできる時にしておけって話で」

車内に笑い声が溢れた。全員に余裕がある。火災など発生していない。タワーに異常がないのは、見ればわかる。調査といっても形だけのことだ。

ワゴンが走り続けている。ファルコンタワーの正面エントランスが近づいてきた。

PM02：35

電話を切った折原真吾は顔を上げた。目の前でビキニの女の子が微笑んでいる。手を振ると、向こうも振り返してきた。そのまま泳ぎ去っていく。

一歩下がった。七十三階エレベーターホール。設置されていたのは巨大な水槽だった。三人のビキニの女の子が泳いでいる。

七十三階のメインフロアにはマックスシアターという劇場が入っていた。小劇団用の本格的なものだが、その支配人が客寄せのために設置したと聞いている。

どうして劇場がビキニの女の子を泳がせているのか、関係性がよくわからなかったが、目立つのは確かだった。客寄せになるかどうかはともかく、待ち合わせなどには十分使えるだろう。

一週間前からテストとデモンストレーションを兼ねて、一日数回ビキニの女の子が泳ぐようになっていた。オープン初日である今日は、数人が入れ替わりで泳いでいる。

折原の専門は古生物学で、特に興味を持っているのは恐竜だ。だが残念なことに、恐竜は現存していない。その存在を教えてくれるのは化石で、生きて動いていた姿を想像するのは化石を通じてしかできなかった。

折原は古生物という学問、そして化石が好きだったが、化石というのはつまり石だ。生きてはいない。

ビキニの女の子たちからは、生命のエネルギーが伝わってきた。仕事に疲れるとここに来て、泳いでいる女の子たちを見るのがささやかな楽しみだった。

この数カ月、大恐竜展の準備のため、多忙を極めている。特にこの一週間はろくに睡眠も取れていない。自分に許した唯一の慰《なぐさ》めが人魚ショーだというのは情けないが、他に何もないのだからどうしようもなかった。

右手の携帯電話に目をやった。夏美がファルコンタワーに来るという。忙し過ぎて二カ月近く会っていなかった。電話もメールもできなかったほどだ。

正直言って、会えるのは嬉しかった。大恐竜展が終わるまでは、会えないと思っていたのだ。

ただ、仕事で来ると言っていた。消防士というのは時間の読めない職業だ。デートの約束をしていても、火事が起きればキャンセルされる。仕方のないことだとわかっているし、諦めているところもある。

去年のイブはひどかった、とつぶやいた。年に一度のことだからと高級ホテルを予約し、二人のスケジュールも完璧に合わせ、ホテルに入っているフレンチレストランも押さえた。フォーマルウェアでシャンパンとストロベリーからディナーを始めた五分後、夏美が席を立った。

緊急、とひと言言い残し、似合わないイブニングドレスのままレストランを出て行った。それから三日間連絡が取れなかった。

銀座の雑居ビルで大きな火災が起きたことは翌日のニュースで知ったが、それにしてもあれは酷《ひど》すぎた。別れようかと思ったのはあの時だけだ。

夏美の仕事が終わるまで、どれぐらいかかるかわからないが待つしかない。終われば電話してくるはずだ。一度戻ろう、と携帯電話をポケットにしまい、非常階段へ向かった。

大恐竜展は二フロア下の七十一階だ。会場には関係者控室があり、そこに仮眠用のベッドが置かれている。あそこで連絡を待てばいい。

狭い非常階段を降り、大恐竜展会場に入った。テレビのコマーシャルでも、ファルコンタワーの一大イベントとして宣伝されているため大混雑している。世界でも初公開のオラキオサウルスの完璧な全身の骨格標本を始め、百体近い巨大恐竜の化石、二万点以上に及ぶあらゆる種類の恐竜や古代生物の化石が展示されていた。

その中には、人気のあるティラノサウルス、トリケラトプス、ステゴサウルス、ヴェロキラプトルからプテラノドンまでが勢揃いしている。これほど大規模な形での化石展示は過去にもそう多くなかったはずだ。

子供たちの笑い声が会場に響いている。欠伸《あくび》を漏らしながら、折原は関係者控室のドアを開いた。

PM02：40

ワゴン車が地下駐車場に停まり、雅代の指示でトランクに積んでいた機材を取り出す。木元と宇頭が分担して持ち、エレベーターに向かった。無駄口は叩かない。全員仕事の顔になっていた。

三十階でエレベーターを乗り換え、四十階まで上がった。出迎えてくれたのは第一コンピュータールームの室長で、熊留という中年の男だった。制服姿の警備員が緊張した表情を浮かべている。吉岡というネームプレートが胸にあった。

熊留がフロア内を案内する形になった。広いですね、と夏美は囁いた。

見渡す限りコンピューターが並んでいる。普通のデパートなどのワンフロアより遥かに大きい。林立しているコンピューターの中、作業着姿の男たちが働いている光景はＳＦ的であり、スタイリッシュにも見えた。

宇頭と木元が警備員の指示に従って、壁に温度測定器を当て始める。結果はすぐに出た。表面温度は二十度前後で、室温から考えると想定内の数値と言っていい。

夏美は小さくため息をついた。やはり何も起きていないのだ。

「妙だな、内部の温度が……」不意に、宇頭が顔を上げた。「部分的に熱を持っているようです。高いところは四十度以上ありますね」

「どういうことですか？」

質問した夏美に、雅代が眉間に皺を寄せた。

「配線が過熱してるってこと？　熱探知機は？」

木元がモニターを指した。青を基調とした画像に、いくつか黄色や赤の点が見える。火点ですか、と夏美は顔を上げた。不安が胸をよぎる。

「何とも言えない。画像探索機も持ってくればよかったんだけど、あれは重いからね……」とにかく調べよう、と雅代が振り向いた。「壁の裏に空間があるんですね？　作業用の通路？」

進み出た熊留が、そうです、とうなずいた。

「配線の点検や修理など、メンテナンスのための通路です」

「入り口はどこに?」

こちらです、と先に立った熊留が鍵束を胸ポケットから出した。

「ちょうどよかったですよ。ついさっき、これが届いたところで……」

エレベーターホールの隅に、非常用と記された鉄製の扉があった。念のため下がってください、と宇頭が熊留たちの前で手を広げている。鍵を差し込んだ雅代に、柳司令補、と夏美は声をかけた。

「何?」

「あの、大丈夫でしょうか……」

何かが怖くて、思わずそう聞いた。小さく笑った雅代が、大丈夫、とうなずいて扉を開く。

その瞬間、爆発音と噴き上がる炎が扉の隙間《すきま》から滝のように溢れ出した。反射的に夏美は目を閉じたが、網膜が朱《しゅ》に染《そ》まるのを感じた。鼻の奥が焦《こ》げる。凄《すさ》まじい熱がドア附近を覆っていた。

「柳さん!」

「司令補!」

爆風でフロアに転がった夏美と、壁に叩きつけられた福沢が同時に叫んだ。頑丈《がんじょう》な鉄製の扉が真っ二つに割れ、壁の一部も裂けている。凄まじい圧力がかかったのがわかった。

「大丈夫ですか？」

夏美は数メートル離れたところに倒れていた雅代に駆け寄った。半分に引き裂かれた扉の下敷きになっている。宇頭と木元が争うように手を伸ばし、扉をどかした。

「……みんなは無事なの？」

足を押さえながら、雅代が顔を歪めて呻いた。扉が足首を直撃したようだ。

爆風は避けられたんですが、と福沢が雅代のスラックスの裾《すそ》をめくった。

「折れてるかもしれません。とにかく下がりましょう。ここにいちゃまずい」

脇に首を突っ込んで上半身を起こす。あたしのことはいい、と雅代が大声で叫んだ。

「ここの人たちに怪我は？　火災の状況は？」

「全員無事です」熊留たちを確認していた宇頭が怒鳴った。「未確認ですが、火災はそれほど大きくなっていないようです」

「病院へ運ぼう」手伝え、と福沢が木元に命じた。「宇頭、いいな？　ここは任せる」

怯えた表情の木元と二人で、雅代を引きずるようにエレベーターまで運んでいく。すぐ戻ると言って乗り込んだ福沢がボタンを押すと、ドアが閉まった。

中の様子を見るぞ、と宇頭が夏美の肩を叩いた。

「バックドラフト現象だ。酸素が供給されて一気に燃え上がった。今なら危険はない。調べよう」

割れている扉から中を窺《うかが》うと、幅は一メートルほどで二人並んでは進めないとわかった。奥はよく見えなかったが、フロア全体を貫いているのだから、かなりの長さがあるのだろう。

振り向くと、作業着の男たちと警備員が怯えた表情で立ちすくんでいた。数人の男が駆け寄ってくる。

下がってください、と手で制してから踏み込んだ。プラスティックとゴムの燃える嫌な臭いが鼻をつく。目の前で小さな炎が揺れていた。

宇頭が無線でギンイチ本部に連絡を始めている。落ちていた廃材で炎を叩いてから消防靴で踏みにじると、簡単に消えた。

周囲数メートル、見える範囲に炎の痕跡《こんせき》があった。燃えたということではなく、今の爆発で瞬間的に炎が壁をなめたのだろう。

通路の奥に目を向けたが、暗くて見通しが利かない。数カ所で何かが燃えているのがわかった。どうしてなのか。なぜ火災が起きたのか。

「吉長次長、ファルコンタワー宇頭です。四十階で爆発が起きました。ガス？　原因なんてわからないですよ！」背後で怒鳴り声が聞こえた。「柳司令補が負傷しました。骨折です。いや、命は……とにかく至急応援を……もちろん装備もです。当たり前じゃないですか！　火災じゃないいんだろうって？　火災ですよ！」

吉長の対応が鈍いのが、夏美にもわかった。状況が理解できていないのかもしれない。大至急です、と怒鳴って無線を切った宇頭に、火は小さいですと報告した。

「ここから見えるのは三カ所だけです。小規模火災で、それ自体は問題ないでしょう。消火器一本で消せると思います。ですが……」

「そうだ、ここの火はどうにでもなる。おれたち二人で十分消せるだろう」だが、と宇頭が壁を何度か叩いた。「どうして火が出た？　原因は？　通路の先はどうなってる？」

問題はむしろそこにあった。出火原因と火災規模がわからなければ対処できない。

初動消火の重要性は、夏美にもよくわかっている。速やかに状況を把握しなければならなかった。

「次長、手配してくれてるんだろうな……どう考えたって時間はないぞ」

「とにかく見える範囲の火を消しましょう。今なら消せます。それから通路を調べた方が……」

「どうやって調べろと？　おれたちは何も機材を持ってきてない」宇頭が制服の袖《そで》をつまんだ。「防火服も着ていない。車も一般車両で来てる。何もないんだ」

畜生、と壁を思いきり殴《なぐ》りつけた。夏美は扉から飛び出し、エレベーターホールにいた男たちに、消火器はどこかと聞いた。それが、と熊留が乱れた前髪を直しながら答えた。

「このフロアに消火器は置いてません」

「何を言ってるんですか?」夏美は混乱して叫んだ。「消火器の設置は、消防法で定められた義務なんですよ」

コンピューターです、と熊留が口に手を当てた。

「コンピューターが消火液を浴びると、機能が停止する危険性があると……その場合タワーそのものの運営に支障を来します」

「そんなこと言ってる場合ですか！　火災が発生したら――」

「火災は起きないと説明されました」熊留の声が聞き取れないほど小さくなる。「あり得ないと……そういう前提で設計していると」

「あり得ないなんて誰にも言い切れませんよ！　だいたい、このタワーの設計図は消防も確認しているはずです。消火器の設置場所が図面になければ、建築許可は下りません。それに、消防設備の点検のために、完成した段階で消防関係者がこのタワーに入っているはずですが、どうやってクリアしたんですか?　スプリンクラーはどこに?」

「二酸化炭素消火設備が入ると聞いています。あれならコンピューターに問題は発生しませんから」

「不活性ガス消火設備のことですね?」

「そんな名称でした。ただ、業者のミスで一部にハロンガスを使ったシステムを入れていたので、交換に時間がかかると……今日の深夜に、入れ替え作業が行われるはずだったんです」

夏美は思わず手を握りしめた。消火設備の確認は消防署が行う。問題があればチェックし、改善を要求する。

建物の安全管理責任者は基本的にそれに従うが、いつまでと期日を明確に約するわけではない。建物が完成するまでに、ということで建設の許可が下りるケースの方が現実には圧倒的に多いのが実情だ。

消防法を字義通りに解釈すれば、ファルコンタワーのコンピュータールームに適切な消火設備が整っていなかったことは法律違反だろう。だが、一日二日の遅れについて目くじらを立てる消防関係者はいない。オープン当日の今日、設備が整っていないのは慣習上十分あり得ることだ。

「では消火栓は？　どこにありますか？」

エレベーターホールの奥です、と熊留が汗を拭いながら指さす。駆け込んで、夏美は消火栓の扉を乱暴に開いた。恐怖で抑制が利かなくなっている。時間がない。一刻も早く対処しなければならない。

ポンプの起動ボタンを押し、ホースを伸ばした。二号消火栓と呼ばれるタイプのものだ。ホースの長さは三十メートルしかない。短いが、爆発が起きた場所は近かった。届くだろう。

バルブを全開にしたが、水の勢いが悪い。目を疑った。なぜだ。手順を誤ったのだろうか。

確認したが、間違っていなかった。そもそも複雑な操作を必要としない仕組みだ。状況次第だが、一般人が使用する場合もある。簡単と言ってもいいぐらいだ。それなのに、どうして水が出ないのか。

宇頭に知らせようとした背後で、エレベーターの到着を知らせるチャイムが鳴った。降りてきたのは福沢だった。

「司令補は大丈夫だ。足首も折れてはいないだろう。病院へ運んだ。木元がついてるから心配いらない……宇頭？」

非常扉から出てきた宇頭が顔をしかめた。

「福さん、通路の非常灯が消えてます。床にも部品やら鉄骨やらいろいろ落ちていて、迂《う》闊《かつ》には進めません。どうしたもんですかね。吉長次長にはこっちに応援を寄越せと連絡しましたが、何人出してくれるか……」

「出火の状況は？」

「火点はいくつかありますが、それほど大きくありません。燃え広がるほどの勢いはないので、しばらくは大丈夫でしょう」

福沢が制服の内側から二本の懐中電灯を取り出した。

「車から取ってきた。壁の裏に入ってみよう」

うなずいた宇頭が受け取る。消火器を探しますと言って、夏美は非常階段へ走った。

Flame2 Shadow of the fire

PM03：01

夏美は非常階段をひとつ上がり、四十一階フロアに入った。長い通路が左右に続いている。

壁に沿《そ》って、何十台ものモニターがディスプレイされていた。画面に会社名と株価が次々に映し出されている。オフィスフロアの一角にある証券会社だとわかった。

通りかかった背広姿の男に、消火器のある場所を知りませんかと尋《たず》ねると、わかりませんという答えが返ってきた。今日、麻布《あざぶ》の本社ビルから移ってきたばかりで、どこに何があるかよくわかっていないという。

不安になった。オフィスフロアに入っている会社のほとんどが同じような状況だろう。

ファルコンタワーは最新の設備を導入しているが、それを使う社員たちのほとんどは今日引っ越してきたばかりだ。もちろん、総務部の人間が事前に入っているだろう。だが、どこに何があるか正確に把握している社員は圧倒的に少ないはずだ。

もし、オープン日の今日、大地震のような災害が起きたらどうするのか。タワー内で何か事故が起こったら。

誰もが口を揃《そろ》えて言うだろう。そんなことあり得ない、そんな可能性はない。国内で最新の超高層タワーであるファルコンタワーに、そんなアクシデントが起きるはずがないと。

安全管理は保証されている。震度七以上の大地震が発生しても倒壊しないように設計されている。絶対に問題など起きない。

オフィスフロアに限らず、ショッピングフロア、ホテルフロアの従業員たちも、そして客たちもそう考えているだろう。彼らはタワーを信頼している。自分の運命を信じている。自分たちの身には何も起きない。

絶対ではない、と夏美は叫びたかった。どのような災害も、時と場所を選ばない。いつどこで起きるかは、誰にも予測不可能なのだ。

ひと月、このタワー内で働いていれば、どこに何があるか自然と覚えていくだろう。消火器の置き場所もわかるようになる。万が一の場合は、それで身を守ることもできる。

だが、その前に何かが起きたらどうなるか。そう叫んでも、話を聞こうとする者は一人もいないだろう。考え過ぎだ、心配性だな、臆病《おくびよう》だよ、そう言われ、笑われるかもしれない。

その通りだ。最新式の工法で建てられた超高層タワーに災害が起きる確率は、限りなく低い。だが、低いということとゼロとは違う。絶対ではないのだ。

タワー設計者も、このタワーの施工主も、誰も百パーセントの安全を保証してくれない。それが現実だ。誰もがそこから目を逸《そ》らしている。見ないふりをして通り過ぎていく。

道路を歩いていても、車が突っ込んでくるかもしれない。家に閉じこもっていても、地震で崩《くず》れるかもしれない。可能性の話を言い出せばきりがないというのはその通りだが、その考え方が一番危険なのではないか。

何があっても不思議ではない。そう考えて、できる限りリスクを排除していかなければならないはずだ。そう訴《うった》えたかったが、時間はなかった。

何人かに尋ねていくと、ようやく消火器の場所がわかった。二本の消火器を抱えて、四十階へ駆《か》け降りる。フロアに飛び込み、非常扉から壁の裏に入った。

懐中電灯の光が見えた。福沢と宇頭が内部を調べている。通路を走ると、小さな炎がいくつか見えた。福沢の声が聞こえてきた。

「消せなくはないだろう。広範囲ってわけじゃない。だが、他にもあるとちょっとまずいな」

「足元、気をつけてくださいよ」宇頭の声もした。「何かいろいろ落ちてますからね。工事用の建材かな？　掃除ぐらいしろよ」

「踏み消せるか？」福沢が体を開けて宇頭を通している。「いや、ちょっと厳しいな。何かないか？　酸素を遮断すれば――」

あの、と夏美は声をかけた。

「これ、持ってきました」

二人が振り向いた。両手に提げていた二本の消火器を差し出す。

よくやった、と笑った宇頭が、これを使えと手袋を渡した。福沢が炎にノズルを向けてレバーを引くと、簡単に炎が消えた。

三人で更に奥へと進み、もう一カ所炎が上がっていた場所で同じように消火作業をする。問題なく収まったが、これは氷山の一角だと夏美にもわかっていた。

四十階コンピュータールームは、東京ドームの三分の二ほどの広さだという。そのフロアを壁が取り囲んでおり、作業用通路が通っている。すべてを調べなければならない。火災が発生している可能性がある。

それで終わりではない。むしろ始まりと言った方が正しいだろう。火災が発生しているのは四十階フロアだけなのか。それとも百階建てのこのタワーの全フロアで、同様の事態が起きているのか。

もしそうだとしたら、どう対処すればいいのか。消火活動が先か、避難を優先するのか。どちらにしても膨大《ぼうだい》な人数を必要とするだろう。

ギンイチは消防署として都内でも最大級の規模を誇《ほこ》っているが、全署員合わせても約千人だ。その半数以上は事務職で、とても対応できない。

「おれたちの任務は状況確認と報告だ」臨時の指揮官として福沢が指示を下した。「まずこのフロアを調査しよう。火が出ていれば消す。後続の応援が来るまでしばらくかかるだろうが、それまではおれたちだけで何とかするしかない」

指示を受けながら、夏美は不安になった。最悪の予感。膝《ひざ》が震え始めている。

行くぞ、と福沢が先に立って歩きだした。真ん中に夏美、最後は宇頭だ。

懐中電灯は二本しかない。男たちが足元を照らしている。慎重に歩を進めた。

壁に配管が埋め込まれている、と福沢が周囲を照らした。

「電線やパイプだ。まだ工事は終わってないようだな」

夏美も壁を見た。電気、ガス、水道、電話、通信、コンピューター用の配線などが縦横《じゅうおう》無尽《むじん》に壁を這《は》い廻《まわ》っている。カバーで覆《おお》っているだけなのは、メンテナンスを簡単にするためだろう。

客や従業員はこの通路に入らない。見映《みば》えが悪くてもいいと考えているようだ。

壁を調べようとした指が電線に触れ、反射的に腕を引いた。熱い。手袋をしていたからよかったものの、素手だったら火傷《やけど》していただろう。

福沢が通路に沿って曲がっていく。数十メートルの区間に、明かりが灯っていた。爆発の影響で扉近くの非常灯が割れていたが、この辺りまで爆風は届いていなかったようだ。

天井に目をやった福沢が、おかしいなと首を捻《ひね》った。スプリンクラーの管は設置されている、とつぶやきが漏《も》れた。

「ここだけじゃなく、エレベーターホールにもあった。フロア内はガス式の消火設備が入るということだったが、通路の裏は水を使ってもコンピューターに支障は来《きた》さないから、スプリンクラーを使っても問題はないんだろう。それはいいが、ここで爆発が起き、出火した。それなのに、どうしてスプリンクラーが稼働《かどう》しないんだ？」

どういうことなんですかね、とつぶやいた宇頭が、怪我はないか、と夏美の手に触れる。大丈夫です、とうなずいた。

「でも……かなりの熱です。ここを見てください、電線の被膜ビニールが溶けてます」

指さした先で、いきなり火花が散った。危ない、と宇頭が大きな手を顔の前に広げる。

前方を透《す》かして見ると、同じように小さな光が断続的にまたたいていた。やばいな、と福沢がつぶやいた。

そのまま進んだ。フロアの端まで来たところで、夏美もよく知っている音が聞こえてきた。顔を見合わせて角を曲がる。小さな炎が上がっていた。音はそこから発している。

「消せ」

退いた福沢の前に出て、消火器を炎に向けた。大きく燃えているわけではない。すぐに消えた。

火種は火花だろう、と福沢が囁《ささや》いた。

「だが、それだけでなぜ燃える？　何に燃え移った？」

宇頭が屈《かが》み込んで燃えかすを足で探る。拾い上げたのは弁当の容器だった。

「こっちにもあります。サンドイッチの包装紙？　ファストフードの紙ナプキンとか紙袋とか……」夏美は落ちていた物を指した。「ペットボトルなんかもたくさん……段ボール？　ゴミだらけです」

ここで作業員が働いていた、としゃがみこんだ福沢が辺りを見回した。

「数人じゃない。フロアの広さから考えて数十人、もしかしたら百人近かったかもしれない。工期が迫《せま》り、この通路で最終的な作業をしていた。食事もここで取った」

そうなのだろう、と夏美はうなずいた。福沢も宇頭もだが、ギンイチに近いファルコンタワーの建築の様子を見ている。着工当初はわからなかったが、工事は一年ほど前から急ピッチで進められるようになっていた。深夜になってもタワー内の明かりが煌々《こうこう》とついていたのも知っている。

タワーの完成予定日は、かなり前から決まっていたはずだ。その決定に間に合わせる形で工事は進められたのだろう。多少の遅れがあったのかもしれない。そうでなければ夜を徹しての作業が何カ月も続くはずがなかった。

日本最高の高さを誇る超高層タワーです、と夏美は言った。

「大手建設業者も入っていたんでしょうけど、現場で働くのは下請け業者の作業員たちの方が圧倒的に多いはずですよね。施工主の命令は絶対で、苛酷《かこく》な労働条件を押し付けられたんじゃないでしょうか」

食事のためにタワーの外へ出るのは時間がかかる。銀座という土地柄、物価も高い。毎食外へ食べに行くことはできなかったはずだ。ファストフードやコンビニで買ってきたものを持ち帰り、現場で食べるしかなかった。

上から無理を押し付けられているうちに、モラルはなくなっていったのだろう。どうせ壁の裏など誰も見ない。ゴミはその辺に捨てておけばいい。全部作業が終わったら片付けよう。そういうことだったのではないか。

出火原因は漏電《ろうでん》によるものだとわかった。今日、タワーのオープンに伴《ともな》って、壁の電線に許容量以上の電気が長時間流されたのだろう。

同時に、建設中とは違い、一万人近い従業員、数万人の客が殺到したことで、電気の使用量が想定以上に膨《ふく》らんだ。電気は熱となり、電線そのもの、あるいはカバーを焼いた。

状況を見ると、昨日今日のことではない。長期にわたりその状態が続いていたのかもしれない。そして今日、限界を超えたのか、それとも別の理由で極端な負荷がかかったのか、電気は火花の形になり、それがゴミに燃え移った。

大きく燃え広がらなかったのは、通路内が密閉状態に近く、酸素が少なかったからだろう。防火壁や断熱材を使っていた関係もあるのかもしれない。炎と酸素量は均衡《きんこう》を保ち、勢いは抑《おさ》え込まれていた。

だが雅代がドアを開けた瞬間、大量の新鮮な空気が流れ込み、酸素を与えられた炎が一気に燃焼、爆発した。典型的なバックドラフト現象だ。今、通路内の数カ所で起きている火災は、その残り火のようなものなのだろう。

夏美は前を見た。見える範囲内に炎はない。大きな火災は発生していないようだ。

「この程度なら、どうにかおれたちだけでも消せる」福沢が燃えかすと灰を指先でこすり合わせた。「運がよければ自然に消えたかもしれない。だが……」

宇頭がうなずく。夏美にも二人の考えていることがわかった。脳裏に暗い予感が走った。

ファルコンタワーの各フロアは、すべて壁で囲まれている。想像もできない数の電線が埋め込まれているはずだ。

電気はずっと流れ続けていた。電気総量が過剰になり、火花が近くにあったゴミなどの火種に燃え移った。

条件さえ揃えば、どこでも火災が起こり得るということだ。最悪の場合、同時多発的にあらゆるフロアで火の手が上がるということも考えられる。

今後、更にその可能性は高くなるだろう。今は発生していなくても、どこかで火災が起きる。場所の特定はできない。それがもっと極端な形で広がっていったらどうなるか。

このフロアだけの問題ではない。電線を壁に埋め込むという基本的な構造は全フロア共通だろう。百階建てのタワー全体が火災になる恐れがある。そうなったらどうしようもない。消火は不可能だ。

「タワー内には……数万人の客がいるんですよね？」

「全員焼死する可能性がある」戻ろう、と福沢が立ち上がった。「緊急事態だ。署に連絡して、詳しい状況を説明する。すぐにでも応援がいる」

宇頭が震える手で無線機を摑《つか》んだ。夏美はおぼつかない足取りでその後を追った。

PM03：29

午後三時半、斉川則雄《さいかわのりお》は妻の博子《ひろこ》と百階のレストランで遅い昼食を終え、九十五階の部屋に戻っていた。あまりの混雑ぶりに疲れたのか、一人娘の春菜《はるな》はベッドに横になっている。その手を握りしめている博子に、ひどい混みようだったな、と則雄は苦笑した。

オープン初日である今日、ホテル内にある全レストランが混み合うことは予想していたが、二時間近くも待たされるとは思っていなかった。店側も不慣れなところがあるのだろうが、サービスもおざなりだった。もうあの店には二度と行かないぞ、とつぶやいた。

「……寝たか？」

「うん」

博子が春菜の手をそっと離し、毛布の下に押し込んだ。どちらからともなく、うなずきあった。

結婚して十年になる。春菜が生まれたのは五年前だ。幸せな家族そのものに見えるかもしれない。だが二人は離婚を決めていた。

博子とは大学時代に出会った。同じサークル、同じ学年。最初から魅《ひ》かれるものがあった。

博子も同じだったのだろう。夏休み明けには恋人という関係になっていた。四年間を共に過ごし、卒業の三年後に結婚した。

それなりに盛大な式を挙げ、周りからも祝福された。何もかもが順調だった。

六年前、博子が妊娠したのをきっかけにマンションも買った。その一年後、待望の娘が生まれた。

何も問題はない。そう信じていた。二年後、春菜が軽度の発達障害児童と診断されるまでは。

知能や運動能力に問題があるわけではない。ただ、環境の変化に弱く、感情の起伏が乏《とぼ》しい。医師や専門家のもとに日参したが、状況は変わらなかった。

二人とも春菜を愛していたし、お互いを思いやる気持ちもあった。だが、すれ違いが起きていた。心の隙間《すきま》は広がる一方で、修復は不可能になっていた。

どうすることもできない。どちらが悪いということでもない。愛しているから、余計に戻れなくなっていた。

離婚は避けたい、と思っていた。二年話し合い、その後一年間は別居までした。離れて暮らせば冷静になれるかもしれないと考えたが、結果は同じだった。

それなら早く別れた方がいいと切り出したのは博子だったが、則雄も同じことを考えていた。二人ともまだ三十五歳だ。再婚も含め、やり直せる若さがあるうちに離婚した方がお互いのためだろう。

無責任に別れるつもりはなかった。家のこと、経済的なこと、春菜のこと。話し合わなければならないことは、いくらでもあった。

ミラマックスに泊まることになったのは偶然だ。もともと予約していた上司夫妻が都合でキャンセルせざるを得なくなり、そのまま則雄に譲《ゆず》ってくれたのだ。

思い出の詰《つ》まっている自宅マンションで、離婚の条件など話したくなかった。二人とも嫌いで別れるわけではないのだ。ホテルなら雰囲気もいいだろう。話し合いの場にふさわしい。最後の家族揃っての外出ということにもなる。

春菜と三人で食事をした。娘の目の前で離婚の話はできない。夜まで待って、予約している九十九階のバーに行くつもりだった。そこで最後の話し合いをする。

則雄は窓から外を見た。銀座の街に雨が降り注いでいる。則雄は博子にうなずきかけてから、ソファに腰を下ろした。

PM03：46

雨の音が室内を覆っていた。ギンイチ警防部フロア第一会議室で、村田は吉長と向き合っていた。いったい何をしていたんです、と顔をしかめたまま言った。

「自分が聞いたところでは、三十分以上前の段階でファルコンタワーの福沢たちから応援要請があったそうですが、なぜ対応しないんです？」

丁寧語だったが、非難の調子が声に出ている。長テーブルに肘《ひじ》をついた吉長が、対応はしていると斜め下に視線を向けた。

「上にも報告済みだ。だが、状況に不明な部分が多い。事実関係を確認してからでないと――」

「確認も何もないでしょう。現場が火事だと報告してきてるんです。すぐに手を打つべきだ」

それだけ言って村田は口をつぐんだ。吉長も村田も消防司令長という階級は同じだが、年齢は吉長の方が五歳上になる。

村田はギンイチに併設されている消防学校の副校長であり、ハイパーレスキュー隊長を兼ねているが、職制上は吉長の下になる。縦割りの人事で言えば、警防部の次長は吉長なのだ。

村田は次長「待遇」だが、現在ファルコンタワーに入っている五名の消防士は吉長の部下であり、村田に権限はない。下手に口を出せば越権ということになる。

吉長は総務省消防庁からの出向組だ。次長という職級は同じでも、立場が違う。

いずれ総務省に戻る吉長を警防部の次長というポジションに置いたのは、大沢署長の配慮だとわかっていた。総務省に戻った時の箔《はく》づけのためで、よくある人事だ。

吉長という男に興味はなかった。最終的には総務省のトップに座るかもしれないエリートだが、自分とは関係ないと思っている。

警防部次長が実際に火災現場に出ることはまずない。書類仕事をしてくれるなら、任せておけばいい。そういう人間も組織には必要だ。

だが、今回のケースは状況が違う。吉長は高層タワー火災がどれだけ危険か、まったく理解していない。越権ということになっても、言わざるを得なかった。

そういうことじゃないんだ、と吉長が手を振った。

「どのような状況なのか、情報収集が先だろう。最初の報告では、被害の程度もわかっていなかった。はっきり言うと、現段階でも明確になっていない。どう対処するべきか協議していた。闇雲に消防士を送り込むわけにもいかないだろう」

そうではないでしょうと言う代わりに、テーブルを強く叩《たた》いた。吉長には事情があるとわかっている。だが、今はそれを言っても始まらない。

「爆発事故が起きたと聞いています」声が大きくなるのを堪《こら》えて、村田は言った。「面倒な事態になっているのは間違いありません。調査のために派遣した五名のうち、負傷した柳と木元が現場から離脱しています。残ったのは三名です。そんな小人数で何が調べられると？　詳しい情報を得るためにも、消防士をタワーに送り込むべきです」

実情に即した対応を、とだけ言った。追い詰めて意地を張らせてはならない。具体的な数字を挙げて説得しなければならない相手だ。

わかってるさ、と苛《いら》ついたように吉長が首を何度も上下させた。

「もちろんわかってる。そのつもりで手配もしている。だが、いろいろクリアしておかなければならないこともあるんだ」

それは、と言いかけて村田は唇を嚙《か》んだ。イーグルシティ及びファルコンタワーの建設には東京都が深く関わっている。

計画立案と実際の施工は丸鷹ビルディングという民間の不動産会社を中心とした建設会社、鉄道会社、百貨店などによる共同企業体だが、銀座地区最大のランドマークになることは計画の当初から明らかであり、プロジェクトが認可された時点で一民間会社による巨大商業施設建設ということでは済まなくなっていた。

共同企業体には、東京都の再開発委員会も加わっている。都に落ちる税収は莫大なものになるだろう。都としても、絶対に成功させなければならない巨大プロジェクトだ。

ファルコンタワーはイーグルシティの象徴だ。オープン日の今日、日本中の目がファルコンタワーに注《そそ》がれていると言っても過言ではない。タワーに何らかの事故が発生すればどうなるか。

安全性に問題があるとすれば、十月オープン予定のイーグルシティについても懸念の声が上がるだろう。客足は一気に落ちることが予想できた。

イーグルシティは銀座九丁目から十丁目にかけて、約十万坪の広さを誇る巨大商業施設だ。高層マンション群、新銀座駅なども含まれる。

東京の中心地である銀座に、今後これ以上の広さを持つ土地は二度と出ないだろう。六《ろっ》本木《ぽんぎ》ヒルズ、東京ミッドタウンなどと並ぶ東京最大の多機能区域となる。高層マンションの建築が遅れているため、オープンがずれ込んでいたが、いずれにせよ今後数十年の間、新しい東京を象徴する最重要地域となるのは間違いなかった。

総務省消防庁の人間である吉長は、それをよく理解している。現場からの報告を上層部と協議していたというが、その相手はギンイチではなく、総務省の関係者だったのだろう。

火災の発生を、吉長や総務省の人間が隠蔽《いんぺい》しようとしたとまでは言わない。ただ、可能であれば何も起こっていないということにしたかったはずだ。現段階で火災が発生しているのは四十階フロアだけだと報告が入っている。規模はそれほど大きくないとも言っている。

そうであれば、大事にする必要はないと判断したのではないか。今タワー内にいる数人で消火できれば、それ以上の問題にはならないし、状況によっては少数の消防士を派遣して火を消せばいい。そう考えているのだろう。

村田には焦燥感があった。万が一にでもあのタワーで大規模な火災が発生したらどうにもならない。大惨事は必至だ。

騒ぎにしたくないという吉長の立場はわかる。下手な動きをすればパニックを誘発し、人が死ぬこともあり得る。そのリスクは村田もわかっていた。

だが、東京都や総務省がどう考えようと、丸鷹ビルディングや共同企業体にどんな事情があっても、手をこまねいて見ているわけにはいかない。対応が遅れれば万単位で人が死ぬ。それ以上の事態が起こり得る可能性もあった。

「わかってるさ。君の言いたいことはよくわかってる。だが、それも状況次第じゃないか？」吉長が虚勢を張るように乾いた笑い声をあげた。「ファルコンタワーには大勢のマスコミも入ってる。小火《ぼや》のために百人の消防士がタワーへ向かったら、物笑いの種になるぞ。逆に混乱が起きてパニックになったら、その方がもっと危険だよ」

「調査隊を派遣するべきです」

我慢できずに、声が大きくなった。怯《おび》えた表情で、吉長がまばたきを繰り返している。

「だから手配したと言ってるじゃないか。一課から小隊を出す。迅速に調べて、その結果次第では――」

「小隊？　六人派遣して、どうするつもりだ」消防署では、小隊を六人単位で編成する場合が多い。「ワンルームマンションの火事じゃないんだ。百階建てのタワーに六人の消防士が入ったところで、何もできやしない」

「部長の了解は取っている」吉長が須賀《すが》警防部長の名前を出して、自分の指示を正当化した。「調査の結果もすぐに出るだろう。それまでは待機だ」

「その小隊は誰が指揮する？」

「近藤《こんどう》だ」

一課の消防司令補の名前を吉長が言った。近藤清貴《きよたか》のことは村田もよく知っている。ベテラン中のベテランで、人柄も能力も信頼できる消防士だが、率いていく人数があまりにも少なすぎた。

「……須賀部長と直接話す」

席を立ってドアに向かった。ため息をついた吉長が一緒に行くと言ったが、振り向かなかった。

PM04：32

七十階第二コンピュータールームで、副責任者の岬山《みさきやま》は部下たちから話を聞いて、室長の桜沢《さくらざわ》のもとへ向かった。作業着の袖《そで》をまくりあげた中年男が、コンピューターの数値をチェックしている。室長、と声をかけた。

「どうなんでしょう、ぶっちゃけ、暑くないですか？」

「そうかな」桜沢が顔を上げた。「あんまり感じないけど」

「正直、ぼくも脱ぎたいぐらいなんですが」岬山は桜沢の袖を指さした。「みんなの話だと、この五時間で室温が三度上がっているそうです。エアコンを最強にしてるんでそれぐらいで済んでますけど、放っておいたらもっと上がるんじゃないかって……いや、コンピューターに影響があるほどじゃないんですが、どうしてこんなことになってるんでしょうか」

「そんなに上がってるかなあ。温度計が間違ってるんじゃないの？　ぼくは別に――」

そう答えながら首筋を拭《ぬぐ》った桜沢が顔をしかめた。指先が汗で濡《ぬ》れている。

「コンピューター自体の熱でしょうか？」

「そういうこともあるかもね」考えられる、と桜沢が神経質そうに前髪を整えた。「しばらく前、四十階からもそんなことを言ってきてたな……しょうがないよ、オープン初日だもん。コンピューターは全台フル稼働だ。これだけの数だよ？　一台一台は僅《わず》かかもしれないけど、数百台あれば多少温度が上がるのも無理ないって」

それは想定済みですよね、と岬山は首を傾げた。

「コンピューターが熱を発すれば室温が上がるのは、会議でも指摘されていました。だからコンピューターの冷却装置を増設したんですが……」

コンピューターは急激な環境の変化に弱い。二、三度温度が上昇するぐらいなら支障はないが、それ以上になると故障する可能性が高くなるのは、技術者たちにとって常識だ。

ただ、それは織り込み済みの要素だった。冷却ファンを通常の倍の大きさにして後付けすることで、温度の上昇を防げばいいと結論を出したのは桜沢本人だ。

それでも温度は上がり続けている。想定外のことが起きているようだ。

今はいいが、これ以上温度が上昇すると何らかの問題が発生しかねない。調べてみませんか、と岬山はフロアを歩きだした。うなずいた桜沢が後に続く。

ランダムに選んだコンピューターの温度を調べたが、それ自体が熱を持っているわけではないとわかった。冷却ファンは正常に作動している。七十階フロア全体の室温が上がっているのだ。

どうしてこんなことが起きているんでしょうと聞いたが、桜沢にもわからないようだった。どうなってるのかな、とつぶやきながら奥へ進んでいく。

二人でエアコンを確認したが、温度設定は二十五度になっていた。誤って暖房のスイッチを入れているというようなケアレスミスもない。わからんな、と壁に触れた桜沢が手を引っ込めて、熱い、とつぶやいた。

壁の真上にエアコンがある。冷風が直接吹き付けているのに、なぜ冷えていないのか。岬山は桜沢の隣に立って、同じように手を当てた。

「何か……音がしませんか？」

首を捻った。そんな気もすると壁に耳を直接当てた桜沢が、聞こえるね、とつぶやいた。

「何の音かな……空調か？」

君も聞いてみなよ、と顔を向けた桜沢の背後で、いきなり壁が割れた。衝撃で岬山の体が後ろに弾《はじ》かれる。壁の割れ目から炎が噴き出し、桜沢の体に燃え移った。

叫び声をあげながら、人間の形をした炎がフロアに転がる。夢中で起き上がった岬山は着ていた上着を脱いで叩きつけた。

「どうしました？」

男たちの声がフロアに響く。火事だ、と怒鳴《どな》りながら岬山は桜沢の体に上着を覆いかぶせるようにして火を消した。壁の炎はやや衰《おとろ》えていたが、通路を燃やし始めている。

「大丈夫ですか？　桜沢さん？」

数人が駆け寄ってくる。岬山は真っ黒に焦《こ》げた上着をはがした。肉の焼ける臭いに顔を背《そむ》ける。

フロア内では男たちが走り回っていた。救急車を、と叫びながら、岬山は床に座り込んだ。

PM04：45

百階の展望レストランで、小山親子は早めの夕食を取っていた。まだ五時前だったが、次は十時まで席はご用意できませんと言われれば、選択の余地はない。

東京はこれだから嫌だとつぶやいたが、二人の子供は生まれて初めて食べるフランス料理に目を輝かせている。それならそれでいいかと思った。

夫が東日本大震災で亡くなって四年が経つ。実家に帰って両親と暮らしていたが、二人とも高齢だ。友江も働かなければならなかった。金が必要だった。

子供たちには父親がいない。だからといって、他の子供たちに劣《おと》るような暮らしはさせたくなかった。

がむしゃらに働いた。スナックで働きながらスーパーのレジ打ちをやっていた時期もある。子供のためなら何でもできた。

いくつか職を変えたが、どこの職場も友江に対して理解があった。夫が亡くなったことに同情し、子供が熱を出せば誰かが代わってくれた。

助け合わなければならない、という意識が誰の胸にもあった。東北人にはもともとそういうところがある。

もちろん両親も助けてくれた。苦労はしたが、とにかく子供たちはすくすくと育っている。

二人とも成績が悪いのが難だが、元気ならそれ以上望むことはない。何よりも大事なのは、生きているということだ。友江にはそれがよくわかっていた。

「おいしい？」

二人にそれぞれ聞いた。テーブルの上の皿には、フォアグラのソテーにトリュフが添えられた料理が載っている。次男の幸輔はフォークでトリュフを真っ白なテーブルクロスに並べていた。知らないものは食べないという決意が感じられた。

「ばあちゃんの肉豆腐の方がうめえ」長男の朋幸がフォアグラを口の中で繰り返し嚙みながら言った。「これ……甘苦くねえか？」

「そうかい？」友江は味を確かめた。「……焦げてるのかね？　でも、高いんだよ、これ」

あれ、と朋幸が窓の外を指さした。

「煙《けむり》」

「煙？」

友江は背にしていた窓を振り返った。大きな雨粒がガラスに当たって弾けている。眼下に銀座の街がぼんやりと見えた。

東京の全景がパノラマ状に広がっている。怖くはない。あまりにも高すぎて、現実感がなかった。

「何、煙って」

「わかんね。黒い煙」

朋幸がフォークを振る。改めて見たが、何のことなのかわからなかった。ここは地上百階だ。煙など見えるはずがない。

それとも、レストランの厨房から煙が排気されているということなのか。いずれにしても、どうでもいいことだ。

「いいから食べな……残しちゃだめだ。全部食え」

うなずいた朋幸がナイフでフォアグラを切り分けていく。幸輔は隣のテーブルに運ばれてきた巨大なオマール海老に気を取られていた。

煙ねえ、と友江はひとつ頭を振った。雲を見間違えたのかもしれない。気にする必要はないのだ。

だが、妙な感じが残った。黒い煙、と朋幸は言った。どういうことなのか。

もう一度振り向いた。何も見えない。雨が強くなっているようだった。

PM04：47

消防司令補の近藤を含む六名がファルコンタワーに派遣されるという連絡を受け、福沢は夏美に待機を命じ、宇頭と共に四十階フロアの調査を始めた。

近藤を待つ間、夏美は折原に電話を入れたが、留守番電話に繋《つな》がるだけだった。今すぐタワーを出てと早口でメッセージを吹き込み終えたところに、近藤と五人の消防士が四十階に入ってきた。

福沢に命じられていた通り、近藤たちに詳しく状況を説明した。十五分ほど前、新たに七十階の第二コンピュータールームで壁が割れて炎が噴き出したという連絡があったが、それについても詳細を伝えた。夏美の報告を踏まえて、近藤が調査方針を決定し、部下に指示した。防火服の男たちが壁の裏へ向かっていく。

近藤小隊は調査機材や消火装備に加え、夏美たちの防火服も持ってきていた。手早く着替えを済ませてから、指示を仰《あお》ぐべく夏美は近藤の前に立った。

携行用消火機材・インパルスと十リットルの水が入ったタンクを渡しながら、七十階に負傷者はいるのかと近藤が聞いた。

「コンピューター技術者が一名爆発に巻き込まれたということです。負傷の程度は不明」

ヘルメットと面体の位置を調節しながら答えた。背中の水タンクと空気ボンベが重い。

「救急車は要請済み、五分ほど前にタワーに到着しています」

「壁から炎が噴き出したということは、火災が発生していると考えていいんだな？」確認した近藤が、このフロアは福沢に任せると言った。「宇頭を呼んでくれ。他に二人、七十階に連れていく」

新たに隊を編成した近藤に率いられ、五人でエレベーターに乗り込んだ。ボタンを押した近藤が、七十階を調べると指示した。

「どうしてスプリンクラーが稼働していないんだ？」

福沢さんもわからないと言ってました、と夏美は答えた。

「コンピューターがあるからなんでしょうか。でも、壁裏の通路は関係ないはずです」

「何でこんなことになった？」

宇頭が無言でポケットから電線の切れ端を渡した。溶けたビニールカバーが固まっている。

「四十階で発見されたものですが、大規模な漏電現象が起きていると思われます。このタワーのあらゆる壁に、電線その他ライフラインが埋め込まれています。水道、ガス管などもありますが、半分以上は電気関係でしょう。そこに異常な量の電気が流れ、ショートしたのではないでしょうか。その熱が火災の原因だと考えられます」

この皮膜は耐熱加工が施されている、と近藤がつぶやいた。

「絶縁物は二百度耐熱仕様だったな。ここまで溶けているってことは、少なくとも四百度前後に達していたんだろう……火災の発生は四十階と七十階だけなのか？　他のフロアは？」

「まだ連絡はありません。四十階の熊留という室長から事情を聞きましたが、コンピュータールームには他フロアの倍以上のコンピューター用配線があるということです。従って通電量も最大だったと考えられます。そのために、他のフロアより早く火災が起きたのではないでしょうか」

高速エレベーターが七十階に着いた。開いた扉からフロアに踏み込むと、作業着姿の男たちが奥に集まっているのが見えた。数人の救急隊員が屈み込んでいる。

奥から走ってきた四十代の男が、フロア副責任者の岬山ですと名乗り、桜沢室長を病院へ運んでくださいと近藤にしがみついた。体が激しく震えている。

「室長が壁から噴き出してきた炎に巻かれて――」

漂っている異臭に、夏美は鼻を押さえた。何度嗅《か》いでも慣れることのない臭いだ。

フロアの奥で、数人の男たちが立ち尽くしていた。彼らが見つめているのは、床に転がっていたぼろきれのような塊だった。

応急処置をしていた救急隊員が担架に乗せる。かけてあった上着を、近藤が無言でめくった。

夏美は大きく息を吐《は》いた。炭化した肩の辺りから、まだ煙が立ちのぼっている。裂けた肉の間から生々しい赤い色が見えて、思わず口を手で覆った。意識はない。重度の火傷を負っているのは確かだった。

首を振った近藤が上着を元に戻し、大至急病院に運べと命じた。担架を持った救急隊員たちがフロアから出て行く。岬山さんでしたね、と近藤が顔を向けた。

「ここで何が起きたんです?」

わかりません、と岬山が首を激しく振った。

「室温が上昇していると報告があり、原因を調べていました。桜沢室長が、壁が熱を持っているようだと……触れていたら急に壁が割れて、炎が――」

二人連れて壁の裏に入れ、と近藤が宇頭に命じた。

「火災の状況を確認しろ。原因も調べろ」

うなずいた宇頭が割れた壁の間から中に入っていく。二人の消防士が続いた。夏美の目に、炎は見えなかった。火炎は起きたが、鎮火したようだ。

「岬山さん、うちの消防士が聞いた話では、コンピュータールームの壁に大量の配線が敷《ふ》設《せっ》されているということですが」

「そうです。このフロアには五百台以上の大型コンピューター機器が配置されています。何らかの形で故障が発生するとタワーの機能そのものが停止してしまうので、バックアップ回線もあります。当然、他のフロアより配線の数は多いでしょう。おそらく二倍以上ではないかと」

「バックアップ回線も通電しているんですか」

「いつでも使用が可能になるように、待機電源が入っています」

間違いないな、と近藤が視線を向ける。はい、と夏美はうなずいた。

「宇頭さんも言っていましたが、漏電が起きていたと考えられます」

どうしたものか、と近藤がヘルメットを外した。壁の間から出てきた宇頭が、これを見てくださいと切断された電線を掲《かか》げた。

「壁の裏はめちゃくちゃです。四十階と同じ現象が起きてますね」溶けたビニールの皮膜が固まっていた。「四十階より、こっちの方が被害が大きいようです。爆発の規模の違いもあるんでしょうけど、壁の裏の電線はすべてこんな感じです。通路の奥で出火していたところもありますが、火災そのものは大きくありません。今の装備でも消せると思いますが、その間に新たな火災が発生したら……」

四十階のことは聞いた、と近藤が夏美を親指で指した。

「柳が非常扉を開けたために、酸素が流れ込んでバックドラフトが起きたっていうのはその通りなんだろう。だが、こっちは違うようだ。いきなり壁が割れて、炎が噴き出してきている。原因は何だ？」

通路の壁にはガス管も埋設《まいせつ》されています、と宇頭が答えた。

「何らかの破損があって、ガスが漏れていたのかもしれません。通路内に溜《た》まり、火花が引火したってことじゃないでしょうか」

「他のフロアでも火災は起こり得る」まずいな、と近藤が舌打ちした。「だが、今のところまだ起きていない。火災の発生原因は電力の過剰供給による漏電と断定してもいいだろう。神谷、このタワーの電気をコントロールしている部署があるはずだ。そこの責任者と話して、直ちにタワー内の電力をストップしろ。運がよければ、それで火災の発生を防ぐことができる。まずそこからだ」

「わかりました」

「その後、タワー内の人間を避難させる。およそ五万人いると聞いた。そこが問題だ。どうすれば安全に避難させることができるか――」

全フロアの火災報知機を鳴らしてはどうでしょう、と夏美は言った。

「あるいは、館内アナウンスで呼びかけては？　冷静な行動を取るように指示すれば……」

教科書通りの回答だな、と近藤が苦笑いを浮かべた。

「スーパーマーケットの規模ならそれでいい。だが五万人だ。大混乱が起きれば、それが理由で人が死にかねない。ある意味、そっちの方が危険だ」

「誘導のための人数を増やせばどうでしょうか」

もちろん応援は呼ぶ、と近藤がまた舌打ちした。

「だが、ギンイチの全消防士を集めたとしても五百人程度だ。それでは無理だろう……このタワーには警備員がいるな？　彼らに協力を要請しよう。それでも足りないかもしれん」

「警備会社の責任者の話では、二百人前後まで動員可能だということです」

もうひとつ考慮しなきゃならない問題がある、と近藤が指を一本立てた。

「火災発生を感知すれば、タワー内の送電をストップする前に自動的にエレベーターやエスカレーターが停止する。他に避難路はない。客たちは全員、非常階段に殺到する。パニックが起きたら千人単位で人が死ぬだろう。組織的に対処しなければならない」

「はい」

「整理しよう。まずはタワー内の電気停止が最優先だ。これ以上火災が起きる前に原因を潰《つぶ》す。応援が来るまでは下手に動けない。安全を確保してから避難を勧告する。消防士とガードマンを各フロアの非常階段に配備すれば、パニックは避けられる。それまで、タワー内の人間に火災が発生していることは伏せざるを得ない」

指示を終えた近藤がスマホを取り出して、ギンイチの番号を押した。夏美はタワーの電気担当部署を調べ始めた。岬山によれば、総合電気室という部署があるという。額《ひたい》に滲《にじ》む汗を押さえながら、内線番号を探し続けた。

通話を切った近藤が乱暴にスマホをポケットに突っ込んだ。吉長次長はどう言ってますかと聞いた宇頭に、あの人には何もわかってないと吐き捨てた。近藤は現場叩き上げの消防士で、総務省消防庁からの出向組である吉長ともともと折り合いが悪い。

「書類仕事の経験しかない奴が管理職っていうのはな……冗談だ。聞かなかったことにしろ」苦笑した近藤が大きく息を吸い込んだ。「神谷、総合電気室とは話がついたか?」

曲山室長ですと名前を言ってから、夏美は電話をスピーカーホンに切り替えた。しわがれた低い声が流れ出してきた。

「……ですから、タワー内の電力を停止しろと言われても、それは無理ですよ。こちらの一存では――」

「銀座第一消防署の近藤司令補です」近藤が電話に向かって呼びかけた。「室長、これは消防の権限による要請です。タワー内で火災が発生しています。原因は漏電です。至急、電力供給をストップしてください」

そう言われても、と曲山の虚《うつ》ろな声が響いた。

「メイン電源を停止すれば、タワー内の八割の機能が使用不可能になります。わかってますか？　非常灯など、最低限の照明以外はすべて消えます。エレベーターもエスカレーターも動かなくなる。それどころか空調、通信、コンピューター関係も機能を停止します。タワーのライフラインは電気なんです。それを止めたらどうなるか——」

「それどころじゃない。エレベーターが止まったって誰も死にはしません。ですが、このタワー内で火災が発生すれば万単位で人が死ぬでしょう。火災を防ぐためには、まず電気を止めなければならないんです」

「わたしにそんな権限はありませんよ」

曲山が悲鳴を上げた。権限の話などしていない、と近藤が怒鳴った。

「要請している。もっと強く言ってもいい。これは命令だ。即時、電気の供給を停止してもらう」

「とにかく、わたしの判断ではできません。漏電とおっしゃいましたが、このタワーでそんなことが起こるはずないんです。それに、いきなり電気を止めるというのもどうでしょう。パニックが起きますよ。危険ではありませんか？　ファルコンタワーの責任者、鷹岡社長の命令があれば別ですが、わたしには権限がないんです」

「鷹岡社長？　その人物がこのタワーの責任者なんですね？　今、どこにいるんですか」

「百階ボールルームだと思います。オープニングセレモニーに出席しているはずですので」

「では社長と話しましょう。社長命令なら、タワー内の電気をストップしてもらえますね？」

「それは――」

返事を聞かずに近藤が電話を切った。夏美は内線表から見つけていた百階ボールルームの代表内線番号を指さした。

鷹岡だ、という低い声が流れてきたのは、五分以上待たされた後だった。

「こちらは銀座第一消防署の近藤です。鷹岡社長がファルコンタワーの責任者と伺いました」

「そうだ」

「タワーの四十階及び七十階フロアで火災が発生したことは――」

報告は受けた、と短い答えがあった。

「だが、火災ではないと聞いている」

「いえ、火災です」

「そうじゃないだろう。小さな爆発があったということだが、問題はないはずだ」

そんなことはありません、と近藤が頰《ほお》に伝《つた》う汗を指で拭った。

「四十階と七十階フロアの壁の裏で、漏電が起きています。爆発はそのために起こりました。火災ではないとおっしゃいましたが、現段階で延焼していないというだけで、四十階と七十階の壁、通路などは燃えています」

「消したと聞いている」

「今のところはそうですが、今後他のフロアでも同様の事態が起きる可能性が高いと考えられる根拠があります。大至急、総合電気室に指示を出してください。電気をストップするんです」

「できるわけないだろう」

冗談じゃない、と嘲笑《あざわら》う声がした。危険です、と言いかけた近藤を押さえ付けるように、光二が鋭《するど》く怒鳴った。

「いいか、火災など起きていない。小規模な爆発事故が起きたのは事実なんだろうが、消したんならそれでいいじゃないか。あんたたちの助けを借りる必要などない」

「負傷者も出ています」思わず夏美は叫んだ。「このまま放置しておけば――」

電気をストップしろなどという命令には従えない、と光二が怒鳴り返した。

「火災は起きていない。それなのに電気の供給を止めろと？　そんなことをしたらどうなるかわかってるのか？　照明も空調も止まったら、客たちが大パニックを起こすぞ。何万人もいるんだ。誰にも止められない。消防に責任が持てるのか」

避難誘導は我々がします、と近藤が夏美の腕を押さえた。

「整然と、安全に降ろします。そのためにはあなたの協力が必要です。まず電気供給を停止するよう命じてください。その後、我々が館内アナウンスで火災の発生を知らせ、避難を呼びかけます。今なら安全な避難が可能です。応援部隊もこちらへ向かっていますし、ガードマンにも協力させます」

「くどいな。火災など起きていない。そうだろ？　それに、このタワーで火災は起きない。そう設計している。小火《ぼや》ぐらいはあるかもしれないが、万全の防火設備を整えている。スプリンクラーもあるし、防火扉も各階に設置されている。このタワーは絶対に安全なんだ」

「これだけのタワーです。安全対策が万全じゃなければ困りますよ」難癖をつけてるわけじゃありません、と近藤が言った。「最悪の事態に備えて、一時的に客や従業員を避難させればそれでいいんです。消防が入って、徹底的に調べます。警察にも協力してもらう。ひと晩で済みますよ。明日から営業を再開できます。それだけのことなんです」

オープン初日だぞ、と蔑《さげす》んだ口調で光二が言った。

「招待客は数百人いる。東京都知事も宿泊することになってる。その他のＶＩＰたちもだ。一年前からスケジュールを調整している。変更はできない。今日しかないんだ」

「ですが、既《すで》に負傷者が出ています。これ以上被害が広がったら――」

「これ以上何も起きない。いいか、もう一度言うぞ。このタワーは絶対に安全なんだ。万が一にも火災など起きない。あんたの立場は知らんが、イーグルシティとファルコンタワーの意味ぐらいわかるだろう。銀座最大のランドマークだ。スカイツリー以上の経済効果が期待されてる。ファルコンタワーの評判が落ちたら、消防は何をしているのかと都議会で大問題になるぞ。わかってるのか？」

「このタワーで大勢の人が死ねば、大問題どころの騒ぎじゃない。ただでは済みませんよ」

「話にならない。もういいだろう。いいか、電気を止めることなどできない。あんたを営業妨害で訴えてやる。わかったな」

光二が電話を切った。まずいな、と近藤が腕を組んだ。

「宇頭、誰でもいいから総合電気室に人を遣《や》れ。室長を説得して電気をストップさせろ」

了解とうなずいた宇頭が、壁の裏にいた消防士を呼んだ。どうしますか、と聞いた夏美に、鷹岡という男が何と言おうと方針は変えない、と近藤が言った。

「電気を止めて、タワー内の人間を全員外に出す。だが、今は無理だ。応援の到着を待つ。警備会社の人間と話そう。避難誘導に手を貸してもらわなきゃならない。どこにいる?」

四十階です、と夏美は答えた。連絡してくれ、と近藤が命じた。

「もうひとつわからないことがある。鷹岡社長も言っていた通り、このタワーにはスプリンクラーがあるはずだ」なければおかしい、と近藤が額に指を押し当てた。「コンピューターのあるフロアで通常機器が使えないというのはわかるが、今見たところ通路裏のスプリンクラーも稼働していない。どういうことなんだ」

わかりませんと首を振った夏美の前で、福沢です、という声が無線機から響いた。

「タワーの管理担当者から話を聞きました。今朝、三基ある給水用の屋上ポンプの一基に故障が発見されたということです」

「故障?」近藤が顔を上げた。「それじゃ、水は——」

「スプリンクラーの水は故障したポンプから送られることになっていたため、現段階でパイプに流れていません」

「つまり、スプリンクラーの故障ではなくて……」

「水そのものがないんです。生活用水は他の二基のポンプで地下水利から汲み上げていますが、スプリンクラーは故障が直るまでどうにもなりません」

悲痛な声だった。福沢さん、と夏美は呼びかけた。

「消火栓が使えないのも同じ理由ですか？」

「そうだ。消火栓もスプリンクラーもポンプが故障しているため、送水口に圧をかけても低層階までしか水を送れない。中層階より上の消火栓内に、若干量水が残っているから、短時間なら放水も可能かもしれないと言ってる。いずれにしてもすぐ尽きるだろうが……」

夏美は指で頭を強く掻《か》いた。まず電力停止だ、と近藤がうなずいた。

PM05：32

小耳に挟んだんだが、とファルコンタワー完成の祝辞を述べた後、VIPルームを訪れていた東帝《とうてい》銀行の樋口《ひぐち》支店長が囁いた。

「四十階か七十階かで、何かが爆発したというのは本当かね」

ガスをつけっ放しにしていた馬鹿がいたようです、と光二は握手を交わしながら答えた。

「給湯室で湯沸器が壊れたとか、そんなレベルの話ですよ。ご心配には及びません」

そうかね、とうなずいた樋口を睨《にら》みつけた。重蔵が病に倒れた直後、丸鷹ビルディングに対する融資の打ち切りを本店に打診したことは知っていた。光二を信頼していないのだろう。ファルコンタワーが完成して、最も驚いているのはこの男かもしれなかった。

今後、莫大な富を生み出すイーグルシティとファルコンタワーの実権を握っているのが誰なのかを教えてやらなければならない。銀行と威張《いば》っても、所詮は金貸しだ。頭を下げてくるべきなのはお前だ、と頰に冷笑を浮かべて手を離した。

「いや、それならよろしいのですが」樋口の口調が変わった。頭が悪いわけではないらしい。「それぐらいの事故は、どんなビルでも起きますからね。いや、事故とも言えないのでしょう。何しろ、これだけのタワーです。何が起きても問題など生じるはずがありません」

舌をもつれさせながら頭を下げた樋口が、VIPルームを出て行った。馬鹿な男だ、と光二は口元を歪《ゆが》めた。

「つまらんことを言ってないで仕事をしろよ……増岡、四十階と七十階の状況は？」

「壁の裏で漏れていたガスに、何かが引火したようです」立っていた増岡が汗を拭った。

「七十階で一名が負傷したと連絡がありましたが、たいしたことではないでしょう。火災そのものは、既に消したそうです」

「オープン初日からけちがついたな。つまらんデマを流す奴が出てくるかもしれん」ファルコンタワーの存在を貶《おとし》めたい奴は大勢いる、と腕を組んだ光二が顔だけを向けた。「ボールルームのスタッフを集めろ。客に何か聞かれても、爆発事故はもちろんだが、火事など起きていないと答えさせるんだ。実際、そんなことはないんだからな。万が一火事になったとしても、備えはある。すぐ消せるんだ」

「存じております。ただ、七十階で火災が発生したのは事実ですが……」

「小火《ぼや》だろう。三十階も下のフロアで起きたちっぽけな火事のことなんか、気にすることはない。防火扉を降ろせば延焼は防げるし、このボールルームは完全防煙、防災仕様だ。最悪の事態になっても、ここにいれば危険はない」

「おっしゃる通りです」

「いいか、スタッフ全員に伝えろ。デマがもとで客が騒ぎだしたら、オープニングパーティが台なしになる。そんなことにならないよう気をつけろと言っておけ。わかったな」

すぐに、と増岡がＶＩＰルームから飛び出していった。言われたことしかできない奴だ、と光二は煙草《たばこ》をくわえて火をつけた。

PM06：00

何時だ、と声がした。六時、と倉田秋絵は答えた。うなずいた男が腕を回してくる。避《よ》けながら体を起こした。触れられたくなかった。

そのまま、中野政人の痩《や》せた体を見下ろす。ついさっきまで抱き合っていたその体が、たまらなく不快に感じられた。

中野が手を伸ばして、長い髪の毛を指で揃えようとする。いつもの癖だったが、それも嫌だった。触らないでと言うと、怯えたように手を引っ込めた。

「何だよ、どうした?」ベッドに横になっていた中野が困ったような笑みを浮かべた。

「そんなおっかない声出すなよ」

伸びてきた手を叩いて体をずらす。行き場を失った中野の手が宙でさまよい、そのまま垂《た》れ下がった。何もかもに、苛ついていた。

どうしてこんなところにいるのだろう、と秋絵は枕元に置いていたTシャツに頭を突っ込んでベッドから降りた。九十七階、スイートルーム。

部屋はこれまで見たことがないぐらい豪華で広かった。窓から見える景色も美しい。これほど贅沢《ぜいたく》な部屋で過ごしたことはない。

だが、一秒でも早くここから出たかった。どうしてそう思うのか、理由はわかっていた。中野に対する複雑な感情があった。

中野は高校の担任だった。四十歳の化学教師。ルックスはまあまあだが、十七歳の秋絵にとっては中年男というだけの存在だった。本人も自覚しているようで、そこは普通の中年よりましだったかもしれない。

自分とは無縁だと思っていたし、半年ほどはクラスの女友達と馬鹿にしていた。息が臭いんだよね。鼻毛が出てた。そう言って笑っていた。

だが偶然が重なり、二人で会うようになった。好意を持たれていると最初から気づいていたが、嫌ではなかった。

もしかしたら自分もそれを望んでいたのかもしれないと気づいた時、気持ちが一気に傾き、男女の関係になった。二十三歳の年齢差にもかかわらず、真剣に中野のことを想う自分がいた。

中野に妻がいることは最初から知っていた。昔の教え子だったという。

女子高生が好きなロリコンオヤジなんだねとからかうと、そうかもしれないと苦笑した。そういう中野のことがたまらなく好きだった。弱さを隠さないところに魅かれ、関係を続けた。

中野が自分のことを愛しているのはわかっていた。妻とは離婚するとも言ってくれた。信じていた。

だが、それから一年近く経った今になっても、中野は妻に離婚を言い出せないでいるようだ。どうなっているのかと聞いたこともあるが、はっきりした答えが返ってくることはなかった。

中野夫婦は結婚して十年ほどだという。十年、生活を共にしてきた妻に、そう簡単に別れを切り出せないというのは、十八歳の秋絵にも理解できた。

でも、と思う。いつまで待てばいいのか。本当に中野は離婚するつもりなのか。自分との関係は遊びではないのか。都合のいい女として利用されているだけなのではないか。

秋絵は真剣に中野との将来のことを考えていた。高校を卒業したら結婚したい。それも話したが、中野は曖昧《あいまい》に笑うだけだった。

おれを信じろよ、としか言ってくれない。約束もしてくれなかった。

信じたかった。信じようと思った。だが、できなかった。秋絵が求めているのは、確かな答えだった。

ミラマックスホテルに泊まりたいとせがんだのは、最後の賭《か》けだった。国内最高級のホテルで一緒に過ごせば、何かが変わるのではないかと思った。もしかしたら、待つことができるようなひと言を言ってくれるかもしれない。

だが、そうはならなかった。その前に気持ちが醒《さ》めてしまっていた。どんなに高級なホテルに泊まっても、満たされないとわかった。

それでもホテルまで一緒に来たのは、最後の思い出が欲しかったからなのかもしれない。今日で終わりにしよう。これ以上は続けられない。

「シャワー、浴《あ》びてくる」秋絵は分厚い絨毯《じゅうたん》を裸足で踏み締めた。「寝てなよ」

うん、と答えた中野がベッドサイドの明かりを少し大きくする。歩きだそうとした秋絵の足が止まった。

「ねえ……何か臭わない？」

「うん？」

「焦げ臭いっていうか……よくわかんないけど」

「そうか？」中野が鼻をひくつかせる。「別に、何も臭わないけど」

「そう？」

「レストランじゃないか？」あくびをした中野が枕に顔を埋めた。「百階にインド料理の店があった。きっとあそこだよ」

「かもね」

シャワー浴びたら飯食いに行こう、と中野がつぶやいた。

「予約してる。フレンチだぞ」

「……ふうん」

何でもいい、と答えた。もう一度鼻から大きく息を吸い込む。臭いは薄れていた。気のせいだったのだろう。

無言のままバスルームに入ると、不意に視界がぼやけて、両手の甲で目を拭った。

PM06：20

どうなってる、と近藤が叫んだ。数名の消防士が振り向く。七十階フロアの奥に向かって消火栓から放水を続けていたが、彼らが握っている筒先からの放水に勢いがなくなっていた。消防士たちの顔に、不安の色が濃くなっている。

最初から消火栓の水量は安定していなかったが、それでも消火は可能だった。だが、しばらく前から明らかに放水量が落ちている。

「福沢士長が言っていた通りに……」夏美は汚れた面体を手で拭った。「消火栓用の水がなくなっているんです」

近藤がしかめ面になった。他の消防士たちもだ。考えていることは夏美にもよくわかった。

七十階のコンピュータールームの消火作業を開始してから三十分以上経過している。通路の数カ所で火点が発見されていたが、火勢はそれほど強くない。

近藤たちが持ち込んでいる消火用機材はそれほど多くないが、延焼範囲も広くなかった。ほとんどの火点を潰し、残ったのは二カ所だけだ。

このまま消火を続けていけば収まるだろう。放水を続けているのは、新たな火災が発生しないための措置《そち》で、今、目の前にある火は間違いなく消せる。だが、それですべてが終わるわけではない。

現時点で火災が発見されているのは、七十階フロア南側と西側の壁の裏だ。人数が不足しているため、北側と東側には消防士が入っていないが、そこでも火災が起きている可能性がある。

仮に大規模火災が発生していたらどうなるのか。今の人数と装備で消火は不可能だ。

七十階コンピューータールームの担当者に確認したところ、ファルコンタワーは地下水利から屋上にある三基のポンプで水を汲み上げ、各フロアに送水しているという。問題はそのうちの一基が故障していることで、最悪なことにその一基が消火用水のためのポンプだった。そのために、消火栓の水が尽きようとしている。スプリンクラーも稼働しない。対処は困難だ。

タワーには連結送水管が数多く設置されているが、故障しているポンプに水を送り込んでも汲み上げることはできない。他の二基のポンプに送水しても、スプリンクラーや消火栓に繋がっていないので、意味はない。応急修理をして、現在四十階まで水を送ることが可能になっているが、それ以上の階については見通しが立っていない。

あえて楽観的に考えれば、二つのフロアだけなら問題はないという言い方もできる。機材を持ち込んで壁を破壊すれば、十分な消火活動が展開できるだろう。火を消す、という一点に絞れば可能かもしれない。

だが、他のフロアで同時多発的に火が出たらどうなるか。百階建てのタワーなのだ。すべての壁を破壊することなどできない。それだけの機材はないし、そんなことをしたらタワーそのものが崩落する。

必要な人数を確保できるかどうかも疑問だ。中央区内の全消防署に応援を要請しても、人数を揃えられるかどうかわからない。時間もかかるだろう。間に合うのか。

火を消すにせよ、壁を破壊するにせよ、その前にタワー内の人間を避難させなければならない。五万人以上の客と従業員がいるという情報が入っていたが、全員を避難させるのに何時間かかるだろうか。

このタワーで大火災が発生したら、ひとつの消防署でどうなるものではない。二十三区内すべての消防署に出動命令が出されてもおかしくない事態なのだ、と改めてわかった。

インパルスの使用は慎重に、と近藤が命じた。銃に似た形状の携行用消火機材インパルスは火災現場で大きな威力を発揮するが、水がなければ何の役にも立たない。消火活動に絶対的に必要な水が十分に確保できない状況とわかり、夏美は唇を強く嚙んだ。

南側と西側の火災について、鎮火《ちんか》の目処《めど》が立ったという報告が入ったのは五分後だった。鎮火を確認次第、北側と東側の壁を調査するように、と命じた近藤が無線を手にした。呼び出したのはギンイチ警防部長の須賀だった。

「現在、七十階の消火に当たっています。フロアの約半分は終了しました。これから残り半分を調べ、火災が起きていれば消火します」

「了解」

須賀の疲れた声が聞こえた。ですが、と近藤が大声で言った。

「状況は極めてよくありません。至急最大限の人数を出動させてください。東京消防庁とも連携の必要があるでしょう。タワー内の客や従業員などを避難させるべきだと考えますが、五万人以上の人間がいます。現状の人数では安全な避難誘導ができません。急いでください」

「少し待て。今、署長と協議している」

「憂慮《ゆうりょ》すべき事態です。避難の前に火災が発生したら、タワーは地獄になります。まずいのは、報告した通りタワー内のポンプが故障しているため、十分な水量を確保できないことで――」

「応援はまだですか?」壁の裏から這い出してきた消防士が怒鳴った。「北側通路、火点発見! 火勢、強! 至急誰か来てください!」

また連絡します、と無線を切った近藤がインパルスを手に立ち上がった。夏美も後に続く。目の前の火を消すことが自分たちの任務だ。躊躇《ちゅうちょ》なく壁の裏側へ向かった。

PM06:30

地下二階、集中管理センターは喧噪《けんそう》に満ちていた。安全管理システムのアラームがけたたましく鳴り響いている。一カ所ではない。十カ所以上だ。担当者たちは不安そうに話していたが、お互いの声も聞こえにくくなっていた。

ファルコンタワーは上層階のホテルフロア、中層階のオフィスフロア、低層階のショッピングフロアと大きく三つに分かれているが、階数に関係なく、数多くのフロアで異常が感知されている。誤作動は考えにくい、と担当者たち全員が感じていた。

アラームはあらゆる状況を想定して、何らかの形で通常とは異なる事態が発生すれば警報を鳴らす。調べていた主任の音無が、十二のフロアで室温上昇を感知とセンター長の長友に報告した。

「他は？」

「四つのフロアで空調の異常も発生しています。階数はばらばらで、空調機器の構造から考えると単なる故障ではないと思われます。同時に壊れるというのは、ちょっと考えにくいでしょう。換気システムも二カ所、通信トラブルも起きています。どう対処しますか？」

「落ち着け。万一火災が起きたとしても消火システムは万全だ」慌てることはない、と長友は腕を組んだ。「アラームは鳴っているが、コードはイエローだ。警戒レベルなんだ」

「わかっていますが、このまま放置しておくわけには……」

長友はモニターを見つめた。アラームが鳴るのと同時に温度上昇を示すイエローのランプが点滅していたが、集中管理センターのマニュアルで言えば警戒レベルだ。火災発生を知らせるレッドコードではない。

もともと安全管理システムは災害発生を未然に防ぐためのもので、危機管理の観点から基準は高く設定されている。室内の温度について言えば、三十度に達すると自動的に警報が鳴る仕組みだ。

「センター長、火災発生のアラームを各フロアで強制作動するべきではないでしょうか」

音無の進言に、長友は首を縦に振らなかった。タワーが導入しているシステムでは、震度四以上の地震、あるいは火災など災害が発生した場合、自動で各フロアの警報機が鳴り出すが、現段階で異常が感知されていないため、作動していない。

だが緊急と考えられれば、集中管理センターの指示でタワー全フロアのアラームを一斉に鳴らすことが可能だ。

まだ早い、と長友は言った。

「全フロアでアラームが鳴るような事態になれば、避難する客たちにリスクが及ぶ。具体的な危険が迫っているということであれば別だが、現段階では早計だろう」

「確かにコードはイエローです」音無がコントロールパネルを指さした。「ですが、これだけ多くのフロアで異常が感知されているのは、ただ事じゃありません。至急手を打つべきです。負傷者が出ているという報告もありました。タワーの安全管理は、すべてこの集中管理センターに集約されます。あらゆる情報がここに集まり、ここでしか対処できません。少なくともタワー内の人間には、異常を知らせるべきではないでしょうか」

「そうは言うが、異常など起きていないじゃないか」

長友は壁全体を埋め尽くしているマルチモニターに顎《あご》を向けた。画面が各フロアの様子を映し出している。五秒間隔《かんかく》で切り替わっていたが、四十階、七十階以外のフロアに何も異常が発生していないのは間違いなかった。

「四十階と七十階で小規模な爆発が起きたのはわかってる。それはモニターでも確認した。負傷者が出ているのも事実だが、消防が原因を調べているし、これから警察も来るだろう。他のフロアで問題は起きていない。各フロアには四十台のカメラが設置されている。見逃すことはあり得ない。何かあればＡＩ（人工知能）システムが感知して、自動で当該箇所をマルチモニターに映し出す。そうなっていない以上、この段階で全館に災害発生アラームを鳴らすわけにはいかない」

「ですが、カメラやＡＩシステムに故障が起きないとは断言できません。それに、各フロアの床下、天井、壁の裏などにはカメラが設置されていないんです。トイレなどプライバシーの問題があるところもです。そこで火災が発生しているとしたら？」

そんなことはあり得ない、と長友は失笑した。タワーの安全対策会議でも、安全管理については再三確認されている。

このタワーで事故が起きることはない、という確信が長友にはあった。震度七以上の地震が発生しても耐え得る構造になっているのだ。

万が一何かが起きたとしても、感知するためのシステムは万全だし、最新式のスプリンクラーなど消火態勢も整っている。問題はない、と断言する根拠があった。

ただし、それだけが理由ではない。しばらく前、タワーの責任者、鷹岡社長から直接連絡が入り、外部、内部からどのような要請があっても非常用アラームを作動してはならないと強く命じられていた。社長命令に逆らうことはできない。

「何かが起きている可能性はある」長友はゆっくり腕を解いた。「だが、確実ではない。今の段階でアラームを強制作動するのはリスキー過ぎる。我々はこの集中管理センターからタワー内の異常を発見することに全力を注ぐべきだ」

「では、ここの人間でアラームが鳴っているフロアを調べてみてはどうでしょう」音無が顔をしかめながら言った。「やはり人間の目で確かめるべきではないかと思いますが」

フロア面積が広すぎる、と長友は肩をすくめた。

「一人二人で行ってどうなる？　許可できない。持ち場に戻れ」

音無の視線が逸れた。長友の判断に疑問を抱いているのがわかった。

「もう少し様子を見よう」長友はなだめるように言った。「慌てるな。大丈夫だ」

目を伏せた音無が座り直す。長友は正面のモニターを見つめた。

PM06：32

銀座第一消防署署長室に四人の男が集まっていた。中央のデスクに座っているのは制服姿の大沢署長だ。ほお杖をついたまま、不機嫌な表情を浮かべている。

以上です、と備え付けのソファセットに座っていた警防部長の須賀が報告を終えた。

「現段階で上がってきた情報はそこまでですが、予断を許さない状況かと思われます」

「ファルコンタワーで火災が？」大沢がやや肥大した体を微かに震わせた。「そりゃちょっと考えられんが……間違いないのか？　そんなことになったら――」

深刻な表情を浮かべた須賀がうなずく。どう対処するつもりだ、と大沢が聞いた。

「約十名の消防士をタワーへ向かわせています」向かい側に座っていた吉長が顔を上げた。「ファルコンタワーについては、慎重な配慮が必要だと考えております。署長もよくご存じと思いますが、あのタワーには東京都も大きな期待をかけています。迂闊《うかつ》なことはできません。客や従業員に不安を与えないでほしいというタワー側からの強い要請もあり――」

「事情はわかっている。五分ほど前、金沢都知事本人から私に連絡があった」大沢が苦笑した。「施工主の鷹岡社長から話を聞いたと言ってる。騒ぎにしてはならないと命じられた。パニックになったら大事故に繋がるということだが、本当のところどうなんだ?」

近藤司令補から報告がありました、と吉長が顔を強ばらせた。

「タワーの責任者、鷹岡社長に電力停止を要請したところ、拒否されたということです。おそらく、都知事は社長に要請されてうちに連絡してきたのでしょう。とはいえ、うなずけるところもあります。パニックになれば避難どころではなくなるでしょう」

私の方にも近藤くんから応援要請が入っています、と須賀が言った。

「すぐに大部隊を編成して現場に派遣してほしいということです。もう調査の段階ではないと」

それはどうでしょう、と吉長が異を唱えた。

「火災はタワー内の二カ所でしか起きていませんし、小規模だということです。騒ぎになればタワーの評判に傷がつきますし、大勢の消防士が入るようなことになれば、数万人の客たちがパニックを起こすかもしれません。ここは慎重に――」

「君の意見は?」

大沢がドア近くに立っていた村田に目を向けた。即刻通達を出すべきです、と彫刻刀で削《そ》いだような薄い唇が動いた。

「ギンイチの全消防士を出動させるべき事態でしょう。現場の近藤、福沢からの情報を総合すると、タワー内の至るところで火災が発生する恐れがあります。タワーの給水ポンプが故障しているため、消火栓やスプリンクラーもほとんど使えないという報告もありました。吉長次長はまだ二カ所じゃないかと言いましたが、今のうちに客や従業員を避難させるしかないでしょう。ギンイチだけでは足りません。大至急、中央区管内の三つの消防署に協力要請するべきです」

「そうは言うが、簡単な話じゃないぞ。まだ火災は小規模なんだな？」大沢が目を左右に向けた。「消火は可能だと吉長くんは言ってる。下手に大人数を動員すればパニックを誘発するというのも、その通りだろう。そこまでしなければならんのか？」

今なら間に合います、と村田は僅かに口元を歪めた。

「まだ姿を見せていない炎があるんです。自分にはわかります。あいつらは最後の最後まで隠れていますが、正体を見せた時は一気に襲いかかってきますよ」

それは直感だろう、と吉長が鋭い声で言った。

「具体的に判断する根拠はないはずだ」

「根拠なんか必要ない。自分は消防のプロだ」間違いない、と村田は手の甲で壁を叩いた。「東京都の立場もわからなくはないが、犠牲者が出たらそれどころじゃない。開き直った言い方をすれば、タワーなんか燃えたっていい。人間さえ避難できれば、後のことはどうにでもなる。自分は人事に口を出したことがない。素人だからだ。分をわきまえている。だが、火災について余計な口を挟《はさ》むようなら、こっちにも考えがあるぞ」

言い過ぎだ、と須賀が首を振った。失礼、と村田は口を閉じた。

「第二……いや、第三出場を想定するべきだと？」大沢が顔を上げた。「そこまでの必要があるのか？」

「それでは済まないでしょう」村田は筋肉質の首を左右に振った。「第四出場まで考えるべきです。それ以上かもしれません」

消火活動にはいくつかの段階がある。ごく一般的な家屋の火災などの場合には第一出場といって二、三台のポンプ車が現場へ向かい、消防士の人数もそれに応じたものになる。火災の規模が大きくなるに従って、出場は第四まで規定されているが、そこまでの状況になることはめったにない。

一九八二年に千代田《ちよだ》区で起きたホテルニュージャパン火災において第四出場が発令され、百二十三隊の消防隊、救急隊を東京消防庁消防総監自らが警防本部指揮隊車を使って指揮を執《と》るというケースがあったが、これは異例中の異例な事態だった。現在では消防総監が現場に出場することはまずあり得ない。だが、そうなってもおかしくないというのが村田の意見だった。

考え過ぎなんじゃないか、と須賀が怯えたような笑みを浮かべた。

「いくら何でも、そこまでの事態じゃないと思うが」

そんなに危険なのか、と大沢が僅かに不精髭《ぶしょうひげ》の残る顎を撫《な》でた。自分は近藤をよく知っています、と村田は答えた。

「バイアスをかけて報告するような男ではありません。事実以上のことは言わないでしょう。どれだけ危険な状況かは想像がつきます」

とにかく、大至急東京消防庁に連絡を入れよう、と大沢がうなずいた。

「うちだけの判断で動ける話じゃなさそうだ。しかし、他の消防署が応援に来たとしても、うちが全体の指揮を命じられるだろうな。地理的にも一番近い」

当然ですね、と感情の籠《こ》もらない声で村田は言った。

「既にうちの人間がタワー内に入っている経緯から言っても、ギンイチが指揮するべきです。地域最大規模の消防署ですし、そうせざるを得ません」

大沢が須賀に目を向ける。意志の疎通は一瞬だった。向き直って命令を下した。

「村田司令長、君に指揮を任せる。至急、編成にかかってくれ」

「自分の階級は司令長に過ぎません。これだけの大規模な火災の場合、通例では東京消防庁のトップ、もしくは当該地域の最大消防署の署長自らが――」

「無論、形式上はそうなる」苛立たしげに大沢が唇を曲げた。「総指揮官はわたしということになるだろう。他の消防署に協力要請をする以上、そうじゃなきゃ向こうだって納得しない。だが——」

「指揮本部に入ってくれということだよ」

須賀がぶっきらぼうに言った。村田の頬に冷めた笑みが浮かんだ。

指揮本部で全消防員の指揮を執るというのは、この場合最も危険な立場に身を置くことを意味する。命令系統は大沢がトップに立ち、須賀が警防本部長ということでギンイチの人員編成その他を担当する形になるだろう。だが、実際に現場で火を消すのは、村田ということだ。

「誰かが行かなければならないんだ」

須賀が諭《さと》すように言う。自分ですか、と村田は鼻を鳴らした。他に適任者がいない、と大沢が机を叩いた。

「それは君だってわかっているだろう」

「かもしれませんね」肩をすくめて、村田はうなずいた。「自分がやるしかないんでしょう」

それだけの実績があることは、誰もが認めざるを得ない事実だった。村田は現場消防士のトップである消防司令長で、今も現役消防士として出場している。経験についても、ギンイチの中で最も長い。

救急救命士の資格はもちろん、建築、電気関係、危険物取扱者、消防整備士など数多くの免許を持っている。消防学校の副校長として、後進の育成にも定評があった。

ギンイチの全消防士に対する訓練教官も担当しており、全員が教え子と言っていい。全消防士が村田の命令に服するだろう。統率力という面から見ても、村田以上の指揮官はいなかった。

加えて、村田には高層ビル火災の現場経験があった。十四年前、ニューヨークの世界貿易センタービルにハイジャックされた二機の飛行機が突っ込んだ9・11テロ事件の際、消防技術習得のためニューヨーク市の消防署で研修中だったため、市内の全消防士と共に現場へ向かい、ビル内に入っている。

消防活動と避難誘導に従事し、ビルの崩落直前、間一髪で生還していた。日本人消防士でこれだけの経験のある人間は他にいない。自他共に認めるプロフェッショナル消防士として、伝説的な存在だった。指揮本部指揮官を命じられたのは当然だろう。

「須賀部長はギンイチ内に対策本部を設置、人員と装備の調整を頼む」全体の統括も担当するように、と大沢が鋭く命じた。「総指揮官にはわたしが就く。東京消防庁及び他消防署との折衝《せっしょう》はわたしがやる。大きな命令系統はそういうことだ」

ひとつだけいいですか、と村田が指を一本立てた。

「命令系統はそれで結構ですが、現場のことは自分に一任してもらえるんでしょうね」

「一任というのは？」

大沢が不愉快そうな表情になる。全権委譲《いじょう》ということです、と無表情で村田は答えた。

「そうでなければ責任は取れません」

「村田、それはどうか」須賀の首筋に太い血管が浮かんだ。「君に全責任は取れないだろう。報告では、タワー内に五万人以上の人間が残っているという。大きな被害が出た場合、君の立場では――」

須賀くんの言う通りだ、と大沢が深くうなずいた。

「そんなわけにはいかん」

村田の消防士としての能力は、二人ともよく理解している。ただ、大沢にも、そして須賀にも一抹《いちまつ》の不安があった。

村田は絶対的な能力主義者で、部下に要求するレベルが異常に高い。高過ぎると言った方が正確だろう。

その意味で、組織人として周囲と調和できない性格だ。ここまでのやり取りからも、署長や部長でさえ能力面については自分より劣ると考えているのは明らかだった。

今回、消火と人命救助に関するすべての権限が必要だというのはわかる。高い確率で危険が予想される状況下では、統率上の理由からもそうせざるを得ない。

だが、第四出場まで考慮に入れなければならない今、指揮権の強硬発動によって、軋轢《あつれき》が生じる可能性が高い。消火についてはプロ中のプロだが、村田にすべてを任せてしまえば、誰もストップがかけられなくなる。それでいいのか。

須賀が不安そうに見つめている。その視線を受けて、やむを得んか、と大沢が肩をすくめた。それでも村田しかいない、と判断したのだろう。

「指揮本部総指揮官として、消火と人命救助活動の全権を任せる。だが、そうである以上君が全責任を取るつもりでいてくれ。タワーが燃えても構わないと言ったが、その発言は撤回しろ。ファルコンタワーの火災を絶対に鎮火させるんだ。犠牲者を出してはならない」

「了解しました」

「方針は？」

「近藤の報告によれば、火災の原因は漏電です。従って、タワー内の電力を強制停止し、これ以上火災が発生しないよう原因を断ちます」その後、タワー内の人間を全員避難させます、と迷いなく村田は答えた。「部長、直ちにうちの全消防士に出動を命じてください。現在署内にいる者は至急ファルコンタワーへ急行、非番の者はギンイチに集合、別命あるまで待機。よろしいですね」

わかった、と須賀が唇をすぼめた。

「君は現場で指揮本部を設営の上、全体の指揮を執れ。バックアップは俺がやる。他にあるか？」

「火元は四十階と七十階ということです。その近くに消火現場の基地としてコマンドポイントを置き、そこに消火のための装備を上げる必要があります。個々の消防士が一階から百階まで装備を背負うことになったら、消火はできません。安全確保のため、それぞれ五十階と八十階にコマンドポイントを設置したいと考えます」

「わかった」

「加えて、タワー建設に直接かかわっている建設会社の関係者と、設計者を大至急集めてください。日本最大規模の巨大タワーです。設計図その他資料類も必要です」

「手配する」

「地下二階にタワーを管理している部署があるそうです」指揮本部はそこに置きます、と村田は大きく息を吐いた。「間に合えばいいんですがね。火災が本格的に発生するまでに避難が終わらなければ、万単位で死傷者が出ますよ」

　至急対処しろ、と大沢が命じた。

「そんなことになったら、東京消防庁の存在意義にも関わる大問題だ。下手をすれば総務省のトップどころか、もっと上まで巻き込むことになりかねん。人命救助を優先するのは当然だが、タワーに火災が起きても絶対に消せ。これは命令だ」

敬礼した村田が署長室を出て行った。署内の全部長を集めろ、と大沢に命じられた須賀が、デスクの電話に手を伸ばした。

PM06:49

「センセーもシャワー浴びたら？」

バスルームから出てきた秋絵がタオルで髪の水気を取りながら言った。そうだな、とうなずいて中野はシャワールームに入った。

秋絵の機嫌が悪いのはわかっていたが、浮かんでくる笑いを抑え切れないまま、シャワーを全開にする。

計画通り、食事をした後に話そう。妻との離婚が決まったと言おう。プロポーズするのだ。

しばらく前から、妻とは離婚に向けての話し合いをしていた。この数年、関係は冷えきり、秋絵とのことと関係なく、夫婦生活を続けていくことはできないとわかっていた。時間の問題だったのだ、とつぶやいた。

離婚について妻も同意したが、簡単に済む話ではない。子供はいなかったが、今後の生活のこともある。放ったらかしにして逃げるつもりはなかった。そこまで無責任ではない。慰謝料の額など、解決しなければならないことは数多くあった。

ひとつ間違って離婚が不成立になったら、家裁での調停待ちとなる。時間がかかるだろう。すべてが終わるまでは何も言わないと決めていたが、三日前に条件面での合意が取れ、お互い離婚届に捺印《なついん》した。後は役所に提出するだけだ。

妻には悪いと思っている。だが、愛のない二人が生活のためだけに一緒に暮らすことはできない。中野は秋絵を愛していた。

四十男が十七歳の少女に恋をしたのは間違っているのかもしれない。学校の同僚は眉をひそめ、生徒やその両親、教育委員会などからは非難されるだろう。

最悪の場合学校を追われることになるが、それでも構わない。秋絵を愛していた。

昨日、銀座の和光《わこう》で指輪を買っていた。食後のデザートが出る時、皿に載せて秋絵の前に置く手筈《てはず》も整えている。どれだけ喜ぶだろう。待たせてすまなかった、と詫《わ》びるべきなのか。

秋絵は泣くかもしれない。もしかしたら自分も泣いてしまうだろう。それでもいい。

レバーを引いて湯を止めた。二、三度頭を振って水滴を飛ばしてから、シャワールームを出る。バスタオルで頭を拭き、バスローブをまとった。

「どうする？　そろそろレストランの予約の時間だぞ」

返事はなかった。トイレだろうか。洗面台の前で鏡を見た。どこから見ても四十男の顔だったが、それもいいだろう。備え付けのオーデコロンをひと吹きしてから、バスルームを出た。

「秋絵、どこにいる?」

答えはない。部屋は静かだった。かすかな空調の音だけが聞こえる。辺りを見回した。

部屋に入った時、手荷物をラックに置いた。自分の鞄《かばん》はそのままになっていたが、秋絵のバッグがない。どういうことなのか。

クローゼットを開くと、秋絵のサマーカーディガンがなかった。外へ行ったのだろうか。ベッドルームへ戻ると、枕元にメモ用紙があるのに気づいた。

〝バイバイ〟

それだけ書かれていた。秋絵の字だ。バイバイ、と口の中で繰り返した。もう戻ってこないとわかった。

メモ用紙を握りしめて、ベッドに座った。凄《すさ》まじい喪失感に押し潰されながら、中野は膝を抱えて泣き始めた。

PM07:21

七時過ぎ、三十階フロアで複数の客から異臭がすると訴えがあった。フロアの防災責任者、鹿野辰彦《かのたつひこ》が呼ばれて事情を聞いたが、副店長を務めているフラワーショップの従業員たちからも焦げたような臭いがするという話を聞かされたばかりだった。

客の訴えにうなずきながら、何かが起きているようだと感じた。火事かもしれない。

鹿野は五十歳で、店を火の不始末でなくしたという同業者の話を何度か聞いたことがある。どれだけ注意しても足りないのはわかっていた。

場所を客に確認して、異臭のもとを辿《たど》った。フロアは広く、どこも混雑している。どこから臭いがしてくるのか、はっきりとしなかった。時間をかけて捜し、ようやくたどり着いたのは非常階段だった。

扉を開いた時、何かが焦げる臭いを嗅いだ。階段や壁から漂ってきているのではないようだ。天井でもない。床からというのも考えにくい。ではどこなのか。

踊り場まで降りると乳幼児用の授乳ルームがあり、そのすぐ脇に換気ダクトが設置されていた。鼻を近づけると、焦げた臭いがそこから漏れているのがわかった。

どうしてこんなところでと思いながら蓋《ふた》を外し、素手で奥を探った。何もない。では、どこから臭いがするのか。

タワー内すべての窓が開かないのは知っていた。その代わり、空調のための換気ダクトが至るところにある。カバーは半透明になっていて、小さい穴がいくつも開いていた。右手を伸ばして外すと胸の悪くなるような臭いが襲ってきて、思わず口と鼻を左手で覆った。

　何かが見えた。指先で挟み、引っ張り出すと、鼠《ねずみ》の死骸《しがい》だった。悲鳴を上げて、放り捨てた。気味が悪い。階段を撥《は》ねるようにして、死骸が転がり落ちていく。

　おそるおそる近づくと、腰から下が黒くなっているのがわかった。炭化している。焼け死んだということなのか。

　肉が焼けている臭いがしたと思ったのは、この鼠なのだろう。それはいいが、なぜ焼けているのか。かなりの高熱を浴びたようだが、このタワーにそんな場所があるとは思えない。

　換気ダクトに顔を近づけて、内部を覗《のぞ》き込んだ。かすかな異音がして、思わず身を引くと、ダクトの先端から突然炎が噴き出してきた。腰から床に転がって危うく避けた。炎。なぜだ。

　炎の勢いが見る間に激しくなり、換気ダクトの先端を焼き尽くした。それまで一定の方向にしか噴出されていなかった炎が暴れだし、辺りを燃やしていく。更に大きくなり、熱が押し寄せてきた。

　換気ダクトそのものを覆った炎が上昇を始め、広がっていった。壁と床をなめていき、煙が立ちのぼる。

「火事だ……」うまく声が出なかった。「火事だ……火事だ！」

叫びながら身を起こす。腰が抜けたのか、上半身を支え切れずによろめいた。のめるようにしながら非常階段の扉に体をぶつけると、重みで扉が開き、フロアに倒れ込んだ。何事が起きたのかと、客たちが遠巻きに見ている。

「火事だ！　そこ……そこで！」扉の奥を指さした。「逃げろ！　火事だ！」

取り囲んでいた客たちが数歩退く。火事だ、ともう一度怒鳴った。一斉に身を翻《ひるがえ》した数百人の客たちが、悲鳴を上げながらフロアを走りだした。

PM07:22

ノックの音がした。どうぞ、とミラマックスホテル支配人の真壁修也はデスクに座ったまま片手を上げた。客室部長の高杉《たかすぎ》が困惑した表情を浮かべながら入ってきた。

「何かありましたか？」

書類にサインしながら、真壁は目だけを向けた。お忙しいところ申し訳ありません、と高杉が正面に回った。

「支配人にお話しするようなことではないかもしれませんが……」

「何でしょう」

「リネン室の担当者から四件ほど似たような報告が……九十一階で客からクレームがあったと」高杉の頬が僅かに引きつっていた。「よくわからないのですが、何か臭いがしているようです」

「臭い？」

真壁は万年筆を置いた。ミラマックスグループは客室環境向上のため、厳重な審査基準を設けている。最もわかりにくいとされる嗅覚についてもそうで、室内の目立たない場所にフレグランスの類を配置していた。

それとは別にフロントからも連絡が、と高杉が肩をすくめた。

「他のフロアからも問い合わせがあったということです。やはり臭いとか、異音がするとか……」

「どういうことでしょう」部下にも言葉遣いが丁寧なのは、真壁の習慣だった。「ミラマックスでそんなことがあるはずはないのですが」

そこは何とも、と高杉が黒檀《こくたん》のデスクに指をかけた。

「今確認したところ、数組の客が焦げた臭いを嗅いでいるということでした。客室担当者にも確認したのですが、気がつかなかったという者がほとんどで……ただ、そんな気もするという者もいました。ゴムとかビニールが焼けた時の臭いに似ていると言っています」

「あなたは？　確認しましたか？」

「九十一階フロアには行きました。　廊下については感じませんでしたが、ちょっと気になります」

真壁はベストのポケットから懐中時計を取り出した。七時二十二分。そのまま立ち上がり、無言で支配人室を出てエレベーターホールに向かった。

最初に客から訴えがあったのはどこですかと聞くと、七十五階です、と高杉がエレベーターのボタンを押した。

「九十九階、もしくは百階のレストラン関係ではありませんか」開いたドアからエレベーターに乗り込みながら、真壁はベストのボタンを上まで掛けた。「調理に当たってはどうしても臭いが漏れます。それが七十五階まで流れていったのでは？」

「かもしれません。ちょうどそういう時間帯ですし……換気システムに問題が？」

高杉が首を捻る。どうしてそんな下まで臭いが流れたんでしょう、と真壁は眉を顰《ひそ》めた。

「ダクトが繋がっているからですかね。タワーの空調はコンピューターが管理していますが、何か機械的なトラブルが発生したのでしょうか。不具合が出るのは仕方ありませんが、臭いというのは困りますね」

七十五階に着いた。高杉が先に立って長い廊下を歩く。真壁は鼻を左右に向けて大きく息を吸い込んだが、何も臭わなかった。直接部屋を確認してみましょうと囁くと、こちらの7506号室ですと立ち止まった高杉が部屋を指さした。

真壁は躊躇なくチャイムを押した。待っていたようにドアが開き、膨れっ面の五十代の女性が立っていた。

「どういうことなんです？」派手な色使いの服を着た女が指を突き付けた。「さっきから何度も電話してるんですよ。何なんですか、この臭いは……最高級のホテル？これで？」

「橘《たちばな》さま、申し訳ございません」名前を呼びながら高杉が頭を深く下げた。「現在原因を調べております。これは何かの間違いかと……」

「あたくしたち、ミラマックスホテルに泊まるのをすごく楽しみにしてたんですよ。アジア初進出とかって、ずいぶん派手に宣伝してらしたけど、ちょっと違うんじゃないかしら」そうよね、と奥に向かって大声で呼びかけた。「グランジだってソサエティホテルだって、こんなことはありませんでしたよ。格付けでは世界一って評価でしたけど、これじゃ文句のひとつも言いたくなります」

「止めなさいよ、クレーマーみたいじゃないの」着物姿の同年配の女が出てきた。「ごめんなさいね、この人いつもこんなことばっかり……」

本当の意味でのクレーマーということではないのだろう、と真壁は思った。少なくとも、苦情を言うことで何かを得るつもりはないようだ。では、本当に異臭を嗅いだのか。

「ミラマックスは初めてだから、すごく期待してたのに……」

申し訳ございません、と一歩前に出て頭を下げた。

「支配人の真壁でございます。ご不快な思いをさせたことを、深くお詫びいたします」

「支配人？　そんな……そういうことじゃないんですよ」橘が慌てたように手を振った。

「ねえ？　こっちも騒ぎ立てるつもりじゃなくて……」

よろしいでしょうかとひと言断ってから、室内に足を踏み入れた。左手に小さなウェイティングルームがある。

リビング、ベッドルーム、二つのバスルーム、バルコニー。標準的なミラマックス・スイートの一室だ。上を向いて大きく息を吸った。

「高杉部長、これは……」

はい、とうなずいた高杉が低い声で答えた。

「何でしょう、この臭いは……」

うっすらとだが、鼻孔《びこう》を刺激する臭気を感じて真壁は眉間《みけん》に皺《しわ》を寄せた。レストランで調理の際に出るような臭いではない。腐敗臭とも違う。何かが焦げているのだ。

真壁には長い経験があった。東京にはハイグレードなホテルが多数あるが、支配人として最年長の一人といっていい。

一部の若手ホテルマンたちから、やり方が古いと批判されていることは知っていた。自覚しているところもあった。

ただ、彼らにはわからないことがある。ホテルには絶対に起きてはならないことがある、という事実だ。

どうするべきか考えた。まだひとつの部屋に入っただけで、すぐに結論を出すわけにはいかない。迂闊に動けばパニックになる。客の安全は最優先事項だが、動き方によってはもっと大きな危険を招く可能性があった。

「高杉部長、お客様に花とフルーツを」柔らかい笑みを浮かべた。「大変申し訳ございません。すぐに担当者を呼んで調べさせますので、よろしければ七十四階のラウンジでお待ちいただけますでしょうか」

「そんな、悪いわ、逆に……」

失礼しますと言って部屋を出るのと同時に、全室の調査をと命じた。

「どういうことでしょうか？」

後を追いかけながら高杉が聞いた。今は答えられません、と首を振った。

「ですが、緊急の判断が必要になる事態かもしれません。わたしも四十年この業界にいますが、初めての決断ということになるかも――」

「まさか……」

高杉が立ち止まった。顔色が変わっている。急いでください、と足を止めずに言った。

「わたしが間違っているのかもしれない。そうであってほしいのですが……各部の部長を至急集めてください。従業員は現在の仕事をストップして、全員待機。すべての情報は支配人のわたしに集約すること。よろしいですね？」

すぐに、と高杉がエレベーターホールへ向かって駆け出した。真壁は長い廊下の奥を見つめた。今は何も起きていないように見える。

だが、本当にそうなのか。静かに首を振った。

PM07：26

午後七時二十六分、村田は数名の幕僚《ばくりよう》スタッフと共にファルコンタワー地下二階の集中管理センターに入り、指揮本部の設営を宣言、同時に命令を発した。長友センター長に対してはギンイチ大沢署長から強い要請を入れてあるため、既に協力態勢が取られていた。村田とは別に百人の先発隊がファルコンタワー地下駐車場に集まっている。

村田が最初に命じたのは通信の確保で、これは迅速に手配された。その後も矢継ぎ早に指示が続いた。

「警視庁に伝えろ。銀座八丁目から十丁目まで、消防と警察以外の車両の通行を禁止する。一般車両は一台も通すな。緊急車両移動の邪魔になる。駐停車している車はレッカーで動かせ。壊れたって構わん。そもそも銀座は駐停車禁止区域だ。停めてる奴が悪い」

「了解」

「電気、ガス、水道、通信関係の担当者をこっちへ寄越すように命じろ。マスコミは絶対に入れるな。やじ馬も徹底的に排除しろ。周囲四百メートルは立入禁止にする。爆発が起きてガラスが割れてみろ。二次災害で人が死ぬぞ」

「了解」

「羽田《はねだ》の管制塔に連絡。タワー付近の空域での飛行機の通過を禁止する。万が一だが、事故が起きたら銀座が壊滅状態になる」

「了解」

「東京都の防災委員会に状況を逐次報告。場合によっては連中にも動いてもらわなければならなくなる。このタワー内に金沢都知事がいると聞いた。指揮本部命令を拒《こば》む者がいたら、都知事命令だと言え」東京消防庁のトップである都知事の命令なら、誰でも納得するだろう、と皮肉な笑みが浮かんだ。「非常時だ。本件は想定される中で最悪のケースと言っていい。例外なくこちらの指示に従ってもらう」

「了解。たった今、近藤司令補から連絡が」幕僚スタッフの一人が手を挙げた。「二十階の総合電気室からです。命令があれば、即時タワーの電力供給を停止できるということですが」

「まだだ。五分後に先発隊の百人が出動準備を終える」村田の唇がかすかに上下した。「先発隊の全員に命令。まずエレベーターで順次三十階まで上がれ。低層階の各フロアに三名ずつ配備。避難路を確保しろ。配置についたら連絡、その段階で、近藤がタワー内の電力を停止する」

「了解」

本来なら消防士全員を一気に最上階へ送り込み、上の階から順に避難勧告をするべきだとわかっていたが、ファルコンタワーは百階建てだ。現在、消防士は百人しかいない。分散すれば余計に時間がかかるという判断があった。

「避難誘導と人命検索は徹底的にやれ。どちらにせよ、全館の人間が一気に避難することはできん。下のフロアから順番に外へ避難させる。急げ」

「ガードマンや館内に入っている交番の警察官にも協力させていますが、とても手が足りません」

「フロアの防災責任者にも協力させろ。ここにいる管理センターの連中も使え。もう彼らにできることはない。遊ばせておくな。ここにいても邪魔になるだけだ」

「署内の須賀部長から連絡」無線から耳を離した幕僚スタッフの一人が報告した。「たった今、臨時編成が終了。順次、百人ずつこちらへ来ます。先発隊の百人も含め、トータルで四百人になる予定です」

「全員が揃うのは何分後だ？」

「三十分以内。装備関係の手配が遅れていますが、そこは何とか——」

村田は腕を組んで目の前のモニターを見つめた。タワーはやや先細りになっている楕円《だえん》形状の建物だ。平均すると、フロアの延床面積は約四三〇〇平方メートルとなる。

タワーには六つの非常階段がある。消防士の配備が整った段階で、エレベーターやエスカレーターでの避難は禁じることになる。安全を考えれば当然の措置だが、逆に言えば客や従業員たちの避難路は非常階段以外なくなるということだ。

今後、四百名の消防士が動員される。更に一時間後には非番の百人も揃うだろう。トータルで五百人、ギンイチが動員できる最大の人数だが、それでも六十階までをカバーするのが精一杯だ。

須賀が近隣の消防署に協力を要請している。第三出場までは東京消防庁の判断で決定できるため、付近五つの区からも消防士の動員が可能だ。それでも人数は圧倒的に足りない。

今後、各フロアで火点検索をしなければならないが、フロアを取り巻く壁の裏にある通路の長さは二キロ以上あるだろう。どれだけの人数で調べなければならないのかも不明だ。

その際火災が発生すれば、消火作業をしなければならない。最悪なことに、消火のための水が満足に供給できない状況だと報告があった。何万、何十万トンもの消火用水が必要になるが、それだけの水を上層階へ運ぶことは絶対に不可能だ。

消火栓とスプリンクラーが稼働しないという確定情報も入っている。消火のための環境は最低レベルだった。

更に言えば、人数だけが膨れ上がっていっても意味はない。消防士たちが機能的に動ける組織を、臨時に編成する必要がある。

ギンイチの五百名を動かすことについて不安はなかったが、他の消防署の消防士たちすべてを知っているわけではない。能力差もあるだろう。効率的な配置が望まれるが、そんなことが可能なのか。

問題は時間だ、と腕の時計に目をやりながら考えた。タワー内の人間がすべて避難できれば、後のことはどうにでもなる。それまでに火災が起こらなければいいのだが。

「以下、命令だ」村田は幕僚スタッフに指示を出した。「三十分後、四百名の消防士が揃うまで、火災発生についてアナウンスを禁じる。まず低層階に消防士を送り込み、彼らの誘導で避難させる。タワー内の人間が多すぎる。五万人の人間が一挙に下へ降りればパニックが起きる。三十階以下の人間を避難させてから、中層階及び高層階に順次情報を伝えていく。いいな」

了解、という声が上がった。判断は正しかったのだろうか、と村田はなおも考え続けた。今、この段階でタワー全フロアの非常ベルを鳴らすべきではないのか。

火災の発生を知らせれば、客たちは自発的に避難しようとするだろう。いつタワーに火災が起きるかわからない今、その方が方法論として正しいのではないか。

だが、高齢者や子供もいる。車椅子、あるいは一人で歩行することが困難な者もいるはずだ。

それらの人達がフロアから逃げ出そうとした者たちに巻き込まれて転倒、あるいは負傷したらどうなるか。そのリスクは高い。

まだ大規模火災は起きていない。やはり消防士の到着を待ち、彼らに誘導させるべきだろう。

合理的に考えれば、その結論に達する。安全策であることは間違いない。だが、火災現場で合理的な判断が常に正しいとは限らないことを、村田は誰よりも知っていた。

得体の知れない不安が胸をよぎったが、それを強引にねじ伏せながら、モニターで各フロアの状況を確認し続けた。

三十階で火災発生のアラームが鳴っています、と幕僚の一人が叫んだ。モニターを切り替えろ、と冷静な声で村田は命じた。

PM07：35

最初に到着していた百人の消防士のうち、小隊長の佐竹《さたけ》に率いられた春日《かすが》、原《はら》の二名の消防士がエレベーターに乗ったのは七時三十五分のことだった。

ファルコンタワーにはエレベーターが数種類ある。各フロアに行くための通常機、高齢者、障害者を優先的に乗せるホテルフロア直通のもの、搬入用リフトなどだ。

佐竹たちが乗り込んだエレベーターは、一般客も使用していた。防火服を着用している消防士の姿は目立つが、やむを得ない。

二十八階で他の客が全員降りた。三人の口から、一斉にため息が漏れた。

佐竹は消防士長、七年の経験がある。他の二人もそれぞれ五年前後のキャリアがあり、火災現場への出場は慣れていた。ただ、高層ビル火災の現場に入るのは全員初めてだ。

「三十階は約百メートルの高さだそうだ」佐竹はボタンを押しながら低い声で言った。

「なかなかなもんだな」

冗談めかした言い方をしたのは、内心の不安を押し隠すためだった。二人の部下を必要以上に緊張させてはならないという思いがある。二人とも危険な任務だとわかっているはずだ。

「どうなってるんです？」春日が階数表示のデジタル数字に目をやった。「本当にこのタワーで火災が？」

まだわからん、と小声で佐竹は答えた。タワーについて正確な情報は伝えられていない。指揮本部は大混乱しているはずで、それはやむを得ないと経験からわかっていた。

「四十階と七十階で小規模火災が発生しているということだが、既に鎮火したという話も聞いた。大丈夫だ、これだけのタワーだぞ？　防火設備は整ってるさ。おれたちの仕事は状況の確認と避難誘導だけだ。火事場に飛び込めってわけじゃない」

「鎮火済みと士長は言いましたが、別の場所が火災になる可能性はあるってことですよね」原がぼそりとつぶやいた。「もし三十階が燃えていたら？」

「その時は回れ右して逃げよう」原の肩を叩いて佐竹は笑った。「おれたち三人でどうこうできるもんじゃない」

三人が無言になった。絶対に安全だという保証はない。消火のための装備は、通常装備以外与えられていなかった。

フロアには数千人の客がいるだろう。まだ彼らは火災が発生していることを知らない。それがわかった時、どれだけの混乱が起きるかは不明だった。

他のフロアにも消防士が向かうことになっている。一斉に避難が始まれば、非常階段は満員電車並みに混雑するだろう。自分たち三人だけで、三十階フロア全員の避難を安全に誘導できるのか。

三十階に到着したら、状況を確認した上で命令が出るまで待機するように指示されている。待機中に大規模な火災が発生した場合どう対処すればいいのか。

不安はあったが、言い出せば切りがない、極端な言い方をすれば、三畳一間の部屋で火災が起きたとしても、危険なのは同じだ。

大丈夫だともう一度言った時、エレベーターが停止した。二十九階だ。ドアは開かない。

「どうした」佐竹はパネルに目をやった。「エマージェンシー？　どういうことだ」

「指揮本部に確認します」春日が無線に手を伸ばした。「感度が悪いな……出ましょう」

原が強引に扉を開くと、隙間からエレベーターホールが見えた。百人以上の人間が恐怖にかられて泣き叫んでいる。

「何があったんです？」佐竹は飛び出して人々を見回した。「我々は消防士です。落ち着いて――」

「火事だ！　火事！」

そこをどけ、と数人の男がエレベーターに乗り込んだ。背後から更に大勢が押し寄せてくる。重量制限超過のブザーが鳴り響いた。

「どこだ？　どこで火事が起きてる？」

佐竹は一人の男の肩を摑んで強引に振り向かせた。非常階段、と怒鳴った男が別のエレベーターに向かって駆け出した。行くぞ、とインパルスを握りしめた佐竹の後に二人が続いた。

一番近い非常階段へ走り、扉を開けると、そこには誰もいなかった。誰かいますかと叫んだが返事はない。気をつけろと言って、階段を一歩ずつ踏み締めるように上り始めた。

非常階段は六つあると聞きました、と春日が囁いた。

「火災が起こったということですが、ここではないのでは？」

かもしれない、と佐竹はうなずいた。辺りの様子に注意しながら上がり続ける。踊り場に出た時、足を止めて佐竹は周りを見た。換気ダクトの縁《ふち》に大きな焦げ跡があった。

「ここで火災が起きた」降りろ、と命じた。「誰もいないのはそのためだ。客たちは他の非常階段に逃げたんだ」

急げ、と怒鳴った。最後尾にいた春日が無線で指揮本部に連絡を取ろうとしている。異音に混じって、佐竹さん、と原が叫ぶ声がした。

「飛び降りろ！」

命じた佐竹の左側で壁が突然爆発した。割れた石膏ボードが砕《くだ》け散る。コンクリートの大きな破片が原の頭部を直撃した。

「原！」

手を伸ばした佐竹の真上から、巨大な炎が噴き出す。反射的にその場に伏せたが、炎は凄まじい音と共に渦《うず》となって非常階段に溢《あふ》れ、すべてを焼き尽くしていった。

PM07：42

七時四十二分、非常階段で火災発生、という一報が指揮本部に入っていた。

「三十階、西側の非常階段です」緊張した表情で指揮本部に詰めていた幕僚スタッフがメモを読み上げた。「エレベーターで順次小隊を上げていましたが、三十階非常階段に入った佐竹隊が壁からの炎を浴び、佐竹隊長と消防士一名が意識不明、無線で連絡してきた春日副士長も火傷を負っているようです」

「佐竹が？」村田が唇を尖《とが》らせた。「春日との無線は繋がってるのか」

切れました、と短い答えがあった。数人の幕僚スタッフが見つめている。至急救援隊を出せ、と村田は命じた。

「三十階に向かわせろ。佐竹たちを収容するんだ。他の小隊は今どこだ？」

「エレベーター、非常階段を使い、上へ向かっています。現在位置はそれぞれ違います。各隊とも連絡を取っていますが、岡野《おかの》隊からの報告では、二十五階非常階段に煙を視認ということです」

「春日に連絡を続けろ。必ず救出するんだ」村田は額に指を当てた。「岡野も非常階段で煙を見ているのか？　なぜだ、なぜ非常階段なんだ？」

説明はつきます、と指揮本部の端にいた老人が立ち上がった。安西道茂、ファルコンタワーの全設計を担当した安西建築事務所の代表だ。傍らに二人の若い男が控えている。同じ事務所のデザイナーだった。

少し前から、村田の命令で指揮本部に関係者が集まり始めていた。ファルコンタワーの施工主である丸鷹ビルディングの役員、建設会社大香取《おおかとり》建設と狭間《はざま》組の担当者などだ。今後、電気、ガス、水道、エレベーター管理会社や通信及びコンピューター関係の技術者も来ることになっている。

設計担当者の安西については、最優先でファルコンタワーに連れてくるようにと村田が命じていたため、二人のスタッフと共にファルコンタワーの指揮本部に入り、待機していた。日本を代表する建築デザイナーだが、フットワークは若者並みに速かった。

おそらく電気系統の問題でしょう、と安西が口をゆっくりと動かした。

「ファルコンタワーでは、全フロアで使用している電気のラインをすべて壁、もしくは床に埋設しております。フロア全体にあるすべての電線は、非常階段にある配電盤に集約されます。これだけの広さを持つフロアを設計するに当たり、各階に配電盤を設置するしかありませんでしたが、逆に言えば、電力は配電盤に集中します。考えられるのは、そこに電気が過剰に流れ、そのために漏電が起きたということです」

「先生、そんなことあり得るでしょうか」隣のベレー帽を被った若い男が囁いた。「そこはぼくたちも想定していました。安全対策は万全に施しています。配電盤から漏電が起きたとしたら、回路が遮断されて通電をストップできるようになっていますし、総合電気室でも異常を感知するはずですが」

だが、そうとしか考えられないと安西が言った。しかし、と到着したばかりの電力会社の技術者が反論した。

「今、指摘があった通り、総合電気室が電力をコントロールできるようになっていたはずでは？　もちろん、流れる電気の量は一定ではありませんから、幅は持たせていますが、漏電が起きるような事態は考えられません。その前に安全回路が遮蔽《しゃへい》されて、通電が緊急停止するはずです」

集中管理センターの担当者たち数人がうなずいた。待ってくださいと村田は安西に目を向けた。

「このタワーすべての非常階段は同じ構造ですか？　非常階段は六つあるということですが、全部に配電盤が設置されている？」

「違います。三カ所です」安西が手元のタブレットで確認した。「ワンフロアの非常階段六つのうち三カ所、南、西、北東側に配電盤が設置されています」

すぐ全小隊に伝えろ、と村田は幕僚に命じた。

「客や従業員の避難路は非常階段しかない。六本のうち三本に配電盤があり、出火の危険性が高い。そこは使用を禁じる。他の三本を使え、佐竹たちが火災に遭遇したのは西側の非常階段だな？　配電盤から出火したんだろう」

「了解。すぐ伝えます」

「非常階段が使えなくなったら、どうにもならない」村田の唇からつぶやきが漏れた。「客たちを降ろすのはもちろん、消防士を上へ向かわせることもできなくなる。そんなことになったら――」

それはあり得ないですよ、と安西が言った。

「漏電が起きているとすれば、配電盤です。他に延焼するにしても、かなりの時間がかかるでしょう。フロア内には二十カ所に防火扉もあります。必要であれば、今すぐにでもこの集中管理センターから操作して、配電盤のある非常階段を閉鎖することもできます」

防火扉を閉ざすのはまだだ、と村田は首を振った。

「消防士たちが移動中だし、客や従業員がいる場所も特定できていない。防火扉には人間が通るための潜《くぐ》り戸が設置されているが、一般客がそれに気づかない可能性もある。確実に誰もいないことがわかれば閉鎖してもいいが、今ではない」それより、と安西とそのスタッフを交互に見つめた。「確認したいのは、各フロアに埋設されている配線のことです。四十階、七十階で発見された電線の皮膜が溶けていたという報告がありました。電線そのものから発火した可能性はありませんか」

それはないですよ、と安西が一笑に付した。

「そんなことが起きたら、日本中至るところで火災が発生します。もちろん、電気が流れれば電線は熱を持ちますよ。だが、それぐらいで火は出ない。よほど悪条件が重なれば別ですが――」

「悪条件が重なっていないと断言できますか？」

我々の指定通りなら、と安西がうなずいた。

「それは我々ではなく、施工主の丸鷹ビルディングさんや、実際に建築に携わった大香取建設さんの問題でしょう」

どうなんですか、と村田が反対側の席にいた数人の男たちに目を向けた。丸鷹ビルディングの役員や大香取建設の担当者たちだ。視線を合わせようとしない。

それは大香取建設さんの責任でしょう、という弱々しい声がした。丸鷹ビルディングの専務だった。

「現場で作業をしたのは大香取さんの社員や下請けの会社で、わたしたちの責任と言われても……」

責任問題の話をしている時間はない、と村田は視線を戻した。

「春日と連絡は取れたか？　他のフロアとは？」

「二十七階で状況確認していた玉木《たまき》隊が向かっています。すぐに収容できるでしょう。新たに二カ所、四十二階と二十一階で火災の発生が確認されました。いずれも小規模ですが、今後被害が広がると消防士の対応が間に合わなくなると考えられます。現在、各隊が上層階を目指しています」

　現況を報告しろ、と村田は机を叩いた。

「今、各隊はどこまで上がってる？」

「低層階フロアには、先発隊の百名と第二陣の同じく百名が入っています。既に避難勧告を済ませ、誘導が始まっています」各隊から入ってきていた報告を、幕僚スタッフが読み上げた。「多少の混乱はあるようですが、低層階フロアの避難そのものは今のところ問題ありません。ですが、中層階より上はまだ消防士が入っていません。人員が不足していきます」

「全員が集まったとしても五百人だ。中層階までしか手は回らない。他の消防署の応援は？」

「大沢署長から要請中。第一方面本部内の消防署はすべて動員命令を発令しました。二十分以内にファルコンタワーに到着します。八百人から千人の増員が望めます」

「彼らには中層階、三十一階から七十階までを担当させる。人命検索と避難誘導だ。うちの後続二百名は二つに分けて四十階と七十階を目指して上がれ。他フロアでも火災は起きているが、火元はその二カ所だ。まずそこを叩く。余力があれば他に回れ」

村田の命令が続いた。数人の幕僚が無線に向かって連絡を始める。低層階エレベーターのほとんどが自動停止しています、と報告が入った。

「タワー内の火災を感知したようです。まだ動いている数基に避難する客が殺到して、危険な状況です」

「先発隊と第二陣の二百名が低層階の配置についたか確認しろ。配置完了次第、総合電気室の近藤に命令、タワー内の電力を停止する。うちの後続隊とよその署の消防士は歩いて上がるしかないが、やむを得ない」

そんなことはありません、と安西が立ち上がった。

「エレベーターには非常用蓄電システムが備わっています。フル充電されていれば、タワー内の電力がシャットダウンされても一時間程度は動かせます。震災対策で設置したものですが、こんな事態で使うことになるとは……」

「エレベーターの使用は、消防士以外原則禁止とする」村田は唇の端を上げた。「徹底しておけ。消防士の移動と装備の搬入に限定する。五十階と八十階のコマンドポイント設営を急げと装備部に伝えろ。エレベーターが動く今のうちに、装備品を運び上げるんだ」

「了解です。装備についてですが、第三陣百名の準備が滞《とどこお》っています。署を出ることができません」

消防士が体ひとつで出動しても意味はない。消火のための装備が必要だし、安全のための準備もある。

ギンイチは一挙に五百人の消防士を出動させようとしている。混乱はやむを得ないところだったが、村田としても待てる状況ではなかった。

「装備部は何をしてるんだ？　大至急だと言え」

「バックアップ態勢は須賀部長が統括しています。こちらから直接命令すれば指揮系統が崩れます」

直接部長と話す、と村田が電話に手を伸ばした。

「想像以上にまずい。時間がない」

もしもし、と呼びかける声が周囲の喧噪でかき消されそうになる。村田は電話機に嚙み付くようにして話し出した。

PM08：03

銀座第一消防署装備部部長、糸田和茂《かずしげ》は別棟にある装備機材管理倉庫で直接指揮を執っていた。夜八時を回っていたが、気温は下がっていない。

広い倉庫には数台のエアコンがあるだけで、ほとんど意味をなしていなかった。外は小雨が降り注いでおり、強い風が吹きつけているため、少し倉庫を出ただけで全身がずぶ濡れになるほどだ。湿度も高い。熱帯夜だ。背中を伝う汗が不快だった。

糸田は腹が立っていた。ギンイチが保有しているすべての装備をファルコンタワーへ運び入れろと命令が出ていたが、現実を無視しているとしか思えなかった。

命令すれば消防用装備品が右から左へ動くと思っているのだろうか。装備部員は十三名しかいない。非番の者も数名いる。

任務に就いている部下たちに目をやった。自分も含めて九人だ。たった九人で百トン近い装備の搬出入など、できるわけがない。

銀座十丁目に完成したばかりのファルコンタワーで火災が発生したという連絡は、早い段階で入っていた。当初は断続的な情報でしかなく、緊急ではないという見方さえあった。

念のためと思い、部員を残して万一の事態に備えていたから対処できているが、そうでなければ今頃どうなっていたか。自分の判断がなければ、ギンイチ全体がギブアップするしかなかったのだ。

消防における装備の重要性について、上は署長から下は卒配直後の新人でもわかっているはずだ。ポンプ車をはじめとする消防車はもとより、防火服や防火靴などの平常装備も含め、装備がなければ消火はできない。

例えば簡易型の呼吸マスクひとつ取っても、なければ火災現場には入れない。度胸や勢いだけで火を消すことは不可能なのだ。

装備に対する認識が甘い、と糸田は常々考えていた。例えばギンイチには三百本の空気ボンベが常備されている。簡単に言うが、二十リットルのボンベ三百本を保管するためにはそれだけの場所が必要だ。構内には保管用の巨大な倉庫がいくつもあるが、その管理はすべて装備部の仕事だった。

ボンベ本体の出し入れは消防士がするにしても、メンテナンスは装備部の管轄になる。軽微な故障でも使用はできない。人命が懸《か》かっているのだから当然だが、検査するのは装備部員なのだ。

もちろん装備は空気ボンベだけではない。出動時、最低でも防火服、ヘルメット、面体、懐中電灯、ハンマー、ロープなど十数点がいる。

それらは最低限の装備品であって、実際にはその数十倍、数百倍が必要だ。その管理もすべて装備部の任務だ。

目の前の棚には、リチウム電池四十個入りのケースが約五百個並んでいる。どんなに小さくても、ひとつひとつを管理しなければならない。

大きいもので言えば、消防用特務車両もすべて装備部の管轄下にある。ギンイチには車両部があるが、修理以外の細かなメンテナンスは装備部の担当だった。

更には爆薬、化学消防隊のための薬剤など、取り扱いに厳重な注意が必要とされる物もある。あるいは熱源感知器、各種コンピューター関係の機材など、高価な装置もあった。

もちろん消防士個人が管理するものもあり、特殊な機材に関しては装備部員でも触れることを禁止されている場合もあるが、それにしてもすべてをひとつの部署で管理できるものではない。装備の意味と、それを管理する装備部への意識が低いのだ。

平時ならばいい。言い方は悪いかもしれないが、アパートの一室が火事になったぐらいなら準備する装備品は決まっているし、いちいち指示する必要もない。

消防士たちも勝手はわかっている。大きな事故が起きる可能性は、ほぼゼロと言っていいだろう。

だが、今回のように大規模な火災が起きたらどうするつもりなのか。限られた人数で千以上ある装備品をすべて動かすことなど、とてもできない。

それでも上は命令するだろう。警防部が必要と言えば装備部は従うしかないと思っている。その代表格があの男だ、と糸田は村田の顔を思い浮かべた。

村田が消防士として国内でも最高レベルの能力を有していることは認めている。傑出《けっしゅつ》した才能の持ち主と言ってもいい。過去の実績についてもよくわかっていた。

だが、常に現場消防士の優先性を主張し、他部署について一切配慮するところがない。

傲慢《ごうまん》で、現場では魔王のようにふるまう。そういう男だ。
今回のファルコンタワー火災の現場総指揮官に村田が就き、全権を掌握《しょうあく》していること
は通達が来ていた。命令にはすべて従わなければならない。そうせざるを得ない状況だと
いうことはわかっている。
それはいい。ファルコンタワーの火災が非常事態であることは理解していた。
百あるフロアすべてから出火すれば、この百年で比較するべきものがないほどの大惨事
になるだろう。何としてでも食い止めなければならない、と消防の一員として糸田も思っ
ている。だが、あの男はどうなのか。
村田は出場直前、装備部に命令を出していた。要請ではない。命令だ。
ビルの五十階と八十階に消火のためのコマンドポイントを設営するという。そのために
ギンイチ内にあるすべての装備をその二つのフロアに移し、消火活動に備えるというのが
命令の骨子だった。
狙いはわかる。村田に与えられた任務はタワー内の人間を無事に避難させることと、タ
ワーそのものの消火だ。これは表裏一体で、火災箇所の消火をしなければ下へ降りること
ができないということもある。
いくつものフロアの火災に対して、下から必要な装備を持って上がっていくのは時間的
にも人員的にも不可能だ。コマンドポイントの設営が絶対に必要だというのは、その通り

だろう。

だが、全装備という命令は無茶過ぎる。ギンイチの倉庫は四つあり、千種類以上ある装備品の総重量は百トン近い。すべてをファルコンタワーに運び入れろというのは無理だ。百トンの装備をタワーまで運んだとして、そこからどうやって五十階、八十階へ上げろというのだろう。

現状では不可能だと命令を差し戻したが、部長の須賀は非常事態だと強硬に命じて電話を切った。署全体が村田の指揮下にある。部長である須賀や自分も従うしかない。署長の大沢さえも、例外ではないのだろう。

命令に従うしかないとわかり、部下と共に倉庫に向かった。いずれにしても一度に運ぶことは無理だ。搬入用車両の手配もしなければならない。問題は山積みだった。

「部長、一応の準備が整いました」係長の佐古山《さこやま》が報告した。「本当に、全部出すんですか?」

「そういう命令だ」

「ピストン輸送しかないと思いますが、全装備というのはどうなんでしょう」

「命令なんだから仕方ないだろう。警防部様に従え。すべての装備を運び込むんだ」糸田は声を荒らげた。「タワー内への装備品の搬入は警防部に任せる。そこまでの人員はいない」

わかりました、と佐古山がその場から離れていった。ひとつ首を振ってから、糸田は報告のため須賀に電話をかけ始めた。

PM09：00

九時ジャストの段階で、村田は総合電気室の近藤にタワー全館の送電停止を命じた。

地下二階、一階のエントランス、七十四階のホテルフロント、九十九階のバーその他飲食店、そして百階ボールルームには非常用電源があるため、状況に大きな変化はなかったが、他のフロアは非常灯など必要最小限の電気しか供給されなくなった。

現場消防士から、避難する客たちがパニックを起こしているという報告が相次いでいたが、これ以上漏電が頻発すれば、更に多くのフロアで火災が発生するだろう。やむを得ない措置だった。

指揮本部にいる五人の幕僚スタッフが、矢継ぎ早に入ってくる無線に対応している。集中管理センターの内線、外線、個人の携帯電話なども鳴りっぱなしだ。

最も早くタワー内に入っていた数名を含む十名の消防士が四十階と七十階で消火作業に当たっていたが、それに加えて先発隊の百名、そして第二陣として動員された百名もタワー内に入っている。彼らはタワー低層階の避難誘導と消火作業に従事していた。

更にギンイチの後続部隊及び臨時編成された他の消防署からトータル六百人の応援部隊がタワーに入り、低層階から中層階の状況確認と避難誘導を始めている。二十階の総合電気室でタワー内の送電を停止した後、徒歩で降りてきていた近藤が状況を報告した。

「途中、いくつかのフロアを確認しましたが、状況はよくありません。フロアの広さに比して、非常灯が少な過ぎるんです。真っ暗とは言いませんが、足元もろくに見えません。何とか客たちを落ち着かせていますが、思ってる以上に避難には時間がかかりますよ」

村田は小さくうなずいた。状況については他からも報告が続々と入っている。各フロアで起きている混乱については想像がついた。

各フロアに最低二十人を配置しなければ、安全な避難誘導は不可能だというのが、近藤の主張だったが、村田にもそれはわかっていた。単純計算すると、十フロアで二百人の消防士が必要になる。現在タワーに入っている消防士は八百人、それでは四十階までしかカバーできない。

火災の発生を確認する必要もあったし、燃えていれば消火に当たらなければならなくなる。消防士に対する命令は状況確認と避難誘導の二つが主だったが、同時にはできない。やむなく、村田は避難誘導の担当を一フロア十名に変更せざるを得なかった。

ワンフロアには最低でも千人以上の客、従業員がいる。照明が落ちた中、十名の消防士が声を嗄《か》らして叫んでも、整然と避難を誘導することは難しかった。

客の中には子供、高齢者、歩行に困難がある者もいる。非常階段で転倒した場合負傷する恐れもあるし、周囲の人間を巻き込む事も考えられた。

二十人の消防士がいれば、背負って降りることも可能だったが、十人では無理だ。低層階だけでも三十フロア、三万人前後の人間が非常階段に溢れる形となり、大混乱が生じていた。

照明が消えていることや、非常階段の幅が狭《せま》いなどの理由で、想定していたより降りるスピードが遅い。注意していても転倒する者が続出していた。

「応援要請が続いています」幕僚スタッフの一人が携帯を手にしたまま報告した。「負傷者も出ています。妊婦、乳幼児など、一人では降りられない者も少なくありません。増員はどうなってるんですか?」

ギンイチで招集していた非番の百人が向かっている、と村田は答えた。

「新宿区、渋谷《しぶや》区など他の区にある消防署にも動員命令が出た。彼らの到着まで三十分だ。もう少し待て」

「非常階段の扉が重いと報告がありました」無線からの声に耳を傾けていた近藤が表情を歪めた。「自重で閉まってしまうので、降りるのがどうしても遅くなると。自分もそう思っていましたが、どうしてあんな構造になってるんです?」

「タワー内の気密性保持のためです」安西が脂汗《あぶらあせ》の光っている顔を撫でた。「空調効率を高めるためですが、気圧の関係もあります。一階と百階では四百五十メートルの高低差があります。非常扉が開放されていると危険が——」

　非常階段の構造には疑問がある、と村田は顔を向けた。

「自分も確認しましたが、傾斜《けいしゃ》がきついようだ。もちろん、客たちが使うことは多くないという考えもあったのでしょうが、それにしても……」

「施工主である丸鷹ビルディングさんから、強い要請があったのです。フロア空間を可能な限り広く取るようにと」

　安西が言った。わたしたちではなく、社長の命令です、と丸鷹ビルディングの役員が怯えたような声を上げた。

「フロアを広くしたいというのはわかるが、安全対策はどうなってる？」村田は首を捻った。「危険だとは考えなかったのか」

「東京都から着工の認可が下りています。決して法令違反ということではありません」

「東京都ね。そりゃ結構な話だ。この騒ぎが終わったら、誰が認可したか調べてやる」徹底的にだ、と村田はテーブルを指で弾いた。「他に報告はあるか」

　中層階オフィスフロアについて、ほとんどの会社の社員はタワーを出ていると連絡がありました、と近藤が答えた。

「すべてのオフィスが今日移転してきています。残業などはなかったんでしょう」

近藤にタワー全館の送電停止を命じた時点で、村田は低層階と中層階の防火扉及び防煙シャッターの閉鎖を命令していた。フロアによって多少の差はあるが、それぞれが二十の区画に分かれることになり、内部で火災が発生しても数時間は延焼を防げる。

ただ、七十一階より上の高層階については、まだフロアを閉鎖していない。誘導のための消防士の配備が完了していなかった。同時に、七十一階以上のフロアから火災発生の連絡が入っていなかったためでもある。

防火扉には人間が通過できる潜り戸があるが、狭くなるため大人数での移動は時間がかかる。火災が起きていない以上、避難の妨げになるおそれがあった。

一階エントランスから避難客たちが出ています、と近藤が報告を続けた。

「大混乱が起きていますが、警察の協力でどうにか……むしろタワー周辺のやじ馬を排除する方が大変です。十万人近い人出ですから」

現在地より百メートル後方に下げろ、と村田は命じた。

「風が強くなっている。上層階でガラスが割れたら危険だ。コマンドポイントの設営はどうなってる？」

「五十階と八十階に装備を上げる予定で準備を進めていましたが、何しろ百トンの装備品です。十人足らずの装備部員だけで上げるのは、どうしても時間がかかります。各消防士が協力していますが……」

「エレベーターはどうなってる？」

「低層階及び中層階のエレベーターは、備え付けられている非常用蓄電池の電力で動いていますが、間もなく充電が切れるでしょう。おそらく十分以内です。既に高層階エレベーターは電力不足で動かなくなっています。ますます厳しい状況です」

「可能な限り多くの消防士と装備品を七十階まで上げろ。そこからは消防士が上へ運べ。急がせろ、時間がない。近藤、タワー全館の火災報知器を作動させる。十分以内だ。全消防士に伝えろ。ミラマックスホテルの責任者と連絡を取り、火災の発生について話す。まだ消防士はホテルフロアに到達していないが、間に合わなくなる。避難誘導はホテルマンに託すしかない」

了解、と近藤が答えた。村田の目の前にあった無線機から、六十六階で火災発生、という声が流れてきていた。

PM09：11

九時十一分、七十階にいた夏美に命令が下った。至急八十階へ上がり、コマンドポイント設営に加われという。

ここまで連絡担当として、ギンイチ及び地下二階の指揮本部に状況を報告していた。指揮本部はファルコンタワー全フロアの火災報知機を鳴らし、同時にアナウンスで火災の発生を客や従業員に伝えると通告している。

避難する者たちがパニックを起こす可能性は高いが、やむを得ないという判断があったのだろう。そこまで状況は切迫しているのだ。

「神谷、いるか」

南側の壁の後ろから出てきた宇頭が面体を外して怒鳴った。頬が真っ赤に腫《は》れている。ヘルメットの下の前髪が焦げていた。

「応援はまだか？」壁に背をつけた宇頭がずるずると座り込んだ。「いたちごっこだ。消しても消しても新しい火点が見つかる。くい止めるのが精一杯だ。狭くて動きも取れないし、消火機材も足りない。村田司令長に倍の人数が必要だと言ってくれ」

「向かっているということです。もう少しだけ待てと……大丈夫ですか？」

どうにかな、と片手を挙げた宇頭が小さく笑った。

「他のフロアはどうだ？」

「情報が錯綜《さくそう》しています。何カ所かで火災が起きたと聞きましたが、未確認です。指揮本部によれば、五十階以下のフロアは避難可能だということです。ツイッターやメール、ラインなどで火災の発生を知り、自主的に降りてきている人達もいます。問題は八十階より上にいる人達で、まだ消防士が入っていません。避難勧告はもちろん、火点検索や人命検索もできない状況です。タワーで火災が起きていることに気づいていない人もいるかもしれません」

夏美はヘルメットを外して、髪の毛を強く掻いた。面体はつけていないが、呼吸は可能だった。

「どうにかしてもらわんとな」宇頭が膝に手をついて立ち上がった。「とにかくこっちは目の前の火を消すことしかできない。待ってろ、任せとけって。ちょっと疲れただけだ。すぐ消すさ」

「宇頭さん――」

「終わったら飯食いに行こう。四丁目のスタンディングのイタリアンが美味いらしいぜ」

にっこり笑った宇頭が右手を挙げた。「よろしく頼む。応援を呼んどいてくれ」

面体を下ろし、ヘルメットを装着して壁の中へ入っていく。その背中を見送りながら夏美は無線に手を伸ばした。

「こちら七十階神谷です。フロア南側の壁内で火災が延焼中、消火作業をしていますが規模は広がっている模様。今の人数では消せません。大至急応援を――」

凄まじい爆発音と共に壁が大破した。紙のように破れた壁面の建材が四方に飛び散る。

衝撃で吹き飛ばされた夏美の視界に、激しい勢いで噴き出す炎が映った。

炎の直撃を避けながら、壁の内側に目を向けた。影が動いている。ゆっくりと炎の中で膝から崩れ落ち、そのまま倒れた。

「宇頭さん！」

後先考えず、悪魔の舌のように激しく動き回っている炎に飛び込み、宇頭の体を引きずり出す。側にあった消火器のノズルを向けて消火液を浴びせると、全身から煙が立ちのぼった。

駆け寄ってきた二人の消防士が、夏美と宇頭に向けてインパルスの引き金を引く。霧状の水を浴びて夏美はその場から離れたが、真っ黒な塊《かたまり》になった宇頭は動かない。消防士が顔を見合わせて息を呑んだ。

「……宇頭さん」

夏美は宇頭の体を起こそうとしたが、制されてそのまま座り込んだ。フロアを叩いた右手が消火液で汚れて白くなった。

Flame3　Day of the fire

PM09：13

フレンチレストランでの食事を終え、小山友江は二人の子供を連れて九十八階スイートルームに戻った。二人とも小学生だ。夜九時を少し回っただけのこの時間、普段ならまだ起きているが、ベッドに倒れ込むようにして静かな寝息を立て始めている。

疲れているのだろう。シャワーぐらい浴びさせようかと思ったが、起こすのもかわいそうだ。

明かりを消したまま、ソファに座って子供たちの寝顔を見ているうちに、不意に涙が浮かんだ。どうして夫の草太はここにいないのか。あの人がいてくれれば、どんなに楽しかっただろう。

お喋《しゃべ》りが得意ではなかったが、はにかむように笑うとえくぼができて愛嬌《あいきょう》があった。横顔を思い出しながら、馬鹿な人だよとつぶやいた。

他人の子供のために命を落とすなんてどうかしている。自分の子供のことは考えなかったのだろうか。

両手で顔を覆《おお》い、静かに泣いた。草太のことを愛していた。頼りにしていた。どうして死んでしまったのか。

しばらくそうしていたが、手の甲で目尻を拭《ぬぐ》いながら頭を振った。もう何度こんな夜を過ごしてきただろう。

子供たちが折り重なるようにして眠っている。二人とも夫に似ていた。長男の朋幸が鼻の頭を掻《か》いて顔をしかめている。

毛布をかけようと手を伸ばした時、友江は自分が何かの臭いを嗅《か》いでいることに気づいた。焦《こ》げ臭い。

無意識のうちに立ち上がった。何かが気になる。ミラマックスのスイートルームは広い。どこから臭っているのか、はっきりわからなかった。

ドアを開けて廊下を見た。誰もいない。静かだ。照明が暗いと感じたが、気のせいだろうか。

壁に背中をつけ、大きく息を吐いた。何も起きていない。臭いといっても本当にかすかで、気になるというほどではない。

だが、友江は子供たちを起こすためにベッドルームへ戻った。逃げなければならない。ここは危険だ。理屈ではない。自分にはわかる。ここにいたら死ぬ。

二人の子供を揺すって起こした。何、とぼんやりした顔で友江を見ている。

靴を履《は》いて、と命じながらベッドサイドのスイッチを押したが、明かりはつかなかった。ますます不安が大きくなっていく。

「どしたのさ？」

欠伸《あくび》をしながら、次男の幸輔がスニーカーに足を突っ込んだ。いいからおいで、と肩を押した。何かを感じたのか、二人ともしっかり友江の手を摑《つか》んでいる。

怖くないから、と言って部屋を出た。荷物は何も持たない。財布さえもだ。大震災の教訓だった。命があればそれでいい。

エレベーターホールに向かった。暗い廊下に人の姿はない。まだ多くの客は食事をしているのだろう。それともボールルームで催《もよお》されているオープニングパーティーを楽しんでいるのか。

「来ないね」

朋幸がボタンを何度も押した。どこへ行くのかとは聞かない。友江と同じように、あるいはそれ以上に何かを感じているようだ。表情が不安げになっている。

うなずいて自分もボタンに触れたが、エレベーターは来なかった。見上げると、階数表示の電気が消えていた。

躊躇《ちゅうちょ》せず、非常階段へ向かった。何か異変が起こっている。エレベーターが来ないのはその予兆だ。

九十八階、とつぶやいた。下まで降りられるだろうか。だが、そんなことを言っている場合ではない。恐怖で鳥肌が立っていた。

大震災の時のことを思い出した。あの時と同じ感覚があった。

まず逃げる。臆病《おくびょう》だと言われてもいい。馬鹿にすればいい。何もなければそれでいいのだ。笑われて済むのなら、どれだけ笑われても構わない。

重い扉を押し開いて非常階段を見下ろした。どこまで降りればいいのか。歩いて、子供を連れて、そんなことができるのか。

頭を振った。降りなければならない。ゆっくりでいい。焦る必要はない。

ついておいでと最初の一歩を踏み出した時、通常の照明が消えていて、非常灯の明かりしか見えないことに気づいた。二人の子供が友江のブラウスの裾《すそ》を強く握っている。怯《おび》えているのがわかった。

遠くで音が鳴っている。火災報知機ではないかと思った時、非常階段全体にもベルの音が鳴り響いた。間違いない、火災が起きているのだ。

「ゆっくり、ゆっくり」励《はげ》ますように繰り返しながら降り続けた。焦《あせ》らせてはならない。

「大丈夫、全然大丈夫だから」

踊り場の壁に階数を表示する数字があった。九十七、九十六。九十五階へと続く階段に差しかかった時、嫌な感じが強くなった。

待ってなさいと二人を踊り場に残し、先に降りる。足元を確かめてから振り向いた。

「大丈夫。おいで」

子供たちが踊り場から足を踏み出そうとした瞬間、体が宙に浮いた。悲鳴をあげながら手摺《てす》りにしがみつく。足元にあったはずの階段がなくなっていた。何が起きたのか。

両腕の力だけで体を持ち上げる。周囲の至るところで壁が割れていた。凄《すさ》まじい音で耳が聞こえない。

階段の上半分はまだ残っている。だが、そこへは上がれないだろう。手摺りが滑《すべ》って今の位置をキープするのがやっとだ。非常ベルが悲鳴のように鳴り響いている。

動けない。手が外れればそのまま落下するだろう。見上げると、踊り場で子供たちが腰を抜かしたようにへたり込んでいた。

「逃げて！」

周囲の音に負けないよう怒鳴《どな》った。階段がゆっくりと傾《かたむ》き始めている。自分はもう助からない。

踊り場にいれば、子供たちも同じだ。だが上がれば助かる。まだ九十六階の階段が崩《くず》れていないのは見ればわかった。

「逃げろ！　早く！」

立ち上がった朋幸が幸輔の手を引いて起き上がらせる。そのまま後ずさりしていき、見えなくなった。

安堵《あんど》の息をついた時、手が滑った。傾斜が大きくなる。手摺りの下の細い部分を握ったが、もう後はない。

階段が崩れれば一緒に落ちていくだけだ。長くはもたない。草太の顔が頭をよぎった。

手摺りにぶら下がりながら首を振った。もうどうにもならないと目をつぶった時、手に何かが当たった。目を開くと、鉄パイプがあった。

崩れかけている踊り場から、朋幸が鉄パイプを伸ばしている。どこで見つけてきたのだろうか。

「馬鹿！　止めなさい！」怒鳴りつけた。「危ない！　逃げるんだよ！」

朋幸が歯を食いしばりながら首を振る。その腰に幸輔がしがみついていた。

「早く！」

朋幸が叫んだ。友江は鉄パイプを握りしめた。四十五キロの体を、二人の幼い子供が引っ張る。

信じられないことだが、体が動いた。たぐり寄せるように鉄パイプを摑み、数センチずつ階段を上がっていく。手摺りが外れて落ちていった。

四段分を三人の力で上がった。段に顎《あご》と膝《ひざ》を乗せ、体を安定させる。

必死で立ち上がり、踊り場に向かって飛んだ。同時に階段すべてが崩れて、何もかもがなくなっていた。

腹這《はらば》いになりながら下を向いた。十メートルほど下のフロアに、階段の残骸《ざんがい》が見えた。

馬鹿、と振り向きざま怒鳴った。

「何で逃げなかった？　逃げろって言ったでしょう！」

「だって……」

「だってじゃない！　こんなことして、危ないと思わなかった？　死んだらどうすんの！」

「父ちゃんが死んで……」幸輔がつぶやいた。「母ちゃんまでいなくなったら……もう……」

父ちゃんは死んだ、と朋幸がきっぱりした口調で言った。

「おれが母ちゃんを守る。おれたちが母ちゃんを守るんだ」

馬鹿だね、と溢《あふ》れてくる涙を拭きながら、友江は二人を抱きしめた。

「二度とこんなことするんじゃないよ。母ちゃん、あんたたちが死んだら……」

しがみついてくる二人に支えられるようにして立ち上がった。階段はなくなっている。もう降りることはできない。

「上へ行こう」二人の手を引いた。「そうするしかない」

三人で非常階段を上がり始めた。左右の壁に割れ目が入っている。友江は二人の子供の手を引いて走った。

PM09：18

経団連副会長と西都《せいと》銀行頭取と握手を交わしながら、光二は眉を顰《ひそ》めて、増岡、と小声で名前を呼んだ。

「何だ、あの音は」

ボールルームにフルボリュームで非常ベルが鳴り響いていた。千人以上いる客たちが不安そうに顔を見合わせている。失礼しますよ、と二人の老人が慌てたように光二の側から離れていった。

少し前、ボールルーム全体の照明が落ち、一秒も経たないうちに元に戻ったことはわかっていた。百階専用の非常電源が作動したのだろう。

あれは火災報知機のベルかと思います、と増岡が答えた。

「社長、先ほどから何度も電話が入っておりまして――」

今はそれどころじゃないと言っただろう、と光二は増岡の肩を突いた。

「政財界のお偉方から芸能人や文化人まで、俺に挨拶《あいさつ》したいと言ってきてる。電話なんかに出てる暇はない」

「ですが、消防署からで……四十階と七十階で火災が発生しているということです。他のフロアでも——」

「またその話か。火事なんか起きちゃいない。いいから火災報知機を切ってこい。うるさくてかなわん。客だって驚いてる。ボールルームのスタッフには、火事なんか起きていないと伝えてるんだろうな。客に何か聞かれても、危険は一切ないと答えさせろ。実際、なにも起きちゃいないんだからな」

「ですが社長、消防士がこちらへ向かっていると連絡がありました。まさかとは思いますが、万一本当なら大変なことになります」

「ならないって言ってるだろうが。さっさとスイッチを切れ。どうせ誤作動だ。わかりきったことを何度も言うな」

後ろから光二も顔を知っている映画監督が覗《のぞ》き込んでいる。行けと命じてから、にこやかな笑みを浮かべて握手のために右手を伸ばした。

PM09:20

九時二十分、夏美は八十階フロアに上がった。二十人ほどの消防士がそこにいた。コマンドポイント担当として送り込まれた者たちだ。

七十階の爆発で宇頭が炎に巻かれ、その救出作業に従事していたが、宇頭の搬送は他の消防士が担当することになった。担架に乗せた宇頭の大きな体を非常階段で下へ運ぶのは、夏美には無理だった。爆発による出火はすぐ消すことができたが、消火活動は今も続いている。

「どうした。ぼんやりするな」

すれ違った消防士の一人が肩を叩《たた》いた。夏美はグローブをはめたままの手で八十階に着いた時装着していた面体を外し、顔を拭った。宇頭さん、と乾いた唇からつぶやきが漏《も》れた。

柳雅代のような女性消防士たちの努力があり、現在の火災現場では女性だからという理由による差別はほとんどない。男性も女性もなく、お互いをパートナーとして信頼している。その中で宇頭は最も親しい先輩だった。

チームにとってなくてはならない存在だった宇頭は誰にでも優しかったが、特に夏美に対しては妹のような感情を持って接していた。いつも食事に誘われていたし、仕事で失敗した時も励ましてくれた。プライベートでも遊びに行ったことがある。

その宇頭が死んだ。信じられなかった。

それ以上に怖かった。ひとつ間違えれば、自分も死んでいたかもしれない。焼け爛《ただ》れていた宇頭の姿は正視に耐えなかった。自分もあんなふうになってしまうのか。

神谷、と呼びかける声がした。よろめく足を踏ん張り、ここですと返事をした。コマンドポイント設営を指揮していた貝塚《かいづか》消防副司令の周りに、数人の消防士が集まっている。

「十分以内に三十人が上がってくる。ここは彼らが担当する。ホテルの支配人には、村田司令長から火災の発生を知らせたそうだ。ホテルマンの中に気づいた者がいて、彼らが自発的に各部屋に連絡を入れ、避難を呼びかけているが、漏れがないとは言い切れない。お前たちはそれぞれ上に向かい、人命検索と避難誘導に当たってくれ。既《すで》に先発している者もいる。ホテルの各部屋を回り、残っている者がいたら下へ降りるよう指示しろ」

順番に階数を指定する。夏美は九十五階の担当を命じられた。

「装備はここにある物を持っていけ。必要と思われる物なら何でもいいぞ。うちの装備部が倉庫を空にして、五十階と八十階のコマンドポイントに全部運び入れてる。よりどりみどりだ」

冗談めかした口調だったが、誰も笑わなかった。危険な任務だが、誰かがやらなければならないとわかっている。

フロアに積まれていたロープや延長ホースなどを背負い、面体をつけ夏美は数人の消防士と非常階段を上り始めたが、途中で遅れた。インパルスの水タンクや空気ボンベなども合わせれば三十キロ以上の装備だ。女性消防士は、どうしても体力的に劣《おと》る部分がある。

五分ほど遅れて九十階まで上がると、火災報知機のベルが鳴っているのが聞こえた。指揮本部が強制的に作動しているのだろう。荒い息を吐いて座り込んだ。水が欲しかったが、持ってきていなかった。

上から大勢の人が降りてくるのが見えた。ホテルに宿泊する予定だった客や従業員たちだろう。一様に不安そうな表情を浮かべている。火災が発生していると理解できていないようだ。

自分より先に上がった消防士たちが各フロアに入り、スピーカーなどを使って避難を呼びかけているはずだった。急がなければならない。九十五階の宿泊客が逃げ遅れたら、多数の犠牲者が出るだろう。足に力を込めて階段を上がり始めた。

九十二階の踊り場まで上がったところで、同じ警防二課の滝川《たきがわ》士長と出くわした。三期先輩になるが、非常階段はどうだと夏美の顔を見るなり鋭《するど》い声で聞いた。焦りが表情に滲《にじ》んでいる。

「今のところ出火はありません」

「北東非常階段で火災が発生したと連絡があった」滝川が通り過ぎる人たちに聞こえないよう口を手で覆いながら囁《ささや》いた。「あっちはもう使えない。通行は禁止した。何人か入って消火している。指揮本部の話だと、他にも何カ所かで出火しているようだ。六つある非常階段の内、三つに配電盤があるということだが、そこに電力が集中している。火災が発生しやすくなってるってことだ」

「聞いています」

でか過ぎるんだよ、このタワーは、と滝川が悪態をついた。

「フロア全体なんか調べられっこない。どうしろっていうんだ。応援は来ないのか？」

内心の動揺を隠しきれないでいるのがわかった。誰もが不安なのだ。

「九十三階はどうでしたか？」

おれと星山《ほしやま》さんで見回ってる、と滝川が先輩消防士の名前を言った。

「ホテルだ。人命検索しろと言われても、部屋はオートロックで鍵がかかってる。どうやって中に入ればいいんだ？」

大都市に進出しているブランドホテルの多くはカードキーを使用するが、老舗《しにせ》であるミラマックスでは伝統に則《のっと》り今も真鍮《しんちゅう》製の鍵を客に渡している。不便だという指摘もあるが、それを格式として重んじる者も多い。ただ、今回の場合はコンピューターで一斉解錠を指令することができないという意味で、問題は大きかった。

「ホテルの従業員たちはどこに？」

フロントへスペアキーを取りに行ってる、と滝川が顔をしかめた。

「立派なホテルだが、格式とかはむしろ邪魔だよな。こんな時にはかえって不便だ」

「従業員が戻ってくるまでは何もできない？」

「そういうわけじゃないが、鍵がかかってる部屋をノックして、返事がなければ誰もいないと判断するしかない」

「今は何を？」

「非常階段を見てこいと星山さんに言われた。退路を確保しておけとさ。田原《たはら》や東山《ひがしやま》は避難誘導のために降りてる。残っているのはおれたちだけだ」この階段は急だな、と数歩降りた滝川が振り向いた。「誰がこんな設計をしたんだ？　一般客が駆け降りるようなことがあったら、怪我人が大勢出るぞ」

不安なのか、多弁になっている。もともと神経質な性格だと夏美も知っていた。そんなふうに言わないでください、と言いかけた自分の唇が震えているのに気づいた。

「滝川さん、こっちへ……上へ戻ってください」

「何だって？」

「上がってください。ここにいるのは――」

「何だよ、いきなり。そんなこと言われたって、調べておかないと……」

人の列は途切れている。夏美は三段飛ばしで駆《か》け降り、滝川の腕を摑んで上へと引っ張る。何なんだと言いながら、滝川が足を前へ出した。

「急に引っ張ったりするなよ。危ないじゃないか――」

前触れもなく天井が割れた。炎が噴き出してくる。夏美は滝川の体を抱えて後ろへ飛んだ。踊り場に倒れ込みながら頭を両手で覆う。

一瞬で膨《ふく》れ上がった炎が生き物のように通路を動き回った。転がって直撃を避ける。勢いを失った炎が天井に吸い込まれていった。

「大丈夫ですか？」

倒れたままの滝川に呼びかける。どうにか、と立ち上がった。

「何だ、今のは……」防火服を脱いだ滝川が、背中をはたいた。「まるで、おれたちに襲いかかってくるみたいな……」

「炎には意志があると、父が言ってました」夏美も体を起こした。「あり得ないことだけど、そうとしか思えない時があるって。あいつらはすべてを燃やし尽くしたいんです。あたしにはわかります」

そうか、と滝川がうなずいた。夏美の父、神谷誠一郎《せいいちろう》の名前は現役消防士なら誰でも知っている。八年前、火災現場で同僚を救うために殉職《じゅんしょく》していた。夏美が二十歳の時だ。あの日まで、消防士になろうと考えたことはなかった。普通の私立大学に通う女子大生だったのだ。

憧《あこが》れはあったが、消防士が務まるとは思っていなかった。肉体的にも精神的にも適性はない。

だが、父の死に直面して心が動いた。見も知らぬ他人の命を護《まも》るために炎と戦い続けていた父を尊敬していた。父を殺した炎が憎かった。猛勉強し、トレーニングを重ねて試験を突破し、消防士として採用された。

厳しい毎日が続いたが、それは覚悟していた。父と同じ現場消防士の道を選び、現場に出場して火を消すことが日常になった。

東京消防庁で幹部になっていた父の旧友たちが、精鋭の集まるスーパー消防署、ギンイチに夏美を配属したのは、彼らの厚意だとわかっている。仲間を救うために殉職した父。その娘である夏美を最も水準の高い消防署に置くことで、成長を促《うなが》したかったのだろう。

だが、そこでは夏美にとって苛酷《かこく》な現実が待っていた。現場への出場経験を重ねるうち、炎がいかに恐ろしいかを体で知った。

父を殺した炎に復讐することなどできない。圧倒的で凄まじい力。人間の敵《かな》う相手ではないのだ。

現場に出るたび、父の死に顔を思い出すようになった。直視できないほど焼け爛れた皮膚。赤と黒の入り混じった肉の塊《かたまり》。

ずっと耐えてきた。恐怖と戦ってきた。もう勝てないと思い知らされた。

六日前の事故はきっかけに過ぎない。ずっと辞める理由を探していたのだ。

とにかく助かった、と滝川が言った。

「だけど、どうしてわかった？　いきなりあんなふうに天井が割れて炎が襲ってくるなんて……」

わかってなんかいません、と肩をすくめた。

「嫌な感じがしただけで……体が勝手に動いてました」

手が小刻みに震えていることに夏美は気づいた。天井が割れた箇所がもっと近かったら、どうなっていたか。気まぐれな炎が諦めてくれたからよかったものの、更に大きくなって非常階段の空間一杯に広がっていたら。

「降りるか？　今から降りたって、誰もお前を責めたりしないぞ」

滝川が見つめる。いえ、と首を振った。

「あたしの担当は九十五階です。そう命令されています」

階段に足をかけた。そうか、とうなずいた滝川が敬礼する。答礼して上り始めた。あと三フロア、とつぶやきが漏れた。

PM09：25

辻本文乃《つじもとあやの》は自分のスマホに目をやった。日本女子サッカー界のエースであり、ロンドンオリンピックではチームを銀メダルに導いた。招待されてファルコンタワーへ来ていたが、しばらく前からツイッターに何度か気になる文章がアップされていることに気づいていた。

『銀座のファルコンタワーが火事になってるってホント?』

『ふぁいやー、なう』

たった今届いたばかりのツイートを確かめて、顔を上げた。百階ボールルームは千人以上の客で賑わっている。誰もが楽しそうにしていた。

火事が起きているとはとても思えなかったが、不安がないわけではなかった。一人だけならともかく、今ので五人目だ。

インターネットのニュースサイトなどを検索すると、ファルコンタワーに十台以上の消防車が集まっているとわかった。大勢の消防士がタワー内に入っているというニュースもあった。ただし、詳細はない。

念のため、ワンセグ機能でテレビなどを見たが、速報の類は流れていなかった。何かの勘違いなのか。他の高層タワーで火災が起きているのだろうか。ジョークかもしれないし、悪質なデマの可能性もあった。

「あの、すいません」通りかかった黒服の若い男に声をかけた。「ちょっと聞きたいことがあるんですが」

何でしょう、と男が振り向いた。洗練された所作から、専門の会社から派遣されているスタッフだとわかった。

「これなんですけど」スマホの画面を直接見せた。「ファルコンタワーで火事が起きてるって……本当なんですか？」

その件ですか、と男が微笑んだ。他の客からも質問があったようだ。

「詳しくはわかっていませんが、中層階で小規模なガス爆発があったようです」笑みを浮かべたまま説明する。「火災というよりは、ちょっとした操作ミスと申しましょうか……問題はありません。既に混乱は収まっております。辻本様が心配なされることはございません」

そうなんですか、と文乃はうなずいた。名前を知っているのは、自分がメダリストだからだろう。ここはファルコンタワーでございます、と男が流暢《りゅうちょう》に言った。

「最新鋭、最先端の工法で建設されております。一切問題はありません。そのツイッターは、一種の中傷と申しますか、悪質なデマなのでしょう。どうかお気になさらず、パーティをお楽しみください」

「でも……」

「日本一の高層タワーですからね」困っているんです、と男が囁いた。「他からのやっかみといいますか、足を引っ張ろうとする者が出てくるのはやむを得ないことかと。ネットの掲示板にもそういう噂《うわさ》を流す者がいるようですが、決してそのようなことはございません。ご安心ください」

次のオリンピックではぜひ金メダルを、と言って男が離れていった。近くにいた女性客が、なるほど、というようにうなずいている。彼女も何らかの形でファルコンタワーに火災が起きているという情報を見たようだ。

危険なことは何もない、と文乃はスマホをバッグにしまった。これだけのタワーだ。問題が発生することなどあり得ない。火事が起きたとしても、すぐに消えるだろう。

ボールルームの出入り口に目を向けた。談笑していたいくつかのグループが一斉に拍手する。新作映画のプロモーションを兼ねてステージに上がった四人の女優に、歓声が飛んでいた。

三十分後には、自分もあそこに立ってスピーチをしなければならない。何を話すんだっけ、と文乃は事前に作っていたメモをバッグから取り出した。

PM09：30

社長、と呼ぶ増岡の声に、光二は顔をしかめた。振り向くと、小柄な増岡の傍《かたわ》らに防火服を着た背の高い男が立っていた。

「誰だ、そいつは」

「消防士の服部《はっとり》士長です」

囁いた増岡が後ずさりする。何か用か、と光二は男を睨《にら》みつけた。

「なぜ電話に出ないんですか」苛立《いらだ》ちを隠せないのか、大声で服部が言った。「あなたの携帯にも、秘書の方にも、こちらのボールルームの直通電話にも何十回もかけています。わかっていたはずです」

これか、と光二はスーツの内ポケットからスマートフォンを取り出した。画面にいくつもの着信表示が残っている。

「忙しかったんだ。電話どころじゃなくてね」

「今、秘書の方から聞きました。火災報知機を切ったそうですね」

「そうだったかな。覚えていない」

どういうつもりなんだ、と暗い目で服部が吐き捨てた。

「ボールルームの客に消防から火災が起きていると直接伝えるわけにはいきません。情報が一人歩きすれば、パニックが起きます。責任者のあなたから話してもらうのがベストだと判断していましたが、避難が間に合うかどうか――」

「避難？　何の話だ？」

知らないとは言わせませんよ、と服部が手近の壁を叩いた。

「わかっているはずだ。下がどうなっているか――」

視線が交錯《こうさく》する。話を聞こう、と光二はステージ裏のＶＩＰルームに顎の先を向けた。

PM09:33

十階から三十階までのフロアに入っていた消防士たちは、順調に避難誘導を進めていた。二十階より下のフロアの火災は規模も小さく、九時を回った時点で消火作業はほぼ終了している。設計者の安西によれば、低層階では電力の消費量が分散される構造になっているため、火災が起こる可能性は低いという。

仮に出火しても予備隊の消防士が出動可能であり、他の消防署からの応援も今後増員されることになっている。五十階にコマンドポイントを設置していたため、消火及び人命救助のための態勢は整っていた。

消防士たちは約百人のガードマンと協力しながら、避難誘導を続けた。人の列が長く連《つら》なっていたが、降りる速度が遅い以外、問題はないはずだった。

だが、九時半を廻《まわ》った時、異変が起きた。十九階北側の非常階段の通気パネルが外れ、中から火が噴き出したのだ。

真下を通過していた二人の男が直撃を受け、火傷を負った。三名の消防士がすぐインパルスで火を消したため、火傷そのものは軽微だったが、周囲にいた人間が悲鳴をあげて階段を駆け降り始めた。

消防士たちが制止したが、聞く者は誰もいなかった。パニックの始まりだった。

火事だ、という怒号が飛び交い、人々はお互いを押しのけながら下へ走った。降りることだけしか考えられなくなり、何が起きているのか、なぜ降りなければならないのか、状況を確かめようとする者は一人もいなかった。

恐怖がすべてを支配していた。客や従業員たちは逃げ惑《まど》い、我先にと走った。そこかしこで殴《なぐ》り合いが始まり、順番を争う者たちの怒鳴り声や叫び声が非常階段に渦巻《うずま》いた。

秩序を保とうとした者もいないわけではなかったが、それも最初の数分間だけだった。恐怖で自制が利かなくなり、他人を突き飛ばし、蹴《け》り倒す者もいた。

生存本能というより、強烈なエゴの発露《はつろ》と言った方がいいだろう。すべての暴力が正当化され、自らの命を守ることが何よりも優先された。さっきまで無害だった人々は暴徒と化していた。

火災が発生した十九階より下にいた者たちは、突然上から大人数が殺到してきたことに混乱し、同時に何かが起きていることを直感して、自分たちも同じように走りだした。止められる者はいなかった。

何が起きたのかを正しく認識し、火が消えたことがわかれば冷静さを取り戻すことができたかもしれないが、狭《せま》い非常階段に押し込まれていた彼らは潜在的にフラストレーションを溜《た》め込んでいた。そこに恐怖という炎が引火し、パニックは瞬時にして広がっていった。

ファルコンタワーには非常階段が六つある。北側で起きた火災のことは他の非常階段を使って降りていた客たちにわかるはずもなかったが、パニックは伝播《でんぱ》する。見えない線を伝《つた》って情報が暴走し、他の非常階段でも逃げようと走りだす者が続出した。

理由が不明な分、恐怖心は膨れ上がっていった。高齢者、子供、女性たちを突き飛ばし、押しのけ、誰もが得体の知れない何物かから逃れようとした。

転倒する者が続出した。悲鳴。血の臭い。泣き声。それがすべての人間に感染し、更にパニックを拡大させた。倒れている者を踏み付けて人々は前に進んだ。すべての非常階段が地獄に変わっていた。

PM09：34

九時三十四分、夏美は九十五階フロアに入った。背負っている装備の重さで体がふらつく。

先着していた二人の消防士が右側の部屋のドアを叩いているのを見つけ、急いで駆け寄った。お早いお着きで、と皮肉めいた言い方をしたのは士長の城下《しろした》だった。悪意があるわけではない。火災現場ではルーティンのジョークだ。

「どうなんですか？」

状況を聞くと、どうもこうも、ともう一人の消防士、秋元《あきもと》が肩をすくめた。

「ここで人命検索をしているのは、おれたち二人だけだ。フロアに部屋は三十二室ある。ここに上がって十分ほど経つが、まだ六部屋しか確認できていない」

でかすぎるんだ、と城下がつぶやく。

「部屋は全室オートロックで、外からじゃ開けられない。叩き壊すには頑丈過ぎる」

「九十五階より上はどうなってるんですか」

「服部さんや他に五、六人上がっていったが、厳しいだろう。ホテルのスタッフも各部屋に直接は行けなかったようだ。連絡は入れたそうだが……全部屋の人命検索をするには人数が足りない。最上階ではパーティをやってるそうだな。連絡はどうなってるんだ」

わかりません、と夏美は首を振った。しばらく前に火災報知機を強制作動させたはずだったが、百階ボールルームでは手動で切られたという情報が入っていた。

このフロアのいくつかの部屋で、外に出て様子を見ていた客がいた、と城下が説明した。

「何か起きていると気づいたんだろう。状況を察知して避難を始めてる者もいるが――」

「部屋に誰かが残っていないとは言い切れない……そうですね？」夏美は左右を見回した。「三人で確認するしかないということですか」

そうだ、と吐き捨てた城下がドアを強く叩いた。チャイムもあるが、それより叩いた方がいいという判断がある。客の方も緊急事態だとすぐ理解できるだろう。

「奥からこっちは調べた。部屋に誰も残っていないことは確認済みだ」城下が廊下を指さした。「秋元、お前は西側へ行け。そっちにも七部屋ある。神谷は逆サイドだ。エレベーターホールを中心に、放射線上に客室が並んでいる。担当の部屋を確認して、客が残っていたら避難させろ。七十階の火勢が強くなっている。たった今、六十九階にレスキュールームを設営したと連絡があった。そこまで降りればいい」

「何かあったら笛を吹いて呼びますよ」秋元が首に下げていたホイッスルをつまんだ。「めったに使わないんですが、こんな時には役に立ちますね」

いいな、と城下が目配せする。了解、とうなずいて夏美は指示された東側の廊下へ走った。辺りは暗い。ヘルメットに備えつけられているヘッドライトをつけた。

廊下の角を曲がったところで、中年の夫婦がドアから首だけを出して左右を見回しているのが見えた。至急避難してくださいと声をかけると、何があったんです、と夫が震える声で言った。

「下のフロアで小規模火災が発生しました」不安を与えないため、微笑を浮かべながら説明した。「大きなものではありません。急ぐ必要はないと報告が入っていますが、念のために避難を――」

荷物をどうしたらいいのかしら、と妻が唇を尖《とが》らせた。

「買い物してるんですよ。妹がこの前赤ちゃんを産んで、そのお祝いとか……」

「貴重品だけお持ちください」内心の苛立ちを抑《おさ》えながら、もう一度微笑みかけた。「お祝いの品は後で取りに来ていただければよろしいでしょう。現在エレベーターは停止中ですので、非常階段から降りてもらうことになります。荷物を持っての移動は難しいかと思います」

「非常階段？　あなた、ここを何階だと思ってるの？」妻が不機嫌そうに言った。「一階まで歩いて行けってこと？　そんなことできませんよ。ホテルの人を呼んでちょうだい。どういうことか説明してもらわないと――」

「降りてください」夏美は押し殺した声で言った。「今すぐに」

わかりましたよ、と不満そうにつぶやいた妻が部屋に戻る。何が起きてるんですと夫が聞いたが、それには答えずに、非常階段の場所を教えてから隣の部屋へと移った。

一分ほどドアを叩き続けたが返事はない。諦めて次の部屋に向かう。同じことを何度も繰り返した。

五分かけて担当していた六部屋を回った。二つの部屋でドアを叩いても返事がなかったが、これ以上はどうすることもできない。

時間の経過と共に、白い何かが廊下に流れ込んでいるように感じていた。煙なのか、それとも恐怖から煙を見たと思い込んでいるのか。

そうかもしれない。だが臭いは感じる。焦げた臭いだ。

いずれにしても時間はない。自分も逃げなければならなかった。要救助者の一人になってしまう。消防士として、最も避けなければならない事態だ。

回れ右をして非常階段に向かった。扉を押し開けようとした腕が止まる。駄目だ。まだ行けない。

九十九パーセント、応答がなかった二つの部屋には誰もいない。万が一いたとしても、やるべきことはやった。自分の責任ではない。

理屈はわかっていたが、体が納得しなかった。確認しなければどこへも行けない。廊下を駆け、最初の部屋のドアを蹴飛ばした。

「誰かいますか?」

叫んだが返事はない。舌打ちして周囲を見回すと、壁に非常用と赤い文字で書いてあるプラスティックの扉があった。

肘《ひじ》をぶつけて叩き割った。エマージェンシーアックス、非常用の斧《おの》だ。

駆け戻ってドアに斧を叩きつけた。小型だが特殊スチール製の刃は威力がある。三回目でドアノブが壊れ、五回目で穴が開いた。

手を突っ込み、鍵を回すとドアが開いた。斧を投げ捨てて飛び込む。

「誰か？　誰かいませんか？」

ウェイティングルーム、リビング、応接室、ベッドルーム、浴室、トイレ。すべて見たが誰もいなかった。時計を確かめる。三分経っていた。時間がない。

捨てた斧を拾い上げて、もうひとつの部屋へ走る。ドアを叩く時間も惜しい。そのまま斧を叩きつけた。

廊下に漂ってきている白い煙を見ていた。錯覚ではない。どこかで火災が起きている。

斧を振り回し、ドアノブ部分を破壊した。肩からぶつかるとドアが外れた。

「誰かいませんか？」

返事はない。うっすらとだが、煙が室内に広がっている。熱も感じた。面体の下で汗が滲む。火元はここなのか。どこからだ。どこが燃えているのか。

煙の濃淡を頼りにたどっていくと、浴室に出た。洗面用の台が二つある。大理石の台に足をかけて上がった。換気口。そこから煙が漏れている。

触れてみたが、熱くはない。慎重に蓋《ふた》を外し、中を覗き込んだ。奥にかすかな赤い影が揺らめいている。炎。間違いない、ここだ。

まだ小さい。今すぐ燃え広がるということはないだろう。だが高層階でも火災は発生しているとわかった。どの程度なのか。どこまで火は回っている？　逃げられるのか。

激しく鳴り出した心臓を手のひらで強く押さえ、深呼吸を繰り返した。アドレナリンが過剰に分泌《ぶんぴつ》されている。放っておけば体力を急激に消耗《しょうもう》してしまうだろう。冷静にならなければならない。

大きく息を吐いて洗面台から飛び降りた。数十秒しか経っていなかったが、換気口から流れてくる煙の量が増えたような気がするのは、恐怖心からくる思い込みなのか。

廊下に煙は流れ出していなかった。九十五階全室で火災が起きているということではないようだが、危機が迫《せま》っているのは確かだ。

火災現場で殉職した父親のことが頭をよぎった。関係者の誰もが父を讃《たた》え、過去の功績やその能力を称賛《しょうさん》した。死んでから八年経つが、今も命日になれば当時の同僚や先輩、あるいは父の名前しか知らない後輩までもが家を訪ねてくる。

立派な消防士だった。伝説のファイアーファイター。素晴らしい人だった。誰もが口を揃《そろ》えてそう言う。

だが、その父は死んだ。父の骸《むくろ》は悲惨な姿としか言いようがなかった。人ではない。物だった。死体ですらない。

それ以来、死が怖くなった。誰よりも臆病になった。死にたくない。父のような死に方だけは絶対にしたくない。

膝が崩れてよろめいた。怖い。この現場で、もう何人もの消防士が犠牲になっている。署で親しくしていた宇頭までが炎に襲われ、倒れていた。

ひとつ間違えれば、あの場所で炎を浴びていたのは自分だった。恐怖にかられ、叫びながら浴室を飛び出し、ドアに向かって走った。ここから逃げる。それしか頭の中になかった。

足が止まった。ベッドルームを確かめていない。首だけで振り向く。浴室の炎はどうなっている？ 更に勢いを増していないか。

煙は？ 今からもう一度戻る？ もし爆発が起きたらどうなる？

この部屋にいては危険だ。命を落としかねない。フロアに他の消防士はもういないだろう。誰も助けてくれない。そして、どうしようもないほどに怖い。

どうせ誰もいないに決まってる。ドアを叩き壊して室内に入ったのだ。音が聞こえなかったはずがない。

何度も呼びかけている。それでも返事はなかった。誰もいないからだ。今から戻ってどうなる？ 意味などない。

「……三十秒」

つぶやきが漏れた。三十秒だけだ。義務でも責任でもない。胸にあるひとかけらの誇《ほこ》りを守らなければならない。

そうしなければ、いつまでも怯えながら生きていくことになるだろう。駆け戻ってベッドルームに飛び込み、目を左右に走らせた。

「誰かいますか？」

叫びながらベッドカバーを剝《は》いだ。誰もいない。反対側にもうひとつベッドルームがある。引き返してドアを開けた。クイーンサイズのベッド。

迷わず布団をカバーごと引きずり下ろすと、子供が横になっていた。少女。目を見開いてこっちを見ている。

「何をしてるの！」思わず怒鳴った。「どうして？　どうして返事をしないの？」

少女の視線が微妙に自分から外れていることに気づいた。見えていないのではない。どうしてそんな？

「名前は？　お母さんは？　お父さんはどこ？　どこに行ったかわかる？」

肩を揺さぶった。少女は何も答えない。夏美の視界の隅を一条の白い煙が過《よ》ぎった。浴室から流れてきているのか。

「あなたの名前は？　な・ま・え！」

返事はない。待っていられず、そのまま抱き上げた。五歳ぐらいだろう。軽かった。ベッドルームを飛び出す。

もしかしたら、と廊下に出て左右を見ながら思った。この子は発達障害児童かもしれない。一年ほど前に特別支援学校へ消防訓練のために行ったことがあった。そこに同じような反応を示す子供がいた。

タイプはさまざまで、何が起きても関心を持たない子供もいると施設の人間に教えられたが、そんなことはいい、と首を振った。どっちだ。どっちへ行けばいい？

直感で左の非常階段へ走った。任務終了後、六十九階のレスキュールームへ降りるように命令されていた。言われなくてもそうする。逃げなければ。

少女を抱えて二十六階分の階段を降りるのは難しいだろう。自分の足で降りてもらわなければならない。少女を下ろし、腕を摑んだ。抗《あらが》うことなく従っている。

最悪の場合、背負ってでも降りると覚悟を決めた。大丈夫だ、この子は二十キロもない。装備より軽い。

一歩ずつ階段を降りながら左右の壁に目をやった。コンピュータールームがそうだったように、壁が熱で割れてそこから炎が噴き出してくる可能性がある。自分が壁側に回り、少女をかばうようにしながら降りた。

大人の足と子供の足では歩幅が違う。急いで、と何度も手を引っ張ったが、少女は一歩ずつゆっくりと降りることしかできない。奥歯を強く嚙《か》み締めながら、急いで、と大声を出した。

「急ぐのよ！　早く！」

無反応だった。少女は自分のペースで降り続けている。駄目だ、とつぶやいて手を伸ばした。抱えて降りるしかない。

背中には空気ボンベとインパルス用の水タンクがある。他の装備を合わせたら、総重量三十キロ以上だ。

体力に自信があるわけではない。訓練ではいつも最下位だった。それでも、少女を救わねばならない。

判断は一瞬だった。優先順位として最も低いのは、空気ボンベだ。躊躇せず肩から下ろし、摑まってと叫んだ。

不意に少女が上を見た。釣られて夏美も視線を向ける。いきなり天井が割れて、白い石膏《せっこう》ボードが降ってきた。衝撃で外れた数十本の直管形ＬＥＤ灯が破片になって、夏美と少女の上に降り注ぐ。

少女を突き飛ばして、横へ飛んだ。倒れた左足に大きな石膏ボードが直撃する。激痛。悲鳴が漏れた。

俯《うつぶ》せの姿勢のまま、足を引こうとしたが動かない。再び爆発音がして、破れた天井から支柱や電線、天井板そのものが落下してくる。頭を抱えて避けた。大量の埃《ほこり》が雪のように降り積もっていく。

ヘルメットと腕でカバーしていたため、頭部は無事だった。何度も蹴って石膏ボードから左足首を外したが、体の上に巨大な天井板が覆いかぶさっていて動けない。右の肩が何かに挟《はさ》まっている。

叫びながら上半身をねじり、左手で押した。数センチだけ動いたが、すぐに止まる。全力で押してもびくともしない。手摺りにつっかえているのがわかった。引かなければならないが、左手一本ではどうしようもない。

顔を上げると、天井裏で唸《うな》りを上げている炎が見えた。轟々《ごうごう》と音を立てて燃えている。凄まじいスピードで周囲のすべてを燃やし尽くそうとしていた。その動きは止まらないだろう。天井裏にある物を燃やせば、次は下へ降りてくる。

「助けて！」

面体を上げて叫んだ。誰かいないのか？　手を貸して。この板をどかして。死にたくない。誰でもいい。助けて。

上半身に力を込め、反動で天井板を動かそうとしたが、どうにもならなかった。引っ張るしかないが、今の体勢では無理だ。肩が邪魔になって、右腕が動かない。無線機にも手が届かなかった。

「助けて！　助けて――」

視線を上げた。少女。見ている。その目に光はない。何も見えていないのだろうか。

「お願い、助けて。あたしを助けて！　後ろに回って、引っ張ってくれればいいの。それだけでいいから！」

涙が溢れて頬を濡《ぬ》らす。炎が大きくなっている。いつ下へ向かってくるのか。いつ牙《きば》を剝《む》いて襲ってくるのか。

炎は酸素を求めている。探している。いずれ天井裏の酸素をすべて食い尽くす。そうなったら、上下どちらかへ向かう。暴れ回り、すべてを焼き尽くすまで止まらない。もう時間はない。

「お願い、引っ張って！」こっちへ来て、と左手で頭の方を指した。「階段を二段上がるだけじゃないの！　あたしを見捨てたら、あんたも死ぬのよ？　一人で降りられるわけないでしょ？　わかる？　聞こえる？　力を貸して！　あたしたちはバディになるのよ！」

少女の目が夏美を捉《とら》えた。何に反応したのかはわからないが、ゆっくりと足を踏み出し、階段を上り始めた。

「こっちよ……上へ！　そのまま――」

後ろに回った少女がそっと手を伸ばした。天井板を摑んで引っ張り始める。夏美も左手で押した。お願い、と叫んだ時、板が動いた。

「もっと強く！」

少女が両手で板を摑む。全身に力が入った。夏美も押す。じりじりと動いた板の下で、右肩が外れた。自由になった右手も使って更に押すと、体の上を滑るようにして板が動き、階段の下へ落ちていった。

少女の小さな体を抱きしめる。何も言わない。かすかに震えているのがわかった。怖かったのか。

ごめんね、と少女の手を握ったまま立ち上がった。床についた左の足首に激痛が走り、呻《うめ》き声が漏れた。

防火靴の中で踵《かかと》を踏みしめた。折れてはいないようだ。おそらく打撲《だぼく》だろう。もしかしたら罅《ひび》が入っているかもしれない。だが歩ける。

ここから離れなければならない。頭上では炎が渦を巻いていた。襲撃の準備を始めているのだろう。この階段は使えない。

足を引きずりながら九十五階フロアに戻り、他の非常階段に回った。状況は悪化している。フロアに漂う煙が濃くなっていた。このままでは一時間もしないうちに呼吸さえできなくなるのではないか。

火災で死亡する人間の死因は、八割が窒息死だ。消防士なら煙は炎より恐ろしいと誰もが知っている。

二つの非常階段を確かめたが、どちらも煙で視界が閉ざされていた。九十五階フロアでも火災が発生している。ヘルメットを外し、汗を拭った。遅かった。

このフロアにいるわけにはいかない。自殺行為以外の何物でもないだろう。下へは行けない。だが上はどうか。

視線を上げた。階段がはっきり見える。煙はまだ濃くなかった。選択の余地はない。上がるしかない。

「行こう」

手を引いた。少女がゆっくりと階段を上り始めた。

PM09：35

九時三十五分、斉川則雄は妻の博子と共に九十九階フロアにあるバーの個室にいた。店に入ってからおよそ二時間半が経っていた。

どうする、とグラスを指さした。しばらく前から空になっている。どうしようかな、と博子が照れたように横を向いて笑った。

雰囲気作りのため、照明はテーブルの上のキャンドルだけだ。薄明かりの中、微笑んでいる博子は美しかった。

ミントジュレップをオーダーしたのはもう一時間ほど前だ。自分のバーボンのロックも残っていない。会話に夢中で気づかなかった。

二人が話していたのは幸せだった過去についてだ。出会って、お互い魅《ひ》かれるものを感じた。話しかけたのはどちらからだっただろう。初めて食事に誘ったのはいつだったか。交際を申し込んだ場所はどこだったか。

あの時、確かに愛はあった。形こそ変わったかもしれないが、なくなったわけではない。娘が生まれ、更に深くなったのかもしれない。

どうして離婚しなければならないのか。想いは同じだったが、答えはわからなかった。嫌いになったのなら、憎しみ合っているのなら、それはそれで納得できるが、そうではない。お互いに気持ちがある。だが別れなければならない。

二人だけで話をするのは、今夜が最後だとわかっている。すべてが懐かしい。時間を忘れて話しこんでいた。

ルームサービスで取ったサンドイッチを春菜に食べさせていたが、そろそろ戻らなければならないだろう。その前に、もう一杯だけ二人で飲みたかった。

「……ワインを飲もうかな」博子がテーブルに備え付けられている液晶パネルのボタンを押した。「あなたは？」

「つきあうよ。白かな……どうした？」

「これで呼び出せるんだよね？」苦笑しながら博子が何度も指を動かす。「何も表示が変わらないんだけど」

「最高級ホテルのバーだって話だけどな」サービスはどうなんだろう、とつぶやいて則雄は立ち上がった。「いいよ、おれが呼んでくる」

個室のドアを開き、通路を歩きながら首を捻《ひね》った。満席だったはずなのに、話し声が聞こえない。ずっと流れていたBGMもだ。何があったのか。

一般席を見渡す。足がすくんだ。個室に戻ると、店員さんは来るの、と博子が聞いた。

「……誰もいないんだ」

「店員さんが？」

「店員だけじゃない。客もだ。誰もいない」

「……どういうこと？」

わからん、とつぶやいて個室を出た。博子が後に続く。

「妙だな、と思ってたんだ。音楽も何も聞こえなくなってたし……」

一般席を指さした。広い店内に人の姿はない。まったくの無人だった。

「どうして？　お店は満席だったのに……」

「一時間前、トイレに行った時に見てる。満席だった。どうして誰もいない？　客はともかく、店員もいないっていうのは……クローズした？　いや違う。この店は朝まで営業しているはずだ」

どうなっているのだろう。視線を交わす。ねえ、と博子が辺りを見回した。

「どこかで火事だって声が……誰かが叫んでた。聞こえなかった？」

「出よう」

則雄は店の出入り口に走った。何かが起きている。火事なのか。それとも博子の聞き間違いか。はっきりさせなければならない。娘が部屋で眠っている。戻らなければ。

店の外に出ると、火災報知機が鳴っている音が聞こえた。店内は完全防音だったようだ。

エレベーターホールでボタンを押したが、反応はない。音もしなければランプもつかない。

非常灯以外の明かりが消えていることに気づいた。通路は暗く、足元がぼんやり見えるだけだ。

どうする、と博子が目で聞いた。待ってられないと首を振って非常階段へ向かった。今、九十九階だ。四フロア分降りればいい。

急な階段を駆け降りた。気がつくと博子の手を握っていた。ハイヒールの足元を気にしながら必死でついてくる。

「待って」

立ち止まった博子が大きく息を吸い込んだ。則雄も気づいていた。何かが焦げる臭い。白い煙が忍び寄ってきている。

急げ、と階段を二段飛ばしで降りた。本当に火事が起きているのか。娘は、春菜は無事なのか。

九十五階フロアに飛び込んだ。誰か、と叫んだが返事はない。火災報知機のベルが鳴り響いている。

どうなっているのかわからないまま、廊下を駆け抜けた。薄い靄《もや》のようなものが漂《ただよ》っている。部屋の前で足が止まった。扉が壊されていた。

「誰がこんな……何があった？」つぶやきながら中に入った。「おれは寝室を捜す。お前は——」

「春菜！　春菜！」則雄を突き飛ばすようにして駆け込んだ博子が娘の名前を叫んだ。

「春菜！　どこにいるの？」

則雄は二つのベッドルームのドアを開けた。春菜はいない。流れていた煙を吸い込んで大きく咳《せ》き込む。春菜、どこだ。どこにいる。

ベッドルームを出たところで、博子が戻ってきた。何も言わず首だけを振っている。

かすれた悲鳴が博子の口から漏れた。落ち着け、と肩を抱いて電話に手を伸ばした。誰でもいい。何がどうなっているのか説明してくれ。だが電話は繋《つな》がらなかった。

「駄目だ、誰も出ない」受話器を握りしめたままつぶやいた。「いや、違う……断線してるのか？」

自分の携帯電話を取り出したが、どこへ電話していいのかわからない。消防だろうか。だが、娘がどこにいるのか知っているはずもない。

「どうして？　どうしてなの？」博子の両眼から大粒の涙が溢れた。「どういうこと？

あの子は？　ねえ、どうして？　何があったの？」

「落ち着け、喚《わめ》いたってどうにもならない。あの子を捜そう。一人で遠くまで行くはずがない」

手を引いて外へ出る。娘の名前を叫びながら廊下を走った。誰も出てこない。

ドアを片っ端から叩いたが、返事はなかった。このフロアは無人なのだ。

一番近い非常階段へ走った。扉を押し開いた時、煙が上まで押し寄せてきた。防煙仕様なのか、煙が溜まっていたのだ。

煙の壁に頭を突っ込み、下を見た。炎。悪魔の舌が蠢《うごめ》いているようだ。博子の肩を摑んで、下がれと怒鳴った。

「前へ出るな」

「どうなってるの？」

博子の体を押して廊下に戻る。火事だ、と囁いた。

「九十四階が燃えてる。どの程度かはわからんが、小さくはないだろう。下へは行けない」

「だって、あの子が……」

「あの子も下へは行ってない。絶対だ」

「だけど、それなら春菜はどこに？」

おれが見つける、と博子の手を強く握った。

「絶対に見つける。約束する。必ず救ってみせる」

「だって……」

「あの子はおれの娘だ」そう言いながら、自分の声が涙で濡れているのがわかった。「春菜を愛してる。病気だろうが何だろうが関係ない。春菜がいなけりゃ、何ひとつ意味はない」

うなずいた博子を抱き寄せた。

「全部おれが間違ってた。あの子と離れることなんてできない。わかってたんだ」

「……はい」

「わかってて、おれは……済まなかった。許してくれ。離婚なんかできない。お前とあの子と一緒に暮らしたい。そうじゃなきゃ……」

「あたしも……」

「捜そう。春菜は必ず生きてる」上だ、と指さした。「下へは行けない。あんな炎の中へ入っていくわけがない。ここにいれば、いずれ火の手が回ることはわかっただろう。上へ逃げたんだ」

もう一度扉を開けた。下から煙が昇ってきている。何も見えない。だが上へ向かう階段ははっきりと見えた。

「行こう。ひとつ上かふたつ上か、それはわからない。もしかしたら最上階まで行ったのかも……だが必ず見つかる。春菜もおれたちを捜してる。待っている」

「うん」

「気をつけろ。足は大丈夫か？」

博子が左右のヒールを脱いで左手に提げた。則雄は右手を摑んで、足を踏み出した。

PM09：46

少女の手を引きながら、夏美はゆっくりと非常階段を上り続けた。薄くはあるが、煙が漂っているのがはっきりと見えるようになっている。下から流れてきているのだ。
97、と大書されている踊り場の壁の前で立ち止まった。今のところこの非常階段に問題はない。火災の発生を感じさせる気配もなかった。だが、下のフロアはどうなっているのか。
上りながら、本部に無線で報告をした。九十五階で火災に遭遇したこと、要救助者の少女を連れて最上階へ避難すると伝えている。

無線に出た近藤から、先発していた消防士たちが九十階以上のフロアの人命検索を終え、残っていた人たちを誘導して降り始めていると教えられた。火災が起こっていない非常階段を選んで下を目指しているという。

現在、九十五階より上のフロアに残っている消防士は、最上階百階ボールルームで避難勧告に当たっている服部消防士長だけだとわかった。その他の消防士は要救助者を下へ降ろしている。自分と服部だけが取り残されてしまったということだ。

現在の状況から考えると、非常階段を使って下へ降りることは不可能だ。上へ行くしかなくなっている。

今のところ、火勢は下の方が激しいようだ。タワーの全フロアで防火扉が降りているから、すぐに燃え広がるということはないだろう。

だが、避難路である非常階段に煙、そして炎が集中するのも間違いなかった。煙突効果と呼ばれている現象だ。防火扉、防煙シャッターで閉鎖されているとはいえ、最終的には煙と炎が一体化して上層階を焼き尽くすことになる。

どれぐらい時間が残っているのかわからないが、非常階段にいる時に煙や炎に巻かれたら終わりだ。空気ボンベは九十五階に置き捨てている。急がなければならない。少女の手を強く引いた。

痛む足を引きずるようにして、一歩ずつ階段を上がっていく。九十八階の階段に足がかかった時、少女が止まった。異音。

大きくはないが、断続的に続いている。何の音かわからなかったが、自然現象ではないと感じた。時々途切れるのがその証拠だ。

フロア自体は静かだ。人命検索は終了していると聞いていたが、本当にそうなのだろうか。

逃げ遅れた人間がいる可能性はある。少女を抱え、廊下に足を踏み入れた。音は続いている。

「誰かいますか？」大きな声で叫んだ。「わたしは消防士です。誰かいますか？」

返事はない。部屋のドアをノックしながら進む。誰も出てこない。火災が起きたらどこへ逃げるかを計算しながら歩き続けた。僅《わず》かにだが、音が大きくなっている。

「誰かいませんか？　返事をしてください。わたしは消防士です」

音が激しくなった。金属音。何かを叩いている。少女を廊下の真ん中に立たせ、動かないでと命じてから足を引きずって走った。乱打するように音が続いている。

足より先に上半身が止まった。機械室、というプレートがかかっている扉の前だった。

「誰かいますか？」返事をしてください、と扉を手で叩く。「大丈夫です、出てきてください！」

耳を扉に当てた。くぐもった叫び声。助けてくれと言っているのがわかった。同時にドアノブが激しく動く。だが開かない。

壊れているのだとわかり、装備の中から小型のハンマーを取り出してドアノブに叩きつけた。十回ほど繰り返すと、ノブが弾《はじ》け飛んだ。扉が開き、中から男が倒れ込んできた。

「しっかりしてください！　大丈夫ですか？」

体を受け止めながら叫んだ。男が何度もうなずく。恐怖で体が小刻みに震えていた。

「どうしてここに？　何があったんですか？」

男はホテルの制服を着ていた。名札に松実坂《まつみざか》と名前がある。まだ若いようだった。

「ぼくは……ぼくはホテルの機械技師で」松実坂が荒い息を吐いた。「九十八階フロアの防火扉が動かなくなったと連絡を受けて……ここの機械室で操作できるのはわかっていました。入った途端爆発があって、扉が閉まったんです。出られなくなって……」

目の前で火花が散った。反射的に松実坂を押し倒して廊下に伏せる。何度か小さな爆発音が続いて、すぐ静かになった。

「逃げましょう」手をついて体を起こした。「煙が出ています。危険です」

「中に……中に排煙口の手動ボタンが」松実坂が喘《あえ》ぐように口を動かした。「電気が止まって、排煙口が動かなくなっています。煙を外に排出しないと……火災の規模によっては、三十分でフロア全体に煙が充満することに……」

「どこにあるんです？」

「奥です。機械室の奥に赤いボタンが……非常用の手動ボタンなんです。それを押せば

――」

天井が割れて、板や鉄板が落ちてきた。重い音をたてて鉄骨が目の前に落下してくる。下がって、と命じた。

「わたしが行きます。押せばいいんですね？」

危険です、と散乱する部品類を避けながら、松実坂が顔を引きつらせた。この先の廊下に女の子がいます、と夏美は振り返った。

「その子のところへ行ってください。何かあったらあなたが彼女を守って。最上階ボールルームに、もう一人消防士がいます。指示に従ってください」

装着していた面体を確認してから機械室に入った。外からでは気づかなかったが、濃い煙が漂っている。

振り向くと、松実坂が不安そうに見つめていた。下がって、と手で指示してから奥に踏み込む。非常灯が二つあるだけで中は暗い。排煙口のボタンはどこにあるのか。

タワーの構造はわかっている。全体が密閉されていて、気密性が高い。三十分でこのフロアが煙で充満するというのなら、他のフロアも同じだろう。どのような形であっても排煙できるというのなら、そうしなければならなかった。

だが、どこにボタンがあるのかがわからない。見回していると、松実坂の悲鳴が聞こえた。同時に目の前が真っ赤になる。炎のカーテンが機械室を包んでいた。

恐怖でパニックを起こしそうになりながら、奥に踏み込んだ。熱い。防火服を着ていても炎は熱い。そして怖い。

ただ、炎には別の力があった。辺りが明るくなり、よく見えるようになっていた。素早く目を左右に走らせる。

防火服を通して熱が全身を包んだ。耐火素材を使っているとはいえ、完璧に熱を遮断できるわけではない。一分が限度だ。

二メートル先に、赤いボタンがあった。飛び込むようにして押し、そのまま機械室を飛び出す。面体と防火服を脱ぎ捨てると、体中から白い煙が立ちのぼった。

「大丈夫ですか？」松実坂が体を平手ではたいた。「無茶ですよ、そんな――」

ボタンは押しました、と夏美は足を踏ん張って辺りを見回した。

「どうですか？　排煙は？」

松実坂が機械室の中を覗き込む。炎が内部に満ちていたが、光っているランプを見つけて指さした。

「動いています。排煙口が再稼働しました」

「行きましょう。ここは危険です」防火服の袖《そで》に手を通しながら、夏美は機械室の扉を閉めた。「排煙口が動けば、フロアの煙は外へ排出されるんですね？」

「全部ではありませんが」松実坂が夏美の後を追って走りだす。「計算では七割以上の煙が外へ出て行くはずです。今の手動ボタンで九十階から百階までの排煙口を開いたことになります。しばらくは大丈夫なんじゃないかと——」

背後で爆発音が響いた。廊下に倒れた松実坂を助け起こす。十メートルほど先で、少女がぽつんと立っていた。

「上へ！　急いで！」

痛む足を引きずりながら駆け出す。少女と松実坂も走った。非常階段に戻る。

振り向くと、機械室の扉が弾け飛んでいた。割れた隙間《すきま》から炎が噴き出している。早く、と二人を押して階段を上り始めた。

PM09：47

七十階の火勢強、という声が指揮本部に響いた。報告しろ、と村田は顔を上げた。

「七十階で同時に二カ所で爆発が発生、炎が壁全面を覆っていると」近藤が無線を手にしたまま立ち上がった。「消防士四名が負傷、六十九階に設営したレスキュールームに収容しました。負傷の程度は軽いようですが、現場は消火作業の中断と一時撤退の許可を求めています」

指揮本部に入ってから、状況を確認していた村田は七十階の火災が激しくなると予測し、急遽《きゅうきょ》六十九階にレスキュールームを設け、そこで避難してくる客や従業員を収容するように指示していた。外部に用意していた電源車から送電し、辛《かろ》うじて一基のエレベーターだけが動くようになっていた。

七十階の消火を続けながら、六十九階を死守することによって、避難してくる者たちを順次降ろしていたが、予想より七十階の火勢が激しくなっている。六十九階を守れるかどうか、判断が難しくなっていた。

「七十階はそんなに酷《ひど》いのか」

「消火栓の水が出なくなっていると……今までも不調でしたが、これ以上はどうにもならないと言っています。このままでは七十一階より上に展開している消防士たちも、退路を断たれる可能性があるということです」

現在の状況を村田は正確に把握していた。低層階には約二百人の消防士がいる。いくつかの非常階段で火災が発生し、パニックが起きていたが、消防士たちの奮闘により、避難が再開されていた。今のところは順調といっていい。

中層階フロアでは各所から火の手が上がっている。ただ、いずれも散発的なものであり、入っている三百人の消防士によってその火勢は抑え込まれていた。

同時に人命検索も行われていたが、会社が中心のオフィスフロアであるため、残っている者は少数だとわかっていた。五十階に設置しているコマンドポイントには、各種消火装備も揃っている。その意味で危険は少ない。

問題は高層階だった。ハイパーレスキュー隊を含め、三百人の消防士が入っているが、七十階の火災を抑えるために約百人がフロアに集中している。急遽設営を決めた六十九階のレスキュールームと八十階のコマンドポイント維持のためにも数十人を割いていた。七十階から百階まで、およそ百五十人が避難誘導、人命検索、消火の任務に就いていたが、避難路は非常階段しかなく、誘導する者が必要だった。九十階フロア以上に行き着けた者は約十人、彼らは残っていた人たちを誘導して降り始めている。現状、九十五階より上へ向かっているのは服部と夏美しかいない。

消防士たちは各フロアを回り、避難誘導と人命検索を優先することになっていたが、八十一階から八十九階までの間のフロアに火災が多発し、まず消火活動をしなければならなかった。高層階エレベーターが全基停止しているため、七十一階から上は徒歩でしか行けない。

村田としては、今後中層階の消防士を高層階へ向かわせるつもりだったが、七十階の火災の規模が大きくなっているため、更に上へ行くのは困難がある。近藤が言った通り、七十一階より上のフロアにいる消防士の退路も考慮しなければならない。最悪の状況だった。

「ホテルの客は避難しているんだな」

「火災報知機を鳴らしたため、自分の判断で降りてきている者もいます。また、ホテルスタッフが各部屋に連絡を入れ、避難を促しています。それについては問題ないでしょう。ですが――」

わかっている、と村田はうなずいた。最上階、百階ボールルームに千人の客が残っている。

七十四階以上のホテルフロアについては、火災発生に気づいたホテルマンたちが各部屋を回り、避難を呼びかけていた。その後、九十二階で中規模の火災が起きたため、直接部屋に向かうのではなく、電話で状況を説明し、ホテルマンの誘導で非常階段から客を降ろす形に変わったが、今の段階では順調だった。村田の命令で火災報知機を強制作動させたため、自主的に避難した者も少なくない。

問題は百階ボールルームだった。ホテルマンたちは在室していた客の避難誘導を優先せざるを得なかったし、加えて九十二階の火災のため、直接百階まで上がることが不可能になっていた。電話で連絡を入れたが、鷹岡社長の許可が出ていないので、客に避難を呼びかけることはできないというのがボールルームのスタッフの回答だった。

詳しく事情を確認すると、鷹岡社長は火災の発生をデマだと断じ、万一事実だとしてもボールルームで救助を待つ方が安全だとスタッフに伝えていることがわかった。この時点で、ミラマックスホテル支配人の真壁はホテルマンたちのほとんどを避難誘導に回し、自分が直接連絡を取ろうとしていたが、鷹岡社長は電話に出ることを拒否していた。

避難してきたホテルマンからの報告で、村田もその状況は把握していた。手をこまねいて見ていたわけではなく、自ら鷹岡社長に電話をかけ続けていたが、それにも一切出ようとしない。百階ボールルームの火災報知機を作動させ、千人の客に火災発生を伝えようとしたが、それも手動で切られていた。

ボールルームに直接連絡を取る手段は電話しかない。パーティに出席している関係者について、携帯電話の番号がわかっていたが、個人に連絡すればパニックを誘発するおそれがあるため、それもできなかった。

既に九十二階を中心として、火災が広がりつつある。千人の客が一斉に降りれば、炎に巻かれて焼死する者も出るだろう。秩序ある行動と、安全に避難を誘導できる人間が必要だが、対応可能な者はいない。

消防士がボールルームに上がり、直接説得するしか手段はなくなっていたが、もともと九十階以上のフロアに向かっていた人数が少なく、更に彼らは降りてくる避難客の誘導、そして非常階段などの消火作業に追われ、やむなく指揮官の服部士長が単独でボールルームに向かうしかなくなっていた。

十数分前の無線連絡によれば、これからボールルームに入り、鷹岡社長に状況を伝え、客たちに避難を呼びかけさせることになっていたが、他の消防士の話では、九十五階より上の火勢が激しくなっているため、避難は困難だろうという。間に合わなかったのだ。

ただ、現時点ですべての退路が断たれたというわけではない。服部とは無線が繋がっている。百階ボールルームに入り、鷹岡もしくは服部自身が千人の客、従業員などに状況を説明すれば、すぐにでも避難を始めることが可能だ。望みはある。

エレベーターは停止しているから徒歩で降りるしかないが、六十九階まで行ければ、レスキュールームで待機している消防士たちが彼らを安全に地上へ降ろすこともできる。

だが、大きく燃え広がっている七十階を通過しなければならない。炎をくぐり抜けて六十九階まで降りられるのか。

一時撤退を求めている消防士たちが消火を中断すれば、更に上へ延焼していく公算は大きい。その場合、ボールルームの千人の客たちはどこまで降りることができるのか。

七十一階以上のフロアでも新たな火災が発生する可能性がある。そうなったら、彼らを降ろすことは絶対に不可能だ。

「駄目だ、近藤。離脱は許可できない」一カ所でいい、と村田は机を叩いた。「避難路を確保しろ」

「しかし、水がないんです！」

近藤が悲痛な叫び声を上げた。中層階、低層階の全フロアを調べろ、と村田は命じた。

「生活用水が残っているはずだ。どんな手段を使ってでも、その水を七十階まで運べ。延長ホースと大型電動ポンプを準備しろ。絶対に七十階の火を抑えるんだ」

了解、と怒鳴った近藤が無線のマイクを摑んだ。村田は脂汗《あぶらあせ》の滲む額《ひたい》を拭った。

PM09：48

状況はわかった、と光二はうなずいた。表情を強ばらせたまま、服部が説明を続けた。

「今お話ししましたように、下では火災が起きています。一刻も早く避難していただく必要があります」

「疑うわけじゃないが、ここでは火災なんか起きていない」光二はVIPルームを見回した。「あんたは火事を見たのか？」

「火災発生の連絡を受け、非常階段で七十階から上がってきました。途中、数カ所のフロアで炎を見ています。九十階及び九十二階の廊下に煙が流れていたのも確認しました。規模の大小はあるでしょう。現在、わたしの部下が九十二階で消火作業に入っていますが、今なら避難は可能なんです」

「そうは言うが、ボールルームには約千人の客がいる」光二は腕時計に目をやった。「どうしろっていうんだ」

「タワーの責任者であるあなたに、避難を呼びかけていただく必要があります」服部が疲れきった表情で言った。「下手に動けば大混乱を招きかねません。このような場合、デマが一番危険です。本部の検討によれば、六つある非常階段のうち、三つは配電盤からの火災の恐れがあります。北、東、南西の非常階段から降りるように伝えてください。秩序ある行動が求められています。六十九階にレスキュールームが設置されており、消防士が待機しています。そこまで降りれば全員を救えるんです」

「他に手はないのか？」

「ありません。消防士がここへ上がるのは、二次災害に巻き込まれる危険性があるため不可能です。高層階へ上がってきている消防士の数も少ないので、彼らをここへ上げても消火活動はできません。それより、ボールルームにいる方々が六十九階まで降りていただく方が安全なんです」

そりゃ無理だ、と光二は煙草《たばこ》をくわえて火をつけた。

「招待客の中には子供連れだっている。老人も多い。中には一人じゃ歩けない者もいる。どう呼びかけたって、百パーセント安全な避難などできるわけがない。誰か一人でも見殺しにしたら、タワーの責任問題になる。そんなことはできない」

「立場はわかりますが」議論している時間はないんです、と服部が声を荒らげた。「あなたからお客さんに伝えてください。低層階で小火《ぼや》騒ぎが起きているため、万が一の場合を考慮して避難してほしいと。避難路として北、東、南西の非常階段を使うように――」

「歩いて降りろと？　待ってくれよ、そうですかと納得してくれる者ばかりじゃない。お偉方の政治家や財界の長老なんかもいる。知ってるだろうが、都知事だっているんだぞ。そんな人達に自分の足で歩いて降りてくださいなんて、言えると思うか」

「話していただかなければなりません。手遅れになったら、我々も対処できなくなります。今なら間に合うんです。子供や高齢者、歩行に困難がある者については私が指示します。タワーのスタッフの協力があれば、降ろすことは可能でしょう」

「待てよ、火災だ火災だと騒いでいるが、本当のところはどうなんだ」光二は服部の顔を見つめた。「たいしたことはないんだろ？　大騒ぎしなきゃならんあんたらの立場はわかるさ。一人でも死ねば責任問題だからな。だが、このタワーの安全対策についてどこまで理解している？　世界的に見てもトップクラスだ。火災なんか起きるわけないし、起きたとしても――」

　火災は起きてるんです、と服部がゆっくりと言った。

「安全対策についてもわかっています。このボールルームに配備されている防火扉は、今すぐにでも閉鎖することが可能です。それである程度延焼は防げるでしょう。排煙口も動いています。ですが、どんなビルでもタワーでも、壁や床が燃え落ちたらどうしようもありません」

「だが、強力なスプリンクラーがある」

「鷹岡社長、屋上給水ポンプの故障の件は聞いているはずです」僅かに服部が体を前に傾けた。「ファルコンタワーの上下水道は地下水利から汲み上げて、各フロアに給水されると聞きましたが、スプリンクラーや消火栓用の一基が故障しているんです。下から送水口を通じて水を送り込んでいますが、今のところ四十階附近までしか届いていません。そこから上のスプリンクラーは稼働していないんです」

「そんな話は聞いてない」光二は椅子の背を叩いた。「増岡、聞いてるか?」

いえ、とうつむいた増岡が壁際に退く。そんな馬鹿な話があるか、と光二は怒鳴った。

「ポンプの故障については報告を受けている。だが、俺はスプリンクラーについては、何も聞いてないぞ」

必要になるとは誰も考えていませんでした、と服部が答えた。

「無理もありません。スプリンクラーを使うような事態が起きることはめったにありませんからね。だが、起きてしまった。もうおわかりでしょう。危険が迫っています。あなたからお客さんに話してください」

「そんなことはできない。火災が起きているんなら、客たちを下に降ろす方が危険だろう。このボールルームはタワー内で最も安全だ。防火扉を降ろせば、火の手は及ばない。ここで救助を待つべきじゃないのか」

「ボールルームの安全対策は確認済みです。おっしゃる通り、大地震が発生した場合、ホテルの客はここへ避難することになっています。ですが、火災は違います。タワーそのものを炎や煙が襲ったり、あるいは九十九階以下のフロアが崩落したらどうなるかおわかりでしょう。全員死ぬしかないんです。そんなことになったら、あなたやあなたの会社が責任を取るとか、そんな話では済まなくなりますよ」

「馬鹿馬鹿しい、そんなことあるわけないだろう」

「あり得ると申し上げているんです。もう時間がありません」拒否するというなら私がアナウンスします、と服部が立ち上がった。「私はあなたに状況をすべて伝えた。拒否したのはあなただ。無事には済みませんよ。責任を放棄《ほうき》して逃げたと見なされます。どうしますか。私から説明する？　それともあなたが？」

待ってくれ、と光二は額を手で押さえた。どうすればいいのか、どうしてこんなことになったのか。

ドアが強くノックされ、増岡が飛び上がるのと同時に開いた。入ってきたのはボールルームのレセプション責任者、坂東《ばんどう》だった。

「社長、客が騒いでいます」坂東が落ち着かない表情で言った。「ネットにファルコンタワーで火災が起きていると書き込みがあったとか……テレビやラジオでも報道があったようです。どうしますか？」

「何のことだ？」

どいてください、と服部が光二の肩を押した。

「情報を知ったマスコミが騒ぎ始めているんです。客たちのスマホや携帯電話に外部からメールなどが入ったんでしょう。電話があったのかもしれない。パニックが起きる。鎮《しず》めなくては——」

待て、と光二は服部の腕を摑んだ。

「……俺から話した方がいいようだ」

冷静な行動を呼びかけてください、と服部が言った。わかってるとうなずき、VIPルームの外に出る。客たちの声が大きくなっていた。

PM09：49

悲鳴と怒号が飛び交う中、光二はステージに上がった。ボールルームは大混乱に陥《おちい》っていた。演奏していたロックバンドが呆然と周囲を眺めている。降りろ、と低く命じてからマイクを握った。

「ファルコンタワー総責任者、鷹岡光二です。皆さん、お静かに」

呼びかける声がボールルームに響いた。ざわついていた場内が静かになっていく。千人の視線が自分に向いているのを感じながら、光二はゆっくりと口を開いた。

「落ち着いてお聞きください。当タワー中層階で小火騒ぎが起きているという報道があったようですが、現在状況を確認中です」

小火じゃないだろう、と客たちの間から叫び声がした。多くの者がスマホや携帯の画面を見つめている。事態に気づいてテレビ局がニュースを流し始めているようだ。お静かに、と片手を上げた。

「こちらに消防士も来ています」上がってください、と服部を差し招いた。「このファルコンタワーと消防署の間には完全な連携が取れています。ご安心ください」

微笑を浮かべる。防火服姿の服部を見て、客たちが一斉に安堵《あんど》のため息をついた。

「あくまでも小火に過ぎませんが、本日ご来場いただいている皆様に万が一のことがあってはなりませんので、ひとまず六十九階まで降りていただきたく存じます。危険はありません。落ち着いて、冷静に避難してください。避難路ですが、正面扉を出て中央の北、右の東、左の南西、以上三つの非常階段をご使用ください。どうか私の指示に従い、慌てることなく順番を守り――」

エレベーターは使えないのか、という質問が飛んだ。むしろ危険です、と光二は答えた。実際には既に止まっているとわかっていたが、今それを言うことはできない。

「コンピューター制御ですので、途中階で緊急停止してしまう場合があります。その場合、救助のための時間が最低でも三十分以上必要になると思われますので――」

危険はないと言ったじゃないか、と客の間から怒鳴り声がした。

「六十九階まで降りろ？　冗談じゃないぞ！」

光二は服部に目を向けた。抗議してくる者がいるのは予想していたが、ほとんどの客が同じ想いを抱いていたのだろう。次々にあちこちから怒号が沸《わ》き起こった。

「本当に安全なのか？　ネットニュースじゃ大火事だって言ってるぞ！」

「ここにいても大丈夫なんですか？」

「テレビでやってたが、七十階で人が死んだっていうじゃないか！」

「どうするんだ！　責任を取れよ！」

落ち着いてください、と光二はマイクを両手で握り締めた。

「確実な情報ではありません。インターネットに誤報はつきものです。私達のスタッフが指示しますので、お子様、高齢者、女性を優先して――」

客たちが左右を見回している。お互いに様子を窺《うかが》っていた。火災は本当に起きているのか。どれぐらいの規模なのか。避難する必要はあるのか。

光二にも彼らの心理は想像できた。百階から六十九階まで徒歩で降りろと指示されても、火災を自分の目で見ていない以上、危機意識が低くなるのは当然だ。

火災についての確実な情報は入っていない。大騒ぎしても、消火しましたということになれば馬鹿らしいという意識があるのだろう。

光二自身もそうだった。火災が発生しているのが事実だとしても、どの程度なのかは不明だ。タワーの安全性に対し、絶対の信頼もある。軽挙妄動《けいきょもうどう》して逃げれば、物笑いの種になるだけだ。

焦って逃げ出せば、非常階段で転倒して負傷する可能性もある。指示が曖昧《あいまい》になってしまっているのは自分でもよくわかっていたが、やむを得なかった。

「皆さん、聞いてください」

横から服部がマイクを取った。光二の態度に不安を感じたのだろう。動こうとしない客たちに対し、強制的に命令を下し始めた。

「優先されるのは高齢者、子供、女性、それ以外の方の順です。歩行に困難がある方はスタッフに申し出てください。皆さんの協力が必要です。火災の規模がどこまで大きくなるか、現段階でははっきりしていませんが、今なら無事に降りることができます。順番にエントランスから外へ出て、非常階段を降りてください。急ぐ必要はありません。落ち着いて――」

ボールルームの扉が開き、スーツ姿の初老の男が飛び込んできた。後ろに制服を着た数人の男女が従っている。ホテルマンたちだ。

スーツの男が着ていた上着を脱いで高く掲《かか》げた。背中に大きな焦げ跡があった。

「ミラマックスホテル支配人、真壁と申します」スーツの男が両手を口の脇に当てて叫んだ。「当ホテルの責任者として、火災が発生していることをお伝えします。わたしはホテル従業員と共に、各部屋のお客様に避難を呼びかけ、誘導しておりました」彼らもそうです、と背後の男女を指さした。「わたしたちがここまで上がってきたのは、皆様に現在の状況をお伝えし、避難の誘導をするためです」

その服は、と近くにいた客の一人が聞いた。わたしは状況確認のため、一度八十五階まで降りました、と真壁が答えた。

「その際、フロアの一部で火災が起きているのを見ています。その時、炎を浴びてしまったホテルスタッフをこの服で覆い、火を消しました。床、壁、天井などに火が燃え広がりかけておりましたが、現在ホテルスタッフと上がってきていた消防士が協力して消火活動に当たっておりますので、既に鎮火いたしました。ご安心ください。ですが、他のフロアでも火災が起きている可能性があります。その場合、避難が難しくなるかもしれません」

「本当に火事が起きてるのか？」

叫び声が上がった。落ち着いてください、と真壁が両手を広げた。

「今も申し上げましたように、火災の発生はフロアのごく一部です。まったく危険がないとは申しません。ですが、今でしたら避難は十分に可能です。落ち着いて行動してください。ミラマックスホテルのスタッフは高度な訓練を受けており、避難誘導訓練も年に四回行っております。彼らに従って、下へ降りてください」

「真壁支配人の言う通りです」服部がマイクに向かって大声で叫んだ。「火災が発生しているのは事実ですが、落ち着いて避難すれば危険はありません。冷静に、ゆっくりと非常階段へお進みください。決して走らないでください」

「支配人、火災の状況はどうなんだ？」

光二は真壁を指さした。服部の要請に従い、避難を呼びかけていたが、その必要があるかどうか疑わしく思っていた。

自分は火災を見ていない。本音としては、認めたくなかった。ファルコンタワーで火災など起きるはずがないのだ。

「あんた、本当に見たのか？　無闇に逃げ出す方が危険じゃないのか？　このボールルームは安全だ。防火扉を閉ざせば火は入ってこない。ここで救助を待つことだってできるんだぞ」

混乱した客たちの間からざわめきが起きた。服部と真壁に従うべきなのか、それとも光二の言葉を信じた方がいいのか。

絶対なのか、と光二はマイクを捨てて服部の胸倉を掴んだ。

「本当に逃げた方がいいのか？　もし降りる途中に非常階段で火災が起きたらどうするつもりなんだ」

鷹岡さん、と服部が手を掴んでゆっくり離した。

「パニックを誘発することになるので言えませんでしたが、上層階の火災が激しくなったら、消防士でも上がることは不可能です、救出まで、最低でも五時間かかるでしょう。防火扉や防煙シャッターがそれだけの時間を持ちこたえることはできません。逃げ場はないんです。今のうちにここから降りるしかない」

真壁の部下であるホテルマンたちが先導して、客たちを非常階段へ案内している。ステージから飛び降りた服部がその後を追った。待て、と叫びながら光二もボールルームの出口へ向かった。

大勢の客がボールルームの出口に列を作り始めていた。周囲の通路で見物していた客たちは、既に非常階段へと向かっている。

落ち着いてください、と叫んでいる服部に光二は目を向けた。ホテルマンたちも誘導に協力しているが、客の数は千人以上だ。安全に誘導できるとは思えない。

「無理じゃないのか」背後から服部に声をかけた。「ここで救助を待った方がいい。無理に降ろせば、負傷者が出るぞ」

一瞥《いちべつ》しただけで、服部が客たちに視線を戻した。

「東、北、南西の非常階段に回ってください。ゆっくり、落ち着いて」

出入り口から見て中央が北、右が東、左側が南西の非常階段だ。左の方が近い。客たちも、それはわかっているようだ。

前を行く者が左へ向かっていれば、その後を追うのは人間の心理として当然だろう。右にも非常階段がありますとホテルスタッフが叫んだが、ほとんどが左へと歩いていく。あんたが不安に思うほど、客たちは焦っていない、と光二は怒鳴った。

「火事なんか起こっていない。みんなわかってるんだ」

「それならそれでいい。今は無事に降りられればそれでいいんです」

「一番焦ってるのはあんたじゃないのか。大騒ぎして何もなければ――」

一瞬振り向いた服部の表情に、光二は思わず息を吞んだ。ステージ上でもこんな顔はしていなかった。危険を感じている。死が目前に迫っていることを理解している人間の顔だった。

火災は起きている。しかも、自分や客たちが考えているより激しい火災だ。

服部は客たちが地獄の淵《ふち》にいるのを知っている。だが、それを言えずにいる。冷静に落ち着いて避難するようにと呼びかけなければならない消防士として、焦りの色を見せるわけにはいかなかったのだろう。

「正直に言ってくれ」光二は耳元で囁いた。「そんなにまずいのか」

「タワーで火災が発生しているのは言った通りです」服部が非常階段の手前で足を止めた。「真壁支配人も言ってましたが、すべてのフロアでないというのも事実です。少なくとも、三つの非常階段は無事です。六十九階まで降りることができれば、今なら救えるでしょう」

「質問に答えろ。そんなにまずいのかと聞いてる。おれのタワーはどうなる?」

わかりませんとだけ答えて、服部が離れていった。南西側非常階段に人が溢れている。幅は狭く、傾斜は急だった。一段ずつしか降りることのできない老人などもいる。

「どけ!」脅《おび》えを隠せないまま、光二は人の列を押しのけて進もうとした。「さっさと降りろ!」

だが、どうにもならなかった。列はゆっくりとしか進まない。

ようやく九十六階までたどり着き、踊り場から下を見た。先頭の数十人は更にひとつ下のフロアまで降りているようだ。

六十九階まで行けばそこにレスキュールームが設営されていると服部が言っていたのを思い出した。消防士も待機しているはずだ。そこまで行き着けば問題はない。

他の非常階段から降りている人々はどうなのか。そう思った瞬間、体が宙に浮き、そのまま踊り場の床に叩きつけられた。前後にいた人たちも同じだ。誰もが倒れている。下から悲鳴が聞こえた。

光二は痛む肩を押さえながら立ち上がり、非常階段を見下ろした。数十人が絶叫している。壁が崩れ落ち、炎が蠢いているのがわかった。

凄まじい勢いで炎が噴き出し、非常階段にいた者たちを覆い尽くす。熱風が吹き上げ、光二はその場に伏せた。悲鳴。断末魔の叫び声が聞こえた。

階段で人々が叫びながら激しく手足を動かしている。全身を炎で包まれながら、助けを求めて手を伸ばしている。髪の毛が、衣服が、体全体が燃えていた。

泣きながら、叫びながら、非常階段に倒れていた人々が体を起こし、四つん這《ば》いのまま上がってくる。光二自身、半ば腰が抜けていた。

炎の中から一人が駆け上がってきた。服部だ。小さな子供を抱えている。

「早く上がって！」

大声で命じられた人々が、非常階段を上がっていく。服部の腕の中で、子供が泣いていた。

「どうなってるんだ？」

「わからない！」怒鳴り返した服部が、大股《おおまた》で階段を上がった。「畜生、この子しか助けられなかった」

光二は振り返った。炎が激しく左右に蠢いている。獲物を狙う肉食獣のような動きだった。襲われたら最後だとわかり、必死で服部の後を追った。

「待ってくれ！　助けてくれ！」

「走れ！　諦めるな！」服部が前を行く人々に怒鳴った。「炎が襲ってこないうちに、上へ逃げるんだ！」

光二は両手両足を使って這うように階段を上がった。気づくと、九十八階の踊り場にいた。何十人もの人がうずくまっている。昔映画で見た野戦病院のようだった。

下を見ていた服部が、上がってくださいとやや落ち着いた声で指示した。促された人々がお互いを支え合いながら腰を上げる。恐怖のため、誰の顔からも表情が消えていた。

「本部、誰か！」服部が震える手で無線機を摑んだ。「九十五階で壁が大破！　中から炎が噴出、数十人が巻き込まれた模様！」

「今どこだ？」

男の声が聞こえた。九十八階です、と服部が叫んだ。

「ボールルームの客たちを降ろしていたところ、九十五階で爆発がありました。非常階段も崩れ落ちています。九十五階全体の壁が崩落しているのかもしれません」

「九十五階より下はどうなってる？」

「村田司令長、ここからでは確認できません！」

「他の客は？」

「上へ逃げています。他にどうしろっていうんですか！」

「ボールルームに避難させろ。直ちに救援部隊を送る。すぐ百階フロアの防火扉を閉鎖する」

「急いでください！　まずいです。壁だけではなく、支柱なども燃え落ちているようです。もし九十五階全体が潰《つぶ》れれば、救援も何もありませんよ！」

落ち着け、と村田の力強い声が響いた。

「お前が冷静さを失ったらどうにもならない。まず今いる客たちをボールルームに収容しろ。その後、こっちに情報を伝えてくれ。百階に他の消防士はいない。お前だけなんだ。お前が千人の人間を救うしかない」

「わかってます。ですが……」

「必ず助ける。手はあるんだ。待ってろ」

「……了解しました」

無線が切れた。虚《うつ》ろな眼差しで服部が辺りを見回している。どれだけ危険な状態なのか光二にもわかった。

非常階段に残っていた者は、全員上へ向かっている。下に目を向けると、膨れ上がった炎が舌なめずりをしていた。

壁や非常階段そのものを燃やし尽くし、とりあえずは落ち着いている。だが、いつ新たな獲物を探して動き出すのか。

壊れた非常階段の残骸に、何体かの死体がぶら下がっていた。焼け爛れた体。勘弁してくれ、とつぶやきながら光二は上へ向かった。

PM09:53

ボールルームに戻ると、そこに真壁がいた。沈痛な表情を浮かべている。

「九十五階で大きな爆発があったようです」他の非常階段に向かっていたお客様たちも巻き込まれています、と真壁が言った。「十人以上いたかもしれません。免《まぬか》れたお客様たちは、それ以上下の階に行けずにこちらへ戻っています」

「そんな馬鹿な話があるか」呆然としながら光二は呻いた。非常扉の閉鎖が始まっている。「このタワーは絶対に安全なはずだ。いったいどうしてこんなことに？」

「わかりませんが、今は原因について考えている場合ではないでしょう。千人近い人々がここにいます。無事に降ろすことが最優先されます」

「そんなことはわかってる」触るな、と真壁の手を払った。「大丈夫だ。非常階段の防火扉を閉ざせば、火は入ってこない。このボールルームの壁は耐火材だ。ここで救助を待てばいい。最初からそうすればよかったんだ。それをあの馬鹿な消防士が降ろせと言い張るから犠牲者が出た。俺の責任じゃないぞ。そうだろ？　最初から俺はここにいればいいと言ってたんだ。増岡はどこだ？　あいつは聞いてたはずだ。支配人、あんたも俺がそう言っていたと証言してくれ。嘘じゃない。これは消防の責任で――」

無事に降りられれば考えてもよろしいですが、と真壁が首を振った。

「今は他にしなければならないことがありますので」

「鷹岡社長、真壁支配人」無線機を手にした服部が近づいてきた。「負傷者が二十人ほどいます。火傷をしている者や、転倒した者などです。ここに救急キットはありますか」

救急箱が用意してあったはずです、と真壁が微笑んだ。

「うちのホテルマンは先導していたので全員降りてますが、連絡は取れます。彼らに聞いてみましょう。確かステージ裏だったと思いましたが」

どうするんだ、と光二は服部に顔を寄せた。

「見ろ、お前が余計なことを言うから、こんなことになった。責任は取ってもらうぞ。何人死んだ？」

「何を言ってるかわかってますか？」服部が肩をすくめた。「あなたがこのタワーの総責任者なんです。よく考えて発言した方がいい」

落ち着きましょう、と真壁が間に入った。

「責任問題は後でゆっくり考えればよろしい。今はこれからどうするかです」

指揮本部が遠隔操作でボールルームと非常階段の防火扉を閉鎖しています、と服部が無線機を指した。

「本来なら火災が発生して温度が上昇すれば、それを感知して自動で閉まる構造なんですが、九十五階以上では温度が設定以上に上昇していなかったため、降りていなかったんです。防火扉を閉ざせば、炎の延焼と流入がある程度防げるでしょう。今後、八十階に消防士を集結し、彼らが上へのアタックを開始します」

「助けは来るということですか?」

状況はよくありません、と服部がうつむいた。

「スプリンクラーは作動しません。消火栓も同様です。ホースを延長して水を上げることになっていますが、どこまで可能か不明です。直線距離で四百五十メートルの高さがあるタワーです。実際にはその倍以上の長さが必要になる。圧をかけても、水が届くかどうか……」

「ですが、鷹岡社長がおっしゃるように、ここで炎が消えるのを待っていれば、いずれは救助が可能になるのではありませんか?」

「その前にタワーが燃え落ちる可能性の方が高いでしょう。時間はそんなに残っていません。どうすればいいのか……」

落ち着いてください、と真壁が肩に手を置いた。

「このボールルームに消防士はあなたしかいません。我々はあなたの指示に従うしかないんです。あなたが冷静さを欠いたら、我々は誰を頼ればいいんです?」

すいません、と服部が小さく頭を下げた。ですが、と真壁がつぶやいた。

「あなたが言うような状況だとすると、消防士は八十階から上の火災が鎮火しない限り、ボールルームまでは上がれないということですよね。タワーが燃え落ちるまでに、火は消せるのでしょうか」

消してくれなきゃ困る、と光二は怒鳴った。静かに、と服部が首を振る。

「大丈夫です。日本最高の水準を誇る消防士が揃っています。指揮官もそうですが、スタッフも優秀な者ばかりです。ぼくたちを救うために、あらゆる手を打ってくれるでしょう」

どんな手だよ、と光二は服部の防火服を摑んだ。

「説明しろ。お前にはその義務がある」

それは、と言いかけた服部の背後でボールルームの扉が開いた。顔を向けた三人の前に、少女の手を握り締めた女性消防士が立っていた。

PM09：55

神谷、と怯えたような声がした。夏美は服部を見つめて、小さく敬礼した。

「どこにいた。どこからここへ？」

「九十五階です。この子を見つけ、救助しました」少女の頭に手を置いた。「上がってくる途中、非常階段の天井が崩れ落ちてきて……死ぬかと思いました。怖かったです」

目に浮かんだ涙を拭う。落ち着け、と服部がヘルメットを脱がせた。

「下はどうなってる？　九十五階の火災はどの程度なんだ？」

少女が夏美の腕を引いて、視線を奥に向けた。スーツ姿の男と高級そうな服を着た女が、人々の間から飛び出してきた。

「……春菜？」女が叫んだ。「あなた、春菜が――」

走ってきた男が膝をフロアについて、少女の小さな体を強く抱き締めた。泣いているのが夏美にもわかった。

「お嬢さんですか？」

「そうです……斉川と言います」男が顔だけを上に向けた。「ぼくの……ぼくたちの娘です。あなたが助けてくれたんですか？」

「いえ、わたしが助けられました」

どういう意味ですか、と斉川が聞いた。よろけるような足取りで近づいた女が顔を両手で覆う。斉川が手を伸ばして妻子の肩を抱いた。

「ありがとうございました……ありがとう」夏美の手をすがるように握りしめる。「何と言っていいのか……あなたはぼくたち家族の命の恩人です。どうお礼していいのかわかりませんが……」

「名前を教えてください」女が両眼から涙を溢れさせながら言った。「どうか、お名前を

「……」

「すいません、今は報告中なので」夏美は少女の頰を軽くつねった。「ね？　お姉ちゃん言ったでしょ？　パパとママに絶対会えるって。またね」

何か言おうとした女を斉川が止め、後でお礼に伺いますと頭を何度も下げながら離れていった。

あたしは七十階から上がってきました、と夏美は下を指さした。

「服部さんがどこまで状況を把握しているかわかりませんが、かなり危険です。上がっている途中、いくつかのフロアで煙が出ていましたし、炎も見ました。あれから三十分以上経っていますが、その後どこまで広がったかは不明です。九十階より上のフロアでは、かなりの規模の爆発も起きています。フロア全体が燃えているというわけではありませんが、このまま時間が経てば――」

爆発事故などの場合を除けば、炎がいきなり大きくなることはない。たとえば煙草の吸い殻ひとつがその始まりだ。消そうと思えば小学生でも消すことができるぐらいの、小さな火に過ぎない。

だが、ある一定の条件を充たせば炎は大きくなっていく。当初、そのスピードはむしろゆっくりだと言っていい。のろのろと、僅かずつ形を変えながら広がっていくだけだ。

ただし、自然に消えることはない。それが炎の特性だ。そして臨界点を越えた時、爆発的に膨れ上がり、すべてを焼き尽くしながら加速度的に巨大になっていく。

どの段階でそうなるのかは誰にもわからない。酸素密度、燃焼物の有無、さまざまな環境、条件によって変わってくる。間違いなく言えるのは、条件さえ整っていれば、どんなに小さな火であっても、どこまでも巨大化していくということだ。

そうなってしまえば止めることはできない。炎を消すためには、膨大な時間と人員が必要になる。

自分が見た炎がどの段階なのかは、夏美にも断言できない。だが、既に一線を越えてしまったのではないかという認識があった。状況が厳しいのは確実だ。

汗が髪の毛を伝う。ボールルームの室温が上がっているのかもしれないと思いながら、夏美は報告を続けた。

「設営された六十九階のレスキュールームに大人数の消防士を集結させ、避難者の救助と収容に当たらせるというのが村田司令長の作戦です。でも、その上下のフロアで火災が発生し、非常階段で爆発が起きたため、人数が分散しています。思うように消火作業が進んでいないというのは想像がつきます」

「お前が見たレベルで、現状はどうなってる？」

九十五階で爆発に巻き込まれた時、東側の非常階段が落ちたのを確認しました、と夏美は答えた。

「視認できたわけではありませんが、九十四階、あるいはそれより下の階でも同様の事態が起きていると思われます。九十五階の床が燃えていたのは確かで、いずれは床ごと焼失するでしょう。そうなったら──」

「九十五階より上はどうだ。火災は起きているのか」

「はっきりとはわかりませんが、非常階段で異常な音を聞きました。天井、もしくは壁の裏で何かが燃えているのだと思います。安全な非常階段を捜し、ここまで上がるのが精一杯でした」

「煙や炎を見たか？」

「九十階から上のフロアでは、非常階段を中心に煙が漂っています。数カ所で炎も見ました。まだ小さいものでしたが、どこまで燃え広がるかは不明です」

「至急、救援要請をする」服部が無線機に手を伸ばした。「このまま待っていたら、ここもいずれは火の海になる。煙がボールルームに入ってくれば、その前に死者が出るだろう。時間がない」

「九十五階では壁や床の一部が大破し、天井が落下している場所もありました」

夏美は足首に目をやった。確認する、と服部がボタンを押した。こちら指揮本部、という声が流れ出した。

Flame4 Night of the fire

PM10：01

地下二階集中管理センターのドアが開いた。何をしている、という近藤の声に、村田は顔を上げた。立っていたのは柳雅代だった。松葉杖をついている。

「報告します。警察から連絡がありました」入室した雅代が村田の前で敬礼した。「火災が起きている中層階並びに高層階の数カ所で、熱のためにガラスが割れ、破片がタワー周辺に降り注いでいます。安全確保のため、現在位置から後方への移動許可を求めています」

「そんなことは電話で十分だ。怪我人がわざわざ来るような話じゃないだろう」

村田は顎《あご》に指をかけた。いえ、と雅代が手近の椅子《いす》に腰を下ろした。

「指揮本部に入れと命令を受けました」

「誰がそんな命令を？」

「大沢署長です」

雅代がまっすぐ見つめる。松葉杖に目を向けてから、近づいてきた近藤と顔を見合わせて村田は苦笑した。

命令など出ていないとわかっている。雅代自身が指揮本部入りを直訴し、半ば強引にタワーに入ったのだろう。

「足は大丈夫なのか？」

「処置は済みました。折れてはいません。右足首にひびが入っただけです。支障はありません」

「怪我人を働かせるほど、人手が足りないわけじゃない」

わたしの部下も現場に入っています、と雅代が前のめりになった。

「最初にこのタワーに来たのはわたしです。ここからは離れません」

「何があっても責任は持たないぞ。他に報告は？」

「銀座八丁目のビル屋上に設けられた監視塔から、ファルコンタワーを見てきました。四十階、五十四階、七十階のガラスが大破」大規模な火災が発生しているのは確実です、と雅代が答えた。「フロア全体が燃えているのだと思われます」

「しばらく前から、ほとんどのマルチモニターのカメラが映像を送らなくなっている」村田はうなずいた。「カメラそのものが焼けてしまったんだろう。君が確認できたのはその三つのフロアだけか？」

「そうです。他のフロアも時間の問題でしょう。警察、消防によれば他のフロアでもガラスが割れ始めています。室内の温度が上がったため空気が膨張し、ガラスが割れているということだと思われます。強風が吹いているため、破片が風に乗って予想以上に拡散しています」

現在位置から百メートル下がるよう警察に許可を出せ、と村田は近藤に命じた。

「強風か、最悪だな。いっそのこと、雨がもっと激しくなってくれれば、少しは延焼も防げるんだが……」

状況は聞いています、と雅代が辺りを見回した。

「六十九階より下のフロアの避難は完了したということですが」

「今は八十九階までの避難を確認している。そこまではどうにか間に合った」村田は眉間に皺を寄せた。「低層階で発生した火災が小規模だったことが幸いした。中層階のオフィスフロアには、もともと人が少なかったということもある。問題は九十階より上だ」

「はい」

「高層階の正確な状況はわかっていない。客たちの避難と前後して、数カ所で爆発による火災が起きている。消防士の多くが消火活動と避難誘導に追われ、九十階以上に行けた者自体が少ないし、残っているのは服部士長、その他一名だけの可能性がある。非常に危険な状態だということは確かだ」

「死傷者の数は？」

「怪我人は数え切れない。転倒などにより、骨折した者も多い。死者の数はまだ確認できていない」

「ボールルームに逃げ遅れた客がいると聞きました。どれぐらいいるんですか」

雅代の問いに、村田は肩をすくめた。

「報告では約千人。その中にはタワーが招待したＶＩＰやセレモニーの出演者などもいる。最悪なのは、金沢都知事がそこにいることだ。消防士は服部ともう一人しかいない。連絡手段は無線機と携帯電話があるが、消火のための装備はほとんどない。消火器が数本あるが、それだけだ」

「五十階と八十階にコマンドポイントを設営したということですが」

「十分な状態とは言えない。各種機資材を運び上げたところまではいいが、電気が来ていないために使えない物もある。五分前、八十一階で規模の大きな火災が起きた。上層階から逃げてきたホテルの客たちを、八十階から六十九階のレスキュールームへ降ろさざるを得なかった。消防士はその客たちを救うのに手一杯で、八十階コマンドポイントから撤退している。ボールルームは孤立した状態だ」

「ボールルームにいる消防士は誰ですか」

「服部と神谷だ」

すか？」

「神谷？　服部士長がボールルームに上がったという連絡は聞いていましたが、神谷もで

「そうだ。九十五階で要救助者を発見し、救出しているうちに逃げ遅れたようだ。彼女の話では、九十四階も燃えているという。通過した消防士たちからも、危険な状態だったと報告があった。辛《かろ》うじて残っているカメラで確認する限り、現時点で八十五階以上のフロアの多くの場所で火災が発生している。現状では八十階より上に行くことはできない」

「そんな……」

「フロア自体の火災状況はそれぞれ違う。完全に燃えていて手がつけられない場所もあるが、まだ燃えていないところもある。そこを拠点にして消防士が消火活動を展開できるかもしれない。だが、九十階以上のほとんどの非常階段が燃え落ちているか、あるいは天井や壁が爆発などの理由で大破している。今後も更に広がっていく可能性は高い。二次災害の危険性がある。消防士を上げるのは無理だ」

「他の手段は？　外部から放水をしてはどうでしょうか」

九十階は三百五十メートル以上の高さだ、と村田は座ったまま長い足を組み替えた。

「ハシゴ車はもちろん、特殊車両を何十台用意したってそこまで届くわけがない。このタワーは高すぎるんだ」

「消防ヘリによる消火剤の投入は？」

「強風が吹いている。効果は期待できない」

「打つ手はないと？」

ある、と村田は拳でテーブルを叩《たた》いた。

「屋上へリポートを使う。ヘリの離着陸は可能だ。千人の客たちを屋上に避難させ、ヘリでピストン輸送し、地上に降ろす」

消防ヘリの出動要請は済んでいる、と横にいた近藤がうなずいた。失礼、とテーブルの反対側に座っていた安西が片手を挙げた。

「火元が四十階と七十階のコンピューターター ルームであることは、今までの経緯からもわかっています。そこの被害が最も激しいのも確かです。四十階については鎮火の目処《めど》が立ったということですが、まずいのは七十階です。八十階以上のフロアで火災が起き始めていますが、七十階の火勢の方が明らかに大きい」

「そうだが――」

「先ほどから、うちのスタッフと計算を始めています。タワーの構造、火災の発生箇所、その状況などすべての条件を数式に当てはめたところ、今後起こり得る事態として想定されるのは、七十階の炎が上へ上へと昇り、それより上のフロアで燃えている炎と結合することです。そうなれば火勢は倍加するでしょう。延焼速度は加速度的に速まります。タワーそのものが巨大なキャンドルのような状態になり、燃え尽きるまでは手がつけられなくなる。そこまでの時間を計算しました」加えて考慮しなければならないのは、大量の煙が発生することです、と安西が舌を鳴らした。「各種テナントが取り扱っている商品の中には有毒ガスを出すおそれがある物もあり、それも含めて考える必要があります」

「煙がボールルームに到達するまでの時間は？」

「長く見て四時間」安西が指で頭頂部を掻《か》いた。「もっと速いかもしれません」

ヘリコプターは一度にどれぐらいの人間を運ぶことができるんですか、と雅代が質問した。

「安全地帯までの飛行時間は？　何機出動の予定ですか？　いつこちらへ到着するんです？」

消防ヘリが一度に運ぶことのできる人数は七人だ、と村田が頭を強く振った。

「ギンイチの本部で担当している荒木《あらき》から、都内全域の消防本部に協力を要請しているが、パイロットの問題もある。天候も悪い。全機出動できるわけじゃない。現段階で確実に飛ばすことのできるヘリは八機だ」

荒木は村田の同期だ。消防現場での消火活動を最も重要な任務と考えている村田とは違い、火災調査官を振り出しに効率的な消火の研究を長年続けてきた。

現在はギンイチで防災課課長を務めている。性格はまったく逆だったが、村田が最も信頼している消防士だった。

「たった八機」雅代がつぶやいた。「それだけですか」

「現段階ではだ。羽田ヘリポートが近い。協力の了解は取れている。ヘリを羽田に集め、客たちを収容する。ファルコンタワーに到着するまでの時間はおよそ五分。だが客たちを乗せ、タワー屋上から離陸し、羽田ヘリポートに着陸して客を降ろすという一連の作業にどれだけの時間がかかるかは不明だ」

八機のヘリコプターが七人の客をピストン輸送しても、四時間以内に全員をタワーから離脱させることは不可能だろう。半分もいかないうちにタイムリミットが来る。残りの半数は死を待つしかない。村田は雅代と近藤を交互に見つめた。

「自衛隊に応援を要請しよう。必要なら米軍にも救援を求める。東京消防庁だけで対処できるレベルじゃない。総務省から防衛省に申し入れさせろ。緊急事態だと言え。千人の人間を救うにはそれしかない」

「ですが、時間が」雅代が叫んだ。「あと四時間です。間に合うんですか？」

消防ヘリは準備でき次第、救出作業を開始しろ、と村田は命令を続けた。

「自衛隊が来るまでに、一人でも多くの人間を救出するんだ。だが自衛隊のヘリが来なければ、どうにもならないだろう。今、正確に何時だ？」

十時一分です、と雅代が答えた。深夜二時がリミットだ、と村田はつぶやいた。

PM10：05

日下一郎はドレス姿の朝川麗子が悠然と歩きながらボールルームの出入り口へ向かうのに気づいた。どちらへ、と後を追いながら声をかけた。

「部屋に戻ります」

背を向けたまま麗子が答えた。お待ちください、と日下は前に回った。

「下で火災が起きているのはわかってますか？　危険です。部屋に戻るというのは……」

まっすぐ前を向いたまま麗子が歩を進める。非常階段の扉を押し開き、迷うことなく降り始めた。

九十五階の非常階段で大規模な爆発が起きていたが、今のところ九十八階まで降りることは可能だった。朝川さん、と日下は叫んだ。

「本当に危険なんです。待ってください、降りてはいけません」

立ち止まった麗子が斜め上に目をやった。騒がしいのは嫌いですとひと言つぶやいて、また降り始める。

日下は後を追ったが、力ずくで引き留めることはできなかった。四十年以上側についているが、麗子の腕に触れたことさえない。

九十八階フロアへ降りた麗子が廊下を進んでいく。うっすらとだが煙が漂っていることに気づいて、日下はハンカチで鼻と口を押さえた。

「朝川さん、お願いです。戻りましょう。ボールルームが安全だとは限りませんが、ここよりは……」

麗子が手にしていた小さなシャネルのバッグを開いて鍵を取り出し、無言で室内に入っていく。追いすがる日下をかわしてリビングのソファに座り、微笑を浮かべた。

「お願いです、朝川さん。ここにいたってどうにもなりません」ソファの前を左右に歩きながら、日下は両手を上下に振った。「消防だって警察だって、必ず助けに来ます。彼らだって馬鹿じゃない。ボールルームに千人近い人間が残っているのはわかってるでしょう。客たちだって、みんな電話をしていたじゃありませんか。消防士もいましたよね？　彼らが状況を連絡しています。都知事だっていました。必ず救援が――」

「ありがとう」

麗子が頭を下げた。日下の足が止まる。ありがとう、とそのままの姿勢で麗子がもう一度繰り返した。

「朝川さん……」

もう長い間その言葉を聞いていない、と日下は思った。十年、二十年。もっと前だろうか。

「わたくしにはわかっていました」麗子がまっすぐ日下を見つめたまま、形のいい唇を動かした。「自分のことです、わかりますよ。もう七十です。女優として輝いていた時代はとっくに終わりました。主役として映画やテレビドラマに出演することは二度とありません。せいぜい、主人公の母親役です」

「そんなことは……」

「わたくし自身も嫌です。わたくしは五社協定があった時代の、最後の映画スターなんです。プライドがあります。脇には回れません。でも、それでは仕事がなくなるというのも本当です。現実に、ほとんどなくなりかけています」

「朝川さん、それは――」

「かつてのスター女優だったわたくしを知っている昔なじみの監督さんやプロデューサーの方が、哀《あわ》れんで呼んでくれることはあるでしょう。哀れんで、というと悲し過ぎますね。あの頃を懐かしんで、と言った方がいいかもしれません」それも嘘ではないのですから、と麗子が苦笑した。「でも、それだけのことです。あの人たちも老いてしまった。わたくしを呼びたいと思っても、もうその力はないんです。どうにかぎりぎりで仕事をいただいていますが、それはわたくしではなくあなたやスタッフの努力によるものだとわかっています。迷惑をかけていますね。感謝しています」

何も言えないまま日下はうつむいた。どう答えていいのかわからない。でも、と麗子の声が高くなった。

「わたくしはスターです。映画史に残る名監督と仕事をしてきました。共演してきた方々の名前を言う必要はありませんね？　そんな経歴を持つ女優はもういません。わたくしが最後です。歴史が証明してくれています。誰も否定できないでしょう。わたくしはスターなのです」

「……その通りです」日下は深く頭を下げた。「私もそう思っています」

「このホテルに来たのは偶然でした」麗子がシガレットケースから細い煙草《たばこ》を一本抜き出し、ライターで火をつけた。「こんなことを言ったら怒られるでしょうけど、火事が起きたのは幸運だったと思っています。このまま歳を重ね、誰に思い出されることもないまま一人寂しく死んでいくより、こんな豪華なホテルで焼け死ぬ方がスターにふさわしいと思いませんか。それこそが最後の映画女優らしい終わり方でしょう」

「そんなことは……」

「死ねば、話題になります」麗子がふた口ほど吸った煙草をもみ消した。「うまくすれば新聞の一面を飾ることができるかもしれません。この二十年なかったことです。最後ぐらい華々しく終わりたい。本当にそう思っているんです」

「朝川さん――」

わたくしはここに残ります、と麗子が座り直した。

「あなたが一緒にいる必要はありません。お逃げなさい。これが最後です。だから、ありがとうと言っておきたかった。わたくしにもそういう気持ちはあるのです」

朝川麗子は女優として生き、女優として死にたいのだと日下にはわかった。愚かなプライドと笑うことはできない。女優とはそういうものだ。朝川麗子は生まれついてのスターだった。

何十年もの間、不満を抱いていた。年齢に合った役柄を選んで仕事をすれば、スタッフや共演者に愛想よくしてくれれば、もっと楽に立ち回ることができるのに、そう思っていた。それでも麗子から離れることができなかったのは、スターの側にいたかったからなのだ。

私の仕事はマネージメントです、と正面から麗子を見つめた。

「マネージャーとして、あなたをもう一度表舞台に立たせたい。そう考えています。そのためには、生きてこのタワーを出なければなりません」

難しいでしょう、と麗子が新しい煙草に火をつけた。いえ、と日下は首を振った。

「このホテルは炎で燃え落ち、廃墟と化します。そこから生還すれば、あなたは奇跡の大女優ということになる。新聞、テレビが大挙して取材に来ますよ。今日、このホテルに招かれた芸能人は他にも大勢いますが、低レベルなアイドルやお笑いの連中です。自分の言葉で何があったかを説明することはできません」

「……だから？」

「そもそも格が違います。あなたは大女優で、何が起きたかを話し、恐怖を伝えることができる。私も無駄にこの仕事をしているわけではありません。見る目はあるつもりです。あなた以上にファルコンタワーの悲劇について語ることのできる者はいないでしょう。これは私の考えですが、本を出すべきだと思います」

「本？」

「『わたしはいかにして大火災が起きたタワーから生還したか』」日下が照れたように笑った。「いや、センスのないタイトルです。もっといい題名を出版社が考えてくれるでしょう。このタワーを襲った惨劇からどうやって逃げ、生き延びたかを語る本ということです。必ずベストセラーになります。本を原作にドラマや映画を作りたいというオファーが殺到するでしょう」

「……面白いことを考えるのですね」

「主演はあなたです。そのためには生きてここを出なければなりません。朝川さん、上へ戻りましょう。救援は必ず来ます。生きてこのタワーを出るのが、あなたの仕事なんです」

煙草を一本灰にした麗子が、うなずいてゆっくり立ち上がった。行きましょう、とドアを開いた日下の手が止まる。指さした麗子のドレスに、穴が開いていた。

「降りてくる途中、何かに引っ掛かって破れてしまったようですね」

「着替えられた方がよろしいでしょう」日下はリビングに繋《つな》がっているゲストルームのドアを開いた。「替えのドレスがございます。記者会見で破れた服を着ているというのはどうも……」

「その方が説得力があるのでは？」

それとこれとは話が違います、と言いながら日下は部屋の隅にあったトランクを引っ張り出した。一泊だけの予定だったが、着替えの服は三着用意している。トランクの鍵を開け、豪奢《ごうしゃ》なカクテルドレスに手を伸ばした。

いきなり天井が割れて、落ちてきたシャンデリアの下敷きになった。麗子の悲鳴が聞こえる。日下は目だけを上に向けた。炎。

「誰か！　誰か助けて」

麗子が叫んでいる。逃げてくださいと掠《かす》れた声でつぶやいた時、炎が降ってきた。

PM10：10

地下二階集中管理センターに二人の男が戻ってきた。安西のスタッフだ。しばらく前から低層階の状況を調べるために別行動を取っていたが、立ったまま報告を始めている。

一人はｉＰａｄのタブレットを開き、何かを照合していた。もう一人が不愉快そうな表情で説明する。何度かうなずいた安西が村田に近づいた。

「話してもよろしいですか？」

二人の男を従えた安西の顔に、怒りの表情が浮かんでいた。何か、と椅子を勧《すす》めながら村田は尋ねた。それどころじゃありません、と安西が立ったまま吐き捨てた。

「おかしいと思っていたんです。彼らに調べさせていたのですが、火災の延焼スピードが想定より異常に速い」

「何か理由がある？」

ありますとも、と安西がタブレットをテーブルに載せた。

「こちらは我々が作成した仕様書です。タワー全体の壁、天井、床、その他の建材と部品の一覧で、テナントやオフィスなど、タワー内で建てられたものは別ですよ。それはそれぞれの会社の裁量に任せています。我々が作ったのはタワー全体の仕様です」

「それが何か？」

彼らに確認させました、と安西が背後の二人を指さした。

「わたしが指定したのとは違う部品を使っています。材料も素材もです。一カ所二カ所の話ではない。あなたには天井の板ひとつ、床のリノリウム一枚の違いもわからんでしょうが、我々プロの目からすれば一目瞭然です。同じように見えても全然違う。いったい何を考えているのか……」

「わかるように説明してもらいたい。使っている建材が違う？」

例えば天井です、と安西が上を指さした。

「わたしが選んだのは最新の素材で、プラスティックとカーボンの合成ボードです。薄さは従来の二分の一ですが、強度は七倍だ。染色も可能で、曲げることもできます。それを二重にして天井の板に使うのが――」

「技術的なことを言われてもわからない。それを使うことにどんな意味があると？」

「セラミックコーティングをしているので、衝撃や熱に強いのです」安西がタブレットを指で弾《はじ》いた。「ざっくり言えば、燃えにくい素材なのです。壁や床についても同じで、すべての仕様を防災の観点から選択しています。だが実際には違っている。何もかもが十年前の基準で建材を選んでいる。法律上の安全基準は充《み》たしているかもしれませんが、まともな業者ならこんなことはしません。田舎のアパートを造ってるんじゃないんだ」

「一種の手抜き工事だと？」

「そういうことじゃありません。もっと悪い。これは詐欺《さぎ》です」偽装ですよ、と安西が怒鳴った。「ファルコンタワーの施工は、大手ゼネコン数社が取り仕切っています。だが現実に資材を選択し、タワーを建てたのは鷹岡光一社長が連れてきた建築業者だそうですね。価格の低い材料を優先して使っている。ネジ一本、ガラス一枚取ってもそうです。見えるところはわたしの指示通りですが、見えないところは違う。おそらく電気関係もそうなんでしょう。このタワーで火災が起きたのは事故なんかじゃない。必然です。わたしは最新の工法でこのタワーを設計した。精密技術の結晶であり、ひとつの芸術品と考えています。だが、そのためには要求した建材、部品、資材が必須です。これはわたしのタワーではない。欠陥品です。火災は偶然起きたのではありません。これは人災です」

安西が荒い息を吐《は》いた。村田は後ろにいた二人の男を見つめた。無言なのは怒っているためだとわかった。日本を代表する建築事務所のスタッフとして、プライドを踏みにじられた思いがあるのだろう。

手を伸ばして無線機のスイッチを入れた。服部です、という低い声が流れ出す。

鷹岡社長を出せと命じた。しばらく待つと、何の用だ、という返事があった。

「さっさと火を消せ」光二が口汚く罵《ののし》る声が聞こえた。「お前たちは何をしている？　火を消すのが仕事だろ？　消防士だったらすぐに――」

黙って聞け、と村田はマイクを強く握った。

「このタワーの責任者はあんただ。わけのわからん業者を引っ張ってきて、インチキな建材でタワーを建てることを了承した。知らなかったじゃ済まされんぞ。最終責任者はあんたなんだ」

「……何を言ってる？　何の話だ？」

「わからないと言い張るのなら勝手にしろ。だが、この火災の責任は取ってもらうぞ。既に死傷者が出ている。あんたとあんたが組んだ業者が、金のことだけを考えて安い素材を使った結果だ。業務上過失致死で済むと思うな。これは立派な殺人だ。脅しで言ってるんじゃないぞ。証拠は揃《そろ》ってる。お前は人殺しなんだ」

「馬鹿なことを言うな。何を言ってる？」

「そこで待ってろ。心配するな、必ず助けてやる。この償いはさせるからな」

叩きつけるようにして無線を切った。消防へリコプターが間もなく到着します、と雅代が囁《ささや》いた。わかった、と村田は椅子に腰を降ろした。

PM10：14

無線機のマイクを服部に突き返して、光二はその場を離れた。様子を見つめていた秘書の増岡をボールルームの壁際に呼び付ける。

「消防の指揮官と話した。村田とかいう奴だ。訳のわからんことを喚《わめ》いてた。インチキな建材でタワーを建てたと……何の話だ？」

わかりません、と増岡が眉をハの字に曲げた。

「わたしには何とも……どういう意味でしょうか？」

安い建材や部品が使われていたと言っていた、と光二は壁を強く叩いた。

「そのせいで火災が起きた、つまり責任はおれにあると……何のことだ？　大香取建設の施工部長に連絡しろ。今すぐだ。どういうことなのか、説明してもらう」

「連絡します。ですが……資材はコスモ建築社の仙田《せんだ》社長に発注させていたのでは？」増岡が機嫌を取るように笑った。「社長の指示で、そのようにしたはずです」

イーグルシティ及びファルコンタワーの建築工事は、いわゆる大手ゼネコンが仕切っている。総工費約三千億円の超巨大プロジェクトだ。どこでも参入するというわけにはいかない。そのための大手ゼネコンだろう。

光二の父、鷹岡重蔵は東京進出以降、大香取建設と狭間組との関係が深くなり、自社ビルの建設や貸しビルのリノベーション、解体工事など、すべてをその二社に委託《いたく》していた。イーグルシティとファルコンタワーもその例に漏《も》れない。大香取と狭間組が合同で計画の企画立案から設計、そして工事そのものに至るまで全工程を取り仕切っている。

ただ、いくら大手といっても、イーグルシティやファルコンタワーのような巨大な建造物を建てるに当たり、何もかもをゼネコンが担当するわけではなかった。それだけのマンパワーはない。

例えばファルコンタワー建築に当たり、企画そのものは重蔵が立てたが、現実のプロジェクトにしていったのは大香取の担当部署の人間たちだ。

それは始まりに過ぎない。具体性を伴った設計が必要であり、そのために十以上の設計事務所にコンペをさせ、最終的に安西の案が選ばれた。

もちろん、安西も百階建てのタワーのすべてを自分で設計図に起こしたのではない。安西が指揮する形で、事務所のデザイナーたちが地下と合わせて百五のフロアを構想し、デザインした。

同じように、大香取は工事そのものを細分化し、数多くの子会社、孫会社に割り振った。実際問題として、四百五十メートルの高所での作業を大香取の正社員でできる者はいない。専門の作業員に任せるしかなかった。

社内ではなく、外注する方がコスト的にも割安になる。大香取に限らず、どこのゼネコンもその事情は同じだ。

三年前、重蔵がガンを宣告された時、光二は実質的にファルコンタワー責任者のポジションを引き継いだが、その際重蔵と大香取が指名していたいくつかの下請け会社を切り、大学時代の後輩が社長になっていた中堅建設会社コスモ建築社など数社の業者をタワー建築に参入させた。役員会からは反対があったが、すべて退《しりぞ》けた。

重蔵が昔から使い続けていた下請け会社が、旧態依然としたやり方を変えないことへの反発があった。重蔵に対するコンプレックスも含め、すべてを父親から引き継ぐだけでは自尊心が許さなかった。

光二はそれまでのコストを計算し、必要以上に見積もりが高過ぎると結論を出していた。その意向を受けたコスモ建築社の仙田社長は、三分の二の予算で資材発注を請け負《う》うと約束し、他社もそれに倣《なら》った。

ファルコンタワーの工費は当初の想定より高騰し続け、四千二百億円を超えることが予測されていた。予算より四十パーセント高くなっており、銀行筋からもこれ以上の融資は難しいと指摘されていた。

光二はコスモ建築社に資材の発注と現場工事の作業員の派遣を任せることを独断で決定した。そうする以外、予算超過を防ぐ手段はないという判断があった。

コスモ建築社を含め、光二が参入させた業者は指示された予算からはみ出すことなく、資材の搬入と作業員の手配を完璧にやってのけた。全体の総工費は予算の枠内に収まり、銀行をはじめとする関係各社、丸鷹ビルディングの全役員も光二の手腕を高く評価した。

だが、コスモ建築社は光二に対し、偽りの数字を伝えていたことがわかった。指定されていた建材を使わず、見た目は変わらないが安価な材料を集めたのだ。

工事作業員も外国人労働者や経験の浅い者を使った可能性がある。そうやって工賃を安く叩き、金を浮かせた。だから三分の二という工費をクリアできたのだ。

優先されたのはコストであり、それを指示したのは自分だ、と光二は歯を食いしばった。コスモ建築社をはじめ各社が同じことをした。彼らにモラルはなかった。

安全性を軽視したとまでは言わない。正規の業者なのだ。ただ、光二の掲《かか》げたハードルをクリアするために材料費や作業費をカットした。

どこでもやっていることだ、という安易な思い込みがあったのは間違いない。そのためにタワー内の電気関係に不具合が生じ、火災が起きたのだ。

「おれが引っ張って参入させた建設会社に連絡しろ。発注書を破棄させるんだ」

「破棄……ですか？」

「おれの指示があったと言ってもらっては困る。奴らにはおれを守る義務がある。どれだけ儲けさせてやったと思ってるんだ？　奴らに言ってやれ。このタワーを建て直す際には、お前らをもう一度使ってやると。下請けなんだ、従うしかないだろう。断れるはずがない。わかったな？　すぐにやれ。消防や警察が動く前にだ」

「ですが、社長の命令や許可があったことは記録にも……」

「奴らが勝手にやったことにしろ。たいしたことじゃない。いいか、金を払っているのはおれなんだ。文句があるんなら金で黙らせろ。黙っていれば報いてやる。増岡、お前もだ。わかってるだろうな？」

睨《にら》みつけた光二の視線を避けるようにしながら、増岡が携帯電話を取り出した。待て、と光二は首を振った。

「仙田社長にはおれから直接話す。お前は他の会社だ。急げ」

わかりました、と増岡がうなずく。光二も自分のスマホに触れた。

PM10：15

「夏美！」

名前を呼ばれて顔を上げた。人の列をかき分けて出てきたのは折原真吾だった。

「どうして？　何でここにいるの？」夏美は思わず大声を上げた。「伝言を聞かなかったの？　タワーから出てって言ったのに……」

「伝言はさっき気づいた」折原がそっと手を伸ばして、夏美の肩に触れた。「徹夜で作業してたんだ」

「徹夜？」

「大恐竜展だよ。昨日もろくに寝れなくて……オープンの時点でぼくの仕事は終わってたんだけど、客入れが始まったらそうも言ってられなくなった。予想以上にお客さんの入りがよくてさ。整理を手伝ったり迷子を送り届けたりで……」

「電話で話したでしょ。あの時は会えるって言わなかった？」

「時間を空けることぐらいできたさ。でも、何時にこっちへ来るかわからなかったから、控室で寝てた。待っていれば電話があるだろうと思ったんだ」

「電話したのに……」

「気づかなかった。爆睡」折原が後頭部に手を当てて笑った。「起きたらもう夜になっててさ、腹が減ったなあって、ホテルのレストランで飯食って、そしたらボールルームでイベントやってるっていうんで見に行ったり……電話のことはすっかり忘れてた」

「馬鹿じゃないの？」

信じられないと睨みつけたが、どこかで安堵《あんど》している自分に気づいて、夏美は目を逸《そ》らした。肩に食い込んでいる水タンクを降ろし、インパルスを並べて置くと、全身が軽くなった。

「……火事なんだって？」

「間抜けなこと聞かないで。この騒ぎよ。見ればわかるでしょ？」

「夏美は？　火を消しにここまで上がってきたのか」

そのつもりだったけど、そういうことじゃないみたい、と唇をすぼめた。

「むしろ、取り残されたっていう方が正しいかも」

「そんなに……まずいのか？」

折原が声を低くする。最悪、と短く夏美が答えた時、無線から指揮本部の近藤の声が流れ出した。

「聞こえるか、神谷。エレベーター管理会社の担当者から、障害者用のエレベーターと搬入用リフトについて報告があった」

「障害者用エレベーターとリフト？」

その二つに関しては、油圧で動かせることがわかった、と近藤が声を大きくした。

「始動段階でのみ電源が必要だが、それはこちらで手配できる。ただし、両方とも百階のエンジンルームで手動に切り替えなければならない。難しい作業じゃない。そっちにホテルの支配人が残っているはずだが、場所を知ってるだろう。すぐスイッチを切り替えてくれ」

「了解しました」

搬入用リフトはぼくもよく使ってた、と折原がうなずいた。

「重量のある物を運ぶには都合がいいんだ。遅いのが難点だけどね」

支配人の真壁さんを捜して、と夏美は無線を握ったまま言った。真壁支配人はいますか、と折原が大声で叫ぶと、人の波が割れて、微笑を浮かべた真壁が近づいてきた。

PM10：20

光二はスマホを見つめた。電話が繋がらない。コスモ建築社の社長直通電話も、仙田社長の携帯もだ。

十時二十分。確かに遅い時間だが、なぜ出ない？　かけているのはおれだぞ。着信表示を見ないのか。最大手クライアントからの電話なんだぞ。

まさか、と顔をしかめた。わかっていて出ないのか？　ファルコンタワーで火災が発生したことをテレビで見て、責任を取らされると考えて逃げている？

馬鹿にしやがって、と吐き捨てた。何なんだ、畜生。どういうつもりだ？

おれの責任じゃない。おれは全力を傾けてこのタワーを建てた。絶対に不可能だと会社の誰もが反対したが、押し切った。

期日通り、しかも当初の予算を守って完成したのはおれの力だ。親父だってできなかっただろう。

そのためには無理せざるを得なかった。コストを下げるように命じたのは確かだが、それも会社のためにしたことだ。おれの手腕によるものだと、役員会だって認めていたじゃないか。

仙田もおれの手を握って、涙を浮かべて感謝していた。おれが大香取に命じなければ、コスモ建築社みたいな新参者の会社が参入できるような工事じゃなかった。全部お前たちのためにやったんだ。

騙《だま》された。あいつらにやられた。素人のおれに、建材の違いなんてわからない。あの悪徳業者たちが寄ってたかっておれを食い物にした。

おれは被害者だ。何も悪くない。ふざけるな。

「増岡！」スマホを握りしめながら叫んだ。「他の会社はどうだ？」

返事はなかった。いつの間にか増岡の姿が見えなくなっていた。逃げたのだ。どいつもこいつも、と壁を蹴《け》り上げた。

ふざけやがって、なめてんのか？　高い給料を払って、ポジションも上げてやって、これ以上何をどうしろって言うんだ。責任を取れよ。おれのために死ね。それがお前らの仕事だろうが。

「鷹岡社長」

振り向いた光二の前に、都知事の金沢が立っていた。妻の理子を連れている。

「何だ？」

戻って、消防に協力しなさい、と金沢が静かな声で言った。

「あなたはこのタワーの総責任者だ。客の安全を守る義務がある」

「そんなことはわかってる」

今、パニックが起きかけている、と金沢が一歩近づいた。

「避難するにせよ、救助を待つにせよ、いずれにしても秩序が必要だ。それはあなたの仕事だろう。彼らと話し合って方針を決めなさい。タワーについて知っている情報をすべて話して、どうするか決めるべきだ。あなたが自分の口でお客さんに伝えなさい。それはあなたにしかできないことで――」

「何を言ってる？」光二は金沢に顔を寄せた。「偉そうなことを言うな！　あんた、都知事じゃないか。自分でやれよ！」

君にしかできないと言っている、と金沢が光二の目を見据えた。

「確かに私は都知事だが、このタワーについて責任は取れない。どうするべきかは君が判断しなければならない。客の説得には力を貸すが、最終的な決定は君が下さなければならないんだ」

逃げんのか、と光二は金沢の胸倉を摑《つか》んだ。

「都知事だろ、お偉いさんなんだろ？　何とかしろよ！　あんたが都知事になれたのは誰のおかげだ？　おれの親父の力じゃないか。親父が全部段取った。金だって出した。対立候補を脅して立候補を取り消させるところまでやった。もっと汚いことだってやってるんだぞ！」

放したまえと言った金沢に、うるさい、と怒鳴りつけた。

「あんたはそれに乗っかっていただけだ。きれいな面をしているが、手は真っ黒だよ。こんな時ぐらい働いてくれ。あんたは都知事の器じゃない。形だけは――」

光二の手を引きはがした金沢が、その通りだとつぶやいた。

「私が間違っていた。辞める。私にも良心がある。祭り上げられて神輿《みこし》に乗っていたが、本当はいつも怯《おび》えていた。お前たち親子との縁を切る」

「何だと、ふざけんな！」光二は金沢の肩を突いた。「勝手なこと言ってんじゃねえぞ。足を突っ込んでおいて、ヤバくなったら途中で降りるつもりか？　そんなのは通らないぞ。あんたとおれは一蓮托生《いちれんたくしょう》だ。最後までつきあってもらうからな！」

静かに近づいた理子が割って入った。長身の光二を見上げていたが、不意に平手で頰《ほお》を張る。

「外道」

金沢の手を摑んで離れていった。後ろ姿を見送りながら、光二は鼻血を拭《ぬぐ》った。

PM10：21

指揮本部に技術班が設置していたギンイチ直通の電話が鳴った。村田はスピーカーホンのボタンを押した。

「荒木だ」野太い男の声がフロアに広がる。「どうだ？」

「どうした」村田は歯軋《はぎし》りをした。「何かあったか？」

総務省や東京消防庁の専門家を集めて、タワーの状況を検討している、と荒木が言った。

「最終的な結論を出すために、そっちの最新状況を言ってくれ」

中層階までは確実に消せる、と村田は答えた。

「六十四階の火勢が強いが、そこも何とかなるだろう。だが、七十階以上は厳しい。十分ほど前から、九十階まで上がっていたハイパーレスキュー隊も撤退を始めている。八十階が限界だ。そこより上に進めば、消防士が危険に晒《さら》される。非常階段の火災と崩落《ほうらく》が激しくなれば、退避できなくなる」

少し楽観的過ぎないか、と荒木がため息をついた。

「こっちで検討したところ、七十階より上の消火は無理だと結論が出た。七十階の火災を消すのが精一杯だろう。違うか」

火事場の底力を見くびるな、と村田は答えた。荒木が苦笑している。

「ただ、二つ重要な発見があった」村田は入ったばかりの情報を伝えた。「ホテルフロアに搬入用リフトがある。重量制限は一トン。ホテルやレストランに機材や食材、飲み物などを運ぶ際に使用するものだ」

リフトは使えない、と荒木が机を叩く音がした。

「電源を再起動すれば別だが、その場合全フロアで再び漏電《ろうでん》が起きる可能性がある。新たな火災が発生すれば、八十階どころか――」

リフトは油圧で動かせるんだ、と村田は荒木の言葉を遮《さえぎ》った。

「ボールルームの神谷がリフトの油圧スイッチを切り替えた。スピードは遅いが、ボールルームの客を下へ降ろせる」

「……使えそうだな」

「もうひとつ、ホテルに障害者専用のエレベーターがある。今は動いていないが、こっちも油圧で動かせる」

「それは連絡があった」荒木が言った。「だが、問題もある」

「わかってる。そのエレベーターは不正使用防止と安全管理のために、事前に指紋を登録しているホテルマンが同乗しなけりゃならない。コンピューターが認証しないと動かないんだ」

「ホテルマンは乗せられないのか」

「全員、客を誘導して下に降りてる。もう一度上へ戻れとは言えない。ボールルームに残ってるのは支配人だけだ」

「そうか」

「しかも五人乗りと小さい。それでも協力者がいれば、三時間で数十人……それ以上の人間を救うことができるかもしれん」

「協力してくれるホテルマンを探す。他に何かあるか」

「ヘリコプターはどうなってる？」

ヘリコプターの手配は荒木の担当だ。警察、消防、自衛隊に出動を要請した、と答えがあった。

「警視庁からは最終的に拒否された。風が強い。パイロットの安全が確保できないと言ってる。消防ヘリはほぼ準備が完了して、現在羽田で待機中だ。全八機だが、ご存じの通り大きくない。一度に乗せられるのは七人までだ」

「いちいち説明しなくていい」

「総務省消防庁から防衛省に救援要請を出していたが、たった今防衛大臣がヘリの派遣を了承した。航空自衛隊の府中《ふちゅう》基地から二機の輸送用大型ヘリがタワーへ向かうことが決定している。三十人乗りだ。二十分ほどで羽田ヘリポートに着くだろう。パイロットはベテランを用意すると言ってる」

ここに入ってから初めていいニュースを聞いた、と村田は無表情で言った。

「ピストン輸送も可能なんだな?」

「順次、計十機のヘリを羽田からタワーのヘリポートに向かわせる」荒木がまた机を叩いた。「避難客は羽田で回収する。空で待機させたいが、風が強い。難しいかもしれない。自衛隊の輸送ヘリは全天候型じゃないからな。今、こっちでフライトプランを立てている。羽田から銀座までの飛行時間は五分、客の乗降に五分、その他風待ちなども含めても、二十分で輸送が可能だ」

「いつから始める？」

「自衛隊ヘリが来るまで消防ヘリは動かせない。三十分ほど待て。もちろん計算外のこともあるだろうが、タイムリミットの午前二時までに、自衛隊のヘリだけで四百人ないし五百人を救える。消防のヘリも百人以上運べるはずだ」

「了解した。その間、搬入用リフトと障害者用エレベーターを使って、何人でもいいから降ろす。送電用車両の手配は済んだ。五分後には動かせる」

「こっちは障害者用エレベーターに乗る協力者を探そう。それは任せろ」

「頼んだぞ」

「村田、もうひとつ検討の結果を伝える」タワー崩落の可能性がある、と荒木が鋭い声で言った。「そこは危険だ。外から指揮するべきだ。お前にもしものことがあったら、命令系統が確立できなくなる」

「その時はお前に任せる。また連絡する」

電話を切った村田は大きく息を吐いて時間を確かめた。十時二十一分。服部士長と無線が繋がっています、と雅代がマイクを渡した。

「彼も今の会話を聞いていました」

聞こえるか、と村田は呼びかけた。

「約三十分後、ヘリが屋上ヘリポートに向かう。だが、照明は消えている。お前が上がって、着陸位置を指示しろ。ライトはあるな？」

「非常用のフラッシュライトがヘリポートに準備されています」無線から服部の声が流れた。「ただ、ひとつ確認したいことが――」

「何だ？」

「どの客から乗せますか？」

村田は一瞬目をつぶり、再び開いた。服部の声が続いている。

「ここには約千人の客が残っています。今の荒木課長の説明では、三時間半以内に最大限でも七百人前後の人間しかヘリに乗れないことになります。残った三百人はどうしますか？　ぼくに順番は決められません」

子供と老人を優先しろ、と村田は低い声で命令した。

「その次は女性だ。必ず全員助ける。お前は準備を急げ」

無線をオフにした。必ず全員を救える保証はあるのでしょうか、と雅代が目を伏せたまま囁いたが、村田は答えずに視線を逸らした。

PM10：26

無線を防火服のポケットに突っ込んだ服部が、神谷、と叫んだ。

百階フロアにあった消火栓を調べていた夏美は、手を止めて顔を上げた。すべて確認したが、シャワー程度の水しか出てこないとわかり、諦めてホースを元に戻した。服部が早口で状況の説明を始めた。

「約三十分後にヘリが来る。それに乗せて客を降ろす。ヘリの着陸誘導はおれがやる。お前は搬入用リフトと障害者用エレベーターを使って、何人でもいいから避難させろ」

「ですが――」

「言われた通りにしろ。ここにいる千人の人間を何としても救助しなけりゃならない。消防士はおれとお前の二人だけだ。おれたちがやるしかない。わかるな？」

「わかっていますが……タワーに煙が回るまで後三時間半前後と聞きました。それまでに全員を助けることは可能なんですか？」

服部は無言だった。難しいだろうと夏美にもわかっている。

リフトとエレベーターで、まず子供と老人を降ろせ、と服部が命じた。

「何人いる？」

「多くはありません。パーティーは深夜十二時まで続くと予定でしたから、もともと子供と老人の客は少なかったんです。子供が三、四十人、老人はもう少しいるかもしれません」

「まず子供を集めておけ。リフトの重量制限は一トンだそうだ。平均体重を五十キロとしても、二十人は乗れる。子供だったらもっと軽いだろう。障害者用エレベーターも条件がある。ホテルマンが同乗しなければ動かない。ここに残ってるホテル従業員はいないのか？」

「いません。全員が客を誘導して下へ降りています。残っているのは外部の契約スタッフで、従業員となると――」

「わかった。それは下に任せよう。誰かが上がってきてくれるのを待つしかない……いや、支配人がいたな。あの人はどうなんだ？」

夏美は真壁を捜した。ボールルームは千人の人間でごった返していて、どこにいるのかわからない。ステージに駆け上がり、マイクで名前を呼ぶと、人込みの中から真壁が近づいてきた。

「何でしょうか？　今、食事を皆さんにお配りしようと……」

後にしてください、と服部が真壁の腕を摑んだ。

「ホテルの障害者用エレベーターで客を降ろします。ただ、ホテルの従業員が同乗していないと動かせないと聞いています」

「不正使用防止のために、そういうシステムを取っています」

「指紋を登録しているホテル従業員が必要です。あなたは指紋を登録されていますか」

当然です、と真壁が微笑んだ。

「現場のスタッフだけではなく、管理職も全員登録しております。それだけではなく、ホテルの経営陣や株主なども。無論、私もです」

五本の指をすべて立てた真壁に、ではあなたが同乗してくださいと夏美は頭を下げた。

「四人連れて降りてください。言いにくいのですが……戻ってきていただきたいんです。危険なのはわかっています。でも――」

私はホテルマンですよ、と真壁が夏美の肩にそっと触れた。

「お客様の安全を守るのは絶対の義務です。必ず戻ってきますよ」

最初に乗る四人を選んでください、と服部が指示した。

「神谷、お前はリフトだ。おれはヘリに乗せる人間を選ぶ。手分けしよう」

夏美はリフトへと走りだした。タイムリミットまで約三時間半。焦っていた。背後で一人の男が逆方向へ向かっていったことには気づかなかった。

PM10：30

エレベーターホールへ、光二は早足で進んだ。消防士たちと真壁の話が聞こえてきたのは偶然だったが、わかったことがあった。障害者用エレベーターが使える。

消防士が言っていたように、障害者用エレベーターは事前に指紋登録をしている者が同乗していなければ動かせない。ホテルマンたちは指紋を登録しているが、彼らだけではなく、ホテルの管理職、ミラマックスグループの経営陣も登録している。そして株主もだ。ミラマックスグループとの提携に際し、光二は株を取得していた。提携を決めた光二自身が名義人になっている。鷹岡光二は株主なのだ。

株主特典について、説明を受けたことは覚えていた。その中に障害者用エレベーターの優先使用権があった。株主の多くは高齢者で、体が不自由な者も少なくない。そのための特典だという。

光二には不要だったが、断るのも大人げないと思い、指紋登録を済ませていた。それがここで役立つとはな、と唇の端を曲げて笑った。ついている。逃げられる。

障害者用エレベーターのボタンを押した。九十階に停まっていたが数字がひとつずつ上がってくる。消防が外部から操作しているのだろう。

さっさと来い、とドアを蹴飛ばした時、社長と呼ぶ細い声が背後でした。

「……増岡？」

「社長、お願いします。わたしも一緒に……」増岡が汗で光っている額《ひたい》を何度もこすった。「お願いです、わたしも乗せてください。お願いします！」

知らねえよ、と光二は小さな体を突き飛ばした。

「お前のことなんか知るか。旗色が悪くなると尻尾《しっぽ》を巻いて逃げ出すような奴が何を言ってる？　ふざけんなよ！」

「そんなことありません。わたしは社長のために……」

「おれのために何だって？　機嫌を取って、おべんちゃらを並べたか？　それだけの金は払っただろう。消えろ。お前の面倒まで見てられるかよ！」

吐き捨てた背中でスケルトンの扉が開いた。パネルに指紋認証機という文字がある。指を押し当てた。

「社長、お願いです。いいじゃありませんか、わたしが乗るぐらい……」下卑《げび》た笑みを浮かべた増岡が、足を突っ込んだ。「わたし一人が乗ったからといって、落ちやしませんよ。それに、わたしをここに置いていけば、あなたが何をしたか全部ぶちまけますよ。いいんですか？　知らぬ存ぜぬで通すつもりかもしれませんが――」

「下請け業者がおれを騙したんだ」入ってくるな、と光二は増岡の体を押しのけた。「おれは被害者なんだよ！　何ひとつ間違ったことはしていない」

「入れてくださいよ、悪いようにはしませんから」増岡が強引に体をねじ込む。「証言しますよ。あなたは何も知らなかったとね。タワー建設の知識が十分ではなかったと……そうだ、実質的な責任は会長にあったということにしませんか？　どうせ会長は余命僅《わず》かです。死人に口なしじゃないですか」

「いい考えだ。そうしよう」ひとつうなずいてから、右の拳で増岡の腹を殴《なぐ》りつけた。

「お前が言いたいのは、おれが無能な二代目のボンボンだってことか？　知識がなかっただと？　ふざけんな、おれがどれだけ努力したと思ってる？　降りろ、どけ！」

もう一度膝《ひざ》で顔面を強打した。鼻血を出して尻餅をついた増岡が、折れた前歯を吐き出しながら叫んだ。

「そうじゃないか！　あんた、何もわかってなかった。あんな命令をすれば下請けの連中だって粗悪な資材を使うしかない。こうなったのは誰のせいでもない。あんたの責任なんだよ！」

知るか、と吐き捨てて光二はボタンを押した。ドアが閉まり始める。

「待ってくれ、待ってください！」跳び起きた増岡がドアを叩く。「わたしが悪かったです。すいません、今のは冗談で……止めてください！　わたしも一緒に――」

光二はドアの隙間《すきま》から足で胸を蹴り込んだ。増岡がその場に崩れ落ちる。

ドアが閉まり、エレベーターが動き始めた。畜生！　と喚く声が聞こえた。

「全部言ってやるからな！　お前の責任だと、警察にも言ってやる！　お前は人殺しだ！　死ね！　死んじまえ！」

つんざくような悲鳴が轟《とどろ》いた。エレベーターホールの床が大きく裂けたのが、透明な扉から光二にも見えた。バランスを失った増岡の体が、真っ逆さまに転落していく。

馬鹿野郎が、とエレベーターの壁に背中を当てて、そのまま座り込んだ。危なかった。

一分遅れていたら、おれも落ちていただろう。

ついてる、と唇からつぶやきが漏れた。増岡が生き残ったら、面倒なことになったはずだ。

おれが何をしていたのか、正確に知っているのは増岡だけだ。死んでくれれば問題はない。

窓に目を向けた。ゆっくりとだが、確実に下降している。あいつは最後にいいことを言った。親父に責任を取らせよう。

この後始末は時間がかかる。全部親父の命令だったと言えばいい。裏を取ることはできない。その頃には死んでいるだろう。死人に口なしか。まったくだ。

立ち上がって乱れたスーツを直した。生きてやる。生きて戻ってやる。おれの能力を持ってすれば、再起できる。資金だってある。コネもだ。何とでもなる。

都知事はいなくなったが、構うことはない。金が欲しい政治家はいくらでもいる。受けた傷は大きいが、致命傷ではない。

増岡でさえ、おれのことを腹の底では見下していた。笑っていた。役員や部下たちもだ。神輿に乗せておけばそれでいい。そう考えて、馬鹿にしていた。

ふざけるな、とエレベーターの壁を殴りつけた。見返してやる。くそったれどもが。本当に無能なのはお前らだ。何もできやしないくせに。

待ってろ。おれは必ず復活する。全員、ひれ伏させてやる。五十階を通過した。あと半分だ。助かる。

光二は顔を両手で覆《おお》い、床にひざまずいた。死にたくない。死にたくないです。助けてください、神様。お願いです、助けてください。

涙が両眼から溢《あふ》れて頬を濡らした。拭うこともせず、ひたすら祈った。助けてください助けてください助けてください。

顔を上げると、パネルに40という数字があった。あと四十階。助かる。助かるぞ。助かるんだ。

表示が39に変わる。38、37、36。両手を振り上げて叫んだ。神様。

凄《すさ》まじい音と共に、四十階フロアが爆発したのが見えた。エレベーターの中では逃げようがない。悲鳴を上げながら伏せた。頼む、助けてくれ、誰か。

ワイヤーがきしむ音が聞こえてきた。ふざけるな。ここまで来て、どういうことだ?

エレベーターが激しく揺れ続けている。

一瞬、停止した。何かが弾け、体が浮き上がる。パネルの数字が30に変わり、目まぐるしく動き続けた。落下している。

悲鳴を上げる間もなく、光二はエレベーターごと一階フロアに叩きつけられていた。

PM10：40

十時四十分、夏美はボールルームの子供たちをリフトに乗せるため、フロアを走っていた。全部で四十二人いた。

集めた子供たちを並ばせていた時、エレベーターホールから凄まじい音が聞こえた。客たちの間で、フロアの床が崩落しているという声が飛び交っていたが、今はそれどころではない。

折原に集めた子供たちを連れてくるように頼み、自分はリフトのあるフロアの最奥部に向かった。リフトが停まっていることを確認して、深く息を吐く。ヘルメットの下で蒸《む》れた頭から、汗が滲み始めていた。

ボタンを押すと、ドアが開いた。大きい。コンテナほどの広さがある。四十二人でも十分に乗れるだろう。

折原が子供たちを率いて近づいてきた。乗せるように言うと、子供たちを一列に並ばせた。

「このリフトは操作が難しいんだ」子供の数を数えながら、折原が言った。「ぼくは何十回、いや何百回も使ってる。化石の搬入のためだ。あれは重いからね」

「操作が難しいってどういうこと?」

ひとつは扉の開閉ボタンだ、と折原が扉を叩いた。

「事故防止のために、まず扉を閉めないと目的階のボタンが押せない仕組みになってる。外からではできない。乗った人間が押すしかないんだ」

「子供たちにやってもらえばいい」

「もうひとつ、床がスライド式になってる。下にも開閉扉があるんだ。通常の搬入扉から載せられない物はそこから入れる。そのスイッチも中にある」

「それが何だっていうの?」

「可能性は低いが、子供たちがスイッチに触れたら自動でスライドして開いてしまう。乗っている者は落ちるしかない。だからこのリフトは、十五歳以下の子供を乗降禁止にしているんだ」

「じゃあ、どうしろと?」

「大人が一緒に乗った方がいい。万一床の扉が開いても、手動で止めることができる。安全のためにはそうするべきだ」

「あなたが乗るって言うの?」

「そんなことは言ってない。だけど、誰かが乗るべきだ。もしものことがあったら大変だろ」

「そうだけど、でも、誰を？　子供たちだけじゃ無理？」

「無理とは言わない。だけど大人が一緒ならより安全だ」

夏美は子供たちを見つめた。不安そうな顔をしている。一番年上なのは、どの子だろう。中学生なら、教えれば操作できるのではないか。

おじいさん、と折原が手を振った。

「ああ、奥さんも……すいません、ちょっとこっちへ来てもらえませんか」

何でしょうか、と言いながら老夫婦が近づいてきた。六十代後半か、もしかしたら七十歳を超えているかもしれない。地味な色合いの服を着ている、実直そうな二人だ。

こちらの二人にお願いしてみたらどうかな、と折原が囁いた。お名前を、と夏美は聞いた。笠原と申します、と夫が答えた。その声で、信頼できると判断した。託すしかない。

事情を説明して、子供たちと一緒に降りて欲しいと頼んだ。笠原が妻を見つめた。目で意志の疎通ができるようだ。すぐに妻がうなずいた。お引き受けしましょう、と笠原がうなずいた。

「大人が必要だと言うのなら、わたしらにも資格があるでしょう。何しろ七十歳ですからな」

お願いしますと言った折原が笠原をリフト内に招き入れ、操作法を教えた。難しいわけではない。わかりました、と笠原が硬い表情のままうなずいた。

全員乗っていいぞ、と折原が号令をかけた。

「一人ずつだ。走るなよ。小さい子と女の子が先だ」

「あなたが子供の扱いがうまいなんて知らなかった」

自分でもそう思ってる、と折原が片目をつぶった。夏美は全員がリフトに乗ったことを確認してから、閉めてくださいと言った。うなずいた笠原がボタンを押す。

ゆっくりと扉が閉まり始めたが、いきなりブザーが鳴った。重量制限をオーバーしているのだ。構いません、と叫んだ。

「このまま行ってください。落ちたりはしません」

わかりました、と笠原が手を振る。妻が夏美と折原を見つめて、ありがとうございますと静かに言った。扉が閉まった。

夏美は壁のパネルに目をやった。矢印が点滅し、下に向かって動き出した。

「このリフトは遅いんだ」いらいらしてくるぐらいにね、と折原が肩をすくめた。「これでボールルームの全員を降ろすのは無理だろうな」

「一階まで降りて、またここに戻ってくるまでどれぐらいかかる？」

「二十分ぐらいかな。どうする、次のメンバーを集めておくかい？」

お願い、と言いながら夏美は無線機に手をやり、指揮本部の近藤に報告を始めた。

「リフトが降ります。四十二人の子供と老人が二人乗っています。至急リフトの受け入れ態勢を整えてください」

ボールルームへ向かって駆け出す。待ってくれ、という折原の声が背中で響いた。

PM10：45

十時四十五分、飛行プランの立案が終わったという連絡が荒木から入った。十機のヘリコプターの離着陸ローテーションが決まったのだ。

外は強風が吹いている。小降りだが、雨も降り続いていた。風速約十七メートル、これ以上強くなれば台風に匹敵する。ヘリコプターが空中でホバリングしている時間を、可能な限り短縮しなければならなかった。

消防と自衛隊ヘリには性能の違いがあり、単純に順番を決めればいいというものではない。効率的な飛行プランが必要だった。

「十一時ジャストを期して、一機目が離陸可能になる。その後は五分間隔《かんかく》と考えてくれ。離着陸については、こちらからもその都度連絡する。誘導がなければヘリは着陸できない。そこは頼んだぞ」

「了解した。準備が整い次第、こちらからも連絡を入れる」

電話を切った村田に、足を引きずりながら雅代が近づいた。右手を強く握り締めている。

「何だ？」

「タワーの設計図を確認して、わかったことがあります」図面を開いてデスクに載せた。

「タワー内、七十二階にプールがあります」

「わかってる」

「今日はオープン日です。タワー内の全施設が稼働《かどう》できる状態にあったはずで、当然プールも使用可能になっています。つまり――」

「つまり？」

水が張られているはずです、と雅代が声を高くした。

「プールの設営を担当しているジャパンランドという会社に問い合わせたところ、プールには百トン以上の水量があるということです」

「その水を使って火を消すと？」

そうです、と雅代が大きくうなずいた。

「現在、火勢が最も激しいのは出火場所である七十階のコンピュータールームです。六十九階までの鎮火は可能ですが、問題はそこから上へ行くのが困難だということです」

「そうだ」

「現在、消防士たちは一時撤退を余儀なくされており、七十階の消火活動は中断しています。このままでは、八十階、九十階の火災もさらに広がっていくでしょう。その炎が最上階を襲うことさえ止められれば、タイムリミットは大幅に延び、下からのアタックも可能になります。同時にヘリコプターをフル稼働させれば、千人の人間を救うことができるのではないでしょうか」

「アイデアとしてはよくわかる」プールの底を爆破して火の勢いを弱めるということだな、と村田は顎に指をかけた。「現段階では六百人ないし七百人を救うのが精一杯だが、時間さえあれば千人全員を救助できるというのはその通りだ。だが、問題がある。消防士の安全を確保しなければならない。爆薬設置が間に合ったとしても、彼らが避難する時間が必要だ。爆破のセッティングをした後、七十二階から安全地帯と考えられる三十階まで退避するためには、ある程度時間がかかる。現時点でタイムリミットまで三時間十五分しかない。水だけではなく、爆破されたフロアの一部も落下するだろう。巻き込まれる可能性が高い」

「下ではなく、消防士たちを上へ逃がすというのはどうでしょうか」雅代が食い下がった。「水や床の破片などは下へ落ちます。上へ向かえば――」

七十一階より上のフロアでも火災は起きている、と村田は首を振った。

「非常階段の損傷が激しい。上がれる保証はない」

「八十階から九十九階までの火災の状況ははっきりしていません。使用できる非常階段があるかもしれません」

「ギャンブルはできない。いちかばちかで消防士の命を危険に晒《さら》すわけにはいかん。わかってるだろう」

それでは、上から向かわせてはどうでしょうか、と雅代が天井を指さした。

「今からヘリが屋上へリポートに向かいます。それにハイパーレスキュー隊員を乗せて、彼らをタワー内に送り込んでは？　装備があれば、火災が発生していても下降は可能です。上から七十二階まで降り、プールを爆破し、水を一挙に放出すれば、下のフロアの火は消え、その後降りることが可能になります。落下物などに巻き込まれることもありません」

「……検討の余地があるようだ」

村田は電話機のボタンを押した。すぐに出た荒木に雅代の救出案を説明すると、それは不可能だと即座に答えが返ってきた。

「なぜです？」雅代がマイクに向かって叫んだ。「少なくとも可能性は……」

プールの存在はこちらでも把握していた、と荒木の声が冷たく響いた。

「ジャパンランドにはこちらからも確認済みだ。プールの水量は最大二百トン以上ある」

「それならなおさら――」

「だが、肝心の水がない」

「……どういうことです？」

「プール責任者に話を聞いた。プールの水は屋上の巨大ポンプから給水されることになっていたが、ポンプに故障があった」生活用水を優先することになり、プールの給水は中止になった、とかすれた声で荒木が言った。「スプリンクラーが稼動していないのと同じ理由だ。ポンプが動かないために、プールへ水を送ることができなかったんだ」

「では、屋上のタンクを爆破してはどうだ？」

村田が横から言った。古い映画の見過ぎだ、と荒木が苦笑する声がした。

「屋上に貯水タンクがあるが、水量は三トンもない。ファルコンタワーでは、最新式の循環給水システムを使っている。貯水タンクの水はあくまでも非常用で、タワーの火災を消火できるだけの水量はない」

「そうか」

「もうひとつ、悪い知らせだ」荒木が舌打ちする音が聞こえた。「プール責任者によると、発注ミスで五十トンの塩酸がプールサイドに置かれている。今夜中に撤去する予定だったが、その前に火災が起きた。塩酸はそのままになっている」

「塩酸？」村田の頰が引きつった。「今後、七十階の火災が広がれば、炎は七十二階へも燃え移っていく。炎がプールサイドを襲えば、塩酸が過熱して何が起こるかわからんぞ。最悪、爆発することもあり得る。五十トンの塩酸が流れ出したら――」

「わかっている。だが、どうにもならない。こっちも情報の確認に追われていて、正確に現状を把握したのは十分ほど前だ。対応策はない。塩酸がタワー内に流出したら、何より消防士が危険だ。総員退避命令を出すべき状況だ」

「退避させたら、上層階の火は消せなくなるぞ。ボールルームに残っている客たちはどうなる？」

「二次被害を食い止める方が優先される、というのが総務省の見解だ」

「しかし――」

命令の発令者は消防総監だ、と荒木が重い声で言った。

「今すぐじゃない。だが、早急に結論を出さなければならなくなるだろう」

了解した、と村田は電話を切った。指揮本部が沈黙に包まれた。

PM10:50

運搬用リフトがゆっくりと降下を続けている。笠原は明子の手をそっと握った。数十人の子供たちが泣いている。

「大丈夫だ」笠原は励ますように言った。「もう少しの我慢だ。無事に下に着く。怖がらなくていい」

七十階です、と標示板の数字を見つめていた明子が囁いた。目に安堵の色が浮かんでいる。

「他の人たちには申し訳ありませんけど……助かるんですね」

「あのままあそこにいたら、火がボールルームを覆ったかもしれん」笠原はかすかに顎を震わせた。「運がよかった。トイレだと思って入ったところが、リフトの発着場だったとは……日頃の行いがいいということかもしれんな」

声をかけてくれたあの二人に感謝しなければなりませんね、と明子が言った。

「お礼を言わないと……もう一度会えるでしょうか？」

会えるさ、と笠原は明子の肩を抱いた。明子がうなずいた時、通過した七十階フロアで凄まじい爆発音がした。

ガラスの破片がリフトに降り注ぐ。子供たちが頭を抱えて泣きながら床に伏せた。大丈夫だ、と笠原は叫んだ。

「静かにしなさい。このリフトは鉄の箱だ。ガラスなんか怖くない。泣いたりしてはいかん」

「あなた……本当に？」

明子の表情が強ばったが、本当だ、とうなずいた。リフトの造りそのものが頑丈なのは、見ればわかる。ガラスや炎を浴びても、それで壊れるようなことはないだろう。

だが、気になることが別にあった。リフトを支えているワイヤーだ。激しくきしむ音がしている。

静かにしなさい、ともう一度叫んだ。

「動いてはいかん。その場に伏せて、じっとしているんだ」

子供たちがそれぞれに手を繋ぎながらうずくまる。唇を嚙《か》んで涙を堪《こら》えている者、恐怖に顔を歪《ゆが》めている男の子、目をつぶって母親の名前を呼び続けている少女。明子が一番近くにいた女の子の手を握りしめた。

鈍い音と共に衝撃が走り、リフトが急停止した。動かない。子供たちが怖々と周りを見回している。

「動くな。動くんじゃない」

手で制しながら、笠原はそっと腰を上げた。リフトには窓がないが、床の開閉扉に細い隙間があった。這《は》いつくばるようにして目を当てると、太い鉄柱が見えた。

隙間に沿って体をずらしていくと、鉄柱がタワー内部から突き出しているのがわかった。それがリフトの動きを阻《はば》んでいるのだ。

静かに、と唇だけで囁き、子供たちをリフトの奥に移動させた。パネルの手動ボタンを解除して、床の扉を少しだけ開くと、いきなり強い風が吹き込んできた。

落ち着くのを待って、顔を覗《のぞ》かせる。鉄柱が見えた。手は届かない。

笠原はそのままの姿勢で鉄柱を見つめた。三メートル以上離れている。どんなに手を伸ばしても、触れることさえできないだろう。

どうすればいい、というつぶやきが漏れた。今、六十五階だ。このまま救助を待つべきなのか。

ワイヤーのきしむ音が激しく鳴り、リフトが大きく傾く。子供たちが悲鳴を上げた。上で爆発が起き、割れた窓ガラスが大量に降ってくる。待てない。笠原は立ち上がった。

「もっと下がりなさい」一番奥までだ、と子供たちに命じた。「もっとだ。端まで行くんだ」

「あなた、何を?」

明子が叫んだ。お前もだ、と笠原は微笑みかけた。いいえ、と明子がすがりつくように手を伸ばす。

「止めてください！　何をしようというんです？　あなた――」

「ここにいる大人はわたしたちだけなんだ」

笑みを浮かべたまま笠原は言った。激しく首を振りながら、明子が腕にしがみついた。

「お願い、お願いですから止めてください」お願いだから、と明子が涙声で叫んだ。「五年前、あなたはガンになりました。でも頑張った。負けなかった。長い長い闘病生活を乗り越えて、病気に勝ったんです。奇跡だと、お医者さまも言ってたじゃありませんか」

「昔から運はいいんだ」

「冗談は止めて！　聞いてください。あの五年間を取り戻すと約束したでしょう？　あたしたちは年寄りです。でも、時間はあるはずです。あなたは何十年も真面目に働いてきました。あたしが一番よくわかってます。挙句の果てにガンにまでなって、苦労ばかりでしたね。でも、ようやくすべてが報《むく》われる時が来たんです。それなのに、あなたは全部捨てると言うんですか？」

笠原は静かに明子の腕を摑んで引き離した。微笑を浮かべながら手を握りしめる。

「本当なら五年前に死んでいた。長く辛い五年間だったが、幸せでもあった。お前がずっとそばにいて、支えてくれたからだ。どんなにありがたかったか、嬉しかったか……感謝している」

「あなた……」

「振り返ってみると幸せだった。お前のおかげだ。これ以上望むのは強欲というものだろう」

「あなた……あなた……」

「七十になった。年寄りも子供も命は同じかもしれん。だが、残された時間が違う。しかもここには四十人以上の子供がいる。簡単な算数だよ。子供たちを助けよう」

両手で明子の手を包みこみ、自分の額に押し当てた。明ちゃん、とつぶやく。五十年前、初めて出会った時の呼び方だった。

「あそこで選ばれたのは偶然じゃなかった、そのためにこのリフトに乗った。務めは果たさなければならんよ」

顔を上げる。明ちゃん、ともう一度はっきりした声で言った。

「ありがとう」

手を伸ばしてボタンを押した。床の開閉扉がスライドする。鉄柱が見えた。

「あなた……」

ありがとう、と最後に言って笠原は扉の隙間から身を乗り出した。慎重にタイミングを測って、飛んだ。太い鉄柱を抱き閉めるようにしてぶら下がる。鉄柱は動かない。体を振った。鉄柱が傾《かし》いでいく。更に激しく体を動かすと、何かが折れる音がした。鉄柱が壁から外れたとわかった瞬間、落ちていくのを感じた。リフトが再び動き始めたのが音でわかり、笠原は静かに笑った。

PM10：55

電話が鳴り、スピーカーホンから荒木の声が流れ出した。

「いいニュースと悪いニュースがある。どちらから聞きたい？」

「普通ならいいニュースというところだが、悪い方から聞かせてくれ」村田は薄い唇を突き出した。「何があった？」

「風速が二十メートルを超えた。熱帯低気圧レベルじゃない。台風も同然だ。消防ヘリの飛行は難しい。二十メートルを切るまでは待機しなければならない。自衛隊ヘリは予定通り今羽田からそちらへ向かったが、これ以上風が強くなれば飛行は中止せざるを得ない」

「それだけか？」

もうひとつある、と荒木が声を低くした。

「タワーの構造計算をした。タワーの骨組みは鉄骨だ。耐火被覆《ひふく》仕様だが、その効力に限界がある」

「限界？」

「関係者の証言を再確認したが、漏電現象は昨夜の段階で既に発生していたようだ」荒木が説明を続けた。「一種の無炎延焼状態だった。くすぶり続けていたってことだ。本格的な出火は今日の夜七時前後」

「わかってる」

「無炎延焼から数えると二十四時間以上、出火してから四時間が経過している。耐火被覆の耐久限界時間はとっくに超えた。今後、急速に鉄骨そのものに熱が加わり、曲がったり折れたりする公算が強い。床や壁、柱などでもタワー全体を支えているが、すべての鉄骨の三十パーセントが歪むと崩落現象が起きる。9・11だよ。ワールドトレードセンタービルと同じだ。崩れたフロアの重みを支えきれずに、全体が崩落する」

「そうか」

「既にいくつかのフロアで、鉄骨に異常が発生していることが確認されている。まだ全体の数パーセントに過ぎないが、三割に達するまでの時間は、タワー全体が炎上する午前二時より早い。午前一時がリミットになるというのがこちらの計算だ。その後はいつ崩落してもおかしくない。タワーが燃え尽きるまで、あるいは煙で窒息死するまでという前提で計算していたが、もっと早い段階でタワーが崩れ落ちると予測される。残り時間は二時間しかない」

「それまでに火を消せば、タワーの崩落にストップをかけられるということか」

「理屈はそうだが、その前にタワー内にいる消防士その他を避難させなければならない。警察官、ガードマンなどを合わせると千人以上が中にいる。一番多いのは七十階で消火活動に当たっている連中だ。どんなに急いで降りても一時間半かかる。それより上のフロアにいる者は、すぐにでも降ろさなければならない。もう七十階より上の炎は消せないんだ」

　全員を四十階フロアに集結させよう、と村田は指示を出した。

「一時間後にそこから降ろすが、それまでは消火を続けさせる。延焼を少しでも食い止めなければならない。それで？　いいニュースもあるんだろ？」

煙の発生が抑えられている、と荒木が言った。

「誰がやったのかわからんが、九十八階フロアの機械室で排煙システムを再稼働させた者がいる。煙は外に排気されていることがわかった。上層階への煙の流入は最小限で済むだろう。とりあえず窒息死の可能性は考えなくてよくなった」

ありがたいお言葉だ、と村田は唇の端を上げて笑った。

「だが、窒息死する前にタワーが崩れ落ちるんじゃないのか？」

答えずに荒木が電話を切った。村田は時計を見た。十時五十五分。深夜一時がデッドリミットだ。当初の想定より、一時間早まったことになる。

「タワー屋上に消防士を送り込みたい」専用回線電話の前で腕組みをしたまま言った。「応援が必要だ。百階ボールルームには二人しか消防士がいない。二人で千人を救うのは、どう考えたって無理がある」

そうですね、と雅代がうなずいた。輸送手段はある、と村田は顔を上げた。

「空自、消防、いずれにせよヘリはタワー屋上へ向かう。行きは空っぽだ。消防士を乗せていけばいい。だが、大人数というわけにもいかない。少数精鋭が望ましい。となれば、オレンジを派遣するべきだろうが――」

通称オレンジと呼ばれるハイパーレスキュー隊は、東京消防庁が誇る消防と救命のエキスパートたちだ。他の道府県にも同様の組織はあるが、最も訓練精度が高く、特にギンイチ内のそれは〝G1〟と呼ばれ、スペシャリストが揃っていると自他共に認めるチームだった。

「ですが、ハイパーレスキュー隊は……」

彼らは七十階付近に進出して、消火活動を展開している、と村田は舌打ちをした。

「どうするか……呼び戻すべきか？」

意見を聞いているのではない。村田は自分の判断能力に絶対的な自信を持つ男だった。質問ではなく、自分自身に問いかけているのだということは雅代にもわかっていたが、情報を正確に伝えるのは指揮本部スタッフとしての役割だった。

「四十名が入っています。全員が降りるには、一時間が必要だと考えられます」

装備の問題もある、と村田は乱れた前髪に手を当てた。

「素手で現場に入っても何もできない。消火用のインパルスやクアドラ、空気ボンベその他も補給しなければならん。ギンイチの装備品はすべて五十階と八十階のコマンドポイントに運び入れている。他の消防署に手配させるしかないが、時間がかかるだろう」

五十階と八十階にコマンドポイントを設営したのは失敗だったな、と眉間に皺を寄せながら言った。

「失敗ではないでしょう。当然の措置だったと思います」

近藤が首を振った。最も火勢の激しい七十階付近にコマンドポイントを置くことはできなかった。なるべく高い階に設置するべきだったが、装備の重量から考えて八十階が限界だという判断があった。五十階と八十階に装備を分散配置したのも、消火効率を上げるためだ。

高層ビル火災においてはさまざまなマニュアルがあるが、基本的にはいくつかのフロアに消火機材等をまとめておくことが推奨《すいしよう》されている。消防士それぞれが装備を運び上げるのは時間的、体力的なロスが多い。指揮機能を持つ場所も必要だ。村田の指示は適切だった。

ただ、百階建てのファルコンタワーの火災は誰にとっても想定外の要素が多すぎた。高層階フロアで火災が発生したため、やむを得ずコマンドポイントからの撤退を決めた。現段階で、五十階と八十階のコマンドポイントは機能していない。

今すぐオレンジをタワーから降ろし、羽田へリポートに向かわせれば、最低でも四十分以上の時間が空費されることになるだろう。現在、消火活動の最前線を支えているのはオレンジだ。彼らが退けば、要《かなめ》を失った消防隊も下がらざるを得なくなる。

今以上に中層階、あるいは高層階フロアの火災が激しくなればどうなるか。想定している時間より速くリミットが訪れる可能性が高くなることも十分に考えられた。

荒木からの通告では、タワー崩壊までおよそ二時間だ。タワー内にいる消防士たちのリスクも考えなければならない。

だが、ボールルームに二人の消防士しかいないのも事実だ。二人では何もできない。しかも一人は若い女性消防士で、戦力にはならない。

オレンジを呼び戻せ、と村田は命令を下した。

「三十分で降りろと伝えろ。そのために厳しい訓練を積んできたんだ。すぐ羽田へ移動させる。タワー内には別に応援を出す。近藤、ここから羽田までの道路を空けさせろ。柳は装備の手配を頼む。急げ」

了解しました、と雅代が無線のスイッチに触れた。村田はそのままボールルームの服部に連絡を入れた。

「十分以内にヘリが到着する。屋上へリポートに上がって、着陸の誘導をしろ。とりあえずは一機だ。別のヘリもすぐ来る。乗員制限は三十名。まず三十人を選べ。子供と老人が先だ」

「もう終わってます。子供はいません。搬入リフトで降ろしました」悲鳴のような服部の声が聞こえた。「老人というのは、こっちの判断でいいんですね?」

「任せる。状況はどうだ。ボールルームで火災は起きているか?」

「火災は発生していませんが、ついさっきエレベーターホールの床に亀裂が入りました。かなり大きく、エレベーターに近づくのは危険と思われます」

「わかった。いいか、十分以内だ。至急——」

肩に手が置かれた。振り向くと、ギンイチの大沢署長が暗い目で見つめていた。二人の背広姿の男がその背後に立っている。

来てくれ、と大沢が乾いた声でつぶやいた。もう一度連絡すると言って、村田は無線のスイッチを切った。

PM11：00

地下二階集中管理センターの奥に会議用の部屋があった。村田の肩を押すようにして大沢が入り、続いた二人の男が後ろ手にドアを閉めた。

「署長、時間がありません。ヘリが来ます。着陸の指示をしなければ……」

立ったまま村田は言った。すぐ済む、と大沢が椅子に大きな尻を落とした。

「こちらは国家安全保障局の室井《むろい》内閣危機管理監」

右側に座った痩身の男が顎を引いた。猛禽《もうきん》類のように鼻が尖《とが》っている。

もう一人の男は壁際に立ったまま村田を見つめていた。爬虫《はちゅう》類に似た目付きだ。桑山《くわやま》内閣総理大臣秘書官、と大沢が身分と名前を言った。よろしく、と桑山が僅かに頭を下げた。

「……いったい何です？」

不快な臭いを感じながら村田は聞いた。簡単なことだ、と室井が口を開いた。

「空自のヘリが屋上ヘリポートに着陸するのは知っている。そのヘリに金沢都知事を優先して乗せてもらいたい」

低い声だった。威圧的な響きはないが、明らかに命令だ。

それはできません、と村田は首を左右に振った。

「都知事だろうが誰だろうが、人命は人命です。命の重さに変わりはありません」

「君の立場はわかっている。だが、今はそんな場合じゃない」室井が手を伸ばして村田の肩を押さえた。「これは政治的判断であり、決定事項だ。万が一、金沢都知事に何かあれば政治的バランスが狂う。つまり、新しい都知事を選出するための選挙になるということだ」

「やむを得ないでしょう」

そうはいかない、と室井がまばたきを繰り返した。

「その場合、社興《しゃこう》党の国山元春《くにやまもとはる》が都知事の座に就くことが考えられる。あんなタレント政治家に都政を任せられると思うか？」

民自党の立場は理解できますが、と村田は冷ややかに笑った。

「私は単なる消防士です。上の命令に逆らうつもりはありません。ですが、都知事本人が拒否すると思いますね」

室井が無言で村田を見つめている。視線が僅かに逸れた。

「都知事自らが命惜しさに民間人を置き捨ててヘリに乗ったとなれば、政治生命は終わります。そんなことは本人だって百も承知でしょう。ヘリに乗れと言ったって断りますよ」

そこを何とかしろと言っている、と室井が薄い唇を動かした。

「ボールルームの消防士に命じて、力ずくでも金沢都知事をヘリに乗せろ。本人の意向がどうあれ、そうしてもらわなければならん」

「お伺いしますが、都知事はそんなに頭が悪いんですかね？　自分の立場がわかっていれば、絶対に拒否しますよ。説得しているような余裕はありません」

「無礼な男だな。私が誰だかわかってそんなことを――」

「総理の意志なのです」

不意に桑山が唇だけを動かして言った。村田は大沢に目をやった。命令しろ、と大沢が囁く。ですが、と言いかけたところにドアがノックされた。

失礼します、と顔を覗かせた近藤が、ワイヤレスマイクを差し出した。

「ヘリから連絡が入りました。一分以内に着陸できると言っています」

「わかった。服部と話す」

村田は受け取ったマイクを耳に当てた。

「村田だ。ヘリが見えるか？」

「見えます」服部の声がした。「真上にいます」

「誘導を始めろ。ボールルームの客の中に金沢都知事がいるな？　直接話したい」

「今ですか？　ヘリが着陸態勢に入っています。風が強いので、早く着陸させないと危険です」

「わかった。では、ヘリに今いる三十人を乗せたら、都知事と話せるようにしてくれ」

「了解しました」

無線が切れた。やむを得ないでしょう、と大沢がつぶやく。室井と桑山が、それぞれ違う方向に目を向けた。

PM11：07

服部が大型のフラッシュライトを何度も振っている。その姿を夏美は屋上とボールルームを繋ぐ階段から見守っていた。細かい雨が降り注いでいる。

ヘリの下部についている照明が点滅した。了解した、という合図だ。ホバリングの体勢から、徐々に下降を始めた。

タワーの電源が喪失しているため、ヘリポートの照明は消えていたが、非常用のライトが大きく円を描いている。更に服部のフラッシュライトが着陸位置を照らしているので、パイロットもどこに降りればいいか視認できるはずだ。

風が強く吹いていた。ヘリのローターから発生する強風も重なって、服部の防火服がちぎれそうになるぐらいはためいている。夏美は強く手を握りしめた。

体を押さえながらフラッシュライトを振り続けている服部の目の前にヘリが着陸する。ローターは回転したままだ。

「神谷!」無線から服部の怒鳴り声が聞こえた。「連れてこい!」

ドアを大きく開けて外に出た。従っている者の多くは高齢者たちだ。雨と風に煽《あお》られながら、よろよろと歩を進めている。

数十メートルの距離だ。高齢者でも、それほど時間はかからない。服部がヘリの扉を開いている。ローターの回転音、風切り音、エンジン音が交錯する中、声を張り上げた夏美の指示で高齢者たちが乗り込んでいった。

夏美は操縦席を見た。ヘッドセットをつけた中年のパイロットが片手を上げている。扉を閉めたのを確認した服部が、ライトを二度斜めに振った。あらかじめ決められていた合図だ。

もう一度片手を上げたパイロットが、前方を見つめた。ローターの回転数が上がる。夏美は服部と共に走ってその場から離れた。ヘリがそのまま浮かび上がる。強風に流されて、機体が大きく傾いた。

「大丈夫でしょうか？」

ヘルメットを押さえながら叫んだ。自衛隊だぞ、と服部が怒鳴り返す。体勢を整えたヘリが高度を上げ、ゆっくりと向きを変えた。羽田方面への飛行態勢に入ったのがわかった。

「何て風だ」遠ざかっていくヘリを目で追いながら、服部が吐き捨てた。「息もできない……戻れ。次の三十名を屋上まで連れてくるんだ」

ドアを開いて通路に飛び込むと、風の音が止み、いきなり静かになった。雨で防火服が濡れている。

「もう待機させています」夏美は早足で歩きながら言った。「次のヘリは四分以内に到着すると連絡がありました。自衛隊のヘリです。消防ヘリはまだ飛べないということです」

角を曲がると、そこに番号札を握りしめた三十人の女性が順番を待っていた。自衛隊ヘリが救援活動を開始しているとボールルームの客たちに説明し、高齢者や女性を優先すると伝えている。折原と真壁が作った番号札で、乗る順番は決まっていた。

服部がドアを開いてボールルームに入った。千人近い人間が殺気立った表情を浮かべている。誰もが恐怖と緊張で怯え切っていた。

都知事をここへ連れてきてくれと囁いた服部に、どういう意味ですか、と夏美は聞いた。

「上の命令だ」

それだけ言って服部が口をつぐんだ。上というのは村田ではないと直感した。東京消防庁か、総務省か、あるいはもっと上の誰か。

ごった返している人の群れと離れたところで立ち尽くしていた金沢に声をかけ、こちらへお願いしますと夏美は囁いた。不安そうな表情の金沢の耳元に服部が無線機を差し出し、金沢都知事です、とマイクに向かって言った。指揮本部の村田です、という低い声が流れてきた。

「都知事、あなたを優先して救出するように命令がありました」

「誰の命令だ？」

金沢が言った。国家安全保障局の管理監です、と村田が答えた。そんなことはできないと金沢が苦笑を浮かべた。

「意図はわかるが、従うわけにはいかない。私にも立場がある。都知事なんだ。都民を押しのけてヘリに乗り込んだと報道されれば、どうなると思う？」

「おそらくマスコミや世論から袋だたきにあうでしょうね」

止めろ、と後ろで男の怒鳴り声が聞こえた。数秒の間を置いて、国家安全保障局の室井だ、という声が聞こえてきた。

「都知事、これは高度な政治的判断によるもので――」

そんなことはいい、と金沢が大きく首を振った。

「私だって死にたくない。命は惜しい。だが、誰かを犠牲にして生き延びた都知事を都民は許さない。愛想を尽かすなんてもんじゃない。嬲《なぶ》り殺しが始まるだけのことだ」

「ですが……」

「どう転んだって辞任せざるを得なくなる。辞めるのは仕方ない。だが、公人、私人、どちらの立場でも再起できなくなるだろう。だとすれば、ここに最後まで残るしかない。私の立場は理解してもらえるね？」

ヘリが着陸態勢に入りました、と無線機に耳を当てながら夏美は言った。

「後一分です」

「都知事、おっしゃっていることはわかるつもりです」すがるような室井の声がした。

「ですが、これは総理からの要請なのです。従ってください」

「お断りすると伝えてほしい。私はここから離れない。それとも力ずくで動かすかね？」

「そこに消防士がいるな？　命令だ。金沢都知事をヘリに乗せろ。本人が何と言おうと……」

自分は消防士です、と服部が答えた。

「現場で自分に命令できるのは指揮官だけです。都知事本人も拒否しています。所属不明

「私は内閣危機管理監の室井だ。政府の命令だぞ。聞けないというのか」

「火災現場では、指揮官の命令以外従うことはできません。命令系統の遵守《じゅんしゅ》は絶対のルールです」

君から命令しろ、という室井の怒鳴り声が無線から響いた。

「服部、俺だ」村田の声がした。「火災現場で横から口を出すお偉いさんがいる。火事場じゃなけりゃ何だって言うことを聞くが、ここでは知ったことじゃない。いいか、金沢都知事本人が同意すれば別だが、そうでなけりゃ予定通りだ。消防士は命を区別しない。以上だ」

何を言ってるかわかってるのか、という室井の叫び声がしたが、服部がそのままの姿勢で手招きした。顔を寄せた夏美に、とりあえず今待機している三十人をヘリに乗せろ、と指示する。

「都知事を説得するが、時間がかかるだろう。まともな人間ならうなずくわけがない。他の客を先に降ろす」

「わかりました」

ちょっと待て、と指で合図した服部が無線から聞こえてくる声に聞き入っている。表情が歪んだ。

「……了解しました」

無線のスイッチを乱暴に切った服部が、壁を強く足で蹴った。周りにいた何人かの客たちが振り返る。

「いい話はひとつもない。消火活動は進んでいないし、余計なことを言う連中もいる。ここにはおれとお前しかいない。二人だけで何ができると思ってるんだ」

声が大きいです、と夏美は背後を指さした。ボールルームの客たちは夏美と服部の動きに敏感になっている。何でもいいから情報を手に入れようと耳をそばだてていた。それどころじゃない、と服部が吐き捨てた。

「七十二階のプールに五十トンの塩酸が積まれているそうだ。過熱したら爆発するかもしれないと……どうしろって言うんだ？　このままじゃタワーの火は――」

夏美の無線が鳴った。ヘリが到着します、と服部の腕を引いてボールルームを出る。

「ヘリの誘導をお願いします。わたしは待っている人たちを連れていきます」

通路を走った。ドアを開けた服部が飛び出していく。強い風が吹き込んできて、夏美は顔を覆った。

PM11:10

集中管理センターのドアが激しい音と共に開いた。自衛隊の制服を着た初老の男が立っていた。顔面が異様に赤い。

「ここが指揮本部だと聞いた。責任者の村田という司令長はどこだ？」

　辺りを見回しながら怒鳴る。自分ですが、と会議室から戻っていた村田は正面から男を見つめた。

「あなたは？」

「空自の達川《たつかわ》二佐だ」ずかずかと踏み込んできた達川がデスクを拳で叩いた。「君はずっとここにいたんだな。外に出ていないのか？」

「そうですが」

「一歩でいいから外に出ろ！　風が強い。わかってるのか？」

「報告は聞いています。風速二十メートル強だと——」

「素人はこれだから困る。台風並みの強風の中、ヘリで救出活動をしろと？　馬鹿か、貴様！　パイロットを殺す気か？」

　そんなつもりはないと村田が目を細くした。

「防衛省には救援要請を出している。正式な手続きを踏んでいるんだ」

「総務省と防衛省がどんな話し合いをしたのかは知らんが、背広組に何がわかると？　こっちはプロだ。この天候でヘリを飛ばすのは自殺行為だ。墜落《ついらく》したって責任は持てんぞ！」

「プロなら悪天候でも飛べるはずだ。千人の命が懸《か》かっている。わかってるだろう」

「少しでいい。風が収まるまで待つべきだ」村田の毅然《きぜん》とした態度に、達川の声が低くなった。「風速二十メートルを切ればともかく、今の状況では危険過ぎる。理解してもらいたい。輸送用ヘリは、強風に弱いんだ」

近寄ってきた雅代が、荒木課長から連絡が入っていますと囁いた。二佐から詳しく話を聞いてくれと命じて、村田は座り直した。

「外部からファルコンタワーを監視していた別班から報告が入った」荒木の声が流れ出した。「七十階コンピュータールームの状況がまずい。延焼速度が予想より速い。フロア全体に火が回っている。このままだと、七十階を焼き尽くした炎が壁や非常階段、通風口などを伝って上昇する」

「そうか」

「七十一階以上のフロアを炎が呑み込むことになる。更に勢いを増すだろう。八十階まで到達すれば、後は雪崩《なだれ》現象だ。加速度的に火災の規模が広がる。短時間のうちに、炎がタワー上層階すべてを覆い尽くすことになる」

「うむ」

当初の計算より状況は悪くなっている、と荒木が重い声で言った。

「残された時間は少ない。タイムリミットを午前一時と想定していたが、もっと早くなるかもしれない」

「うむ」

「もう待てない」タワー内の消防士全員に退避命令を出せ、と荒木が言った。「既に警察、警備会社には状況を伝えた。彼らは退避を始めている。だがギンイチ並びに他の消防署員は消火活動を継続中だ。その大部分が四十階から七十階付近に展開している。彼ら全員を一階まで降ろすのに一時間近くかかるだろう。今命令を出さなければ、最悪の場合タワーの崩落に巻き込まれる可能性がある。全員死ぬかもしれん。リスキー過ぎる。タワーの炎は消せない。間に合わなくなるぞ」

「わかってる」

「運が良くてもタイムリミットは一時だが、それはあくまでも目安に過ぎない。三十分どころか十分後に崩落が始まるかもしれない。一度始まったらどうにもならん。それまでに火を消せればと考えるのはわかるが、状況は厳しい。今すぐ、タワー内にいる全関係者を外に出せ。お前もだぞ、村田。指揮は外部からでも執れる。そこにいる必要はない」

「荒木、それは違う」村田の顔に苦笑が浮かんだ。「指揮官が逃げ出したら、最前線の消防士は終わりだ。消火もへったくれもなくなる」

「通常の火災ならそうだ。だが今回は――」

火事は火事だ、と村田は静かな声で言った。

「限界まで粘《ねば》る。おれだって怖い。だが、プライドがある。現場から離脱するのは最後だと決めている」

「しかし……」

「大丈夫だ。おれにはわかる。まだタワーは崩れない」

村田さん、と雅代が横からメモを滑らせた。

「最上階から荷物運搬用のリフトが降りたと連絡が……乗っていた子供たちは全員無事です」目だけでうなずいた村田の前で首を振った。「同乗していた老人一名が転落して死亡しました。もうひとつ、リフト底部のスライド扉が故障し、閉じなくなっています。直していますが、どれぐらい時間がかかるか不明です」

「荒木、ちょっと待て」村田は雅代の顔を見つめた。「直さなければ使えないのか」

「そうです。加えて、身障者用のエレベーターのワイヤーが切れて落下しています」こちらは回復不能です、と雅代が早口で言った。「中に一人乗っていたようですが、誰なのかはわかっていません。回収作業に入っていますが、確認するまでもなく――」

「村田、聞いてるか」荒木の声が響いた。「お前を説得してる時間はない。だが、タワー内の消防士は退避させろ。危険だ。彼らが降りられなくなったら――」

避難命令を出す、と村田は答えた。

「だが、火災状況の確認は必要だ。二十分で終わらせ、その後下へ降ろす。それまで待て」

「……しかし」

ヘリはどうなっていますか、と雅代が聞いた。ヘリコプターの飛行は危険過ぎる、と達川が叫んだ。

「許可できん！」

待て、と鋭い声がした。都知事を最優先で救出するように命令を下した後、待機していた室井だった。

「達川二佐、ヘリを飛ばすんだ。救出活動を続けろ」

「あんた誰だ？　どういうつもりでそんなことを……」

「内閣危機管理監の室井だ。緊急時には私の権限で命令を発することができる」

「そんな馬鹿な命令があるか？　いくら内閣危機管理監でも――」

「更に二機、ヘリコプターを出してもらいます」隣にいた桑山が三白眼をこすりながら言った。「内閣総理大臣秘書官の桑山です。自衛隊の最高指揮権が総理大臣にあると法律で定められているのはご存じのはずですね？　これは総理命令だとお考えください」

「越権だ！」達川の表情が変わった。「いくら何でもそれは……」

「総理大臣命令に逆らうつもりか。防衛省に直接申し入れをしても構わないんだぞ」

室井が怒鳴った。のろのろと制服のポケットに手を入れた達川が、携帯電話で連絡を始める。午前一時まで後二時間を切った、と村田がつぶやいた。

PM11：22

羽田へリポートで三十人の避難客を降ろしたパイロットの坂田《さかた》は髪の毛に触れた。びっしょりと汗を掻いている。緊張のためだった。

既に二往復し、六十人を救出した。もう一機を合わせると百二十人だ。後何回飛べばいいのか。

風が、と独り言が口をついた。航空自衛隊のヘリコプター操縦士としての経験は二十年以上に及ぶ。現役としては最も経験を積んでいる一人といっていい。訓練を含め、飛行時間は一万時間を超えている。今回の救出作戦に起用されたのは当然だという自負があった。

ただ、二十メートルを超える強風の中を飛んだ経験はほとんどない。シミュレーションフライトでは、風速三十五メートルという設定のもと訓練を積んだことがあったが、実戦とは違う。

信じられるのはパイロットとしての自分の技術と、ヘリコプターの性能。それだけだった。

「坂田さん、聞こえますか」無線から声が流れてきた。「連絡が入っています」

管制担当の安井《やすい》だった。坂田の六期後輩で、気心は知れている。

「どうした？」

「消防庁からです。羽田にハイパーレスキュー隊二十名が向かっており、十分以内に到着するということなんですが、彼らを乗せてファルコンタワーまで飛んでほしいと言ってます。どうしますか？」

タクシーじゃないんだぞ、と坂田は苦笑した。

「消防のヘリに乗せればいいじゃないか」

まだ消防ヘリは飛べないんですよ、と安井が答えた。

「風が収まるのを待ってるんです」

それは仕方ないと坂田にもわかっている。自衛隊と消防のヘリでは大きさも性能も違う。小型ヘリで二十メートルの強風に突っ込めという命令は、誰にもできないだろう。

「末次《すえつぐ》はどこに？」

もう一機のヘリのパイロットの名前を言った。たった今、タワーから羽田への飛行を開始したところです、と安井が答えた。

「五分で着くでしょう。どうしますか？　坂田さんがハイパーレスキュー隊をタワーへ？」

「いや、それなら末次に任せる。おれは飛ぶよ。十分も待てない」

「わかりました、気をつけてください。風が南東に変わってます。海風ですから」

了解、とうなずいて通信を終えた。ハイパーレスキュー隊員を運ぶことが重要なのはわかっている。

自衛隊員として東日本大震災の救援活動に参加していたが、オレンジのユニフォームを着た男たちの実力を目《ま》の辺りにしていた。彼らがタワーに入れば、消火活動は一気に進むのではないか。

だが、彼らの到着を待っている時間はない。末次が運んでも同じだ。任せよう。

坂田は飛行準備を始めた。正面を見つめると、風速計に21という数字があった。これ以上強くならないでくれよ、とつぶやいて操縦席のパネルに手を伸ばした。

PM11：24

これを、と足を引きずって近づいてきた六十代の男が紙片を差し出した。避難するため降りていた非常階段で、落ちてきた鉄骨のために骨折していた男だ。

番号を確認した夏美は、列の最後尾に並ばせた。三十人目だった。男の全身が激しく震えている。足が痛むのだろう。

「ヘリは？　ヘリはまだですか」

虚《うつ》ろな眼差しを向けた。屋上へと続く通路にいた二十九人が、一斉に夏美を見た。

「今こちらに向かっています。大丈夫です」落ち着かせるために、夏美はわざとゆっくり言った。「五分もかかりません。屋上は風が強いですから、姿勢を低く。雨も降っています。滑ると危険ですから、絶対に走らないでください」

男がうなずいた。並んでいた他の二十九人にも同じことを伝えている。全員の目に安堵の色が浮かんでいた。もう大丈夫だ。そう顔に書いてあった。

百八十人、と夏美は指を折って数えた。二機のヘリが客たちの救助を開始して、五回飛んでいる。これが六回目だ。

どこまで救出できるかはわからない。あと何往復できるのか。タワー崩落のリミットまで残り一時間半強だと連絡があった。全員を救うことはできるのか。

大丈夫だ、と自分に言い聞かせた。更に二機の自衛隊ヘリが出動準備を始めているという情報が入っていた。空中でホバリングして待てば、計算上は二分間隔でヘリポートに着陸することも可能だ。あと二十八回繰り返せば、全員を救える。

諦めてはいけない、と頭を振った。計算に無理があることはわかっているが、強引に思い込むことで恐怖を振り払わなければ、動くことさえできなくなるだろう。

無線から声がした。神谷ですと答えたが、聞き馴れない声だった。

「総理大臣秘書官の桑山という者です」名乗った声が、何ともいえず粘っこい感じがした。「都知事は今どこに？」

「ボールルームですが……」

「至急、代わっていただきたい」

柔らかい声だったが、有無を言わさない迫力があった。さっきの室井という男とは違う。夏美は無線を繋いだままボールルームに戻った。

妻の理子と並んで、少し離れたソファに座っていた金沢に無線機を差し出した。うなずいていた表情が変わる。理子がその手を強く握りしめた。

「……わかりました」

力無く答えた金沢が無線機を返した。都知事、と呼びかけた夏美に向かって、首をゆっくり振った。

「私はヘリに乗る」金沢が理子の手を放した。「やむを得ない」

「よろしいのですか？　ご自分でもおっしゃっていたはずですが、誰かを犠牲にして救出されたとしても、都知事としての再起は難しいと――」

「今のは阿川《あがわ》総理本人だった。民自党がわたしを護《まも》ると約束してくれた」金沢が額に指を押し当てた。「そこまで言われれば、断ることはできない」

歩きだした金沢の後に理子が続く。通路に戻ると、どこに行っていたのか、というような目で人々が見ていた。

ヘリがタワー上空で待機している、と無線を通じて服部が叫ぶ声が聞こえている。時間はない。番号札に間違いがありました、と夏美は最後尾にいた男の腕に触れた。

「申し訳ありません、こちらの方を先に——」

「……金沢都知事？」男が虚ろな表情で言った。「そうですね？　テレビで何度か……」

申し訳ない、と金沢が頭を下げた。

「ですが、それは関係ないことです。私も救助を待っている一人の都民として——」

「……次のヘリに乗れと？」男が壁に背中を当てて体を支えた。「都知事なんでしょう？　わたしだって都民だ。順番も何も、あんた都民を守るべき立場なんじゃないのか？」

申し訳ない、と更に金沢が深く頭を下げた。本気で言ってるのか、と男が怒鳴った。

「順番が間違っていただと？　嘘だな？　どれだけ偉いか知らないが、無理やり横入りしようったって、そうはいかないぞ！」

「そうではありません。本当に順番が——」

間に入ろうとした夏美の胸倉を摑んだ男が、だったら番号札を見せてみろと喚いた。六十代とは思えない殺気立った表情だった。

「何だ、あんたらは？　偉い奴から先に逃がそうってのか？　そんなわけにいくか！　それでも都知事なのか？　おい、こっちを向けよ！」

金沢が視線を避けて前へ進んだ。すいません、と夏美は何度も詫びた。間違っているとわかっている。

「ですが、次のヘリは十分以内に到着します。その時は必ずあなたを優先してお乗せします。今回だけ、譲ってください。お願いします」

馬鹿野郎、と突き放した男が通路に座り込む。並んでいた者たちが目を逸らした。

面倒事に関わりたくないと思っているのだろう。自分でなくて良かったと、胸を撫《な》で下ろしている。それが人間の本質なのかもしれなかった。

「神谷、ヘリが着く」無線から服部の声が聞こえた。「そこにいる人たちを出せ。そのまま待機だ」

了解、と答えてから通路に並ぶ者たちを先導して扉を開けた。背後では、理子が座り込んでいた男に何度も頭を下げて詫びている。泣いているようだった。

屋上に出た。激しい風に吹き付けられて、一瞬よろめく。こちらへ、と叫んでヘリポートへ向かった。ヘリコプターは着陸寸前だった。

「並んでください！」頭を下げて、と全員に叫んだ。「焦る必要はありません！　自衛隊のヘリです！　五分で羽田に着きます！」

人々が前のめりになりながらヘリコプターを凝視している。鈍い音がして、ヘリが停止した。駆け寄った服部が扉を開けている。

夏美を突き飛ばして、一人が駆け出した。その後を追って、他の者も一斉に走りだす。

「走らないでください！」

倒れたまま制止したが、止まる者はいなかった。男も女もヘリに殺到している。我先にと乗り込むその姿は、人間ではなかった。助かりたいだけの亡者の群れだ。

金沢がきっかけなのだ、と体を起こしながら夏美は思った。今までの百五十人にこんなことはなかった。恐怖と不安で怯えていたが、指示は守っていたし、順番を争うようなこともなかった。

金沢の欺瞞《ぎまん》が彼らをそうさせた。順番に間違いがあったという嘘を彼らは感じ取った。モラルが壊れたのはそのためだ。

「服部さん、後はお願いします」無線で呼びかけた。「あたしは次の三十人を集めます！」

「頼んだぞ！」

了解です、と叫んで通路に戻った。扉を開いたところに理子が立っていた。

「申し訳ありませんでした」深く頭を下げた。「主人は……決して本意では……」

わかっています、とうなずいた。それも嘘ではない。総理大臣の説得を断れる公職者はいない。

ただ、本人の中にも助かりたいという思いはあったはずだ。だから全員が正気を失ってしまったのだろう。

「あの、奥様……まだお乗りになっていらっしゃらなかったのですか？　女性を優先すると――」

都知事の妻として、それはできませんと理子が苦笑した。

「今となっては、という話なのですけど……」

開いたままになっている扉の隙間から外に目をやる。ヘリの横に立っていた金沢が振り返った。見つめ合っていたが、ゆっくりと首を振った。

仕方ないんだ、と金沢の唇が動いた。服部に促されて乗り込むのと同時に、ドアが閉まった。

「奥様、次のヘリにお乗りください」女性優先は他の皆さんも了解していることです、と夏美は言った。「次のヘリで、どうか下へ――」

「こちらの方《かた》が先です」理子が床に伏せて泣いている男の肩にそっと触れた。「わたしはいいんです。最後になっても……」

ヘリのローターが回転を始める音に、夏美は振り向いた。服部が下がりながらライトを振り回している。

ヘリが上昇していく。方向を変えるため、その場で機体が時計回りに動き出した。すぐ次のヘリが来ます、と言った夏美の防火服が大きく翻《ひるがえ》った。突風。大きく揺れるヘリが視界を覆った。異常な傾き。

「危ない！」

反射的に叫んだ。危険を察知した服部がライトを捨てて走りだす。静寂。次の瞬間、糸が切れたようにヘリが落下していった。

夏美は理子の体に覆いかぶさるようにしてその場に伏せた。凄まじい轟音《ごうおん》と共に辺りが昼間のように明るくなる。爆風。

体が浮き上がって、落ちた。全身を強く打ったが、激痛を堪えて立ち上がった。

「服部さん！」

ドアを大きく開けた。熱波が押し寄せてくる。屋上ヘリポートは一面火の海だった。激突したヘリの破片が降り注ぎ、ドアに当たって乾いた音をたてた。

「服部さん！」

叫んだが、返事はなかった。ヘリは完全に大破して原形を留めていない。炎が上がっている。とても近づけない。

ドアを叩きつけるように閉めて、無線機に手をやった。体がずるずると沈み込んでいく。

「こちら百階、神谷です。ヘリが……墜落しました」

「わかっている」

村田の声が通路に重く響いた。理子が見つめている。しばらくの間、消火は難しいと……乗員は全員死亡したと思われます。服部士長もです。どうにもなりませんでした。あたしは……」

「ヘリが……いえ、ヘリポートが燃えています。しばらくの間、消火は難しいと……乗員は全員死亡したと思われます。服部士長もです。どうにもなりませんでした。あたしは……」

「神谷、落ち着け。ボールルームに戻れ。残っている客たちも、何が起きたか気づいているだろう。屋上の模様はテレビも生中継していた。見ていた者もいるはずだ。彼らをパニックにさせるな。混乱を鎮めろ」

すぐ連絡する、と言って無線が切れた。夏美はドアノブに手をかけて立ち上がった。理子が静かに泣き始めていた。

PM11：30

「だから言ったじゃないか！」達川がデスクを強く叩いた。「無茶なんだよ！　こんな風でヘリを飛ばすなんて、何を考えてるんだ？」

無線のスイッチを切り、村田は顎に強く指を押し当てた。その場にいた全員が無言でそ

「ヘリの出動を検討するべきでは……」

風が収まるまで、ヘリは出動させない、と達川が睨みつけた。

「わかったな？」

「やむを得ない犠牲だった」桑山が顔を上げた。「だが、まだ……」

「まだ？　まだ何をしろと？」歩み寄った達川が桑山に顔を思いきり寄せた。「自衛隊を何だと思ってるんですか？　人命救助のためなら隊員が犠牲になっても構わないと？　その通りです。我々は国民のためなら死ぬことも厭《いと》わんですよ。ですが、政治家を救うために無謀な特攻をしろと言われてもお断りします。我々の命はそんなに安くない」

「風が収まれば、ヘリの出動を検討するべきでは……」

掠《かす》れた声で桑山が言った。もちろんですよ、と達川が怒鳴った。

「わかりきったことをいちいち言わんでいただきたい。風が収まれば命令がなくてもパイロットは飛びますよ。残っている八百人を救うためなら何でもする覚悟がある。だが、あなたも今の報告を聞いたはずだ。ヘリポートが燃えているんです。どこに着陸しろと？　ヘリの残骸だって、そこら中に散らばっているでしょう。降りられませんよ。少なくとも、火が消えるまで待つしかない。そんなこともわからんのですか？」

「……火が消えるまでどれぐらいかかる？」

桑山の問いに、わかるわけないでしょう、と達川が背を向けた。

「一時間か二時間か、見当もつきませんね」

タワーの崩落リミットまで一時間半しかない、と大沢がつぶやいた。

「村田、他に手段はないのか？　ボールルームの八百人を救い出すための手立ては？」

「身障者用エレベーターはワイヤーが切れました」運搬用リフトは故障しています、と村田は答えた。「最後の頼みの綱がヘリコプターでしたが、着陸できないとなると――」

「それじゃ済まんだろう！　まだ八百人以上残ってるんだぞ？　ホテルニュージャパン火災だって、死者は三十三名だ。過去に類を見ない大惨事になる」

無線の呼び出し音が鳴った。無言のまま村田はスイッチを押した。

「どうすればいいんですか？」夏美の悲鳴が集中管理センター一杯に響き渡った。「ここにいる消防士はわたしだけです。どうしたらいいのか……」

「神谷、落ち着け。冷静に――」

「なれませんよ！　どうしろって言うんです？　ボールルームには後八百人残っています。至急、救援を寄越してください！」

デスクに手をついた村田の頬に、ひと筋の汗が伝った。

「確認する。そこに消火のための装備はあるか？」

ありません、と夏美の声がした。

「二十メートルのロープが数本と、インパルスが一台あるだけです。あたしの通常装備以外、簡易呼吸器さえないんです。スプリンクラーは動きませんし、消火栓の水も完全に止まりました」

「わかった。しばらく待て」

「……待て？」

「今、消防隊が七十階フロアに入った」うつむいたまま、村田は薄い唇を動かした。「直ちにボールルームに向かわせる。多少時間はかかるが、安全な避難路を確保して、彼らがそこにいる人達を救出する。それまで待て」

「ですが――」

「聞け。ヘリポートはしばらく使用できないだろう。代わりに消防ヘリを飛ばす。空からタワーに消火剤を放出する。都内及び近県のヘリが集まっている。雨も降っている。鎮火できるだろう。それまで人々の混乱を抑え、パニックから守れ。それがお前の任務だ」

「……そう言えと？　今いる八百人に、おとなしく待っていてくださいと？」

「そうだ」

それ以上村田は何も言わなかった。指示はすべて虚偽だ。

夏美にもわかっているだろう。今、消防士たちは四十階に集結して最後の消火活動と状況確認をしている。それが終われば、彼らも退避することが決定していた。彼らが上へ向かわないことも、消防ヘリが飛べないことも夏美は知っている。

消防ヘリの飛行が可能になったとしても、上空からどれだけの水をタワーに浴びせたところで、それこそ焼け石に水だ。消防士である以上、夏美にはそれもわかっている。そしてタワー崩落のタイムリミットが一時間半を切ったという情報も知っている。

更に言えば、なぜ誤情報を与えたかも理解しているはずだった。本当の状況を知れば、人々はパニックを起こす。恐慌状態に陥《おちい》った多くの者が、逃げようとして非常階段に殺到するだろう。

彼らを待っているのは燃え上がるフロアだ。逃げ場はない。かえって早く死ぬことになる。

だから虚偽の情報を伝え、八百人の人間を抑えろと命じた。一分一秒でも長く生かすためだ。夏美が何も答えようとしないのは、意味を理解したからだった。

村田は静かに無線を切り、ゆっくりと腰を降ろした。

PM11：32

無線を手に呆然としている夏美の肩に、折原が手を置いた。無言で首だけを振る。それで折原もすべてを察したようだった。

ボールルームは騒然となっていた。ヘリコプターが墜落したことは、そこにいる誰もが音や衝撃でわかっていた。天井の一部が崩れ落ち、そこから雨と風が吹き込んでいる。ヘリが燃える音も聞こえた。

服部の姿が見えなくなっていると気づいた者も多数いた。ヘリの爆発に巻き込まれて死んだのは想像するまでもない。悲鳴がボールルームに渦巻《うずま》いている。人々が口々に叫ぶ声がフロア全体を覆い尽くした。

いったいどうなるのか。村田はパニックを抑えろと命じたが、一人の人間が八百人を制止することなどできない。

彼らはボールルームから逃げ出すだろう。圧倒的な恐怖がそうさせる。死ぬとわかっていても、炎の中に飛び込んでいく。

放ってはおけない。制止するため、夏美はボールルームの出入り口に立って周囲を見回した。

だが、誰も動かなかった。泣き、喚き、叫んでいた者の多くが、その場にうずくまっている。

意外だったが、そういうものなのかもしれない。彼らはすべてを諦めたのだ。

座り込んで静かに考え込む者、大声で祈る者、頭を抱え、呻《うめ》いている者、ただ歩き回っている者、立ち尽くし、終わりの時を待つ者。

携帯電話などで話したり、メールやラインを送っている者も多かった。誰かにメッセージを伝えようとしているのだ。

中には写真や動画を撮影して、それを送信している者もいた。ツイッターやフェイスブックにアップしているのかもしれない。余裕があるのではなく、彼らは生きてきた証《あかし》を遺《のこ》そうとしているのだろう。

気持ちはわかる、と隣に並んだ折原がつぶやいた。

「できることはもう残っていない。時間が許す限り、彼らは大切な人と話すしかないんだ」

落ち着いてるのね、と夏美は囁いた。

「助けは来ない。タイムリミットまで約一時間半。もうどうにもならない」

「そうなんだろう。みんなもわかってる。だからあんなふうに……」それぞれが必死で何かを伝えようとしている姿を折原が指さした。「言われなくても感じるんだ。もう駄目だってね。ここが十階建てのマンションとかだったら、話は違う。どうにか助かる道はないかと、パニックを起こして動き回るだろう。だが、ここは地上四百五十メートルだ。何をしても無駄だとわかっている。だから逆に静かになっているんだ」

「分析してるの？」余裕があるのね、と夏美は小さく笑った。「あたし、怖くて……どうしていいかわからない」

「ぼくだって怖いさ」見てくれ、と折原が膝頭に触れた。足が震えている。「だけど、意外と平気なんだ。助かるんじゃないかって……まだそう思ってる。リアルに感じられなくなっているのかな？　いや、そうじゃない。夏美が何とかしてくれるんじゃないかって思ってる」

何もできない、と夏美は首を振った。

「ごめん。救いたい。あなたも、ここにいる全員のことも。でも、何もできない。どうすることも――」

「夏美のせいじゃない」座ろう、と折原が壁際の椅子を指した。「パーティ会場だ。立っていることはない。とりあえず何か飲んで――」

「失礼……いいですか？」

夏美と折原は同時に振り向いた。痩せた、神経質そうな感じの男が立っていた。四十歳ぐらいだろう。表情に陰《かげ》がある。着ているスーツは高級そうだったが、着慣れていないのはひと目でわかった。

「あなたは消防の方ですよね」

男が覗き込むようにした。そうですが、と夏美は答えた。防火服を着ているのだ。誰にでもわかるだろう。あなたは、と折原が聞くと、中野といいます、と男が名乗った。

「話しても？」

「すいません、今は……」

夏美は首を振ったが、中野が早口で話し始めた。

「もう一人、消防士がいましたよね？　男性の方です。彼はどこへ？　屋上でヘリの爆破に巻き込まれたんですか」

夏美は答えなかった。服部の死をまだ受け入れることができずにいる。

「すいませんでした」中野が同情するように言った。「ですが、聞きたかったのはあの人が言っていたことです。あなたと話している声が聞こえたんですよ。七十二階に大量の塩酸が置かれていると言っていたと思うんですが、聞き間違いでしょうか？」

視線を逸らした。話すことはできない。これ以上恐怖を煽るようなことを、部外者に言うべきではないだろう。

「重要なことなんです」中野が真剣な顔で言った。「正確な事実を教えてください」

いいじゃないか、と折原が夏美の腕に触れた。

「同じだよ。今さらどんな話を聞いたって、もう誰も驚かない。何を聞きたいのか知らないが、教えてやったらどうだ？　隠しても意味ないだろう」

「……七十二階のプールエリアに、誤発注した塩酸がそのままになっていると」夏美は小声で答えた。「五十トンあるそうです」

そうですか、とうなずいた中野が、こちらのホテルに泊まる予定でしたと言った。

「ちょっと事情があって、一緒にいた女性が帰ってしまいましてね……仕方がないので、これを見に行ってたんです」

ポケットから紙片を取り出した。大恐竜展のチケットの半券だ。こういう催《もよお》し物が好きでして、と中野が顎を撫でた。

「子供っぽいかもしれませんが、恐竜は男のロマンですからね。素晴らしい展示でした。あれだけの化石や骨格標本を集めるのは、相当な熱意がなければできないことです」

そうなんですよ、と折原が中野の手を握った。

「ロシア科学アカデミーとの粘り強い交渉が、あのような形になったわけで――」

「それが何か?」遮った夏美は周りを見渡した。「そんな話をするために呼び止めたんですか?」

「すいません、そういうわけでは……ここを見ていただけますか?」

中野がチケットに指を当てる。大恐竜展は九月三十日までファルコンタワー七十一階で開催中、と記されていた。

「そんなことはわかってます」

夏美は背を向けた。待ってください、と中野が立ち塞《ふさ》がった。

「全部見させてもらいました。今世紀最大の恐竜イベントだと看板に書いてありましたが、その通りなんでしょう。あれほどの量の化石類は見たことがありません」

約二万点です、と誇《ほこ》らしげに胸を張った折原に、中野がうなずいた。

「化石とは結局のところ、主に炭酸カルシウムの塊《かたまり》です。化学式はＣａＣＯ^{3}」

講義するように、宙にアルファベットを書く。夏美も、そして折原にも意味はわからなかった。炭酸カルシウムは独特の性質を持っています、と中野が話を続けた。

「中性の水にはほとんど溶けませんが、他の物質と反応した場合、二酸化炭素が発生します。では二酸化炭素の特性とは何か？　単純に言えば、酸素を遮断するということです。そして酸素がなくなれば火は消える。これは小学六年生が習う理科の初歩で――」

「すいません、だから何なんです？」

夏美は中野を押しのけた。待て、と折原が止める。

「話を聞こう。続けてください」

「二酸化炭素は気体として空気より重い」中野がまた化学式を書いた。「空中に放出されれば下へ降りていきます。さて、炭酸カルシウムは水に溶けないと言いましたが、逆に炭酸カルシウムを溶かすことのできる物質があります。それは何か？　強酸です。つまり塩酸などですね」

塩酸の化学式は、と書こうとした中野の腕を折原が押さえた。

「それは結構ですから、結論を言ってもらえませんか？」

「分子の結合によって、炭酸カルシウムは塩化カルシウムと二酸化炭素と水に分解されます。もし、何らかの方法で、七十二階の塩酸を一階下の大恐竜展に展示されている化石に浴びせることができればどうなるか。五十トンの塩酸と言いましたよね？　化石や骨格標本の総量はそれ以上あるでしょう。その二つが結合し、反応が起きれば、大量に発生した二酸化炭素が下のフロアに流れ込みます。理論的には火を消すことができるはずです」

「……あなたはいったい？」

折原の問いに、高校で化学を教えています、と中野が身分証を見せた。夏美はしばらくその顔を見つめていたが、ゆっくりと無線に手を伸ばした。

「……ボールルーム神谷です。報告があります」

笑みを浮かべている中野の肩を、折原が強く叩いた。

PM11：35

何を言ってる、とマイクを握りしめたまま村田は吐き捨てた。

「そんな話は聞いたことがない……少し待て。確認する」

無線でのやり取りを聞いていた雅代をはじめとするスタッフが、一斉に電話を取り上げた。それぞれが消防、警察、自衛隊、大学病院などに問い合わせを始める。深夜と言っていい時間だったが、多くが公的機関であるため、連絡は取れるはずだった。

「神谷、その男は何者なんだ？　本当に高校教師なのか？」

村田の問いに、身分証を確認しました、と夏美が答えた。

「藤枝《ふじえだ》女子学院の教師です。間違いありません」

「化学を教えてる？　大学はどこだ。専門知識は？」

「私立西園寺《さいおんじ》大卒だと言っています。教員資格はそこで取ったそうです」

「西園寺？　あそこは一流と言わんだろう。そんな大学を出た高校の教師に何がわかると——」

近藤が立ち上がった。

「総務省消防庁から回答がありました。前例はないそうです」

「大学の専門家も、わからないと言ってます」別のスタッフが手を挙げる。「試したことも実験したこともないと」

「聖フランチェスコ病院、その他大学病院に確認中」もう一人の男が叫んだ。「回答できないと……未確認ということです」

「警察は？」

「科捜研に問い合わせています」雅代が受話器を顎に挟んだまま答えた。「調べて折り返すと言っていますが」

「そんな時間はないと言え。どうなんだ？」

達川が近づき、耳を当てていたスマホをデスクに置いた。スピーカーホンに切り替え、自衛隊化学科部隊の責任者と繋がっていると低い声で言った。

「桐原《きりはら》一佐、君の意見は？」

「……理論的には整合性があります」やや甲高い声が流れ出した。「塩酸を炭酸カルシウムと結合させれば、二酸化炭素が発生します。その教師の言ってることは間違いありません。証明する必要もないですし、応用化学を持ち出すまでもなく――」

「それはいい。問題は二酸化炭素によって消火が可能かどうかだ」

村田が怒鳴った。可能です、と答えがあった。

「二酸化炭素が大量に発生すれば、当然酸素濃度が薄くなります。燃焼現象は酸素の供給が絶対条件です。火が燃えるためには酸素がなくてはなりません」

「では、消火できる？」

「いや、そう簡単な話では……」声が一転して低くなった。「条件があります。実験室なら問題ありませんが、それは密閉空間だからです。達川二佐から聞いていますが、ファルコンタワー、つまり建物内での話ですよね？」

「そうだ」

「空間の容積は内部施設の詳細が不明ですので正確に導き出せませんが、いずれにしても巨大と考えていいでしょう。大量の空気が存在し、その二十一パーセントが酸素です。発生する二酸化炭素の量でカバーできるかどうかは、何とも言えません。タワーの気密性の問題もあります。火炎で窓ガラスが割れている部分があるということですが、外部から新しい空気が循環して入ってくれば、酸素も継続して供給されることになります。その場合、火は消えないでしょう」

よろしいですか、と椅子の上で膝を抱くようにして座っていた安西が手を上げた。

「既に説明しておりますが、空調効率を高くするためタワーは高水準の気密性を保つように設計しています。主電源を切って数時間が経過しました。空調、換気システムは停止しています」

「わかってる」

「つまり、タワー内の空気の循環は止まっているのです」安西が宣言するように言った。

「窓が割れていることを考慮に入れても、新しい空気は外部から通常の二割程度しか入っていないでしょう」

発生する二酸化炭素の量で、酸素濃度を薄くできるかどうかは不明です、と桐原が鋭い声で叫んだ。

「こちらでは化石の総重量を把握していません。もうひとつ、こちらの方が重要かもしれませんが、大量の二酸化炭素が発生した場合、タワー内にいる全員が酸欠死する可能性があります」

「二酸化炭素は上に上がるのか?」

「いや、空気より重いですから上へは向かいません。下へ降ります。ですから、中にいる人間は即時避難を――」

「どっちにしたってボールルームの八百人は死ぬ。それならいちかばちかの賭《か》けに出ても……」

達川が怒鳴った。待て、と村田はこめかみを指で弾いた。

「最大の問題が残っている。七十二階の塩酸をどうやって七十一階の化石に浴びせればいい？　フロアの床を爆破し、穴を開ける？　そんなことは不可能だ」

「七十二階に消防士を派遣できないのか？」

大沢が叫んだ。無理です、と村田はにべもなく答えた。

「今、消防士がいるのは四十階フロアです。七十二階へ上がるだけの時間はない。しかも彼らは爆薬を持っていません。五十階のコマンドポイントに爆薬がありますが、七十階の火災が激し過ぎます。突破して七十二階に上がることはできないでしょう」

「では屋上にヘリを降ろして……」

「屋上は火の海ですよ」村田は口元を曲げた。「どうやって消防士を降ろせと？」

自衛隊の空挺《くうてい》部隊ならどうですと向き直った大沢に、風さえ収まっていれば何とかなるかも知れないが、と達川が首を振った。

「ヘリがホバリングできないだろう。不可能だ」

沈黙が流れた。立ち上がった雅代が顔を村田に向けた。

「七十二階の床を爆破することは可能です」

「柳くん、それは……」大沢が顔をしかめた。「できるならやるべきだ。最後のチャンスかもしれん。だが、誰に行けと？　死ねと命じているのと同じだ。そんなことは――」

七十二階の塩酸と床全体に爆薬をセットしなければならない、と村田は指摘した。

「そんな大量の爆薬をどうやって準備する？　ヘリコプターで屋上に投下しろと？　誰が受け取る？　ヘリポートには入れないんだぞ」

「爆薬はあります」

「どこに？」

八十階に、と雅代が答えた。

「五十階と八十階にコマンドポイントを設営し、そこにギンイチが持つすべての装備を集結させています。命令したのは村田司令長です」

「そうだ」

「コマンドポイントから消防士は撤退し、放棄された形になっていますが、装備はそのままです」その中には多量の爆薬も含まれています、と雅代が早口で言った。「導火線、起爆装置、その他必要な機材もすべて揃っています。誰かが八十階へ行き、必要な装備を持って七十二階へ降り、床にセットして爆破すれば、塩酸は真下の七十一階へ流れ込み、化石を覆い尽くすことになるでしょう。化学反応を起こした化石から大量の二酸化炭素ガスが発生し、タワー下に向かい、七十階及びその下のフロアの火を消すことが可能になるはずです」

「消えるかどうかはわからない」

「かもしれませんが、火勢が弱まる可能性は十分にあります」雅代が目の前の机を叩いた。「問題になっているのは七十階の火災です。七十階の火勢さえ抑えれば、そこより上の火災が広がることは防げます。火勢が衰えれば下から消防士も上がれますし、その間にヘリポートの火も収まるでしょう。ヘリでの救出活動が再開できます」

理屈はわかった、と村田は手を振って遮った。

「では聞くが、誰が八十階へ行くんだ？　タワー内に消防士はいない。上からも下からも、タワー内に送り込むことはできないんだ」

一人います、と雅代がきっぱりと言った。

「神谷夏美が残っています」

神谷は最上階ボールルームにいるんだ、と村田は大声で怒鳴った。

「九十階より上のフロアにも火の手は回っている。ボールルームからは降りられない。至るところで火災が発生しているし、非常階段も使えない。どうやって八十階まで降りろと？　そこで爆薬その他の機材を回収して、更に七十二階まで行けというのか。タイムリミットまで約九十分しかない。そんなことできるはずないだろう！」

「フロアの状況は刻々と変わっています」静かな声で雅代が言った。「九十九階より下のフロアがすべて通れないかどうか、正確にはわかっていません。八百人全員が降りられるとは思えませんが、消防士である神谷なら降下は可能だと考えます。火災は起きているでしょう。その火を消せと言っているのではありません。炎をかい潜《くぐ》って下へ降りることはできるのではないでしょうか。不可能とは言い切れません。トライさせる価値はあります」

「できるわけがない」

「神谷に行かせるべきです。確率は低いでしょうが、ゼロではありません。百階ボールルームから降り、八十階で爆薬を回収し、七十二階を爆破するんです」

「許可できない。すべてがうまくいったとしても——」

「五十トンの塩酸を浴びた化石がどれだけの量の二酸化炭素を発生するか、それによって七十階の火災を抑えることができるかどうか」それはわかりません、と雅代が目を閉じた。「ですが、他に手は残っていないんです。このままではボールルームに残された八百数十人は全員死ぬしかありません。それなら、彼女に賭けてみるべきです」

「……神谷にそんなことができると、本当に思っているのか？」

顔を手で拭った村田に、信じています、と雅代が力強くうなずいた。

「なぜ信じられる？」

「彼女がプロの消防士だからです」雅代が目を開いた。「優秀だと言ってるわけではありません。ですが、神谷夏美なら必ずできます」

誤解を承知であえて言うが、神谷は女だ、と村田は言った。

「おれは指導教官としてあいつの訓練を担当してきた。評価は最低ランクだ。やる気があるのは認めよう。だが適性はない。体力面で他の消防士との差は歴然としている。神谷には無理だ」

体力についてはおっしゃる通りです、と雅代がうなずいた。

「男性消防士と比較すれば、どうしても劣る部分はあります。ですが、適性はあります。わたしより、もしかしたら司令長よりも」

「なぜそう思う？」

「神谷は命の大切さを誰よりもわかっています。父親を火災現場で亡くしているとか、そんな話ではありません。天性の資質です。消防士として何よりも重要な適性です。他人のために自分を捧《ささ》げることができる人間なんです。信じていい消防士です」

「なぜ言い切れる？」

「六日前、そして過去に二回、彼女は消防現場で事故を起こしています。それ自体は問題ですが、理由がありました」

「理由？」

「三件の事故に関して共通しているのは、他の消防士が誰も気づかなかったペットの動物が取り残されていることを察知し、そのために現場へ踏み込んだからです。犬や猫のために命を危険に晒すのは間違っているとおっしゃるかもしれませんが、気づいてしまった以上、放ってはおけなかった。そういう消防士です。神谷の資質とはそれです」

村田は口をつぐんだ。体力や精神力は消防士にとって必須だが、それより重要なものがあると知っていた。

「だが、もうひとつ問題がある」村田は頭を振って、デスクを指で規則的に叩いた。「五十トンの塩酸を七十二階からタワー内に放出すれば、低層階まで全フロアに流れ込む。塩酸は劇薬だ。触れれば危険なのは言うまでもない」

「その通りです」

「発生した二酸化炭素で呼吸もできなくなるだろう。現在タワー四十階で消火中の消防士全員を即時退避させなければならない。それは消火活動の停止を意味する。中層階の火災は現段階でもまだ鎮火していない。消防士が離脱すれば、間違いなく短時間のうちに上下フロアに広がる。崩落より先にボールルームの八百人が煙で窒息死、あるいは焼け死ぬかもしれない。七十二階を爆破することで、タワー全体の崩落が早まる可能性さえある」

「そうかもしれません」

「今なら、僅かな望みは残されている。四十階の消防士を七十階まで上がらせれば、一時間半後のタイムリミット内に火を消せるかもしれない。その可能性を捨ててでも、神谷夏美を信じろと？」

今から消防士が七十階まで上がることは絶対に不可能です、と雅代が体を前に傾けた。

「僅かな望みとおっしゃいましたが、そんなものはないんです。ですが、神谷が降りることができる可能性はゼロではありません。あの子を行かせるべきです」

意見としてはよくわかる、と大沢が口を開いた。

「だが、村田の言う通りだ。神谷を行かせるわけにはいかん。むざむざ死ねという命令は出せない」

柳、と村田が顔を上げた。

「タワー内の消防士を今すぐ離脱させろ。全員だ」

「了解しました」

神谷と話す、と無線機に手を伸ばした。

「本人が同意すれば、七十二階へ行ってもらう」

スイッチを押す。神谷です、と声が流れ出した。

Flame5 Survival of the fire

PM11：37

夏美は無線機に耳を強く押し当てて、もう一度言ってくださいと叫んだ。聞こえなかったのではなく、意味がわからなかった。折原と中野、そして真壁が顔を近づけている。

命令だ、と村田の声が響いた。

「八十階まで降りろ。設営されているコマンドポイントに爆薬と起爆装置がある。それを持って七十二階へ行け。メインプール付近に五十トンの塩酸がある。床を爆破して——」

「すいません、何を言ってるのかわかりません。その命令はあまりにも……」

八十階へ降りるんだ、と村田が繰り返した。

「その後、コマンドポイントに置かれている——」

「司令長、そんなことできません」

思わず夏美は大声を上げた。見つめていた折原が不安そうに肩をすくめた。

「できるわけないじゃないですか！　そんな命令には従えません」

従うんだ、と村田が言った。

「復唱せよ。八十階コマンドポイントの爆薬で七十二階床部を……」

「八十階へ降りろ？」マイクを握る夏美の指先が白くなった。「どうやって降りろと言うんです？　九十九階から下のフロアは火災が発生しています。この目で見ました。燃え上がる炎を突破しろと？」

「火勢が弱まっている場所を探せ」

あるわけないでしょう、と疲れた声で言い返した。

「全部確認したわけではありませんが、ボールルームから避難しようとした客たちの話によれば、非常階段はすべて炎に包まれているか、階段そのものが崩れているため、通行は不可能です。九十五階より下のフロアでは、火災が確実に起きています。どの程度の規模か、こちらではわかりません。指揮本部では把握していないんですか？」

タワー内の監視カメラは機能を停止している、と村田が冷静な声で答えた。

「外部から確認したところ、延焼しているのは間違いない。火勢は不明。八十階に最後まで残っていた消防士によれば、防火服と面体があれば消火活動は可能だということだ」

「八十階の消防士が撤退したのは一時間前だと聞いています。その後どうなっているかは？」

「不明だ」

馬鹿じゃないのとつぶやいて、夏美はマイクを強く握り直した。

「一時間経ってるんです！　八十階が火の海になっていてもおかしくありません。その下のフロアだって燃えてるでしょう。そこを越えて七十二階まで行けと？　途中、何があるかわかりません。それでも行けと言うんですか？」

「行くんだ。お前しかいない。リミットは午前一時だ。それまでに火勢を鎮《しず》めなければ――」

待ってください、と夏美は村田の言葉を遮《さえぎ》った。

「爆薬のこともそうです。あたしは資格を持ってません。触ったこともないんです。何をどうしたらいいのかもわからないのに、爆薬で床を爆破しろと？」

「プラスティック爆弾だ。操作はこちらから教える」

「そんなことを言ってるんじゃありません！　危険過ぎると言ってるんです！」

叩《たた》きつけるように叫んだ。その肩を押さえた折原が、落ち着けと囁《ささや》く。村田は沈黙していた。

どうすればいいんですか、と夏美は呼びかけた。死なせない、という声が流れてきた。雅代だった。

「神谷、あんたを死なせない。生きて降りてきてもらう。命令に従いなさい」

「……柳さん？」

「タイムリミットが迫ってる」後一時間半を切った、と淡々とした声音《こわね》で雅代が言った。「このままでは、ボールルームに残された八百人以上の人たちと一緒にあんたは死ぬ。あんたに死んでほしくない。そのためにベストの選択をした。信じなさい」

夏美は顔を上げた。目から涙がひと筋流れる。うつむいて首を振った。

「……怖いんです」

わかる、と雅代が言った。いいえ、ともう一度首を振る。

「父は……火災現場で死にました。人を助けるために死んだんです。立派な最期だったと言われましたけど、あたしは父の死に顔を見ています。あんな酷《ひど》い死に方をしたくありません」

「わかる」

「あたしは落ちこぼれの消防士です。何もできません。今だって、怖くて……立っているのがやっとなんです」

「わかるよ」

「宇頭さんも服部さんも死にました。もっとたくさんの人が死んでいます。あたしには……何もできません」

喉《のど》を詰まらせながら、夏美は拳《こぶし》で顔を拭《ぬぐ》った。舌がもつれる。怖い。死にたくない。だが、もうどうしようもない。状況は絶望的だとよくわかっていた。

「どうせ死ぬなら、せめてここにいる人たちと一緒に……」

「あんたを死なせるわけにはいかない」

「死にたくないですよ！　でも……」

しばらくの沈黙の後、雅代がゆっくり話し出した。

「あんたを死なせたくないのは、あたしのためだ」ほとんど聞き取れないほど低い声だった。「あたしには友達がいない。本当にいない」

「そんなこと……柳さんを尊敬しています。本当です」

わかってる、と雅代が言った。

「現場で筒先を持つ女性消防士は、あんたとあたしだけだ。普通の先輩後輩とは違う。文字通り命を預け合うこともある」

「そうです。信じています。男性に引けを取らない、立派な消防士だと――」

そのために、何もかもを犠牲にしてきた、と雅代が言った。

「恋愛をする余裕もなかった。友達だって捨てた。いつ緊急の呼び出しがあるかわからない職場だから、うかつに約束もできない。そういう仕事なんだと自分に言い聞かせてきた」

「でも、それは……」

「真面目に考え過ぎるって？　でも、そうしなかったら生き残れなかった。そういう職場なんだ。最後に残った友達があんただ」

「柳さん……」

「あんたは怖いと言う。自分一人じゃ何もできないと言う。これだけは言っておく。あんたは一人じゃない。あたしがいる。仲間がいる。みんな、あんたが無事に帰ってくることを信じ、願い、祈ってる。絶対だ。あんたは一人じゃない」

夏美はゆっくりと周りを見た。震えが収まっていた。

「わからないことがあるなら教える。指示も出す。ここには爆発物取扱いの専門家もいる。バックアップ態勢は整ってる。だから命令に従いなさい。生きて帰るために」

「……待っててくれますか?」

「降りてきたら、どこでもいいから行きたい店に連れていく」雅代が明るい声で言った。「おごってあげる。デザートだってつける。下らない話をしよう。馬鹿な男たちの悪口を言って笑おう。帰っておいで。待ってる。あたしたちは友達だ。最後の最後まで一緒にいる。ここから離れない。約束する。あんたを一人にはさせない」

柳さん、と夏美はそっと唇を動かした。

「デザートは……二品頼んでもいいですか?」

「今回に限り許す」

「約束ですよ」涙を拭いながら言った。「……八十階へ降ります」

PM11：38

「待ってる。あたしたちを信じなさい」

わかりました、とうなずいて夏美は無線を切った。


雅代が無線機から離れた。荒木、聞こえるか、と村田は言った。

「総員退避命令を出す。この指揮本部の人間も含め、全員だ」

了解、とスピーカーから太い声が流れた。神谷が爆破に成功すれば、五十トンの塩酸が降り注ぐことになる、と村田は周囲を見回した。

「その前にタワーが崩落するかもしれない。近藤、全員をここから出せ。今すぐだ」

「了解です」

「消防士はタワー内にどれだけ残ってる？」

約八百名、と近藤が答えた。

「ですが、準備は終了しています。三十分以内に全員タワーの外へ退避できます」

村田は椅子に腰を降ろした。

「荒木、おれはここに残る」

「何だと？」

「ここで最後まで指揮する。それがおれの仕事だ」

「馬鹿なことを言うな！　村田、危険過ぎる。わかってるのか？　五十トンの塩酸だぞ？」

「わかってる」

「ふざけるな！　死ぬ気か？　命令だ、今すぐそこを出ろ！　タワーが崩落したら、誰にもどうすることもできない。言う通りにしろ。そこから出るんだ！」

「部下が一人でも現場にいる限り、そんなことはできない。おれのやり方は知ってるはずだ」

そんなことを言ってる場合か、と荒木が怒鳴った。

「村田、言いたくないが、神谷が爆破を成功させる可能性はほとんどゼロだ。もし爆破させても、それでタワーの火が消える保証はない。タワーの崩落を防げるかどうかもわからないんだ」

「保証なんかどうだっていい。おれはあいつを信じる」

「いいか、おれの話を聞け。すぐにそこから――」

村田は無線を切って、君もここから出ろと命じた。雅代が小さく首を振った。

「わたしはここに残ります」

「聞いてなかったのか。五十トンの塩酸が降ってくるんだぞ」

「防護服を用意します。酸素マスクも」

仕方ない、と村田は肩をすくめた。

「何を言っても、聞くつもりはないんだろう?」

ええ、と澄《す》ました顔で雅代がうなずく。村田、と大沢が前に出た。

「荒木の言う通りだ。ここから指揮する必要はない。外からでも……」

「署長、あなたには重要な役目があります。こちらの方々を無事に避難させてください」

村田が室井と桑山、達川を見た。「急いだ方がいいでしょう。お偉方《えらがた》にもしものことがあったら責任問題になります。私は自分の仕事をしなければなりません」

「……署長命令でも拒否すると?」

「命令の必要はありません。私は必ず無事にここから出ます」

小さくうなずいた大沢が、全員退出、と大声で命じた。

PM11:39

八十階まで降りる、と夏美は言った。折原と中野、そして真壁が同時に唾《つば》を飲み込んだ。

「一時間半以内にタワーは崩落する。ボールルームに残っている全員が死ぬことになる。

でも、その前に七十二階を爆破して塩酸で化石を溶《と》かせば、もしかしたら……最後のチャンスかもしれない」

可能性はあるのかと尋ねた折原に、紙より薄い、と夏美はにっこり笑った。

「だけど、賭けるしかない」

「一緒に行く」

折原が腕に触れた。危険よ、と夏美は面体を点検しながら言った。背負い直した水タンクが重い。

「あなたは防火服さえ着ていない。炎が襲ってきたら——」

「どっちにしたって死ぬんだろ？ それなら一緒に行く。何か手伝えることがあるだろう。だいたい、君は化石のことを知らないはずだ」

「化石？」

そっちの先生が言ってたように、と折原が中野を指さした。

「確かに化石は炭酸カルシウムの塊《かたまり》だ。でも厳密に言えば主成分だというだけの話で、その含有《がんゆう》量はそれぞれ異なる。塩酸を浴びせても、二酸化炭素が発生しないものだってある。効率よく気体を大量に発生させるためには、種類を選ばなきゃならない。そんな知識はないだろ？」

「それは……専門家じゃないから」

「ぼくが行かなきゃ駄目なんだ。わかるだろ？」

わたしも行きましょう、と中野が横から言った。

「神谷さんは消防士ですが、塩酸の取扱いに慣れているとは思えない。そうでしょう？」

「はい」

「これでも現役の化学教師です」中野が少し得意げな表情を浮かべた。「やり方はわかっています。わたしが行く方が、間違いなく時間を短縮できるはずです」

夏美は二人の顔を交互に見た。申し出を受け入れるべきなのか。

通常なら、消火活動の現場に手助けをしたいという一般市民が現れても断るだろう。むしろ足手まといになる。

だが今回の場合、常識で考えることはできなかった。聞いたことさえない方法で火を消そうとしている。専門知識があるのなら、協力してもらった方がいい。

支配人、と夏美は真壁を見つめた。

「わたしたち三人は八十階へ降ります。ボールルームに残っている人たちを救うためには、それしかありません。ですが――」

お任せください、と微笑んだ真壁が一礼した。

「わたしはプロのホテルマンです。自分の仕事に誇りを持っています。ここに残っておられるお客様のことはお任せください。責任を持って、わたしがお護《まも》りします」

あなたもプロとしての仕事を、と真壁が肩を叩いた。必ず、とうなずいた夏美は折原と中野を見つめた。

「わたしの指示には絶対に従ってください。とても危険です。いいですね？」

うなずいた二人を連れてボールルームを出た。中では大勢の人間が泣き、叫び、祈り、あるいは沈黙している。夏美たちが外に向かったことに気づく者はいなかった。最後に振り向くと、真壁が頭を下げていた。

夏美はヘルメットに装着しているヘッドライトをつけて、薄暗い通路を大股《おおまた》で走った。非常階段は六本ある。まずは火勢を調べなければならない。

エレベーターホールの床に大きな亀裂が走っていた。近寄らないで、と指さす。

「崩れたらどこまで広がるかわからない。気をつけて」

中野が忍び足で通り抜けた。酷いな、と折原がつぶやく。深い割れ目がエレベーターまで続いていた。

防火扉の潜《くぐ》り戸を次々に通り抜けて、安全な道を探し続けた。三つ目の非常階段がそのままの形で残っていた。火災も起きていない。煙が漂《ただよ》っていたが、濃くはなかった。

ヘッドライトの先を向けながら、どうだろうか、と夏美は下を見つめた。

炎の勢いは不規則だとわかっている。酸素濃度、燃焼物の有無などによって、刻々と変化する。特にファルコンタワーのような気密性の高い建物の場合、通常のビル火災とは違って、一度燃え上がった炎の勢いが一時的に衰えることもあり得る。

タワーの建材そのものは防火用材が使われているし、地下二階の指揮本部にいる村田によって、各フロアの防火扉や防煙シャッターは閉ざされている。加えて、最後の段階まで消防士たちが消火作業を続けていた。いくつもの要素が複合的に絡み合って、火勢が鎮《しず》まっているエアポケットのような箇所ができていた。

ここなら降りられるんじゃないですか、と中野が非常階段を一歩降りた。待ってください、と壁に手を当てた。熱が感じられる。だが高温ではない。

「逃げようとしていた人たちの話だと、壁や天井から出火する場合があった」ついてきて、と非常階段を一歩ずつ降りた。「壁の温度はそれほど高くない。でも天井はわからない。上に注意して、何か音がしたらすぐ知らせて」

勘弁してくれよと首をすくめながら折原が後に続く。最後尾は中野だ。二人ともジャケットを頭から被り、ハンカチで顔を覆《おお》っている。

夏美は壁から右手を離さないまま降り続けた。左手にはインパルスがある。九十九階、九十八階、九十七階。慎重に、だが素早く降りる。時間がない。折り返しの踊り場で立ち止まった。

「――何か音がした？」

聞こえない、と折原が言った。

「気のせいじゃないか？」

「……戻ろう」

「戻る？　上へ？」

「変な感じがする。臭わない？」

　犬じゃないんだぞ、と言いながら折原が後ずさった。中野が降ろしかけていた右足を上げた時、ＬＥＤ非常灯が一瞬点滅して消え、辺りが闇になった。夏美のヘッドライト以外、光源はない。

「九十八階まで戻る」

　他の非常階段で降りるしかない、と夏美は足を速めた。

「非常灯は消えましたが、それだけのことでは？」中野が額《ひたい》に滲《にじ》む汗を拭った。「ここはまだ火が出ていない。ここから降りるべきだと……」

　背後で凄《すさ》まじい音がした。階段に溢《あふ》れる炎を、飛び下がって避けた。二人を追い立てるようにして駆け上がる。

「天井が落ちた。別のルートを探さないと」

　超能力かよと折原がつぶやいたが、そうではない。素手で触れていた壁が明らかに熱を帯《お》び始めていたのだ。

　同時に天井から異音も聞こえていた。消防士なら誰でも異変に気づいただろう。

勇敢なイメージがあるが、消防士は誰よりも臆病《おくびょう》でなければならない。逃げるのは恥ではない。

西側の非常階段は壁が崩れていた。出火した跡があり、階段そのものも焦《こ》げている。ただ、炎の勢いは衰《おとろ》えていた。通れると判断して踏み込んだ。

溶けたリノリウムのぬるりとした感触が足にまとわりつく。踏みにじるようにして前へ進んだ。横を見ると、壁の奥で小さな炎がいくつも渦巻《うずま》いていた。

酸素を食い尽くしたのだろう。炎は貪欲《どんよく》だ。あるだけの酸素を消費し、勢いを増し、巨大化する。何もかもを呑み込み、それでも足りずにあがき続ける。飢《う》えた悪鬼だ。

ただ、構造的な矛盾を孕《はら》んでいる。酸素を消費するのは一瞬で、なくなってしまえばそれまでだ。すぐに状態が戻ることはない。

酸素がなくなれば炎は燃焼できなくなる。戸外ならともかく、ファルコンタワーは半密閉空間だ。空気は循環していない。新しい酸素を取り込むためには時間がかかる。

今は小休止している、と夏美にはわかった。そうならざるを得ない。再び力を蓄《たくわ》え、襲ってくる前に通過する。あいつらが何もできないでいるうちに。

九十八階から九十三階まで、防火扉と防煙シャッターを抜けて一気に降りた。三人だから可能だったが、そこかしこで火災が起きている。高齢者や女性では通れないような場所もあった。八百人以上の人々を連れての避難は不可能だっただろう。

九十三階に出たところで、空気が濃密になったような気がした。理由はわかっている。どこかで炎が発生しているのだ。

「どうした?」

立ち止まった夏美の肩を折原が押す。待って、と言いながら周りを見た。来る。近づいてる。どっちだ? どっちへ逃げればいい?

「降りて!」二人に命じた。「早く、急いで!」

折原と中野が先を争うように階段を駆け降りる。夏美は面体を装着し、インパルスを構えながら後退した。来い。

神経を集中させる。右、左、上、下。一段降りた。何も起こらない。もう一段。足を上げた瞬間、壁の向こう側から轟音《ごうおん》が聞こえた。ジャンプ。インパルスをホールドしたまま四段飛ぶ。

壁が割れて、炎が噴き出した。回転しながら夏美を襲ってくる。意図的な攻撃としか思えない。

迷わず引き金を引いた。発射された水が霧状になり、バリヤーを張る。襲いかかってきた炎とぶつかった。もう一回。叫びながら水を噴射する。

炎が水のバリヤーに弾《はじ》き飛ばされて横へ流れた。すぐ第二陣が襲撃してくる。伏せた体勢から引き金を引く。そのまま階段を転がり落ちた。踊り場で止まる。左右から腕を抱えられて立ち上がった。

更に火の手が上がった。四発目を撃つ。同時に、背負っていた水タンクが空になったのがわかった。

インパルスを放り捨てて階段を駆け降りる。九十二階。まっすぐ追ってきた炎が、諦めたように下がっていった。

悔《くや》しがってる、と夏美は空になった水タンクを階段に置いた。

「もう一歩だったのにって。あと数十センチであたしを食うことができたのにって……」

「その通りだ。意思がある」折原がうなずいた。「はっきりと敵意を感じたよ」

「わかってる。悪意があるの」降りよう、と囁いた。「でも、もう次は防ぎようがない。インパルスは使えなくなった。今度炎が襲ってきても、身を守ることはできない」

行くしかない、と折原が非常階段を指さした。

「もう戻れない。降りるしかないんだ」

火は出てない、と先に進んでいた中野が叫んだ。行こう、と夏美は足を踏み出した。

PM11:50

八十八階フロアまで降りたところで、三人は足を止めた。目の前の非常階段が勢いよく燃えている。とても近づけない。

　フロア内に入り、他にある五つの非常階段を調べた。三カ所で同様の火災が発生していた。他の二カ所は階段そのものがなくなっている。燃え落ちたのか、爆発などで崩れたのか、いずれにしても降りられない。

「ロープで降下したらどうだ？」折原が夏美の腰に巻かれているロープを指さした。「八十七階まで行けば、その先に非常階段が残っているかもしれない」

　難しい、と夏美は潜り戸の隙間から非常階段の下を覗《のぞ》き込んだ。

「今までと火勢が違う。おそらくこの下のフロアは全体が燃えてる。降りることができても、安全とは思えない」

「では、ここが限界？」中野が眉間《みけん》に皺《しわ》を寄せた。「まだ八十八階ですよ。八十階まで降りなきゃ、意味がないんでしょう？」

「そうですが、八十七階は通過できません。そこから下はわかりませんが……」

「どうにかならないのか？」折原がフロアを熊のように歩き回り始めた。「ここまで来て諦めろって？　そんなわけにはいかない。何でもいいから、抜け道はないのか？」

　あれば苦労しない、と夏美は肩をすくめた。ショートカットできる道があれば、最初からそこへ向かっている。安全な避難路があれば、他の客もそこへ誘導していただろう。これ以上降りることはできない。

駄目か、と座り込んだ折原を立ち上がらせて、諦めないでと言った。可能性はゼロではない。

「もう一度調べてみる。四つの非常階段で火災が発生してたけど、今までもそうだったように、ずっと燃え続けることはあり得ない。少しでも火勢が衰えているところがあれば、そこを突破して……」

そりゃ無理だ、とふて腐《くさ》れたように折原が唇を突き出した。

「派手に燃えてた。あの炎はそんな簡単に消えやしない」

「奇跡を祈るしかない時もあるの」

「消防士がそれを言っちゃいけないと思うんだけどね」

ぼやきながら折原が夏美の後を追って歩きだした。順番に非常階段を見て回る。膨《ふく》れ上がった炎が壁や通路を燃やしていた。地獄の業火《ごうか》だな、と折原が吐き捨てた。

「防火扉でどうにか延焼を防いでいますが」それも時間の問題でしょう、と中野が呻《うめ》いた。「いずれ炎はフロアにも入り込んでくる。もしかしたらもう天井や床下まで来てるかもしれない。燃え始めたら、ここに留まることはできません。上へ戻りますか？　三人で死ぬより、八百人と一緒の方がよくありませんか？」

夏美は辺りを見回した。下へ行ける道はないのだろうか。

タイムリミットは刻々と迫っている。後一時間ほどしかない。中野がエレベーターホールの端にあった窓に近寄った。

「これを割ったらどうです？　タワーの構造は知りませんが、おそらく下の階にもこれと同じ窓があるはずだ。タワーの外壁へ出て、ロープを使って壁伝いに降りれば炎を避けられるのでは？」

「スタントマンだってしませんよ、そんなこと」

折原が呆れたように言った。他に道はありませんと中野が床を蹴《け》った。

「非常階段には入れない。あれだけ燃えていたら、防火服を着ている神谷さんはともかく、こっちはただのジャケットです。火傷《やけど》じゃ済まない。ですが、外壁に火災は発生していないでしょう」

「そりゃそうですが、どっちにしたってこのガラスは割れませんよ」折原が窓を指の関節で叩いた。「厚さが違う。この窓を破るには特殊な工具が必要です」

「何かあるのでは？　非常時を想定して――」

言い争う二人の間に、夏美は割って入った。時間の無駄です、とつぶやいてエレベーターを見つめる。

「停まってるよ」折原が背中に声をかけた。「動かない。動けば苦労しない」

夏美は上下に目を向け、おもむろに腰のドライバーを引き抜いた。

「何をする気だ？」

「あそことあそこ」ドア上部の左右を指した。「小さなプラスティックの板がある。あれを割れば手動でドアが開く。手が届くように、二人であたしを持ち上げて」

何なんだ、と言いながら折原がドアの前で両手を組み合わせて屈《かが》んだ。中野も同じ姿勢を取る。二人の手を足場にして、夏美は腕を伸ばした。プラスティックの板をドライバーで叩き割る。

飛び降りてドアに手をかけると、ゆっくりと開いた。完全に開ききったところで、ドライバーをドアと床の隙間にこじ入れる。

「おいおい、気をつけてくれ」折原が四つん這いになってドアに首を突っ込んだ。「うわ……凄いな、これは」

「七十一階のエレベーターホールまで、百メートルぐらいでしょうか」覗き込んだ中野が、恐ろしいとつぶやいた。「奈落の底って奴ですね」

夏美も壁で手を支えながら下を見た。真っ暗な空間が広がっている。ヘッドライトで照らすと、遥《はる》か下にエレベーターの屋根が見えた。煙が漂っているが、濃くはない。

「火災は起きていない」

「そりゃそうさ。がらんどうの空間だ。燃える物がない。火事もへったくれも……おい、まさか？」

折原の表情が変わった。恐怖と緊張で頬が引きつっている。

ここから降りるつもりですか、と中野が叫んだ。

「無茶だ。落ちたらどうなると？　真っ逆さまもいいところです。下のエレベーターに激突すれば、間違いなく即死ですよ」

「知ってるだろ？　ぼくは高所恐怖症で……」

折原の膝が激しく震え始めていた。ここしかない、と夏美は指さした。エレベーターを動かすためのワイヤーが、上から下へまっすぐ伸びている。

「これをロープ代わりに下降する。火災は発生していないし、煙も薄い。窒息するようなことはない。他の安全な道を探している時間はない」

「落ちるとか窒息するとかの話じゃない。ぼくは怖いんだ！」

折原が荒い息をついて叫んだ。行くしかない、と夏美はワイヤーを揺さぶって張りを確かめた。

「ツーフロア降りるだけよ。十メートル？　二十メートルはない。それぐらいなら握力ももつはず」

「そんな馬鹿な話、聞いたことないぞ！　命綱もなしに三百メートルの高さでスタントをしろって？」

ツーフロア降下すればいいかどうか疑問です、と中野が首を傾げた。

「八十七階が燃えているのは間違いありませんが、八十六階も火災が起きている可能性は高い。もしそうだったら、八十六階フロアには入れません。更に下へ行けと？　一階、あるいは二階下までなら行けても、それ以上は腕の力が尽きるでしょう。そうなったら……」

駄目だったから上がりましょうってわけにはいかないぞ、と折原が叫んだ。

「ぼくにそんな腕力はない。そもそも運動は苦手で――」

他にルートはない、と夏美はワイヤーを握りしめた。

「ここから降りるしかない。嫌なら来なくていい。あたし一人で行く」

「そういうことじゃなくて……畜生、どうしろって言うんだ？　わかったよ、わかりましたよ！　降りりゃいいんだろ？」

「あたしが先に行って、八十六階エレベーターのドアを開ける」夏美はもう一本ドライバーを抜き取って服のベルトに挟んだ。「ついてきて。そこからフロアへ入る。もし燃えていたら、八十五階まで降りる」

「そこも燃えてたら？　八十階までワイヤーを伝って降りると？　自衛隊員だってそんなことできないぞ！」

だいたい、八十階が燃えているかもしれません、と中野が顎《あご》を撫《な》でた。

「だとしたら、どうなります？」

「信じるしかない」

神頼みかよ、と折原がつぶやく。強制はできない、と夏美は二人を見つめた。

「無理だと思うなら上へ戻って。あたしは行く」

「……わかった」

折原がうなずいた。これだけは聞いて、と夏美は言った。

「ついてくるなら、ワイヤーから手を離さないって約束して。巻き添えで死にたくない」

「冷たいこと言うなよ……お先にどうぞ」

来なくても怒らないからと言って、夏美はワイヤーを両手で握った。静かに床を蹴り、両手両足をワイヤーに絡める。

「大丈夫か？」

「ロープ降下訓練は何度もやってる。心配いらない」

手足の力を緩《ゆる》めて降り始めた。折原と中野が固唾《かたず》を呑《の》んで見つめている。じりじりと体が下がっていった。

PM11：55

ワイヤーに絡めた左足が痛んだ。非常階段を降りていた時は無我夢中だったから意識が向いていなかったが、こうしていると痛みが強く感じられた。

しっかりして、と自分に言い聞かせた。集中力を欠いたら転落するだろう。この高さから落ちれば確実に死ぬ。ワイヤーを摑《つか》む左手が滑《すべ》った。しがみつく。呼吸が乱れた。落ち着け。たった十数メートルだ。十数メートルの下降ができない消防士など、世界中どこを探してもいない。男も女もない。中学生だってできる。

問題なのは、訓練用のロープと比べてワイヤーの直径が太いことだった。鋼鉄製なので、どうしても滑ってしまう。常に全力で摑んでいなければならない。握力が落ちていくのがわかった。

防火グローブは二人に片方ずつ貸していた。表面の突起が滑り止めになっている。素手というのは、プロである自分にとっても大きなハンデだった。それでも十数メートルだ。

そっと下を見た。八十六階が遥か遠くに感じられる。あそこまでたどり着けるのか。エレベーターの扉が開けられなかったらどうなるか。開いた扉から炎が襲ってきたら。

思考がネガティブな方向に向かっていく。考えても仕方ない。その時はその時だ。

左手の力を緩めた。数十センチ体が下がる。この調子だ。繰り返していれば、いつかは八十六階に着く。でも急がなければ。タイムリミットまでは一時間ほどだ。

ワイヤーがきしんだ。見上げると折原の足があった。近い。手足の力が抜けて、体が下がっている。

しっかり、と叫びたかったがその余裕がなかった。じりじりと降り続ける。頭上ですすり泣く声が聞こえた。

呪文のように繰り返しているのは、祈りでも捧《ささ》げているのだろう。自分でも言っていたが、高所恐怖症なのは知っていた。

初めてのデートの時、遊園地の展望デッキに上がっただけで貧血を起こしたのを思い出した。閉鎖空間なら大丈夫なのだが、落差を視認すると数メートル高いだけで怯《おび》えてしまう。

その恐怖心は本物だとわかっていた。よく降りると決心したものだ。泣き声が大きくなった。

「……こんなはずじゃなかった。こんなこと、あり得ない……」

訳のわからない悲鳴が延々と続いている。言葉を発することで、不安から逃避しようとしている。その気持ちはよくわかった。

高所を好む者もいないわけではないが、普通は怖いだろう。ましてや命綱もなく、ワイヤーにぶら下がっているだけなのだ。

数百メートルの高さからの降下など、本来ならあり得ない。サーカスの団員は長時間訓練を積んでいるから綱渡りができる。それでも年に数回は事故が起きるのだ。

降り続けた。八十七階を越える。恐怖で体が思うように動かない。手と足のバランスを取り、数センチ、数十センチ刻みで下がっていく。目眩《めまい》がした。何でこんなことに？　無理だったのか？

爆発音と共に、エレベーター坑《こう》そのものが激しく震えた。ワイヤーが大きく左右に揺れる。顔を上げると、九十階付近で炎が噴き出していた。

「大丈夫！」大丈夫と繰り返す。「炎は上昇する。下には来ない！」

「勘弁してくれ！」中野が絶叫する声が聞こえた。「助けてくれ！」

声と重なるようにして音が降ってきた。体すれすれのところを大きな壁の破片が落ちていく。ドップラー効果で、音は長く続いた。エレベーターの屋根に激突した破片が粉々に砕《くだ》けて飛び散った。

「頑張って！　手を離さないで！」

叫んだ夏美の体が滑り、五十センチほど下がった。足で挟みつけて止まる。左足首がワイヤーに強く押し当てられ、激痛が脳天を貫《つらぬ》いた。

「もう少しだから！　そのまま頑張って！」

更に一メートルほど降りたところで前を見た。八十六階エレベーターの扉があった。どうする？　開けられるのか？

右手を伸ばし、ドライバーの先でメンテナンス用の開閉ボタンを押すと、あっさり解除された。定期点検などの際、作業員が簡単に開けられるよう設定されているのだろう。

ここからが問題だ。ドライバーを口にくわえて、右手で扉を摑んだ。そのまま引いたが、びくともしない。片手では無理だ。そんなことできない。本当に落ちる。落ちたら死ぬ。絶対だ。

呼吸音が荒くなった。怖い。怖い。そんなことできない。

「おい、どうした！」折原が叫んだ。「何をしてる？　さっさと開けてくれ！」

無茶言わないで、と頭を振った。やらなければならないことはわかっている。だが、できない。

数十秒の間、そのまま動けなかった。このままではどうにもならない。何とかしなければ。

目を見開いた。両足と膝、太ももでワイヤーを強く挟む。足首の痛みに悲鳴が漏れた。ベルトに挟んでいたドライバーが外れ、落下していく。遥か下で小さな音が鳴った。

息を止めて、ワイヤーから両手を離した。駄目だ、怖い。でも、こうするしかない。

扉を両手で摑み、全身の力を込めて左右に引いた。歯を食いしばり、筋力だけでじりじりとスライドさせる。指先が真っ白になった。

一センチの隙間ができた。更に力を込める。足が滑って、体がずり下がった。恐怖に顔を歪《ゆが》めながら両足でワイヤーを挟み込む。もう痛みさえ感じない。

姿勢を空中で保ちながら、思いきり押し開いた。隙間が五センチに広がる。指先を突っ込んだ。

ヘルメットの下で頭が水をかぶったように濡れていた。汗だ。異常な量の汗が、額やこめかみを伝って顔に垂れてくる。脳内からアドレナリンが放出されているのだろう。それが汗に形を変え、全身から溢れ出ている。

目に汗が入り込んで、視界が霞《かす》んだ。拭うことはできない。まばたきして前を見た。見える範囲に炎はない。足を離し、両腕だけでエレベーターの扉にぶら下がる。声も出ない。

懸垂《けんすい》の要領で体を引き上げ、突っ込んでいた右手を前に出す。扉を肩で押し開け、頭をこじ入れた。素早く左手の位置を変え、床にしがみつく。そこを支点にして体を持ち上げた。上半身が扉の中に入る。フロアに転がり込んだ。

仰向《あおむ》けになり、荒い息をついた。無呼吸状態だったことに気づいた。激しく咳《せ》き込みながら立ち上がる。休んでいる暇はない。時計を見た。後ジャスト一時間。

扉を全開にして、防火服を脱いでストッパー代わりにする。見上げると、ワイヤーにしがみついている折原が泣きながら首を激しく振っていた。

「手を！」

夏美は腕を伸ばした。ワイヤーを摑んで引き寄せる。十センチほどしか動かなかったが、距離は十分だ。

「足をワイヤーから離して！」ここに降ろすの、と床を強く蹴った。「大丈夫、支えるから！　信じて、こっちへ足を伸ばして！」

見上げると、すぐ上で中野がワイヤーにしがみついていた。顔は真っ白だった。

「……怖い」折原が握りしめていたワイヤーが、ぶるぶる震えている。「そんなことしたら落ちる！」

「落ちない！　掴んでる！」夏美は折原のシャツを掴んだ。「足をこっちへ！　お願い、早く！」

上下に目をやっていた折原の喉から異音がした。えずいている。吐くかもしれない。

「急いで！　足を伸ばせばいいの！」

畜生、と折原がつぶやいた。右足がワイヤーから離れる。ゆっくりと伸びたつま先が床に触れた。

「もう半歩！　そこじゃ危ない！」

探るように揺れた靴の踵《かかと》が床を踏み締める。夏美はシャツを掴んでいた腕を思いきり引いた。折原の体が斜めになった。

「左手を離して！」

「離したら落ちる！」

「落ちない！　落とさない！　信じて！」

夏美を見つめていた折原が、何かを諦めたように左手を離した。ワイヤーから体が離れる。落下する寸前に襟首《えりくび》を摑んで引っ張り上げた。二人の体が重なるようにしてフロアに倒れ込む。

「大丈夫？」

夏美は起き上がって扉から上半身を出した。中野が降りてきている。蒼白の顔が恐怖で歪んでいた。

「立って！　手伝って！」

わかってる、と体を起こした折原の腰が砕《くだ》けた。ひざ頭が激しく震えている。助けてくれ、と中野が叫んだ。手を差し出している。

その両腕を摑んで引きずり込んだ。俯《うつぶ》せになっている中野の横で、夏美と折原はへたり込むようにして座った。

「……先生、大丈夫か？」

折原がかすれた声で聞いた。両手をついて座り直した中野が首を振る。

「冗談じゃない……大丈夫なわけないでしょう」

二度とやらないぞ、と折原が指を突き付けた。

「無茶苦茶じゃないか……本当に死ぬところだった」

あたしもそう思うとうなずいて、夏美は立ち上がった。

「時間がない。八十階まで降りないと」

「このフロアはどうなんです？　火事は起きていない？」

体を起こした中野が聞いた。非常灯以外、照明はない。薄暗い空間で夏美は上を指した。通路の天井付近に白い煙が漂っている。

「どこからなのかはわからない。おそらく、通気口を通じて流れてきている」

「このフロアが燃えてる？　非常階段は通れるんですか？」

「まだ確認してない」

夏美は周囲の様子を確かめながら歩を進めた。微妙な違和感があれば、それは危険の前触れだ。

二人にはわからないだろうが、自分なら察知することができる。それぐらいの経験はあるつもりだ。

非常階段に出た。静かだ。ヘッドライトで照らしながら壁に手を当てたが、熱くないと首を振った。

「このフロアからは出火していない？」

折原が左右を見る。たぶん、とうなずいた。

「フロアによって出火状況は違う。火災の原因は漏電で、過剰な電気が電線部分に集中したために起きてる。タワーの全フロアが燃えてるわけじゃない」

「八十階まで行けるか？」

降りるしかない、と先頭に立って夏美は階段を足で探った。

「でも気をつけて。タワー内の電源はシャットダウンしているから、漏電による出火はもう起こらない。でも、上下フロアから炎が襲ってくる可能性は十分にある。もしそんなことになったら……」

「なったら？」

「身を守るすべはない」

一段ずつ降りていく夏美の背に、中野が声をかけた。

「ひとつだけいいですか？　ここまで降りたのはいい。八十階、そして七十二階まで行けるかもしれません。ですが、どうやって戻るつもりですか」

「戻る？」

夏美は振り返った。中野が天井を見上げる。

「八十七階フロアは燃えています。あそこを突破することはできない。上がるとしたら、エレベーター坑のワイヤーを伝って登っていくしかありませんが、そんなことは絶対に無理です」

「……そうです」

「つまり、今いる八十六階フロアより上へは戻れません。いずれここも火の海になるでしょう。時間の問題だ。そうなったら逃げられない。七十二階の爆破に成功したとしても、五十トンの塩酸が流れ落ちます。下へは逃げられません。どうするんです?」

夏美は目を逸らした。答えようがない。片道切符ですか、と呆れたように中野が苦笑を浮かべた。

「行くしかない」

折原が肩を叩いた。夏美は周囲を見回しながら、慎重に歩き続けた。

AM00:13

八十階フロアにたどり着いたのは深夜〇時十三分だった。タワー崩壊のリミットは約四十七分後だ。

時間は予測であって、運が良ければ多少延びるだろうが、それ以前にタワーが炎上、崩落する可能性もある。余裕はなかった。

「どっちだ?」

うっすらと煙がたゆたっているフロアを折原が透《す》かし見た。コマンドポイントの場所はわかっている。ついてきて、と夏美は歩きだした。

廊下を進んだところに長机がいくつも並んでいた。その上にパソコンが十台ほど置かれている。

　通路に沿って、数え切れないほど多くの黒いボックスが積み上げられていた。それぞれ大きさは違う。中に入っている物によって、ボックスのサイズは変えられていた。

　どこまで続いてるんだ、と折原が爪先立ちで通路の奥を見た。

「半端じゃない数だ。これが全部消防機材？」

　うなずきながら夏美は無線のスイッチを入れた。村田だ、とすぐに返事があった。その声は折原と中野にも聞こえた。

「八十階に到着しました」

「そうか。よくそこまで……状況は？」

「八十階フロアで火災は発生していません。煙が多少濃いようですが、マスクなしでも呼吸できます。ここへ来るまでにわかったことですが、火災は各所で起きています。タワー内のあらゆる箇所が燃えていました。炎は広がりつつあります。ただ、フロア全体が燃えているということではありません。面積が広いため、延焼するまでの時間に差が出ているようです」

「現在位置は？」

「コマンドポイントにいます。ですが、機材の数が多すぎて……」

「壁に紙が貼ってある。アルファベットと数字の表記があるな？」

　あります、と答えた。確認するまでもなく、左右の壁に数十枚の紙がガムテープで貼られているのが非常灯の明かりで見えた。

「Qを探せ。エレベーターホールからだと奥になる」

アルファベットはABC順に並んでいた。Q、と紙を指さしながら折原が走りだす。

Qの4から8までが爆発物関係機材だ、と村田の声が鋭く響いた。

「プラスティック爆弾が入っているボックスには、赤のテープが貼ってある。危険物扱いだが、神経質になる必要はない。乱暴に扱っても爆発しないのは、講習で習っているはずだ」

積み重ねられているボックスを上から見ていくと、中段に赤いテープが貼られているものがあった。三人で引っ張り出す。全部で十個だ。

「蓋《ふた》を開けて中を確認しろ。専用のケースに、百グラムのプラスティック爆弾が十個入っている」

村田の言葉通り、ウレタンの緩衝《かんしょう》ケースに長方形の容器が収められていた。羊羹《ようかん》とよく似た形状だ。

「Rの段に別のボックスがある」そこに起爆用の装置が入っている、と村田の指示が続いた。「それに専用ケースごとセットすれば、自動で雷管が接続される」

「ここでセットしますか?」

「駄目だ。雷管が作動したら、衝撃や熱によって爆発する可能性がある。現場でセットした方が安全だ」

「了解しました」

「同じくS3のボックスに、延長コードと専用ケースの接続コードがある。最終的には百個、十キロのプラスティック爆弾を直列接続することになるが、その作業も七十二階で行え」

「了解」

「接続のやり方は簡単だ。接続コードを起爆ケースに繋ぐだけでいい。後は同じことの繰り返しだ。接続コードの長さは一メートル。接続が済んだら延長コードで起爆装置と繋げ」

延長コードを、と夏美は囁いた。中野が開けたボックスの中から、黄色のコードが出てきた。塩化ビニール製で、大きなボックス一杯にぐるぐる巻きの状態で収められている。

「延長コードは五十メートルだ。同じボックスに起爆用スイッチも入っている。導火線もだ」

了解、とうなずいて二つのスイッチを取り上げた。無線式と有線式の二つがある。

どちらを選ぶべきか、考えるまでもなく答えはすぐに出た。チャンスは一度しかない。確実に爆破できる方を選ばなければならない。当然、有線式ということになる。

青のボタンを押せば電気信号が送信され、爆破する、と村田の声がした。

「構造は簡単だ。質問は？」

「ボックスのままだと全機材を運ぶのが難しそうです。何か袋はありませんか」

「エレベーターに一番近い長机に携行用バッグがある。それに詰め替えて運べ。背負うこともできる」

聞いていた折原がエレベーターホールへ向かって走った。すぐに三つの大きな布製の袋を抱えて戻ってくる。リュックサックのような肩掛けがついていた。

この容器をそのまま袋に入れて、と夏美は指示した。

「ひとつ残らず、全部よ。急いで」

「爆弾なんだろ？」不安そうに折原が容器をつまみ上げた。「ずいぶんオシャレな形だな。和菓子屋の店先にあったら買うかもしれない」

「爆発はしないんですね？」手をポケットに突っ込んだまま中野が眉をひそめた。「絶対に？　これだけの量の爆弾がここで爆発したら、三人ともミンチになりますよ」

その時はその時だ、と折原が手づかみでプラスティック爆弾の容器を袋に詰め始めた。

「ここまで来たらどうでもいい。どうせ死ぬんなら、木っ端《こぱ》みじんになった方が楽かもしれない」

導火線、起爆スイッチ、延長コードを袋に入れていく。すべての機材が詰まった袋を背負うと、肩に食い込む重量はかなりのものがあった。一人ですべてを運ぶことはできなかっただろう。

かなりの重さだな、と中野がつぶやいた。

「十キロ？　もっと？　これで七十二階まで降りろと？」

「そうするしかない」折原が転がっていたヘルメットとヘッドライトをかぶりながら立ち上がった。「ぼくは慣れてるからいいけど、確かに腰にくるね。古生物学者っていうのは、結局肉体労働者なんだ。重い物を運ぶのは得意さ」

足は痛くないのかと聞かれて、大丈夫と夏美は答えた。重装備マラソンでは三十キロの装備を背負って走らされる。五キロや十キロの荷物なら問題ない。

袋を背負ったまま、エレベーターホールに戻った。非常階段に回ると、煙が濃くなっていた。七十九階フロアの状況はどうなっているのか。

予備の防火服が長机に重ねて置かれていた。これを着て、と指示する。銀色に光るアルミ防火服だ。コートのように着て全身を覆うことができる。結構重いんだな、と折原が言った。

「これも持って」すぐ横に置かれていた簡易式のマスクを二人に渡した。「多少煙が濃くなっても、これがあれば呼吸できる。空気ボンベは持てる？」

二人がマスクと小型の空気ボンベを肩から下げた。今はまだ使わなくても進める、と夏美は自分のために同型の空気ボンベを背負いながら階段の下を指した。

「これぐらいなら平気。でも、呼吸が苦しくなったらマスクに空気ボンベを繋げば、息はできるようになる」

わかった、と折原が手で煙を払った。

「急いだ方がよさそうだ。どんどん濃くなってる。四十分かそこらしかないんだろ？」

そもそも七十二階まで降りられるかどうか、と中野が舌打ちした。

「こんな荷物を背負ってたら、何かあっても避けることはできません。それでも行くと？」

時間を確かめて、夏美は大きくうなずいた。〇時十八分。残された時間は四十二分だった。

AM00：19

無線機を見つめていた村田の前に、雅代がコーヒーの入った紙コップを置いた。村田は周りを見た。集中管理センターに人影はない。二人だけだった。

「静かでいい」胸ポケットに手をやった。「結構なことだ……柳、もう一度言うが、君がここにいても意味はない。神谷を待つというのはわかるが、ここでなくてもいいんじゃないか」

「司令長はなぜここに？」

「おれには責任がある」村田は取り出した煙草に火をつけた。「こうして煙草も吸える。火災現場での喫煙は厳禁だ。市民が見たらクレームの対象になるが、ここなら我慢する必要はない」

消防士の喫煙者って、意外と多いんですよね、と雅代がため息をついた。

「火災原因のトップクラスなのに」

「火の不始末が原因なんだ。煙草そのものは悪くない……柳、ここから出ろ。犠牲は一人でも少ない方がいい」

「一人ぐらい増えても、責任を問われたりはしません。それに、死んでしまえば責任も何もないでしょう」苦笑を浮かべた雅代がコーヒーを啜《すす》った。「あの子は必ず無事に戻ります。迎える者が必要です」

「神谷は今、八十階だ」荒木や専門家の予想では、約四十分後にタワー崩落が始まると村田は顔をしかめた。「火を消せたとしても、間に合うかどうか。崩落を食い止められるかどうかはわからん」

「コンピューターが弾《はじ》き出した予想なんて、当てになりません。機械じゃ測れないものだってあります。待ちましょう。七十二階まで降りるのは十分かかりません。障害がなければ五分で着きます。爆弾をセットするのに五分、時間は充分あります」

「神谷が逃げる時間が含まれていない」

「十分あれば、少なくとも五フロア以上離れることが可能です。それなら爆発に巻き込まれることもありません」

無線から、荒木だ、と声がした。

今さら退避しろとか言わないでくれ、と村田は口を動かした。

「楽しくやってる。邪魔するな。時間の無駄だ」

「……伝えなきゃならないことがある」荒木の重い声が響いた。「問題がある」

「問題？」

塩酸放出で火を消すのは難しいということですか、と雅代が紙コップを置いた。

「それとも、他に何か？」

塩酸と化石、つまり炭酸カルシウムを化合させれば、二酸化炭素が発生するのは実験で確認できた、と荒木が答えた。

「それでどこまで酸素を遮断できるかは条件次第だ。ラボの完全密閉空間なら酸素濃度は一気に減少するが、タワーでどうなるかはわからん。だが、やってみる価値はあるだろう。ついでに言えば、七十二階から五十トンの塩酸が流れ出しても、地下二階まで届く量は僅かだ。そこは安全だよ。タワーが崩れ落ちない限りの話だが」

結構、と村田はつぶやいた。それはいいが、と荒木が咳払いをした。

「別の問題が発生することが実験でわかった。確実に起きる」

「何がだ？」

「七十階以下のフロアの火を消すことはできるかもしれん。その結果、タワーの炎上と崩落を防ぐことも可能だ。だが、神谷は……」

「荒木、はっきり言え。神谷がどうした？」

判断を聞きたい、と荒木が囁くように言った。振り向いた村田の目に、怯えた表情を浮かべている雅代の顔が映った。

AM00：22

非常階段を駆け降りた。七十五階まで、タワー北西部に大きな火災は発生していなかった。

フロア各所で小火《ぼや》を確認していたが、全体が燃えているわけではない。消火活動が一定の効果をもたらしていたということなのだろう。村田がぎりぎりの段階まで消防士を下げなかったのは、判断として正しかったことになる。

七十四階の非常階段が崩れ落ちていたため、そこで進路を変えざるを得なくなった。東側から降りられることがわかり、三人で先を争うように走った。リミットまで残り三十分強。熱い、と折原が汗を拭った。

夏美も熱を感じていた。温度が上昇しているのは間違いない。防火服の下は汗が溜《た》まっている。二人も同じだろう。口で呼吸するようになっていた。

目の前で火災が起きているわけではない。だが、壁に触れると明らかに熱を発していた。壁の裏が燃えているのだ。おそらくは天井も、床も。

いつ、どんな形で壁や天井から炎が噴き出してきてもおかしくない。これまで何度も見てきている。炎でなくても、天井からの落下物や床が陥没《かんぼつ》することで負傷してしまうかもしれない。急いで、と二人を励ました。

「一刻も早くここを抜けないと危険よ」

折原と中野が交互にうなずいた。何が起きるかわからないと肌で感じているのだろう。

踊り場の壁に73という数字があった。折り返せば、そこが七十二階だ。前にいた折原が、最後の三段を飛び降りる。振り返った夏美は、遅れていた中野を見た。

急いで、と声をかけてから折原の後を追った。フロアに出る非常扉に手をかけている。待って、と叫んだ。

「ドアノブは？　熱くなってない？」

あたしが開ける、と手を伸ばした夏美の肩越しに、先生どうした、と折原が怒鳴った。足を押さえた中野が顔を歪めている。降りる途中で足を捻《ひね》ったようだ。

「いいから降りて！　早くこっちへ！」

ドアノブに手をかけながら、夏美は大声で言った。少し前から、重低音の地鳴りのような響きが聞こえていた。近くなっている。凄まじいスピードだ。

「飛んで！　何でもいいから！」

中野が反動をつけて床を蹴った。それが合図だったように、背後の壁が割れて炎が噴き出し、浮き上がった中野の体を包んだ。

「先生！」

叫びながらドアを大きく開いた。宙を舞った中野が、不安定な姿勢のまま床に叩きつけられる。鈍い音がした。夏美はその背中に覆いかぶさった。背負っていた袋と髪の毛が燃えていた。

叫びながら暴れまわる中野を強引に押さえ付ける。折原がその足を抱えて、七十二階フロアに引きずり込み、そのまま非常扉を閉めた。僅かな隙間から炎が入ってこようとしている。体ごとぶつかって扉を閉ざし、奥へ、と叫んだ。

「火は消えた！」折原が怒鳴った。「大丈夫だ！　髪の毛が少し焦げてるだけで、火傷はしていない。体も、袋も無事だ！」

俯せになっていた中野が起き上がって座り込んだ。服の上から自分の体を触って確かめている。何が起きたのかわからないようだった。

夏美は手を伸ばした。足が痛い、とつぶやいた中野が立ち上がろうとして膝をついた。

「怪我《けが》は?」

「いや、平気です。あそこでジャンプして正解でした。一秒でも遅れていたら……」

「歩けますか?」

「ゆっくりなら……それで? ここが七十二階?」

そうです、と夏美は周りを見渡した。スポーツエリアだ。すぐ目の前にレンタサイクルの大きな看板が掲げられている。フロア内での移動のために、タワーでは自転車まで貸し出しているのだ。

「プールはどこに?」

「待ってくれ、案内板がある」折原がフロアの全体図に目をやった。「……右だ。右にボルダリングウォールがある。その向こうがプールエリアだ」

先に行く、と夏美は駆け出した。折原が中野を支えて後に続く。

走りながら前後左右をチェックした。見える範囲内に火災は起きていない。だが、フロアを取り巻く壁の裏側では出火しているはずだ。

どのぐらいの規模なのか。今、火が出た非常階段の状況を見る限り、小火ということはないだろう。かなりの広範囲にわたって燃えているはずだ。

今は壁が延焼を阻《はば》んでいるが、いずれは破れる。いつ、どこから火は出るのか。今走っている通路の壁から、あるいは天井や床から火が噴き出す可能性もある。

時間を確かめた。〇時二十二分。タワーの崩落は既に始まっているのか。考えてもどうしようもないのはわかっていたが、不安で手足が思うように動かない。

目の前に巨大プールが現れた。中心部に操作用のステージがあり、それを囲むように配置されている。遊園地にあるような流れるプールなのだろう。

ただ、水は張られていない。センタープールを中心にサブプールが六つあったが、いずれも同じだ。

「どうする？」追いついた折原が叫んだ。「どうすりゃいい？」

「塩酸はどこに？　プールサイドに積んであるって言ってたけど……」

夏美は辺りを見回した。塩酸の具体的なイメージが湧かない。

化学の実験で使ったことはあるが、もう十年以上昔のことだ。あの時は瓶《びん》に入っていた。だけど、五十トンの塩酸をあんな小さな瓶に入れたら、いくつ必要になるのだろう。

あれです、と折原の肩に摑まっていた中野が指さした。

「左奥の休憩所、その脇に――」

大きな水槽のような物が重ねて積み上げられていた。透明だ。中には何も入っていない。

「あれが塩酸？」

近づいて触れてみると、小さくへこんだ。中で小さな泡が動く。空ではない。ビニールで造られた特注のポリタンクだ。塩酸が中に詰まっていた。

「二、四、六……十段？」数えていた折原が呆れたように言った。「横は？　五十？　五百個あるってことか？　五十トンと言ってたよな？　ひとつのポリタンクに百キロの塩酸が入ってるのか」

ポリタンクの大きさは普通のスーツケース四つ分ほどだ。思っていたより小さい。とはいえ、ひとつ百キロだ。

もっと分散されているのかと思ってた、と夏美は唇を噛んだ。

「どうすればいい？　これじゃ、この場所を爆破することしかできない。床をぶち抜けば、塩酸はワンフロア下の化石に向かって流れ込むでしょうけど、すべてを溶かすことができるかどうか……」

爆薬をセットした後、七十一階へ降りて化石の位置を変えることは想定していた。折原も指摘していたが、二酸化炭素を発生させやすい化石を重点的に選び、塩酸を浴びせなければならない。だが、この状態ではうまくいくかどうか不明だ。

台車か何かないのか、と折原が左右を見た。

「業者はどうやってここへ積み上げたんだ？」

専用の重機があるんでしょう、と中野が言った。

「塩酸は劇薬です。このプールの管理者が自分で動かすことはあり得ません。専門の外注業者が重機で運び、積み上げた。既に撤収しているでしょう。これを動かすのは無理です」

「じゃあ、どうすれば?」

塩酸のポリタンクを囲む形で爆薬を設置するしかないでしょう、と中野が答えた。

「円を描くように爆破するんです。床が抜ければ、塩酸はそのまま落下する。このタワーはどこも天井が高い。落差は五メートル以上ある。ポリタンクの強度が爆破と落下の衝撃に耐えられるはずはありません。落ちれば間違いなく破れます。下の化石は塩酸を浴びることになります」

真下にある化石はそうでしょうけど、と夏美は首を振った。

「半径十メートル? 二十メートル? それぐらいの範囲じゃ、二酸化炭素がどれだけ発生するかは……」

「悲観することはありません」五十トンですよ、と中野がポリタンクに手を置いた。「一気にそれだけの量が落下すれば、思ってる以上に拡散します。もちろん効果的にガスを発生させるためには、可能な限り化石の位置を集中させることが望ましいですが、五十トンの塩酸が流れ込めば、一旦はフロアの床に溜まります。フロア面積を考えると、一センチの深さになるかどうか……」

「先生、結論を！」

折原が喚《わめ》いた。化石を倒しておくべきだということです、と中野が言った。

「上からも下からも化石が塩酸を浴びる形にしなければ、大量の二酸化炭素は発生しません。小さな貝の化石はともかく、大きな骨格標本はすべて倒すべきでしょう。そうすれば必ずガスが発生する。重いガスは下へ向かいます。七十階以下のフロアの火災を封じ込めることが可能になるはずです」

「はず？」

「絶対とは言い切れませんよ」

村田司令長と話す、と夏美は無線に手をかけた。

「神谷です！　七十二階プールエリアに到着。塩酸を確認しました！」

「予想より二分早い」無線から村田の声が流れ出した。「好記録だ」

時間がありません、と夏美は状況を説明した。

「中野先生の話では、塩酸の飛散範囲はかなり広いということです。ただし、十分に塩酸を化石に浴びせるためには化石の配置を変えなければならないと――」

「その計算を確認している時間はない。お前は七十一階へ降りろ」

「了解しました」

「爆弾の設置方法は説明する。中野という化学教師にそこは任せて、お前は七十一階フロアで化石を適切な位置に配置しろ」

「はい」

「ただ……ひとつ伝えなければならないことがある」

「何でしょう？」

村田の声に混じっていた逡巡に不安を覚えながら、夏美は聞いた。聞きなさい、と雅代が呼びかける声がした。

「柳さん？」

「タワー設計責任者の安西氏に確認を取った」雅代が一語一語をはっきりと言った。「ガラスの材質、壁や床の素材、配線用の電線、基本的にはすべて、タワーの建材を安西氏が指定している」

「それが？」

「その中に、床をコーティングする薬剤が含まれている」

「コーティング？」

「床そのものを保護するために、薬品を塗布《とふ》してある。床はエリアによって木材だったりタイルだったりプラスティックだったり、レンガを使ってる場合もあるけど、例外なくその上をコーティングしている。素材の損傷や摩耗《まもう》を防ぐため、清掃の効率化も兼ねての措置よ。ただ、今回使用しているのは……」

言葉が途切れた。柳さん、と夏美は叫んだ。無意識のうちに膝が震え始めている。何を言おうとしているのか。コーティングにどんな問題があるというのだろう。

聞きなさい、と雅代が低い声で言った。夏美は折原と中野に視線を向けてから、無言で無線機を見つめた。次亜塩素酸《じあえんそさん》ナトリウムか、と中野がつぶやいた。

「……今、何と？」

聞き返した折原を、夏美は手で制した。無線から雅代の声が続いている。

「塩酸を放出した場合の反応を再度調べた。床のコーティングに次亜塩素酸ナトリウムが含まれていて、塩酸と混ざるとＣｌ２、塩素ガスが発生することがわかった。フロアによってコーティングの比率が違ってるので、正確な数値は算定できないけど、ｐＨ《ペーハー》が低くなるのは間違いない」

よくわかりません、と夏美はヘルメットに指をこじ入れて頭を掻《か》いた。トイレの洗剤と同じ理屈です、と中野が肩をすくめた。

「混ぜるな危険、という表示を見たことはありませんか？　塩素系漂白剤の主成分はＮａＣｌＯ、つまり次亜塩素酸ナトリウムの形で存在しています。これに塩酸などを混ぜると、塩素ガスが発生するんです」

うなずいた夏美の唇がかすかに震えた。消防学校でもそれに類する授業があったのを思い出した。

塩素ガスは第一次世界大戦でドイツ軍が使っていたもので、要するに毒ガスです、と中野が掠れた声で言った。

「つまり、塩酸をフロアにぶちまければ、毒ガスが発生するってことか」

青ざめた顔で折原が叫んだ。どれぐらい危険なんですか、と夏美は無線を摑んだ。

「濃度にもよるけど、目や皮膚に触れれば強い刺激がある」雅代の声が強ばっていた。

「失明するのはもちろん、皮膚は糜爛《びらん》……火傷と同じ症状になる。吸引すれば死亡する場合も有り得る」

「今の状況だと、濃度はどれぐらいになるんです？」

「正確な数字は出てない」雅代の声が低くなった。「ラボでの実験だから、実際の現場とはどうしても数値が違ってくる。気密の程度も刻々変化している。確定したフロアの空気量が測定できない。だから推定するしかない」

「推定でも何でも結構ですが、どれぐらいのガスが発生する可能性があるんですか？」

折原が怒鳴った。計算では約九十六万立方メートル前後、という答えが返ってきた。

「塩素ガスは空気より重いから、大部分は下に流れ込むことになる。だけど、拡散の状況によっては、そのフロア上下百メートルの範囲が、一時的にガスに覆われる可能性があると報告があった」

「百メートル？」

折原と中野が天井を見上げた。五十トンの塩酸が放出されれば、下へ逃げることはできない。上へ行くしかないが、塩素ガスが上昇してくる危険性を考えると、最低でも九十階まで逃げなければ安全ではないということになる。

「……どうやって九十階へ上がればいいんだ？」

引きつった笑みを浮かべながら折原が言った。不可能だと夏美にもわかっている。八十六階までは行けるかもしれないが、八十七階は火の海だった。

そこを越えるためには、またエレベーター坑に入り、ワイヤーを伝って登っていくしかないが、それは不可能だ。訓練を積んだ消防士である夏美にもできない。ましてや素人の二人には絶対に無理だ。

フロアを爆破して塩酸を七十一階へ放出したら、化石が溶けて二酸化炭素が発生する、と夏美は指を折った。

「そのガスが七十階より下の火災を消すかもしれない。でも、代償として塩素ガスが発生する。それを吸ってしまえば死ぬことになる。だけど、爆破を中止したら消火はできない。その場合は焼け死ぬか、タワーの崩落に巻き込まれることになる」

「至れり尽くせりだな」折原が吐き捨てた。「どう転んでも死ぬってことか」

「どうしますか？　爆破を中止する？　上へ逃げるルートを探すべきでしょうか」

中野の問いに、夏美は首を振った。そんなルートがあれば、そこから降りている。逃げ道はないのだ。

「選択肢は二つしかない。崩落したタワーと一緒に死ぬか、塩素ガスで中毒死するか。火災を消せば崩落を食い止めて、ボールルームの人たちを救えるかもしれない。あたしはそっちを選びたい。でも、強制はできない。どちらを選ぶかは、あなたたちが決めるしかない」

「ぼくは決めてる」折原が手で頰を張った。「エレベーター坑に入るぐらいなら、死んだ方がましだ。ここに残る」

「八十八階まで登らなければならないでしょうが、ワイヤーは十メートル以上ある」中野が自分の手のひらを見つめた。「とても登れるとは思えません。いずれにしても死ぬというのなら、ボールルームの人たちを救う可能性に賭けるべきでしょう」

柳さん、と夏美は無線に呼びかけた。

「予定通り、七十二階フロアを爆破します。爆薬の設置方法と起爆装置の操作法を教えてください」

「……わかった。まず、すべての爆薬と装置を出して」

了解、と袋に手を入れた。折原と中野も背負っていた袋を降ろした。

AM00：30

プラスティック爆弾はちょうど百個あった。装置そのものの構造は簡単で、プラスティック爆弾を起爆装置に組み込み、それをフロア全体に配置し、電極を接続していけばいい。最終的には導火線を延長コードでひとつにまとめ、起爆用スイッチを押すだけだ。

五十トンの塩酸はプール横の一カ所にまとめて置かれていた。中野の計算通りなら、床を爆破すればポリケースはワンフロア下の七十一階に落下する。その衝撃でビニールは破損し、中の塩酸が自動的に化石に降り注ぐだろう。

重要なのは、七十一階に展示されている化石の位置だった。化石のレイアウトを担当していたのは折原だが、七十二階との位置関係は把握していない。

五十トンの塩酸が放出されても、それが集中的に化石に浴びせられなければ意味はない。位置を確認した上で、必要なら動かさなければならないだろう。

夏美は接続のセッティングを中野に任せて、自分は折原と共にワンフロア下へ降りると決めた。中野に指揮本部の直通番号を教え、不明なことがあったら携帯電話で指示を仰ぐよう指示した。

どれだけの量の化石を移動しなければならないかわからない以上、やむを得ない判断だ。ここまでくると、効率のいい形で塩酸を化石に浴びせかけることが最も重要になっていた。

タワー崩壊までのタイムリミットまで約三十分。その僅かな時間でどこまでできるかわからなかったが、行くしかない。

フロアを横切り、非常階段に戻った。爆薬の設置作業に気を取られて気づかなかったが、レンタサイクルのコーナーに天井が落下して、数十台の自転車をなぎ倒していた。爆発が起きたのだろう。火災こそ起きていなかったが、七十一階フロアが出火するのは時間の問題だった。

「あと二十九分」夏美は腕の時計を確認した。「非常階段は？」

「大丈夫だと思う。変な音はしていない」

折原を下がらせて、ドアノブを握った。熱はない。身を屈めながら細く開いた。バックドラフト現象は起こらない。奥が非常階段だ。

後ろへ、と指示して、通路を小走りで進む。壁、天井、床。素早くチェックして駆け降りる。

踊り場で振り向き、耳を澄ました。予兆はない。一気に駆け抜ける。折原がぴったりついてきていた。

七十一階フロアの非常扉は、開いたままになっていた。内部に異常はない。そのまま進むと、目の前にアーチ状の大恐竜展の入場口があった。

「こっちだ」

折原が先に立って中へ入った。構造を熟知しているのは夏美もわかっている。展示通路の設計から関わっているのだ。足取りに迷いはなかった。

複雑に折れ曲がっている通路を進んだ。展示は大きく三つのゾーンに分かれている。古生代、中生代、新生代。カンブリア紀、オルドビス紀、シルル紀、デボン紀。石炭紀を抜けてペルム紀に入ると、爬虫類《はちゅう》の化石が大きな面積を占めるようになっていた。

更にその先、中生代のゾーンには三畳紀、ジュラ紀、白亜紀というプレートが吊り下げられている。夏美もその名称はうっすらと記憶があった。

「プールの真下はどこなの？」

「この辺りだ」

白亜紀、というプレートの下で折原が足を止めた。教えてほしいのは化石の炭酸カルシウムの含有量についてよ、と夏美は辺りを見回した。

「どの化石が炭酸カルシウムを多く含んでるの？」

「炭酸カルシウムは骨だと思えばわかりやすい。このフロアには立体展示されている骨格標本がいくつもある。それをここに集めよう。大きな物ばかりだけど、電動の可動式台車に載ってるから動かすのは簡単だ。まずあそこのイグアノドンをこっちへ運んでくれ。ぼくはスピノサウルスだ」

　折原が駆け出した。指示に従うしかない。大きなネームプレートにイグアノドンと書かれている骨格標本を押して運んだ。

　体長は八メートルほどで巨大だが、いくつかのパーツに分かれているため、移動は簡単だった。重さは見当もつかないが、台車に載っているため、夏美の力でも十分に動かすことができた。

　その後、折原に指示されるまま、ディプロドクス、アパトサウルス、ヴェロキラプトル、ティラノサウルスなどをプールの真下に配置した。思っていたより時間がかからなかったのは、中生代の恐竜ということで集中的に展示されていたためだ。

　左右を見回した夏美は、やや体高の低い恐竜の骨格標本に駆け寄った。三メートルもないが、その割に骨が多い。どちらかと言えばアンバランスな形状をしていた。

「それに触るな！」折原が叫んだ。「止めてくれ！」

「どうして？」後ろから台車を押しながら夏美は聞いた。「炭酸カルシウムは骨なんでしょ？　これは違うの？」

「それはオラキオザウルスだ。今世紀最大の発見だよ」立ち塞《ふさ》がった折原が夏美の腕にすがりつく。「世界に一体しかない。ロシア科学アカデミーに大金を払って貸し出してもらった。これに何かあったら――」

このフロアに五十トンの塩酸が流れ込んでくる、と夏美は折原の腕を払って前に進んだ。

「直撃を免《まぬか》れたとしても、絶対に塩酸をかぶる。このタワーが崩落したら、ここにある化石は跡形もなくなる。どの骨がオラキオザウルスかなんて、ロシア人だろうがアメリカ人だろうが、区別なんかつかない」

「そりゃそうなんだけど――」

「この化石の炭酸カルシウムの含有量は?」

「……おそらく、豊富だ」

渋々折原が答えた。躊躇《ちゅうちょ》することなく、他の骨格標本と並べて置き、ハンマーを使って化石の脚部を叩き割っていく。次々に崩れた骨が、床に堆《うずたか》く積み上がっていった。

ここにある化石は世界的にも珍しいものばかりなんだ、と手を貸しながら折原が呻いた。

「学術的な価値も高い。半分以上はロシア科学アカデミーの協力で手配したものだ。塩酸を浴びせて化石が溶けたら、彼らがどれだけ怒ると思う? 下手したら日露戦争が勃発《ぼっぱつ》するぞ」

あたしやあなたが責任を問われることはないから安心して、と夏美は言った。

「それより、中野さんがどこまで作業を終えているか……早く戻らないと」

うなずいた折原が辺りを見渡した。フロアの至るところから白い煙が噴き出している。防火壁が火勢を抑えていたが、防ぎきれなくなっているのだろう。

消防庁の計算は正しかった、と夏美はつぶやいた。タイムリミットまで二十分を切っている。

フロアを駆け出した夏美の後ろに、折原が続いた。非常階段に足を踏み入れた時、爆発音がした。足元が大きく揺れて、二人の体が重なるようにして倒れる。

「今のは何だ?」

「下よ。コンピュータールーム」夏美は階段に手をついて体を起こした。「何かが爆発した。今までの比じゃない」

「マジでか?」折原が左右を見回した。「ここはどうなんだ。大丈夫なのか?」

「もう何が起きてもおかしくない。もともとの火元は七十階だった。フラッシュオーバー現象かもしれない」

「フラッシュオーバー?」

立って、と夏美は腕を引っ張った。

「空間全域が一気に燃え上がるの。これだけ広いフロアなら、そんなことにはならないって思ってたけど……歩ける? 怪我は?」

「大丈夫だ」

上へ、と夏美は駆け出した。引きずられるように折原が続く。振り向くと、入場口にあった恐竜の巨大なモニュメントが倒れ、辺りの物をなぎ倒していた。

天井から黒い煙がわき出ている。燃えてるのか、と恐怖にかられた声で折原が囁いた。

「わからない。計算だとタイムリミットは一時だった。後十五分ある。でも、もしかしたらタワーの崩壊が始まったのかもしれない」階段を昇りながら、夏美は時計を確認した。

「〇時四十五分。急いで。火災を消せば、タワー全体の温度を下げられる。そうすれば支える鉄骨も今以上に損傷しない。崩落を防げる可能性は残ってる」

踊り場で前後に目をやりながら、立ち止まって足を押さえた。表情が歪んでいるのが自分でもわかった。

「どうした？　痛むのか？」

「大丈夫。ちょっと捻っただけ……上がろう。中野さんがセッティングを済ませていればいいんだけど」

前に出た折原が肩を支え、行こう、と足を踏み出す。手摺りに摑まりながら、夏美は後に続いた。

AM00：46

白煙が濃くなっている。酸素マスクで顔を覆い、煙を手で払いながら夏美と折原は七十二階フロアに飛び込んだ。

「中野さん！」

折原が叫んだ。視界が利かなくなっている。五メートル先は白い闇だ。

「このフロアのどこかが燃えてる」夏美は足元に注意しながら前に進んだ。「気をつけて。床に何かが落ちてるかもしれない」

「中野さん！」

叫びながら折原は前方を透かして見た。こっちです、という声に導かれながら歩を進めると、いきなり煙が途切れた。座り込んだ姿勢でプラスティック爆弾を接続している中野の強ばった横顔が見えた。

「遅くありませんか」中野が左手でマスクを顔に当てながら言った。「一人で爆弾に囲まれてるこっちの身にもなってくださいよ」

「起爆用スイッチを押さない限り、爆発しないと説明したはずです」

夏美は消火服のポケットからスイッチを取り出した。電気信号で起爆するため、スイッチは別になっている。冗談じゃない、と中野が首を振った。

「こっちは素人なんです。爆弾なんか触ったこともないんだ」

爆弾のセッティングは終わったんですか、と折原がつっけんどんに遮った。

「これが最後の一個です」中野がプラスティック爆弾の電線を繋いで立ち上がった。「爆弾で塩酸のポリケースを囲みました」

これを、と握っていた導火線の端を差し出した。夏美は延長コードに繋いで、別に持っていた起爆用スイッチにプラグを差し込んだ。

「大丈夫なんですか？　間違って触れたら……」

「安全装置を解除しなければスイッチは押せません」

「ここからどうしますか？」

「下へは逃げられません。七十階全体が燃えています。上へ行くしかないんです」

輪になっているコードを解きながら、夏美は背後を指さした。更に煙が濃くなっている。

「タワーのあらゆる場所で火災が起き始めていますが、八十六階までは戻れるでしょう。そこより上へ行けるかどうかは――」

諦めるな、と折原が肩を強く叩いた。紙より薄い確率だが、八十八階へ上がれるルートが見つかるかもしれない。いずれにしても、ここにいるわけにはいかない。上がるしかないのだ。

「急ごう。非常階段が通れなくなったら袋の鼠だ」

折原が前方を指さす。夏美はコードを慎重に緩めた。コードはドラム状の機械に巻き付けられているが、万が一にでも絡んでしまえば身動きが取れなくなる。正確さが必要な作業だった。焦りで指先が震えたが、ミスは許されない。

折原が先に進み、非常階段までの道を先導する。中野がその後に続いた。最後尾は夏美だ。

どんどん煙が濃くなっている。三人ともヘッドライトを装着していたが、足元さえもよく見えないほどだ。

ただ、非常階段の方向はわかる。遠いわけではない。逸《はや》る気持ちを抑えながら歩き続けた。

「非常灯が」

折原が指さす。グリーンのライトが見えた。

「待って」夏美はドラムを回した。「何か引っ掛かって……動かない」

「どうにかしろよ！」

振り向いた折原が怒鳴る。落ち着いて、と中野が歩み寄った時、不意に凄まじい音が降ってきた。反射的に立ち止まって上を見る。

その頭上で天井が裂け、炎と共に落ちてきた。一瞬だった。悲鳴を上げることさえできないまま、三人はその下敷きになった。

AM00：49

夏美は無我夢中で背中の板を押した。ずるずると動き始めた板から火の粉が舞う。頭をかばいながら更に強く押すと、半分ほど焦げていた板が外れ、上半身が自由になった。

体を起こしながら、左手を確かめた。ドラムと延長コードは手の中にある。力を込めて握っていたため、指が真っ白になっていた。

辺りを見回すと、天井が落ちた際に起きた風で、煙が吹き飛ばされていた。代わりに物凄い量の埃が舞っている。

「折原くん！　中野さん！」

叫んだ。答えはない。無線のスイッチに手をかけたが、下敷きになった衝撃で壊れたのか、ボタンが押せない。

「折原くん！　中野さん！」

叫びながら足を動かそうとした。右足は動く。左足に鉄骨が載っていた。

引きずり出そうとしたが、足首が悲鳴を上げた。負傷した箇所を狙ったかのように、太い鉄骨が直撃していた。

右足で強く蹴ると、鉄骨が外れて落ちた。立ち上がりかけたが、悲鳴と共にまたしゃがみ込む。激痛。左足首を床につけることができない。

「折原くん？ どこにいるの？」

ここだ、と弱々しい声が聞こえた。

「……動けない。助けてくれ」

今行く、と落ちていた細い鉄の棒を杖にして立ち上がった。足を引きずりながら声のした方へ近づくと、瓦礫《がれき》の山に埋もれている折原の腕が見えた。

天井板の破片をどかし、割れたプラスティックのボードを持ち上げていく。炎はほぼ消えていたが、素手で触れると熱い。

何か言って、と叫びながら瓦礫を取り除いていくと、顔が見えた。灰にまみれて、髪の毛が真っ白になっている。

「大丈夫？」

「わからない……でも、痛くはない」はっきりした声で折原が答えた。「何があった？どうしてこんな――」

天井裏で爆発が起きた、と夏美は大きく割れている板を両腕で持ち上げた。

「降ってきた天井板や鉄骨の下敷きになった。でも、あなたはラッキーよ。見て、この板。大き過ぎて、逆にあなたを護ってくれた」

「行いがいいからね……でも、重くて潰れそうだよ。いや、もう大丈夫だ」

折原が体を反転させて俯せになった。そのまま上半身に力を込めて立ち上がると、体の上にあった板が滑り落ちていった。

マスクが壊れた、と顔からむしり取る。破損したボンベから空気が漏れる音がしていた。

「運がいいんだか悪いんだか……中野さんは？」

尻餅《しりもち》をつく形で座り込んだ折原が左右を見た。その肩に摑まって体を支えながら、夏美も顔を巡らせた。十メートル四方の範囲が瓦礫の山になっていた。

「中野さん！」

怒鳴りながら、折原が天井板をどかしていく。その姿を目で追いながら、夏美も中野を呼び続けた。返事はない。再び白煙がフロアに忍び寄ってきていた。視界が狭まっていく。中野の姿は見えない。

「中野さん！」

叫んでいた折原が不自然に盛り上がっている瓦礫に近づき、いくつかの破片をどかした。かすれた声が聞こえた。

「……ここです」

声に力はなかった。夏美の胸を不安がよぎった。折原も同じなのだろう。必死で両手を動かし、瓦礫を取り除いていくと、白と黒のまだらに染まった中野の顔が見えた。

「中野さ――」

夏美は折原が伸ばした手を制した。中野の下腹部を太い鉄骨が貫いている。直径五センチはあるだろう。破れたワイシャツに赤い染みが広がっていた。

夏美の手を払った折原が、中野の体の上から瓦礫を落として上半身を支えた。夏美も止めなかった。

目を閉じたままの中野の顔には死相が浮かんでいる。それなら、最期を看取ってやるべきだろう。

「大丈夫だ、中野さん」折原が顔をくしゃくしゃにしながら叫んだ。「たいした傷じゃない。助かる。頼む、目を開けてくれ」

ゆっくり目を開いた中野が自分の体を見て、かすかに微笑んだ。

「……どう見たって、大丈夫とは思えません」

「そんなことはない。何としてでも助ける。摑まってください。上へ行きましょう。ヘリを呼んで、病院へ――」

行ってください、と中野が右手を力無く振った。

「わたしのことはいい。もう動きたくない」

「動かなくていい。ぼくが担《かつ》ぎます。まだ助かる」

背後の壁に亀裂が走り、火花が弾けた。壁の裏で出火しているのだろう。非常灯が点滅を繰り返している。あちこちで爆発音が響いた。

「行ってくれ」中野が折原の肩を押した。「急いだ方がいい。もうここも長くはもたない」

「置いて行けると思うか？　腕を貸せ。伸ばすだけでいい」

折原が中野の両腕を自分の首に巻き付けるようにした。中腰になって、瓦礫の下から引きずり出す。呻いた中野に、我慢しろと怒鳴った。

「死ぬよりましだろ？　こいつを抜くぞ」

鉄骨に手をかける。中野が絶叫した。血の気の失せた顔が歪む。

「触らないでくれ……止めてください」

咳き込んだ中野の口から血の塊が飛んだ。夏美は折原の腕に手をかけて首を振った。中野の言う通りだろう。これ以上はむしろ苦痛が増すだけだ。

「だけど……」

そのまま横に、と床を指した。ありがとう、と中野がほとんど聞き取れない声で囁いた。

「……二人で逃げてください」仰向けになったまま首だけを向けた。「上へ行くんです。ここから脱出するんだ」

「あんたも一緒だ！」

怒鳴った折原の腕を中野が摑んだ。凄まじい力だった。

「頼みがある。伝えてもらいたいことがあるんです」

「何をです？　誰にですか？」一歩前に出た夏美が屈み込んだ。「言ってください。必ず伝えます。約束します」

「わたしは教師です……女子校で化学を教えていました」中野が肘だけで体を起こした。

「上野の藤枝女子学院です。そこの三年生に倉田秋絵という生徒がいます」

「倉田秋絵さんですね？」

「……交際していました」

横を向いた中野の唇から血が溢れた。折原が背中をさすると、呼吸が落ち着いていった。

「今日、ここのホテルに泊まるはずだったのですが、どうやら嫌われたようです。あの子は一人で出て行きました」

それならもう一度会えばいい、と折原が怒鳴った。

「学校の先生が生徒とつきあうのはまずいかもしれないし、何があったのかわかりませんけど、謝ればいいじゃないですか」

中野が二人を交互に見て、小さく笑った。そうはいきませんよ、とつぶやく。

「間に合いそうにない。あなたたちから代わりに謝ってもらえませんか」

「自分で言うべきだ。その方が絶対にいい。そうでしょう?」

「頼みたいことというのはそれです……別れてしまったが、それでもわたしが死んだとわかればショックを受けるでしょう。だから、あなたたちからうまく話してください。あの子が傷つかないように……」

伝えます、と夏美は何度もうなずいた。

「必ず伝えます」

「……いいのか悪いのかわかりませんが、わたしは真剣だったと伝えてもらいたいんです」矛盾したようなことを言いますが、と中野が視線を逸らした。「本当に、本気で愛していたと……そんなことを言えば、余計にあの子を傷つけることになるのかもしれませんが――」

目をつぶった。かすかな笑みが浮かんでいる。わかりました、とうなずいた折原が顔を拭った。

「ぼくたちがその子に話します。必ず伝えます」

「他に、何かできることはありませんか?」立ち上がりながら夏美は聞いた。「どんなことでも構いません。言ってもらえれば……」

「必ず伝えてください」中野が唇だけを動かした。「約束しましたよ」

頭を垂れた折原が、夏美の手を取って立ち上がる。通路のあちこちから出火が起きていた。

AM00：52

足音が聞こえなくなった。中野はゆっくりと目を開けた。顔を手のひらで拭うと、べっとりと脂汗がついた。

上半身を起こすと、下腹部に突き刺さっている鉄骨が見えた。よく生きていられるな、と不思議に思った。きれいに貫通しているからなのだろうか。

ワイシャツの右半分が真っ赤になっている。ズボンもだ。意識が遠のきそうになるのを、強く首を振って堪えた。

こうやって人は死んでいくのか。一人で死ぬのは寂しいものだ。

辺りを見回した。フロアの至るところで出火しているのがわかった。すぐに全体が燃え上がるだろう。

失血死するのが先か、焼け死ぬのか。苦しみたくない。このまま気を失った方が楽なのではないか。

激しい音に頭上を見上げた。真っ白な天井の端に黒い点が浮かび、その数が見る見るうちに増えていく。まばたきを三回する間に、ほとんどの部分が黒ずんでいた。焦げているのだ。

天井裏で火災が起きているのだろう。素材が何かは不明だが、耐火ボードのはずだ。これだけの建造物なのだから、火災対策をしていないわけがない。

だが、それでは抑えきれないほどの火勢なのだろう。フロアのあらゆる場所からきしむような音が聞こえているが、それも炎のためだ。

ゆっくり呼吸した。腹筋が動くと、それだけで痛みが全身を貫く。体中の神経が剝《む》き出しになっているようだ。死への恐怖より、痛みの方が遥かに勝っていた。

どこからか風が吹いてきて、煙が揺らいだ。非常階段からだろう。

このフロアではないのかもしれないが、どこかで窓が割れたのではないか。そのために外気が入りこんでいる。

悪くない、と思った。空気が汚れているのは、かなり前からわかっていた。最後ぐらい新鮮な空気を吸いたかった。

煙のカーテンが開き、周りが見えるようになった。中野は顔をしかめた。数分前、繋ぎ終えていたはずの爆弾の連結部分が外れていた。

百個の爆弾を専用の電線で直列に繋ぎ、塩酸のポリケースを取り囲むように配置した。それ自体は問題ないが、最後に接続した導火線の部分が外れてしまっている。落ちてきた天井板の衝撃のためだろう。

その線は夏美が持っているドラムに繋がっている。起爆装置が有線式なのはわかっていた。線が繋がっていなければ、起爆スイッチを押しても爆発しない。理系出身の中野は爆発のプロセスを理解していた。

舌打ちする音が誰もいないフロアに大きく響いた。本当か。本当に自分がやらなければならないのか。

手を伸ばした。届くわけがない。十メートル以上離れている。

くそ、と唸った。どうしようもない。ここには自分しかいない。誰も力を貸してはくれない。

手を床について、強く押した。尻が僅《わず》かに動く。十センチほどだったが、痛みに息が詰まった。悲鳴が漏れる。腹に熱した鉄の棒を突っ込まれたようだ。

ついてない、と吐き捨てて再び腕に力を込める。それだけの動きだったが、凄まじい痛みが腹部を直撃した。吐きそうになり、涙が溢れる。堪《こら》えきれないほどの激痛だった。

夏美と折原は八十八階を目指して非常階段を上がっているだろう。何としてでも助かってもらわなければならない。二人に秋絵へのメッセージを託《たく》したのだ。

フロアを爆破すれば、飛散した塩酸が床に接触する。消防の人間が言っていた通りなら、塩素ガスが発生するだろう。二人がそれを吸い込むかどうかはわからないが、吸ったとしても絶対に死ぬとは限らない。

だが、爆破に失敗すれば、火災を消すことはできない。その場合あの二人を含め、タワー最上階ボールルームにいる数百人の人間は確実に死ぬ。焼死するか、煙で窒息死するか、タワーの崩壊と共に死ぬか、いずれにしても待っているのは死だ。

そんなことはさせない、と腕に力を込めた。何としてでも線を繋がなければならない。唯一残された希望だ。何のために生きてきたのか。このためではないのか。

時間がないのはよくわかっていた。再び爆発が起こり、爆薬を繋いでいる線が切れたらどうすることもできない。急げ、と自分を励ました。

十メートルは遠かった。痛みに気を失いそうになりながら、中野は体を動かし続けた。義務感でも使命感でもない。これは自分がやらなければならないことなのだとわかっていた。

途切れそうになる意識をどうにか繋ぎ止めながら、最後の一メートルを一気に飛んだ。浮かんだ体が床に叩きつけられる。絶叫。内臓すべてを素手でかき回されたような痛みに悶絶《もんぜつ》した。

腹部から鮮血が飛び散った。今までは鉄骨が栓の役割を果たしていたから、出血量はそれほどでもなかったが、動いて緩んだためにワイシャツが真っ赤に染まっている。

もう動けない。上半身を反らすようにして手を伸ばした。指先が導火線に触れる。滑った。もう一度。

歯を食いしばって、指を伸ばした。腹圧がかかって血が迸《ほとばし》る。指がかかった。爪で挟んで引く。

震える指で導火線のプラグを押し込んだ。手から線がこぼれ落ちる。どうなのか。接続できたのか。確認する余裕はなかった。

全身から力が抜けていく。横向きに倒れた。もう痛みも感じない。意識が遠のいていく。

あの二人はつきあっているようだ、と夏美と折原の顔を思い浮かべた。一緒にいたのは一時間半にも満たないだろう。それでも二人がお互いを思いやっているのはわかった。

今時の恋人だ、とつぶやいた。彼女の方が強く、彼氏はちょっと頼りない。それならそれでいい。ただ、彼女はもう少し彼氏に対して、優しく接してあげてもいいかもしれない。

余計なお世話だ、と。苦笑が頬に浮かんだ。うまくいってるのならそれでいい。最後に会えたのがあの二人で良かった。

夏美も折原も、約束を守ってくれるだろう。秋絵に自分の想いを伝えてくれる。間違いない。信じていい。

中野は目をつぶった。もう開けなくていいのだ。穏やかな表情のまま、最後の息を吐いた。

AM00：53

ここは無理、と夏美は目の前の非常階段を指さした。72、と表示がある。

「火勢が強すぎる。とても通れない」

炎が渦を巻いていた。猛《たけ》り狂っている。通路すべてを燃やし、更に勢いを拡げようとしていた。

「あっちだ」折原が駆け出した。「もうひとつ非常階段がある」

並んでフロアを走った。そこかしこから火が噴き出している。すぐにでも炎が覆い尽くすだろう。時間はない。

大丈夫か、と折原が手を差し出した。夏美は足を引きずりながら前に出て、防火扉の潜り戸を抜けた。

火災は起きていなかったが、非常階段が中央で真っ二つに割れている。左右の壁にも皹《ひび》が入っていた。炎が噴き出す前兆だ。

「どうする?」

「他を調べてる時間はない」夏美は折れている階段を途中まで上った。「ここから行くしかない」

切り離されている階段までの距離を目測する。約二メートル。

「飛び移れる？」

遠慮する、と折原が一歩退いた。落ちれば下のフロアまで真っ逆さまだ。十メートル近い落差がある。

激突すれば、死なないまでも手足の骨が折れて動けなくなるだろう。それでは元も子もない。

壊れた非常階段を見つめながら、肩車して、と夏美は腰のロープを外した。何をしようとしているのか察した折原が背中を向ける。

肩に足をかけた夏美がロープの先端を輪にして投げた。四度目に折れていた手摺りの突起に引っ掛かった。

大丈夫なのかと折原が叫んだが、時間がない。肩を蹴った。ロープ一本でぶら下がる。

固唾を呑んで見守る折原の前で、強引に手を伸ばした。腕の力だけで体を持ち上げると、手が段に届いた。

懸垂のように体を引き寄せて、一番下の階段に肘をかける。手摺りを使って、上にはい上がった。

「凄いな」

感心している折原に、五年もやってればこれぐらいできるようになる、と夏美は額の汗を拭った。

「言う通りにして。ロープをベルトループに通して最後に結ぶの。全部によ。こっちは縛りつける」

指示に従って、折原が自分のベルトループにロープを通した。切れない限り、落ちることはない。

「ジャンプして！　ロープを離さないで！」

急いで、と夏美は怒鳴った。折原の向こうで壁が崩れ始めている。

神様、と叫びながら折原が腕を伸ばした。足が離れ、宙づりになる。悲鳴。恐怖で体が固まっているのが、夏美にもわかった。

ロープを強く引いた。折れている階段を滑車《かっしゃ》代わりに使っているので、それほど腕力は必要ない。

消防士として夏美は最も非力だが、今必要なのは力ではなかった。知識と経験、そして、それを生かす知恵だ。

非常階段は折れていて、動けるスペースは狭い。腕力不足を補うために一番端まで下がっていたが、それ以上先へは進めなかった。

「もう少しだから！　二十センチでいい。自力で上がってきて！」

泣きそうになりながら、折原が必死で手を伸ばしている。恐怖で体を思うように動かせていないのがわかり、夏美も懸命に手を差し出した。

爆発音がして、背中を衝撃が襲った。鈍い痛み。横を見ると、壁の破片が落ちていた。下だけではなく、上の壁も崩れ始めているのだ。

ロープを強く摑んで、思いきり引っ張った。足場が揺れる。踏ん張った。

「あと十センチ！」

伸ばした手が触れた。身を乗り出して摑み、両手で引く。抱き合ったまま、階段の上に倒れ込んだ。夏美の背中に冷や汗が流れた。

支えはなかったのか、と折原が囁いた。

「無茶するな。落ちたらどうする気だ」

「あたしは消防士よ。そんなミスはしない」

取り出したナイフでロープを切断して立ち上がる。ひざ頭が小刻みに震えていた。声も上ずっている。怖かった。

背後の壁が大きな音を立てて裂けた。内部で炎が蛇のようにのたうちまわっている。遥か下でも爆発音が連続して起きていた。夏美は非常階段を駆け上がった。折原が後に続く。

七十三階に出た。断裂した電線が蠢《うごめ》いている。非常用の電源が通っているのだろう。跨《また》いで飛び越えた。

火の気は感じられない。静まり返っている。まだ炎は出ていない。静かだからこそ、怖かった。何が起きるかわからない。

「一気に上るから、ついてきて」

足首が痛んだが、まだ動ける。諦められない。生きていたい。死にたくない。踊り場まで駆け上がって上下を見た。問題ない。大丈夫だ。

「上がろう」

うなずいた折原と並んで七十四階フロアまで上がった時、手から起爆用スイッチがこぼれた。

「おい、気をつけてくれ！　スイッチが入ったらどうするんだ」

立ち止まった夏美は首を振った。

「さっきも言ったでしょ？　安全装置がかかってる。解除しない限り、スイッチが入ることはない」

「そうか……とにかく上の階へ行こう」

行けない、とつぶやきが漏れた。何を言ってるんだ、と折原が段を二段降りた。

「そいつを拾え。上へ行くんだ。ここで爆破させるわけにはいかない。塩素ガスで死んじまう。そうだろ？」

AM00:55

「でも、行けない」

夏美は起爆用スイッチを拾い上げて差し出した。折原の息が止まった。

「そいつは……」

夏美は手の中にあった起爆用スイッチを見せた。巻き取り用のドラムに繋がっている延長コードが、最後のひと巻きになっている。ゆっくり引いて回すと、コードが終わった。それ以上の長さはない。

五十メートルのコードよ、と夏美は囁いた。

「ここまでしか上がれない」

「何でそんな……どうしろって言うんだ？」

折原が叫んだ。静かに、と夏美は首を振った。

「大声出したってどうにもならない。この七十四階が限界なの。起爆装置は有線式だから、線が繋がった状態でスイッチを押さないと爆発しない」

「どうして無線じゃないんだ。その方が消防士にとっても安全だろ？」

「無線だと確実性が落ちる。通常なら、あたしたち消防士は安全な場所を確保して、そこから爆破する。こんな事態は想定していない」

「七十四階じゃ、どうしようもない」折原が非常階段を一段上がって、上を見た。「せめて八十階まで上がっていれば塩素ガスを避けられたかもしれないけど、ここじゃ近すぎる」

爆発音が足元でした。二階下の七十二階からだ。非常階段に凄まじい勢いで爆風が流れ込んでくる。

夏美はフロアに伏せて、体をホールドした。どこかでガラスの割れる音が連続して聞こえた。

「……いよいよまずいな」

タワーのあらゆる場所で火災が広がってる、と夏美は立ち上がった。

「崩落《ほうらく》の前触れなのか、それとももう既に始まっているのか……時間の問題よ」

「落ち着いてる場合か？　どうする？」

「あなたは逃げて」これは消防士としての命令よ、と夏美は非常階段の上を指した。「運がよければ八十階まで行ける。そこでどこかに隠れて」

「そんなことしたって、相手はガスだぞ？　どこに隠れたって、入り込んでくるだろう」

「塩素ガスが広がっていっても、八十階なら濃度は薄くなってるはず。あたしはここで起爆スイッチを押す。五分以内に炎を消すことができれば、あなたも助かるかもしれない」

「無理だよ、八十階までなんて行けると思うか？」こっちは素人なんだぞ、と折原が泣き顔になった。「途中で火災が起きたら、どうやって突破すりゃいいんだ？」

「お願いだから、言うことを聞いて。あたしは消防士で、あなたは市民なの。あたしには市民を守る義務がある」

「ここまできて義務もへったくれもあるか！」馬鹿なこと言うな、と折原が夏美の肩を摑んだ。「君をここに残して逃げるなんて、そんなことできると思うか？　奇跡が百回起きて生き延びることができたとしても、残りの人生をずっと後悔して生きていかなきゃならなくなる。そんなのは嫌だ」

「いいから行って！　行くのよ！」

　夏美が怒鳴った瞬間、天井に大きな亀裂が走り、ＬＥＤ蛍光灯がすべて外れた。体すれすれのところをかすめて床に落ち、派手な破裂音と共に砕け散る。

「もうタイムリミットまで五分ない。今、炎を消さなかったらタワー全体が燃え上がるか、それとも崩落するか、どっちにしてもタワー内にいるすべての人が死ぬ。これが最後のチャンスなの。賭けるしかない。あたしがスイッチを押すしかない」

「夏美！」

「あたしは消防士で、人命救助は絶対の義務よ。ボールルームの八百人を救わなければならない。そしてあなたのことも」

「夏美……」

「あなたのことは絶対に死なせない。死なせたくない。生きていてほしい」

上がって、と夏美は折原の肩を押した。

「待ってくれ」

折原が腕を払った。待てない、と叫んで非常階段へと押しやる。その手を折原が逆に摑んで、そのまま強く引っ張った。

「どうするの?」

「ついてこい!」

ひと声叫んだ折原が非常階段を降りていく。頭上では炎が渦巻いていたが、左右の壁は燃えていない。

「降りてどうしようっていうの! 爆薬は七十二階にセットしてあるのよ? スイッチを押さなくたって、爆発で床が割れたら塩酸は下のフロアにぶちまけられる。そうなったら塩素ガスが大量に発生する。近づけば近づくほど危険で……」

来るんだ、と防火服の袖を強く握りしめた折原が七十三階フロアに入っていく。抗ったが、手を離さない。壁にあちこちで皹《ひび》が入り始めている。炎が噴き出している箇所もあった。

それを避けながら、折原が進んでいく。フロアの至るところが燃え始めていた。夏美の手を掴んだまま、更に奥へと踏み込んだ。

「死にたいの？」

流れている煙から顔を背けながら、夏美は叫んだ。

「死にたくないから必死なんだ」

こっちだ、とフロアを走る。たどりついたのはエレベーターホールだった。

夏美は周囲を見回した。エンターテインメント＆カルチャー、というプレートがかかっている。このフロアには何があっただろうか。全体図を思い浮かべた。

書店？　CDショップ？　小劇場用のホール？　こんなところに逃げ込んで、どうするつもりなのか。

「そこに水槽がある」

折原がエレベーター正面にある巨大なガラスのオブジェを指さした。見ただけではわからなかったが、透明なガラスの中に水が入っているようだ。馬鹿、と夏美は水槽を蹴った。

「これっぽっちの水で火を消すつもり？」

「そんなわけないだろ」折原が水槽の後ろから梯子《はしご》を引きずり出して足をかけた。「来い。この中に入れ。水に潜るんだ！」

「何言ってるの？」

上がった折原が蓋になっていた重いガラス板を押した。五メートルほどの高さから落下したガラス板が、床で粉みじんに砕ける。

「君が背負ってるボンベには空気が入ってるな？　水の中でも呼吸はできるだろ？　交替で吸えば、しばらくはもつ。その間に塩素ガスが拡散すれば、助かる可能性がある」

夏美は梯子に足をかけて登った。上から手を入れると、表面で水が揺れた。

「スイッチは持ってるな？　飛び込むぞ、寸前に押せ！」

折原が肩に手を回した。しがみつくようにしながら、夏美は斜め上に目を向けた。

「この水槽がここにあるのを、どうして知ってたの？」

「人魚ショーをやってたんだ。このフロアで芝居が上演されるから、宣伝のためにそういうアトラクションをやっていて……」

「人魚ショー？」

「客寄せだよ。ビキニの女の子がこの水槽で泳ぐ。そのデモンストレーションを見てたんだ」

夏美はスイッチを握り締めた。一、二、三と叫んで水槽に飛び込む。

三の数字を叫ぶのと同時にスイッチを押した。派手な水しぶきと共に、二人は抱き合ったまま水中に沈んでいった。

AM00:59

七十二階メインプールの周囲に配置されていた百台の爆破装置の赤のランプが、一斉に緑に変わった。〇・五秒後、全台が爆発した。

その威力は凄まじかった。爆破装置を置いていた床が割れて半径五十メートルほどの穴が開いたのはもちろんだが、周囲百メートル四方の壁、天井が大きく破壊されていった。

百台の爆破装置に仕掛けられていたプラスティック爆弾は総重量十キログラムある。火柱が炸裂し、炎がフロアの空間すべてを一瞬にして覆い尽くす。

爆薬は塩酸が入っているポリタンクの上にも置かれていた。硬化プラスティックが瞬時にして破れ、中の塩酸がその裂け目から流れ出していった。フロアに広がった塩酸の行き場はひとつしかない。床に開いた巨大な穴だ。

五十トンの塩酸がワンフロア下の七十一階へ、滝のように落ちていく。五十トンは圧倒的な量だ。密度だけで言えばナイアガラ瀑布《ばくふ》を超える。いつまでも流れは途切れることなく続いた。

夏美と折原によって真下に配置されていた化石に、塩酸の滝が雪崩《なだれ》落ちていく。牙《きば》を剝《む》いて襲いかかっているようだ。すべての化石が倒れ、更に塩酸を浴びて一気に溶け出す。

凄まじい光景だった。

溶けていく化石から二酸化炭素ガスが大量に発生した。同時に塩酸は床にも溢れ出し、そこから塩素ガスが噴出し始める。放出される二種類のガスから、激しい破裂音が発していた。

そこへも塩酸の雨が降り注いでいる。七十一階にガスが充満していった。酸素濃度が極端に薄くなり、フロアの火災が鎮火していく。

二酸化炭素ガスは空気より重い。大量発生したガスはフロアから溢れだし、非常階段や換気口を通じて下の階へと拡散していった。

ガスの発生は絶え間なく続いている。後から後から押し出されるようにしてガスの流出は続き、まず七十階フロアに侵入していった。

七十階コンピュータールームは最初に火災が起きた火元だ。フロア全体が火の海だったが、ガスの増加と共に酸素の割合が減少していった。徐々に火勢が衰えていく。

ガスの発生は止《とど》まるところを知らない。次々に上から降り注いでいる。七十階の炎が消えても、更に下降を続けた。六十九階、更にその下へも流れ込んでいく。

床面と接触した塩酸の作用によって、塩素ガスも噴き出していた。フロア全体に流れていき、黄緑色の気体が膨張《ぼうちょう》して次第に辺りを侵食していく。

塩素ガスの一部は二酸化炭素に押し出される形で上昇していった。七十三階、七十四階へと忍び込むように流れこんでいく。その様子は意志のある不定形の怪物のようだった。

二酸化炭素も塩素ガスも限りなく発生を続け、その量は増えていく一方だったが、やがて塩酸が尽きて流出が止むと、ガスの噴出も途切れ始めた。

タワーは気密性を高く保つように設計されていたが、完全密閉構造になっているわけではない。壁や窓の隙間、あるいはガラス窓が割れた箇所が多かったために、そこからも外へ流れ出た。辛うじて機能が生きていた換気口、排煙口から排出されていくガスもあった。

二種類のガスがタワー内部に充満していったが、外部からの空気の循環のために、約十五分後にほとんどが飛散していた。その時点で、七十階以下のほぼすべてのフロアが鎮火《ちんか》した。火災は急速に収まりつつあった。

AM01：15

折原が口に当てていたマスクをもぎ取り、夏美は自分の口を覆った。思いきり吸い込むと、空気が肺の中に流れ込んできた。

安堵《あんど》していると、折原が手足をばたつかせながら腕を伸ばしてきた。まだよ、と睨《にら》みつける。水を飲んだ折原が噎《む》せて咳き込んだ。口から大量の泡が吐き出されている。

もう一度大きく吸ってからマスクを渡した。涙目になった折原が、噛《か》み付くようにくわえる。

夏美は背負っていたボンベの残量を確認した。メーターはほぼゼロになっている。これ以上はどうしようもない。時計を見ると、起爆スイッチを押してから約十五分が経過していた。

爆発が起きたのを直接見たわけではないが、水の中にいても爆発音と振動を感じることはできた。わからないのは、想定通り二酸化炭素ガスが発生したかどうかだ。それが火を消してくれなければ、何の意味もない。

もし消火に成功していたとしても、もうひとつ問題がある。塩素ガスだ。

二酸化炭素が発生したとすれば、当然塩素ガスも噴出しているだろう。いつまで大気中に残留しているのか。肌に触れたり、あるいは吸い込んだら死ぬ可能性もある。

だが、呼吸は限界だった。空気の残量はない。水から顔を出さなければ、死んでしまう。

摑んでいたゴム製の海草から手を離し、ガラスを蹴った。水面に浮上する。息が苦しい。あと一メートル。

水の上に顔が出た。咳き込みながら思いきり息を吸い込む。体の力が抜けていくのを堪えて、水槽の縁に手をかけて支えた。

数秒後、目の前に折原の頭が浮かび上がってきた。派手にえずきながら、順番だって言ったじゃないかと叫んだ。

「君が吸って、ぼくに渡す。ぼくが吸ったら、君に返す。そうやって助け合わなきゃならないのに、どうして自分ばっかりマスクを抱え込むんだ?」

「そんなことしてない」

折原を放っておいて、夏美は辺りを見回した。異様に蒸し暑い。サウナに入っているようだ。理由はわからないが、塩素ガスと関係があるのかもしれない。

呼吸できていることに、改めて気づいた。起爆用スイッチを押してすぐに爆破が起き、その後しばらくしてから七十三階フロアに薄い黄緑色の空気が流れ込んできたのは、水槽の中からも見えていた。あれが塩素ガスだったのだろうか。

今、フロアに流れているのは通常の空気だ。吸い込んでも何ら支障はない。

フロア内の至るところで小規模の火が燃えていた。小康状態ということなのか、燃え広がってはいない。

ずぶ濡れになった重い消火服を着たまま、水槽の上にはい上がった。全身から水滴が垂れていく。手を貸してくれ、という折原の呻き声が聞こえた。

「助けてくれ……体が持ち上がらない」

手を握って引っ張りあげた。折原が四つん這いの姿勢のまま荒い息を吐く。

「……七十二階の爆破は成功したよな?」切れ切れにつぶやいた。「いったいどうなった。火は消えたのか?」

夏美にもわからなかった。確認しなければならない。慎重に梯子を降りて、非常階段に回った。

背負っていた空気ボンベは捨てている。身軽になった体で階段を駆け降りた。背後にいた折原が、ひでえな、とつぶやいた。

「壁も天井もめちゃくちゃだ。竜巻の後みたいだぞ」

非常階段自体が破壊し尽くされていた。僅かに手摺り部分だけが残っている。摑まりながら降りた。

天井も落ちている。壁は至るところに裂け目が走っており、巨大な手が何も考えずに引っ掻《か》き回したようだった。剝き出しになった電線、パイプ、ダクトなどが突き出す様は、前衛芸術にさえ見えた。

数分かけて七十二階にたどり着いた。吹き飛んでいた非常扉を抜けてフロアに足を踏み入れる。竜巻なんかじゃない、と夏美はつぶやいた。

「大地震があったみたいな……もっと酷《ひど》いかもしれない」

床は瓦礫で埋まっていて、足の踏み場もなかった。床自体、あらゆるところが隆起し、陥没《かんぼつ》していて、その上に破壊された天井や壁の破片が堆《うずたか》く積み重なっていた。

そこかしこに火災の痕跡が残っている。数多くの備品が黒焦げになっていた。

見える範囲の窓ガラスはすべて割れている。外から吹き込む風を避けるために、夏美は壁際に寄った。

「……火災は？」

折原が囁いた。確認できない、とフロアの奥に目を向けた。

七十二階スポーツエリアのあらゆる施設が大破している。ボルダリングウォールは崩れ落ち、レンタサイクルは全台重なるようにして倒れていた。何もかもが壊れている。

テニスコートの人工芝はずたずたに引き裂かれ、フットサルコートはまるで瓦礫の集積所のようだ。室内施設として世界的な水準にあったスポーツエリアの変わり果てた姿だった。

「……プールは？」

折原と並んで進んだ。プールエリアが見えてくるはずだったが、そこには何もなかった。

爆撃を受けたかのように、広範囲に亘《わた》って床そのものが丸ごと消えうせている。プラスティック爆弾の威力がそれだけでもわかった。

「塩酸のポリケースは全部爆発で壊れて、下へ落ちたんだな」折原が穴の縁から下を覗いた。「凄まじい破壊力だ。消防士って、そんなに大量の爆薬を使うものなのか？」

そういうわけじゃないけど、と夏美は首を振った。

「ギンイチは普通の消防署と違う。東京消防庁直轄の組織で、二十三区内でも最大規模よ。他の署から爆発物の管理を委託されてる。だから、あれだけの量があった」

数メートルあったはずの床が跡形もなく吹き飛んでいる。下のフロアがよく見えた。オラキオザウルスが、と折原が悲鳴を上げた。

「酷い、粉々じゃないか……こんなことがあっていいのか？」

七十一階の化石類はすべて崩れ、壊れ、溶けていた。数え切れないほど多くの化石がフロアに数センチほど溜まっている塩酸に浸《つ》かり、細かい泡を吐き出し続けている。原形を留めているものはない。特に巨大な骨格標本は、わざとそうしたかのようにバラバラになっていた。

至るところに浮かんでいるビニールの切れ端は、ポリケースの残骸だろう。フロア全面に散らばっている骨や貝の化石が漂流物のように見えた。散乱している割れたガラスは、化石を収めていたケースだった。すべてフロアに落ち、壊れている。

「……炎が見えるぞ」折原が指さした。「床に穴が開いてるだろ？　あそこから見える。七十階の火は消えてないんだ」

駄目だったのか、と青ざめた顔で言った。違う、と夏美はその肩に手をかけた。

「燃えてるけど、勢いはない。消防士になって何年経つと思う？　それぐらいわかる」

非常階段に向かって足を引きずりながら走った。七十一階を通過して七十階へ降り、慎重に非常扉を開ける。

七十階フロアを埋め尽くしていたコンピューター機器類はすべて倒れていた。そのため、フロア全体が見渡せた。数カ所で炎が上がっていたが、決して大きくない。消火器でも消せる程度だ。

壁は全面が真っ黒に焦げていた。天井もだ。だが、火災はほぼ鎮火していた。

「発生した大量の二酸化炭素ガスがこのフロアに入り込んで、酸素を遮断した。空気中の酸素濃度を圧倒的な力で減らした。酸素がなければ、炎は消えるしかない」

「小学校の時、アルコールランプで実験したな」横に並んだ折原がうなずいた。「じゃあ、このフロアの火は消えたってことか？」

「間違いない。二酸化炭素ガスはこのフロアを通過して、各フロアの炎を消しながら更に下へ下へと降りていった。五十トンの塩酸が流れ込んだんだから、排出された二酸化炭素ガスは相当な量よ。炎は消えた」

「タワーは崩壊しない？」

それはわからない、と夏美は無線に手をやったが通じなかった。

「早く伝えないと。七十階より下のフロアはほぼ鎮火してる。今なら消防士が上がってくることもできるのに……タワーの崩落より前に七十階以上の火を消せば、ボールルームの人たちを助けられるんだけど」

尻ポケットから取り出した携帯電話のボタンを押した折原が、駄目だ、と首を振った。

「水に浸かっちまったからな……どうする？　急いで誰かに伝えないとまずい。だけど、ここから降りるとなると、かなり時間がかかるぞ」

待って、と夏美は防火服を脱ぎ捨て、制服のポケットに突っ込んでいた自分のスマートフォンを出した。

「無駄だ。それだって濡れてる」

夏美はボタンを押した。画面が光る。

「どうしてだ？　スマホなのに、何で生きてる？」

「対ショック仕様、完全防水」つぶやきながら夏美は登録している番号を呼び出した。「海の中からでも電話できるってコマーシャルでやってた……もしもし？　柳さんですか？」

スピーカーホンに切り替えた。神谷、という怯えたような声がフロアに流れ出す。

今、七十階にいます、と夏美は報告を始めた。

「フロアの火災はほぼ鎮火。下の階についても、火勢はかなり衰えていると思われます」

「本当に？　どこから電話してるの？」

七十階です、と繰り返した。

「無事です。至急消防隊をこちらへ寄越してください。七十階より下の火災はもう問題ありません。炎が消えていれば、タワー全体を支えている鉄骨もこれ以上歪んだりしないでしょう。崩落にもストップがかかるはずです。今なら上がってくることも可能です」

「了解」

「七十階より上の火災はまだ消えていませんが、機材と消防士の人数が揃えば最上階ボールルームへのアタックも可能と考えられます。全部消せなくても、退路をひとつ確保すれば八百人の人間を避難させることができます」

「すぐに手配する。神谷、本当に無事？　怪我は？」

「大丈夫です。生きてます」

夏美はその場にしゃがみこんだ。足に力が入らない。今になって生還を実感したためなのか、気が抜けたということなのか、自分でもわからなかった。

「神谷、聞こえるか。村田だ」

低い声がした。はい、と答えながら伸ばした左手を、折原が強く握った。

「油断するな。何があるかわからん。火勢が衰えつつあるのは、外部からも確認できた。タワーを支えている鉄骨などへのダメージは回避されたが、どこまで持ちこたえるか予測できない。お前は降りるんだ。後は任せろ。わかったな」

「了解」

「慎重に降りてこい。タワー内から再度出火しないとも限らん。お前の装備じゃどうにもならんだろう」

「わかっています。それより、早く救助を――」

風が収まってきている、と村田が続けた。

「ヘリポートの火は雨のおかげでほとんど消えた。自衛隊の了解も取れて、ヘリコプターを降ろすことが可能になった。今、自衛隊と消防のヘリがタワーに向かっている。上からも消防隊を送り込むし、並行してボールルームの客たちをピックアップする。八百人の人間を心配する必要はない。お前は自分のことだけ考えろ。気が緩んだ時に事故は起きる。わかってるな」

「はい」

何かつぶやいた村田が電話を切った。よくやったと言ったのだろうか。信じられない。

「夏美、ぼくたちのことは――」

その前に話したいことがあります、と丁寧語で夏美は言った。

「あなたはビキニの女の子を見るために、仕事を抜けて関係のないフロアへ行き、そこで何時間も見とれていたわけですか？　いったいどういうつもりでそんなことを？」

「何時間もだなんて、そんな……今、その話をする必要があるかい？」しどろもどろになりながら折原が言った。「ぼくたちはこのタワーを生きて出ることができるんだぞ。こんな奇跡が起きたのに、細かいことはいいんじゃないか？」

先に降りる、と夏美は振り向かずに非常階段へ歩を進めた。

AM03：00

午前三時ジャスト。羽田へリポート、VIPルーム。フラッシュが連続して炸裂した。緊急記者会見が始まっていた。

「朝川さん、今の心境を！」

「無事生還されましたが、タワーでの火災について話していただけますか？」

「恐怖の一夜でしたね」

朝川麗子は片手を上げてフラッシュの光を遮った。動きに気づいた記者たちが、固唾《かたず》を呑《の》んで見守る。

麗子は周囲を見渡した。記者の数は約百人。テレビ局も全局来ている。小さくうなずいた。

ヘリコプターで救出された後、医師の診察を受けた。右肘と左足に擦過傷と火傷があり、治療をした。その後警察及び消防の事情聴取を受けていたが、羽田空港に駆けつけた事務所社長に命じて緊急記者会見の段取りをつけさせた。

ファルコンタワーのオープニングセレモニーに招待されていた芸能人、スポーツ関係者などの数は多かったが、麗子ほどのキャリアと、自分の言葉で何が起きたのかを語れる者は他にいないとわかっていた。

日下が言っていた通りだ。マスコミは麗子の話を欲している。麗子が語る言葉を聞くしかないのだ。事実をありのままに話すことを求められている。

ただし、演出は必要だ。なぜなら、女優だからだ。

震える手を伸ばしてグラスを摑んだ。滑り落ちて倒れる。テーブルが水浸しになり、再びフラッシュが焚《た》かれた。

「失礼……すみませんが、お水をいただけますか」

駆け寄ってきた事務所のスタッフがペットボトルを差し出す。口をつけた麗子は辺りを見回した。静まり返っている。

「……あれほど恐ろしい体験をしたことはありません」垂れてきた前髪を押さえながら口を開いた。「火災の犠牲になられた方、消防、警察など関係者の方々に対し、何と申し上げればいいのか、わたくしにはわかりません。本当に悲劇的な出来事でした」

日下さん、見ていなさい、とつぶやいた。この舞台をわたくしは完璧に演じてみせます。朝川麗子の名前を日本中の人々に刻み込んでみせる。最後の映画女優、朝川麗子の名前を。

意識していなかったが、涙が溢れてきた。記者たちがフラッシュを連続して焚いた。

AM03：30

「申し訳ありませんが、現在捜索中です」

若い消防士が沈痛な表情で首を振った。笠原明子は頭を深く下げて、その場を離れた。

リフトから転落した夫、笠原政治の遺体はまだ発見されていなかった。

タワー周辺が立入禁止になっていたのはわかっている。鎮火が確認された午前二時半の段階で、ようやく消防と警察が付近の被害状況を調べ始め、同時に捜索が開始された。

六十五階から落下した夫の姿は、人間の形を留めていないだろう。今の段階で見つけられないというのは理解できた。

雨はほとんど止んでいた。風もさほど強くはない。芝生のベンチに座って、震える肩を押さえた。

自分は助かったが、夫は死んでしまった。どうしてこんなことになってしまったのか。これから一人で生きていかなければならないのか。

（明ちゃん）

最後にそう言って、微笑んだ。あんなに優しい人が、どうして。顔を両手で覆った。

「おばあちゃん」

袖を引かれて顔を上げると、二人の女の子が立っていた。リフトに乗っていた子供だった。

「……大丈夫？」

まだ五、六歳なのだろう。少女が手を握る。もう一人、少し大柄な女の子がじっと見つめていた。二人はよく似ている。姉妹なのだ、とわかった。

あのおじいさんの名前を教えてください、と姉が言った。

「お願いです、教えてください」

「……笠原政治っていうのよ」

カサハラマササハル、と口の中で繰り返していた姉が、絶対忘れませんとつぶやいた。妹もうなずく。明子は二人を抱き寄せ、大声で泣いた。

AM03:42

東京はおっかねえな、と長男の朋幸が言った。弟の幸輔は何も言わない。眠いのだろう、と小山友江は思った。午前三時四十二分、いつもならとっくに寝ている時間だ。

二人の頭を撫でた。羽田グランドホテルのロビーは救助された人々のために開放されている。三人はホテルが用意した椅子に並んで座っていた。

「もう大丈夫だ」友江は優しく声をかけた。「ここが火事になったって、一階だもん。走って逃げりゃあいい」

へへ、と朋幸が笑った。冗談だよ、と友江は言った。

「朝まで待って、始発の新幹線で宮城に帰ろう。母ちゃん、やっぱり東京は苦手だ」

おれも、と朋幸が答えた。

「人が多過ぎるもんなあ」

本当だよ、ともう一度頭を撫でた。宮城に帰ろう。この子たちを守ることができた。胸を張って帰ろう。夫に報告しよう。きっと誉めてくれる。

「ガンダムが見たいよ」弟の幸輔が突然顔を上げた。「帰んねえと駄目か？」

「ガンダム？」

「お台場《だいば》にあるんだよ」興奮して立ち上がった幸輔が両手を振り回した。「ダイバーシティだっけか？　すっげえんだ。実物大のガンダムが立ってるんだって。十八メートルだってよ」

「おれも見てえな」

朋幸が言った。それはビルの中にあんのかい、と友江は聞いた。兄弟が揃って強く首を振る。

「外だよ」

それならいいか、と二人の手を握った。帰る前に寄り道をしていこう。

「お台場ってどこにあるんだい？」

知らねえ、と兄弟がまた首を振った。

AM03：55

タクシーの後部座席で、斉川則雄は娘の春菜を挟んで妻の博子と座っていた。何もかもが夢のように思えた。

「家に帰ろう」娘の手を握りしめたまま、博子の方を向いた。「三人で暮らすんだ」

はい、と博子がうなずいた。同じように娘の手を強く握っている。

「春菜、パパとママはずっと一緒に暮らす。春菜もだ。何だっていい。パパは三人でいられればそれでいい。パパは馬鹿だから、ずっと気づかなかった。でもわかった。三人で暮らせれば、それ以上望むことはない」

あなた、と博子があふれ出す涙を拭った。泣くな、と則雄は言った。

「笑え。家に帰るんだ。笑って帰ろう」

そうね、と博子が娘の肩越しに手を伸ばした。その手に触れる。温かい手だった。春菜が顔を上げた。

「……おうち、かえりたい」

母親の胸に顔を埋めた。意志を示す言葉を言ったのはどれぐらいぶりだろう。則雄は全身を震わせながら、声を振り絞るようにして泣いた。

AM04：00

四時ちょうど、夏美は折原と共にタワーの外に出た。毛布を頭から被せられ、タワーか
ら離れるように指示された。背中を強く叩かれて顔を上げると、近藤がうなずいていた。
「あっちだ」
指さした先に人影が二つ並んでいた。折原の肩を借りて進むと、近づいてきた雅代が無
言で抱き締めた。
「……怪我は？」
しばらくして体を離した雅代が目元を拭った。大丈夫です、と答えた。実際には捻挫し
た足首が痛んでいたが、負傷の程度が小さいのは自分でもよくわかっていた。
「……何人、犠牲が出ましたか」
聞かなければならない質問をした。約六十名、と隣に立っていた村田が答えた。

「そのうち消防士は八人だ。ここだけの話、それで済んだのは奇跡だ。このタワーの規模、火災の状況から考えれば、その十倍死んでいてもおかしくなかった」

助けたかったです、と夏美はつぶやいた。わかってる、と肩に手を置いた雅代がうなずく。四人はファルコンタワーを見上げた。

「……凄い数ですね」

夏美はタワーの周りに目を向けた。百台以上の消防車、救急車、特務車両が並んでいる。空には十数機のヘリコプターが旋回していた。自衛隊、消防、マスコミのヘリなどが飛んでいるのだろう。

次々にタワー内に消防士が飛び込んでいく。出てくる者もいた。中央区を中心に、近隣四つの区から集まってきた連中だ、と村田が言った。

「千代田区、港区《みなと》、台東区《たいとう》、墨田区《すみだ》……千人以上が出動している。ホテルニュージャパン火災の時だって、これだけの人数は出ていなかった。もちろん第四出場だし、警防本部指揮隊車まで出た。指揮のトップは消防総監だ。前代未聞の大災害と言っていい」

上層階のガラス窓から炎が噴き出していた。八十七階ですね、と数えながら夏美は言った。

「そうだ。八十五階から九十階辺までの消火はまだ終わっていない。だが、それほど時間はかからないだろう。いずれにせよ、ボールルームにいた八百人の客は全員救出した。自衛隊や消防のヘリをフルに稼働させているし、南西側の非常階段を完全に消火したから、そこからも降りている。後は消すだけだ」

「タワーは……崩落しないんですか？」

折原が不安そうに聞いた。低層階と中層階を調べた、と村田が首を鳴らした。

「高熱で鉄骨が溶け始めていたが、歪みは少ない。ぎりぎりのところだったが、崩落は免れた。君たちに感謝するべきなんだろう」

強い風が吹いた。夏美は毛布を肩の周りに強く巻き付け、タワーを見つめた。総工費三千億円の最新式超高層タワー。

今あるのはその残骸だった。美しく輝いていたその姿は見る影もない。無残な姿だった。

雅代を、折原を、村田を見つめた。今は感謝しよう。生きている。それだけでいい。

取り囲んでいた消防車が、一斉に鎮火報を鳴らした。鐘の音がいつまでも響き渡る。夏美はそっと折原の手を握りしめた。

後書きと謝辞

・言うまでもないことですが、本書は一九七四年の映画『タワーリング・インフェルノ』にインスパイアされて執筆したものです。五十嵐《いがらし》貴久《たかひさ》の「私的・小説にしたい優れたエンターテインメントリスト」のトップに輝く本作は、何度繰り返して見ても絶対的に面白いという意味で、これ以上の作品はないと考えております。

・加えて、消防士を主人公にした小説を書きたかったということは明記しておきたいと思います。「名前も知らない誰かのために」自分の命を犠牲にしてでも火災現場、あるいは災害の現場に飛び込んでいく消防士に対するリスペクトが、子供の頃からありました。今回、このような機会を与えていただいたことについて、関係者の皆様に感謝しています。

・本書執筆に際し、多くの方にご教示賜《たまわ》りました。すべての方のお名前を表記するべきかもしれませんが、さまざまな理由から実名を出して感謝の念を申し上げられない方もいらっしゃいます。ご理解ください。

・消防の現状については埼玉県川口《かわぐち》市消防局・田口哲《たぐちてつ》消防司令長、猪飼高弘《いがいたかひろ》消防司令補、大柳《おおやなぎ》泰江《やすえ》消防司令補、岩田千恵《いわたちえ》消防副士長（階級は取材当時）の貴重なご意見を賜りました。ありがとうございました。

・最新のホテル状況については、株式会社プランニング・インターナショナル・細野高平様、有限会社阿吽《あうん》・岡田眞也様にお話を伺わせていただきました。

・末尾になりますが、本書執筆にあたり、祥伝社文芸編集部の担当編集者に感謝の念を捧げたいと思います。百階建てのタワーの構想から、具体的な（特に数学的な計算など）数値に至るまで、編集者の熱心な協力、アドバイスがなければ、このような小説は完成しなかったと思っています。ありがとうございました。

二〇一五年七月九日、いつものように自宅近くのドトールにて　五十嵐貴久

（本書をお読みいただいたご感想をいただければ幸いです。宛先はｏｆｆｉｃｅ．ｉｇａｒａｓｈｉ＠ｍｓｂ．ｂｉｇｌｏｂｅ．ｎｅ．ｊｐまで）

文庫判後書きと謝辞

本書『炎の塔』が刊行されたのは約三年前、二〇一五年七月でした。祥伝社編集部の励ましもあり、その後二〇一七年一〇月「消防士・神谷夏美《かみやなつみ》シリーズ」第二弾単行本『波濤《はとう》の城』を上梓することができたわけですが、その間、消防、あるいは火災に関して少しばかりではありますが、情報が増えたことにより、今回の文庫化に際し、細かい修正を加えています。

単行本をお読みいただいた読者の皆様も、より楽しめる形になっていますので（そのはずです）、よろしければ再読いただければ幸いです。面白かったと思われた方は、ぜひ『波濤の城』もどうぞ（さりげなく、宣伝）。

現在、私は第三弾に向け、鋭意準備中なのですが、消防に関しては（警察等と比較して）資料が少ないという現実があり、書くにあたってあらゆる意味で困っております。

作家として「これでいいのか」と思わなくもないのですが、現役、ＯＢの消防士、あるいは関係者の方々にぜひお話を聞かせていただきたいという希望がありまして、この後書きの最後に私のメールアドレスを載せておきますので、よろしければご連絡いただければ幸いです。

また、感想メールなどもお送りください。お待ちしております。

さて、最後になりますが、文庫化にあたって多くの方々にお力を貸していただきました。ブックデザインの泉沢光雄《いずみさわみつお》様、そして解説を引き受けていただいた北上次郎《きたかみじろう》様に深く感謝致します。どうもありがとうございました。

なお、第三作が刊行されるのは、おそらく二〇二〇年になるかと思います。鬼も呆れて笑い出すような話ですが、『波濤の城』も併《あわ》せてぜひお読みください。それでは、よろしくお願いします。

五十嵐貴久

（五十嵐貴久メールアドレス　officeigarashi@msb.biglobe.ne.jp）

解　説――人間ドラマに消防士たちの奮闘、そして驚きのラスト

文芸評論家　北上次郎《きたかみじろう》

いやはや、すごい。読み始めたらやめられない。

本書は、超高層ビルに火災が起きたらどうなるかを描く迫力満点のパニック小説である。舞台となるのは、地上百階、地下五階、地上高四百五十メートル、建築面積は三万平方メートルを超え、延床面積は四十五万平方メートル。日本最大の複合施設である。一階から三十階までのショッピングフロア、三十一階から七十階までのオフィスフロア、七十一階から百階までのイベントフロアを含むホテルフロアと、大きく三つにわかれている。

この巨大タワーに火災が発生するのだが、四十階で爆発が起きるのが発端。壁の裏の電気系統の配線が加熱に耐えられなくなったのがその原因だ。だからすぐに電気をとめればいいのだが、ビル側はメインの電源を停止すればタワー内の八割の機能が使用不可能になるので、担当者はそれを決断しない。その権限は社長にしかないと担当者は言うが、その社長が拒否。政財界の人々を呼んでお披露目《ひろめ》のパーティをしているというのに、そんなこ

とは出来ないと断るのだ。巨大ビルの完成披露の日だったのである。四十階と七十階フロアの壁の裏で漏電が起きて通路が燃えている。今後他の階でも火災が起きないとは限らない、と言っても、社長は聞く耳を持たずに、こう言うのだ。

「このタワーで火災は起きない。そう設計している。小火《ぼや》ぐらいは起きるかもしれないが、万全の防火設備を整えている。スプリンクラーもあるし、防火扉も各階にある。このタワーは絶対に安全なんだ」

それが鷹岡光二《たかおかこうじ》社長の弁である。さらにこの男は、非常用アラームを鳴らせば混乱が生じるのでそれも禁じるのだ。最上階のフロアでは千人の客が集まり（政財界から芸能スポーツ界まで、あらゆるジャンルの著名人を招いて）、オープニングセレモニーをやっているので、そういうときに失態を見せたくないのである。かくて、じわじわと火災がゆっくり静かに広がっていく。

この手のパニック小説の常套《じょうとう》通り、このビルのオープン初日にはさまざまな人がいる。震災を生き抜いた親子、重病を克服した夫婦、禁断の恋に落ちた教師と女子高生、離婚問題に直面する夫婦などが登場し、彼らのドラマも語られるが、小説としてうまいと思うのは、さまざまな伏線が張りめぐらせていることだ。

たとえば、七十二階のスポーツエリアには巨大プールがあり、ポンプが故障したので水は張られていないが、その代わりに発注ミスで五十トンの塩酸が置かれている、との挿話が早い段階で登場する。これはいかにも怪しい。絶対にあとで何らかの役割をするに違いない。こういうことはわかるが（どう活きてくるのか具体的にはわからないが）、しかし七十一階の大恐竜展は関係ないだろうと初読のときはスルーしてしまった。ヒロイン神谷《かみや》夏美《なつみ》の恋人がその設営にかかわっているから（しかもその設営に遅れたのでビル内にとどまっているとの設定である）、そういう私的ドラマの関係だろうと思っていると、これがラストに効いてくる。これも伏線だったとは！　こういう構成がうまい。

そして最大の読みどころは、神谷夏美を始めとする消防士たちの活躍を描く後半で、ラスト130ページは息つく暇もない興奮の連続で目が離せない。どうすごいのかをここで紹介してしまったら読書の興《きょう》を削《そ》ぐので、ぐっと我慢。一つだけヒントを書いておけば、消防士たちの消火活動にはタイムリミットがあるということだ。

「無炎延焼から数えると二十四時間以上、出火してから四時間が経過している。耐火被覆の耐久限界時間はとっくに超えた。今後、急速に鉄骨そのものに熱が加わり、曲がったり折れたりする公算が強い。床や壁、柱などでもタワー全体を支えているが、すべての鉄骨の三十パーセントが歪むと崩落現象が起きる。9・11だよ。ワールドトレードセンタービルと同じだ。崩れたフロアの重みを支えきれずに、全体が崩落する」

こういうタイムリミットがあるからスリル満点。特に、ラスト近くに神谷夏美に与えられる指令は、気の遠くなるような冒険でもあり、おいおい大丈夫かよと、手に汗を握るのは必至。その詳細は、いくらなんでも紹介できない。神谷夏美の、そして消防士たちの、息詰まるような闘いが延々と続いていく。

本書は二〇一五年に刊行された書だが、銀座《ぎんざ》第一消防署（通称は、ギンイチ）の若き女性消防士・神谷夏美を主人公にしたシリーズの第一作目である。この『炎の塔』に続いて二〇一七年には巨大客船に火災が発生する『波濤《はとう》の城』が出ているので、本書を堪能された方はぜひとも、その次作も手に取られたい。この第二作で神谷夏美は休暇中に豪華クルーズに乗船して巻き込まれるのだが、ふたたび獅子《しし》奮迅《ふんじん》の大活躍。その迫力はいっさい減じていない。ホントにすごい。本書を面白く読んだ方なら絶対にその第二作もまた堪能できるだろう。絶対安全、ということはあり得ない――というのがこのシリーズのモチーフで、科学の発達を過信して人間が傲慢《ごうまん》になっていることへの警鐘《けいしょう》が物語の強い芯《しん》となっていることも見逃せない。

その『波濤の城』のあとがきに、第三作は地下街火災と戦う消防士たちの物語で三年後には刊行予定とあるが、気になるのは、この神谷夏美シリーズがもともと三部作構想であったとそのあとがきに書いてあることだ。え、三作で終わってしまうの？　それは殺生だ。少なくても五部作くらいは書いていただきたい。いま望むのはそれだけだ。

〔参考資料〕

〈書籍〉

『高層ビル火災対策』　森田武　近代消防社
『予防事務審査・検査基準Ⅰ、Ⅱ』　監修　東京消防庁
『東京消防庁Ｐｅｒｆｅｃｔ　ｂｏｏｋ』　イカロス出版
『われら消防レスキュー隊』　イカロス出版
『火災調査基本ブック』　木下慎次　イカロス出版
『消防白書』　25年版　26年版　勝美印刷
『近代消防』　バックナンバー　近代消防社
『わかりやすい消防設備のしくみ』　オーム社
『図解雑学　消防法』　山田信亮
『消防が10倍面白くなる本』　木下慎次
『救う男たち』　亀山早苗　ＷＡＶＥ出版

〈取材協力〉

川口市消防局

この作品『炎の塔』は平成二十七年七月、小社より四六判で刊行されたものです。

一〇〇字書評

切り取り線

購買動機（新聞、雑誌名を記入するか、あるいは○をつけてください）

□（　　　　　　　　　　　　　　）の広告を見て
□（　　　　　　　　　　　　　　）の書評を見て
□ 知人のすすめで　□ タイトルに惹かれて
□ カバーが良かったから　□ 内容が面白そうだから
□ 好きな作家だから　□ 好きな分野の本だから

・最近、最も感銘を受けた作品名をお書き下さい

・あなたのお好きな作家名をお書き下さい

・その他、ご要望がありましたらお書き下さい

住所	〒				
氏名		職業		年齢	
Eメール	※携帯には配信できません		新刊情報等のメール配信を 希望する・しない		

この本の感想を、編集部までお寄せいただけたらありがたく存じます。今後の企画の参考にさせていただきます。Eメールでも結構です。

いただいた「一〇〇字書評」は、新聞・雑誌等に紹介させていただくことがあります。その場合はお礼として特製図書カードを差し上げます。

前ページの原稿用紙に書評をお書きの上、切り取り、左記までお送り下さい。宛先の住所は不要です。

なお、ご記入いただいたお名前、ご住所等は、書評紹介の事前了解、謝礼のお届けのためだけに利用し、そのほかの目的のために利用することはありません。

〒一〇一-八七〇一
祥伝社文庫編集長　坂口芳和
電話　〇三（三二六五）二〇八〇

祥伝社ホームページの「ブックレビュー」からも、書き込めます。

http://www.shodensha.co.jp/bookreview/

祥伝社文庫

炎《ほのお》の塔《とう》

平成30年 4 月20日　初版第 1 刷発行

著　者　五十嵐貴久《いがらしたかひさ》
発行者　辻　浩明
発行所　祥伝社《しょうでんしゃ》
東京都千代田区神田神保町 3-3
〒101-8701
電話　03（3265）2081（販売部）
電話　03（3265）2080（編集部）
電話　03（3265）3622（業務部）
http://www.shodensha.co.jp/

印刷所　堀内印刷
製本所　ナショナル製本
カバーフォーマットデザイン　芥　陽子

本書の無断複写は著作権法上での例外を除き禁じられています。また、代行業者など購入者以外の第三者による電子データ化及び電子書籍化は、たとえ個人や家庭内での利用でも著作権法違反です。
造本には十分注意しておりますが、万一、落丁・乱丁などの不良品がありましたら、「業務部」あてにお送り下さい。送料小社負担にてお取り替えいたします。ただし、古書店で購入されたものについてはお取り替え出来ません。

Printed in Japan ©2018, Takahisa Igarashi　ISBN978-4-396-34405-4 C0193

〈祥伝社文庫　今月の新刊〉

内田康夫
神苦楽島《かぐらじま》（上・下）
路上で若い女性が浅見光彦の腕の中に倒れ込んだ。それは凄惨な事件の始まりだった！

五十嵐貴久
炎の塔
超高層タワーで未曾有の大火災が発生。消防士・神谷夏美は残された人々を救えるのか⁉

梶永正史
ノー・コンシェンス　要人警護員・山辺努
凄絶な銃撃戦、衝撃のカーチェイス。元自衛官のボディーガードが悪に立ち向かう！

鳴神響一
謎ニモマケズ　名探偵・宮沢賢治
宮沢賢治がトロッコを駆り、銃弾の下をかい潜る。手に汗握る大正浪漫活劇、開幕！

森村誠一
終列車
松本行きの最終列車に乗り合わせた二組の男女の背後で蠢く殺意とは？

小杉健治
幻夜行　風烈廻り与力・青柳剣一郎
旅籠に入った者に次々と訪れる死。殺された女中の霊の仕業か？　剣一郎、怨霊と対峙す！

長谷川卓
黒太刀　北町奉行所捕物控
人の恨みを晴らす、義の殺人剣・黒太刀。臨時廻り同心・鷲津軍兵衛に迫り来る！

芝村凉也
魔兆　討魔戦記
討ち取りそこねた鬼は、さらなる力を秘めていた！　異能と異形が激突する江戸怪奇譚。

風野真知雄
縁結びこそ我が使命　占い同心　鬼堂民斎
救えるか、天変地異から江戸の街を！　隠密同心にして易者の鬼堂民斎が鬼占いで大奮闘！

佐々木裕一
剣豪奉行　池田筑後
この金獅子が許さねぇ！　上様より拝領の宝刀で悪を斬る。南町奉行の痛快お裁き帖。